U0613541

美丽肥西

赵宏兴　张建春　主编

双城记

方　圣　黄松泉　著

图书在版编目（CIP）数据

双城记 / 方圣，黄松泉著. -- 北京：中国书籍出版社，2020.8

（美丽肥西 / 赵宏兴，张建春主编）

ISBN 978-7-5068-7743-5

Ⅰ. ①双… Ⅱ. ①方… ②黄… Ⅲ. ①散文集－中国－当代 Ⅳ. ① I267

中国版本图书馆 CIP 数据核字（2019）第 291621 号

双城记

方　圣　黄松泉　著

图书策划　成晓春　崔付建
责任编辑　邹　浩　成晓春
责任印制　孙马飞　马　芝
出版发行　中国书籍出版社
地　　址　北京市丰台区三路居路 97 号（邮编：100073）
电　　话　（010）52257143（总编室）（010）52257140（发行部）
电子邮箱　eo@chinabp.com.cn
经　　销　全国新华书店
印　　刷　三河市华东印刷有限公司
开　　本　650 毫米 ×940 毫米　1/16
字　　数　312 千字
印　　张　12
版　　次　2020 年 8 月第 1 版　　2020 年 8 月第 1 次印刷
书　　号　ISBN 978-7-5068-7743-5
定　　价　198.00 元（全四册）

目录

第一卷　拈花一笑

第二卷　松声泉韵

第一辑　故乡轻咏

第二辑 往事吟哦

第三辑 山川踏歌

第一卷

拈花一笑

方圣

勤俭沿家昌

我家原先有一张老式的桃木书桌，桌面宽大，桌身沉重。在桌子靠右上角的位置，有竖排的几个字。遒劲的行草体：“勤俭沿家昌”。这几个字是父亲用毛笔书写，然后请油漆匠用白色油漆涂漆而成。桃木的桌面大约因年代久远的缘故，呈暗褐色。所以，这五个白色的字在桌面上显得特别醒目。

父亲年少时读过多年私塾。古诗、书法的功底都特别深厚。他虽后来做了农民，但是，他是我们当地公认的“秀才”。他骨子里还是有特别浓烈的儒家“自省”精神的。

很多具有儒家情怀的人大都喜欢用座右铭来激励自己的。“勤俭沿家昌”，应该是父亲的座右铭吧。同时，父亲也想用这几个字潜移默化地影响我的世界观。

在我 1987 年考上了安徽师范大学以后，我曾经就这五个字和我的父亲做过探讨。我问父亲，为什么要特别将“勤俭沿家昌”这五个字写在书桌上呢？父亲笑着说，小到家庭，大到国家，勤俭是昌盛之本。你是学历史专业的，有一幅古联你一定听说过：“忠厚传世远，勤俭沿家昌”；韩非子说“力而俭者富”；诸葛亮说“勤以养德，俭以修身”；司马光说“成由勤俭败由奢”。我佩服父亲惊人的记忆力和渊博的学识。我想，父亲如果不是因为时世的缘故，说不定，他能做一个中学教员，甚至于做一个大学教师。

为了说明勤俭的重要，母亲没有父亲那样文之乎也，她给我讲了两个故事。她说，朱元璋当了皇帝以后，有一次宴请文武大臣。结果，只上了四个家常菜和一份普通的汤。大臣们面面相觑，似乎觉得不可思议。朱元璋笑着说了一句顺口溜："皇帝请客，四菜一汤，萝卜韭菜，着实甜香，小葱豆腐，意义深长，一清二白，贪官心慌。"我忽然觉得，我们现在常讲的"四菜一汤"，说不定就是从朱元璋的这句顺口溜里演化而来的。还有一个故事就是我祖母的。母亲说，我祖母炒菜，从来不用勺子舀油。她总是用筷子在油罐里蘸一下，然后滴进菜锅。这样细水长流地用油，是我祖母会过日子的一种比较极端的表现。但是，事实证明，这样"会过日子"确实是有意想不到的好处的。在三年困难时期，村子里当时饿死了不少人，我家的日子虽也过得相当紧紧巴巴，但是，整个大家庭的所有成员都安然无恙。

所以，我一直认为，勤俭就是我的诸如"正义""正直""诚实"等诸多家风中最重要的一个。

身教胜于言传。从我记事时起，父母亲一直用他们的行动在教育或者说影响我们兄弟姐妹四人。

我老家在杭埠河下游入巢湖口的滨湖仓拐。在我小的时候，我记得父母亲除了种田，还养了一头大母猪。母猪产崽，待到一窝小猪崽长到一二十斤的时候，父亲便把这些小猪崽捉到箩筐里，用扁担挑到 15 里外的三河镇上卖。那时候，去三河可以坐小轮船，轮船站就在我家附近。但是，每次，父亲都是肩挑步行。十多头一二十斤重的小猪崽加起来有一百多斤，而且，小猪崽在箩筐里还不老实，总是乱窜。更是增加了挑行的困难。所以，就算是初春时节春寒料峭，父亲每每走到镇上也总是满头大汗，衣衫尽湿。有一次，大姐问父亲，步走那么累，为什么不坐轮船？父亲摸摸大姐的头，说，坐轮船要钱呀。力气是用不完的，船票钱省下来可以给你们买点三河糕点嘛。

小时候，印象中我似乎从来就不清楚父母亲是什么时候起床的。因为，每天，当东方刚吐白，当我们兄弟姐妹四人在床上睁开眼伸懒腰打哈欠时，我们看到，母亲做好了满屋飘着浓烈米香的早饭，已经在“呼啦、呼啦”地打扫庭院了。而父亲也带着一身露水，从外面拾了满满一筐猪粪牛粪回来了。

我老家房子的地基所用的石头都是父亲在夏天的烈日下，从大河边一块一块地捡拾，用箩筐挑回来的。

我老家院子的土墙所用的土坯都是父亲在冬天的寒风里，从河沟挖来淤泥，一块一块地抟好晒干而成的。

父母亲凭着他们的勤劳、节俭，一点一点地积蓄，盖起了当时在我们村差不多是第一批的砖墙瓦房；父母亲凭着他们的勤劳、节俭，一点一点地积蓄，供养我们兄弟姐妹四人读小学、初中、高中直到大学。

勤俭是我的家风，勤俭沿家昌。

等到我成家立业。我也延续着我家的勤俭家风传统。我经常跟我的女儿讲古人关于勤俭的名言、警句，跟她讲她祖父、祖母勤俭的故事。而且，我也在女儿面前身体力行。每天，我尽量早早起床，动手做好一家人的早餐。我对女儿说，自己做早餐一方面比早点铺上的早餐卫生，同时也更节约。我每天上下班，除了下雨、下雪天，我一般都步行或骑自行车。我跟女儿算过这样一笔账：假如每天坐一块钱的公交车上下班。那么，每天车费就是四元。一周以五天工作日计算，每个月的费用就是 80 元。那么，一年下来，就是 760 元。女儿当时大约刚上初中，对于数字和金钱应该有一定的感受。她睁大眼睛，露出了不可思议的表情。

在勤勉方面，我也尽量做到身体力行。我每天都坚持抽出个把小时的时间坐下来阅读书籍，涉及历史、文学、哲学、美学等许多领域。我也一直坚持进行历史学科论文写作和诗歌、散文等文学创作。

在我看来，“勤俭”的家风应该也影响到了我的女儿了。孩子在读大学时，我们总在开学之初，将她所需的生活、学习费用按照正常预算的标准打到她的银行卡上。但是，每学期结束，她的卡上总有不少的剩余。有一次，她妈妈跟她开玩笑，丫头，我们家不差钱，给你的钱你不把它花掉，你干吗搞这么节俭啊？孩子笑着说，我在学校吃得好也穿得好，我的原则是不该花的钱坚决不花。你们总不能让我非要装土豪烧钱玩吧？

孩子去年考上中国科技大学研究生。临上学之前，她妈妈带她到商场买衣服。有一件品牌裙子款式漂亮，颜色也好看。她妈妈准备帮她买下。结果，孩子死活不要。她半开玩笑说，大学生穿衣服的品位在于简洁、清爽、明快。

勤俭是中华民族的传统美德之一。这也是我们民族文化的精髓之一。尽管它是传统的东西，但是，它在当今时代仍然有大力提倡的必要。

小脚的外婆

外婆去世已经整整30年了。特别想念她。

外婆的鞋子就晒在门口，小小的黑布鞋，像两个小玩具。外婆是小脚。那时，我头十岁的光景。

外婆在午睡，我听到她轻微的鼾声。我悄悄脱了自己的鞋子，将我的脚穿进外婆的鞋子。脚使劲往里伸，最后，我的脚后跟还是露在鞋子的外面。我趿拉着外婆的鞋子，拄起她平时走路时拄的枣红色的拐杖，模仿她有点外八字地走路，慢吞吞地。我自己把自己弄乐了，忍着，不笑出来。偷偷瞥一眼熟睡的外婆。外婆居然醒了，笑眯眯地看着我。眼神里没有一丝一毫的责备，倒全是宽容甚至是赞许。于是，我更夸张地在屋子里走动，咯咯咯地笑出声。

那时，外婆住在省城合肥，三里街。一间二十几平方的平房子，紧临一条小河，河对面的高高堤岸上绵延着一条铁路。傍晚的时候，外婆牵着我的手，站在河边，带我看火车。火车趾高气扬地开过来，震得地面急促、激烈地晃动着，气势排山倒海。巨大的涂成红色的大车轮子快速地滚动，火车头顶喷着浓黑的或浓灰的烟气。“呜——哐当，哐当”，火车突然一声怒吼，吓得我站立不稳，外婆紧紧攥着我的一只小手。“伢子，快看，车厢里有好多人呢”，外婆另一只手指着火车。是的，我看到了，绿色车厢里填满了大大小小的人，看不清面目，一闪而过。我被绿色的车厢吸引住了，我被绿色车厢里的那么多人给吸引住了，于是很快地就忘记了刚才的惊吓。火车带着轰鸣的余音渐渐跑出了我紧紧追随的视线，然后，渐渐地天黑了。外婆摸摸我的头说：“伢子，火车回家啦，我们也回家吃晚饭吧！”

那时，合肥使用公共自来水。外婆的工作就是负责给三里街的居民供应生活用水。她的工作室是一间小小的水房。外婆坐在高高的椅子上，我靠在她的腿边。她手拿着一叠图画纸片教我认图识字，“西瓜、荔枝、苹果、桃子……”有人挑着或提着水桶过来，递上牌子，她便拧开水龙头，放水。来的人大老远地就跟外婆热情而恭敬地打着招呼，外婆温和地回应着。三里街一带的居民夫妻吵架、兄弟争执什么的，都习惯喊外婆过去调解。外婆话不多，但是，不大一会儿，那些起先怒气冲冲的夫妻、兄弟，一般在外婆临走之前都会握手言和。

隔壁老蔡叔叔家的儿子小华和我为争抢玩具而打架，两个人扭打在地上，衣服扣子被揪掉了，袖口被撕破了，胳膊抓淌血了。妈妈跑过来，将我们俩拖起来，分开。轻声细语地安抚好小华，然后转过脸，斥责我：“伢子，你看你你看你，你把小华哥哥的手都抓破了！还不赶紧给人家道歉？”我不服气，昂着气呼呼的脸，坚决不道歉。妈妈抬手给我一巴掌。我委屈得哭：我的两只手都被抓破，再说，是他先动手打我的，为什么要我道歉？外婆颠着一双小脚跑过来了。她狠狠地望了妈妈一下，不说话，轻轻地把我拉回家。打一盆温水慢慢地为我洗脸洗手。妈妈跟进屋，外婆低声但明显严肃地说：“小孩子打架有什么对错？拉开不就得了？！大人不要轻易打自家的孩子！”妈妈不说话，轻轻抚摩我手臂上的抓痕。我知道妈妈其实也是心疼我的，但是我更喜欢外婆的这种心疼。

对襟褂子、粑粑头，外婆每天都穿得整整齐齐，头发梳理得一丝不苟。在从我记事起的印象中，外婆的衣服上从来就没有过一点点灰尘；外婆的头发也从来没有凌乱过。外婆拄着枣红色的拐杖，迈着有点外八字步，轻轻巧巧地走过去。迎面而来的街坊邻居都会停下脚步和外婆打着招呼。我总觉得外婆像电影《红楼梦》里的那个威严又不失温和的贾老太太。

外婆做马铃薯烧肉给我吃，太香了。她将红烧肉一块块地往我碗里夹，我一块块地吃进肚子。我吃得多么酣畅，她看着我，满足地微笑。一直到现在，我依然清晰地记得外婆眉清目秀的样子。她温和的微笑像一个熨斗，将我童年那颗调皮捣蛋的心熨烫得服服帖帖。

快乐的暑假很快就过去了，快得像呼呼开过去的火车。

我得回乡下读书了。外婆早早地起来，在昏黄的白炽灯下煮面条，炉子上的水汽弥漫在狭小的房间里。面条的香味浓烈，外婆的身影融合在水汽和香味里。我趴在床上凝视着安静忙碌着的外婆，心里有很多的舍不得。妈妈也起床了，和外婆小声地说着什么。我听不太清楚，她们好像说一些和我有关的事情。我知道吃过面条以后，妈妈就会带我回家。我真不想回家上学，我真想就这样待在外婆家，我只想外婆天天陪我玩儿。我忽然一阵难过，将头埋在枕头里，泪水悄悄地流出来。

外婆退休以后就去了姨娘家。姨娘家在凤阳。我读初一年级下学期的时候，开学没有几天，门口草垛上的积雪才刚刚融化完，我的手心里还紧紧攥着妈妈春节前从外婆那里带回来给我的麻雀糖。姨娘拍电报过来说，外婆去世了。妈妈放开嗓子哭，哭完后，她和爸爸搭车去凤阳奔丧去了，把我们兄弟姐妹四个留在家。就在那天傍晚的时候，我一个人蹲在村头的一块高坡上，不说话，久久地望着北方，凤阳的方向。脑海里闪回着许多关于外婆的细节——外婆的小鞋、枣红色的拐杖、外八字步、对襟褂子、粑粑头；外婆烧的喷香的红烧肉；外婆拉着我手和我紧紧依偎着看火车；外婆宽和地望着我淘气……那个晚上，我一直鼻子酸酸着，但是，我没有哭。年少的时候，老师们都教育我：男孩子一定要坚强，男孩子一定不能哭。

我慢慢长成大人了，后来的有一年春节，我去姨娘家。一大家亲戚围在桌子边喝酒正酣的时候，我偷偷溜出来。我让表哥带我去看看外婆的坟。外婆的坟就在村外一片杂草丛生的坡地，枯黄的荆棘密布坟头。一阵细细的冷风吹起来，荆棘纹丝不动，我却几乎要跌倒。

我泪流满面。冷风将我的脸吹得生疼。我站着，久久站着，泪流满面。

热爱故乡

热爱故乡，是从我故乡的那些性格开朗的农民大叔开始，是从故乡那些打点行装准备远行的堂兄堂弟开始。

热爱故乡，从我故乡雪被下的翠绿的油菜开始，从铁质的农具开始，从芬芳的泥土开始，从那条漂游着许多小鸭、小鹅的小河开始，从温柔的炊烟开始，从亲切的乡村土语开始，从一大群奔跑的孩子开始，从泡桐树叶间散落下来的一片片阳光开始。

乡村的美在金黄的麦穗之上，在成熟的果子之下，在我的那些乡亲温和的眼睛里面。初春，远行者的足音沉沉。大大小小的包裹，携带的是沉甸甸的祝福和期望。

明晰的车窗隔开远行者和送行者，一个是追寻梦想，一个是紧抓期待。

一些种子，一些蕾芽，一些乍暖还寒的风，这些是自然的礼物。雪还没有化完，雪是冬天的最后一件外衣，雪是春节最隆重的一道大菜，但，远行者不能不匆匆上路，远行。

初春，成千上万的远行者，大步流星。

河水，流过故乡门前的每一处温暖的记忆。远行者走得越远，那潺潺的水声反而越会在梦中清晰。

火车轰鸣，送行者抹着眼睛，远行者缓缓挥手。这些艰难的远行者啊,我知道,正是因为深深的热爱,你们才远远地离开。

你们怀揣梦想，怀揣乡音，走进陌生的城市。再遥远的路途也磨灭不了你们对故乡的眷念和热爱。

杭埠河与我的童年记忆中的小轮船

杭埠河，长江水系巢湖的重要支流。古称龙舒水、南溪，清代称前河、巴洋河。1949年舒城县人民政府定名为杭埠河。杭埠河以晓天河为上源，出岳西县境大别山区的猫耳尖（海拔1415米）东麓，流经六安市的岳西县、舒城县，合肥市的庐江县、肥西县，在三河镇注入巢湖。全长为145公里，流域面积3064平方公里。流域内有著名的杭埠河灌区及龙河口水库。有较好的灌溉和航运效益。

我的老家在杭埠河与巢湖的交汇口处，它的名字叫滨湖仓拐。是个典型的有湖有河有田的鱼米之乡。

很多年前，我家的青砖小瓦屋子就盖在长满泡桐树、柳树和大叶杨的高高的杭埠河埂上。屋前有清澈、平静、宽阔的杭埠河以及河面上“呜呜呜”行驶着的冒着轻烟的小轮船；屋后是肥沃的圩区，是一望无边的庄稼地，大片大片地翠绿或大片大片地金黄。

那时候，杭埠河上随处可见木制的小船。尤其在打鱼人家，几乎是家家必备的。那种小船呈盆状，且两头尖中间宽大，像猪腰子，所以叫做腰盆。这些大大小小的腰盆既是滨湖地区渔家的主要生产工具，也是重要的交通工具。一张腰盆，一两把长或短篙，就可以随意行走杭埠河，便捷又灵巧。

但腰盆还是有缺陷的：第一它不够安全，遇到大风大浪容易翻船；第二它运载量太小，只能承载三两个人；第三它全靠人力，不适合长距离的交通。

当时，汽车还没有延伸到乡村，火车更是遥不可及的东西。真正作为长距离出行工具的，还属小轮船。杭埠河上的小轮船模样雄俊，通体钢铁构造，阳光照在油漆得明晃晃的船体上反射出耀眼的光芒，小轮船浑身散发出卓尔不群的骄傲气度。相比而言，小轮船简直就是不可一世的大花猫，小腰盆们就是可怜的灰老鼠。

最让腰盆羡慕的是小轮船还会发出或低沉或高亢的汽笛声。那些“呜—呜—呜”或“突—突—突”的鸣叫声，像一把把锋利的刀子，轻易地就割破了乡村的宁静。

那时，杭埠河上小轮船的航行路线是从合肥出发经过南淝河，入巢湖，横穿巢湖，进入杭埠河，顺流而上，最后到达三河镇。

小的时候，我和哥哥姐姐们有时去三河镇玩，我们往往就会乘坐杭埠河上的小轮船。我家河对岸的新河口就是一个轮船站口。我们乘坐木渡船渡到对岸。

从新河口到三河，1 角 5 分一张票。我们兄妹四人一般只打三张票，在过检票口的时候，他们把我夹在当中，我就会像泥鳅一样地钻进船舱。省出来的 1 角 5 分，我们就去买小板栗或甘蔗吃。那时候的 3 角钱可以买到两大盅小板栗或两根老长老长的甘蔗。分食物的时候，我总是得最多份的，哥哥姐姐们总是让着我。有时候，我的那份吃完了，他们的口袋里还会余一些，我就会向他们讨要。起初，我以为他们不太像我这样喜欢吃零食。后来，我才知道，他们余下的这些是要带回去给爸爸妈妈尝尝的。

从滨湖到三河镇，15 里的水路，大约要行驶一个小时吧。小轮船“突—突—突”地一路往上游开，划破杭埠河的宁静。我们扶着轮船的栏杆在甲板上快活地来回地追逐着奔跑着。两边高高的河埂上的葱茏的树缓缓地向后移动。偶尔会遇到对面行驶来的运沙的货船，在擦肩而过的时候，我们会将手拢成喇叭状，向货船上的船工喊话问候，船工们总是憨憨地笑着或向我们挥手致意。路上还会经常遇到一些划着小渔船撒网的渔民。小轮船早早地就会拉响“呜—呜—呜”的汽笛发出提示。渔民不紧不慢地撑篙将小木船闪到河岸边，手提着湿淋淋的渔网等着我们的轮船驶过去。轮船驶过掀起一阵阵浪花，拍打着小木船。小木船摇晃着，但船上的渔民却笑眯眯地站得稳稳当当。

河埂上总有些挑着担子或扛着锄头的行人，他们听到轮船的汽笛声，有时候会侧过身驻足观望。我不知道他们会不会看到那个穿着打了补丁衣服的少年，会不会看得清那个少年单纯的快乐的笑脸。但我眼尖，我是能看到他们的——我能清楚地看到他们淳朴的知足的表情。我对着他们快乐地大声地喊“上城啦——上城啦！”。

有时候，远远地我看见在河边洗衣服或淘米的大嫂、大娘们，我总是跑到船头，将手高高举过头顶作连续划圈的动作，喊：“注意啦，注意啦，轮船来啦，小心浪花呀。”洗衣服或淘米的大嫂、大娘们直起腰，乐呵呵地端起盛衣服、米的盆子或篮子，退后站到较高一点的地方，笑眯眯地看着我。轮船驶过，跳跃的浪花正扑在她们的脚下。

很多年过去了。

那个穿着补丁衣服的快乐的少年早已离开了杭埠河，离开了三河镇，离开了那个有着大片大片翠绿或大片大片金黄的庄稼地的乡村。

杭埠河还在平静地流着，但水已失去了从前的清澈；河埂还是高高的，但更高的一幢幢的楼房压疼了、遮挡了曾经葱茏翠绿的树木。

小轿车、出租车、中巴车、大货车、摩托车以及三轮车在河岸的马路上来来往往地奔驰着，卷起阵阵尘土。那些小时候在杭埠河坐轮船的美妙的经历仿佛是一场恬美的梦境了。我站在老家的门口，试图回忆那些往事，但记忆仿佛隔着现实模糊的毛玻璃。

三河镇已经是国家五 A 级景区。政府现在正在打造“环巢湖—三河”的旅游带。原先沿着从三河到巢湖沿杭埠河两岸大堤上的高高低低的民房,全部被拆除。农民即将住进安置小区，住进统一规划的高楼。杭埠河两岸大堤正在修筑宽阔笔直的旅游观光大道。一个崭新的杭埠河即将呈现。

我还是有一点小小的怀念：杭埠河上再也找不到那个“突—突—突”地缓缓行驶的小轮船了，再也找不到满载的温和而知足的那些笑脸，再也听不到那些高声的“小心浪花呀”的善意的呼叫了。

河埂上那些挑着担子或扛着锄头的行人呢？还有，那些在河边洗衣服或淘米的大嫂、大娘们呢？

农家的腊月与春节

进入腊月，雪一直断断续续地下，新雪压着陈雪，寒冷堆积着寒冷。闪亮的冰凌一排排地悬挂在每一户人家的屋檐，像一把把锃亮的宝剑。太阳出来，屋顶的雪一点点融化，雪水顺着冰凌“滴滴答答”不紧不慢地往下滴。远处的积雪，近处的水滴，在阳光的照射下，闪耀着耀眼的光芒。鸡群是乐天派，一只骄傲的红冠大公鸡，率领一大帮母鸡、小鸡崽在田野边缘的荒地上觅食，发出快乐的“咯咯咯”的声音；侠客般敏捷的花猫从一个草垛窜行到另一个草垛，偶尔“喵喵”地叫两声，碧绿的眼睛里闪烁着忧郁；黑狗是最会享受生活的家伙，它懒洋洋地趴在门槛边，温顺地摇晃着尾巴，自顾自地玩耍。

所谓的童话世界，就不过如此而已吧。

快过年了，农家难得进入一年最清闲的时光。趁着天晴，父亲将锄头、铁犁、钯等农具搬进院子里，将它们一一擦拭得干净、明亮。再收进一间专门堆放农具的小屋子，码放整齐。

院子的矮墙，有些地方被猪拱坍塌了。父亲和些泥，掺进一些切碎的稻草，用穿着胶皮鞋的脚将这些细泥耐心地踩熟。修补好土墙的豁口部分，再在松软的泥里插上短棒。隔壁老四哥家的大肥猪哼哧哼哧地又过来了，伸出长长的嘴巴。父亲跺着脚，挥舞着手里的大扫帚，大声地呵斥，但却并不真的打下去。大肥猪哼哧哼哧地失望掉转头，走开，慢腾腾地走远。它摔打着尾巴，一副可笑的样子。

冬天的夜晚来得早。我们的村庄，很快就沉浸在无边的黑暗里。星星点点的灯火，撕不开黑幕。有谁家的孩子还在外面贪玩，尖利的女声击破沉静："三狗子，死哪去了？还不来家吃晚饭！""来了，就来了"，从某个看不见的地方冒出了孩子脆生生的搭腔。

围着方桌，我们一家人吃晚饭。一盏昏黄的白炽电灯悬在桌子的上方。热乎乎饭菜的雾气，升腾着笼罩着灯泡。农家的晚饭一般是稀饭，母亲在稀饭里放了些山芋。锅盖一揭，大米柔软的香和着山芋甜丝丝的香。哎呀，真是说不出的香呀。

就着脆嘣嘣的腌萝卜，晚饭很快就吃完了。父亲开始询问我们兄弟姐妹的期末考试成绩。我们一个个推开饭碗，小跑着，从各自的书包里掏出成绩单、奖状。从大哥开始，最后到我，依次让父亲过目。父亲咧着嘴，笑。母亲探过头，也笑眯眯地看，一个字一个字地读出老师给我们的评语。

父亲读过私塾，算是村里最有学问的秀才。他能吟唱很多首唐诗宋词；他能快速口算出《九章算术》里的绝大多数题目；他还会编写对联并写得一手好毛笔字。

母亲收拾干净桌子。父亲便从柜头上取下春联纸，红彤彤的春联纸。我家的春联一直都是父亲自己编词，自己动手研墨书写。亲戚们以及几家关系不错的乡亲，也会请父亲代劳。根据大门、后门、房门等门的大小，父亲裁好不同尺寸的纸。我站在桌边研墨。他右手将毛笔侧着轻轻在砚台里浸润，浸透。

左手轻按着对联纸的一角，沉思，还要在嘴里反复念叨几遍打好腹稿的词语。然后，挥动毛笔，一气呵成。“三山溢翠色，一河满春水”。年幼的我当时似懂非懂，但我真的特别喜欢这样的句子。我自小就是浸润在这样的文化气息里的。父亲，就是我的启蒙老师。

腊月二十三，送灶神。母亲用汤圆、麦芽糖等甜食祭拜。其目的无非是希望灶神享用了这些甜点后，在玉皇大帝面前多说些我家的好话，少打小报告。我记得一幅专门用于灶台的对联：上天言好事，下界保平安。

送走了灶神之后，腊月二十四，扫尘。除旧才能布新。家家户户里里外外彻底大扫除，家家户户将以崭新的面目迎接春节的到来。父亲负责清扫猪圈、鸡舍、前后院子；母亲擦抹灶台、柜子；大哥用竹竿绑上扫帚清扫顶棚、屋角；大姐、二姐和我负责擦门窗、抹板凳。干完所有的活，我们兄弟姐妹一个个成了小花脸。母亲早早为我们烧好一大锅热水，支好塑料洗澡帐。洗澡，换上干净的衣服。过年的新衣服还不能急着穿，那还得耐心地等几天，等到除夕早晨。

母亲把我们兄弟姐妹过年的新衣服早早就买好了，就整整齐齐地叠放在大木箱子里呢。

除夕，一大早。不用喊，我们一个个早早地爬起床，等着母亲唤我们过去穿新衣裳。小脸蛋红扑扑，新衣裳穿在身，心里真美呀，心里真乐呀。拽拽又拽拽衣服的下摆，对着镜子照不够。

一家人穿好过年的新衣服，母亲开始张罗着打糨糊，贴春联，贴年画。我最喜欢《水浒传》《三国演义》《西游记》的故事年画。红彤彤的春联、簇新新的年画一贴上，过年喜庆感觉立马就出来了。接着是放炮仗，父亲从柜头上拿出几个圆滚滚的“二踢脚”，在院子的中央摆好，点着。“嗵，啪！”的声音响彻云霄。乡村空旷，不像在城市，这样巨大的声音居然一点儿也不觉得吵闹，反而只感受到音响的美与刺激。

炮仗放完，一家人该吃团圆饭了。父亲在灶下烧火，母亲挥动铁铲，“噼里啪啦”地炒、炸、煎。一道又一道菜端上来，香气扑鼻。土制的小炉子放在正中间，将木炭点燃，将混杂猪肉、豆腐、大白菜、千张、大蒜等的一大锅“和气菜”架上炉子。四周摆放红烧鱼、红烧肉、烧鸡块、炒蒜苗、小青菜、蒸腊肉、卤猪蹄、小炒等满满的盘子。母亲给我们兄弟姐妹几个盛上满满的一大碗鸡汤，又给父亲和自己斟满酒。从代销店买的散装的白酒，打开红油布的封口，酒香扑鼻。

除夕之夜照例是要守岁的。母亲将所有房间的电灯都打开,屋子里一片光亮。父亲将房间的每个角落都彻底打扫一遍，打扫出来的灰尘、垃圾，装进簸箕里，却不倒出去。父亲说，这是风俗，意味着将一年里的家财“聚集”起来。从大年三十晚开始，一直要等到大年初三早晨，才可以出门倒垃圾。

杂事忙妥了，母亲从柜子里的坛坛罐罐里掏出了瓜子、糖果、糕点，分类别装盘，摆满了一大桌，桌子下放了生了炭火的小土炉子。一家人围坐在八仙桌边，边吃瓜子边讲话。

父亲会把这一年的家庭大事做个总结，他还会谈些来年的展望。我们兄弟姐妹也会在这个时候对自己的工作和学习做个汇报。父亲认真地听，然后会对我们的谈话逐一做细致的评价。父亲在做点评的时候，母亲开始给我们兄弟姐妹派发装在红纸袋子里的“压岁钱”。我们满心激动，将“压岁钱”收下，揣进最里层的衣服口袋里，再用手仔细地按牢实。

正事谈完之后，我们一家人便开始闲聊。父亲说所谓除夕就是“一夜连双岁，五更分二年”。父亲还说，年长者守岁为辞去旧岁，有珍爱光阴的意思；年轻人守岁，是为父母延长寿命，是一种孝道。窗外大雪悄悄地飘扬，整个乡村安静得如沉睡。我们的屋子里炉火旺盛，欢声笑语。平时一贯严肃的父亲和我们开着玩笑，母亲不时地起身，为我们往桌子上增加各种各样的糕点、瓜子、糖果。我最终抵不住瞌睡虫的侵袭，眼皮打架着，最后不记得是怎样迷迷糊糊地上床睡觉的。直到被一阵阵从或远或近处传来的激烈的鞭炮声吵醒。“过年啦！过年啦！”“开门大发财，元宝滚进来呀！”左邻右舍家的孩子开始大呼小叫起来了。

辞旧迎新的时刻到来，农历新年的第一天在子夜密集的鞭炮声和高呼的人声的喧闹中开始了。

父亲唤我们全家人起床，他从柜顶上取下红彤彤的辣椒串一样的鞭炮，摆放在院子的中央。除夕的雪已然下了一夜，地上已经积了厚厚的一层，洁白的雪上卧着一条红色的鞭炮长龙，这样的色彩对比多么强烈而醒目。我们全家人站在房门口看着父亲将一字排开的鞭炮点燃。“噼噼啪啪，噼噼啪啪”，鞭炮热烈、欢快地鸣叫起来。我记起父亲教过我的一首古诗：“爆竹声中一岁除，春风送暖入屠苏。”

正月初一,过年啦。农家春节的大戏正式上演了。吃大肉、喝鸡汤、玩扑克、走亲戚、看大戏、看电影、唱门歌、舞狮子……

过年啦,过年啦。一年里,农家人最热闹、最快乐、最放松、最解馋的日子到来了。

温和的优雅的脱俗的木棉

——诗人舒婷印象

“我如果爱你——/ 绝不学攀援的凌霄花，/ 借你的高枝炫耀自己 /……不，这些都还不够 / 我必须是你近旁的一株木棉……”20 世纪 70 年代末，《致橡树》仿佛是中国诗坛的第一声震耳发聩的春雷，而它的作者舒婷，从此成为中国诗坛的一棵永远盛开的美丽的木棉。

2008 年 10 月 23 日晚，大名鼎鼎的舒婷走进肥西，走进“中国肥西第四届紫篷诗歌节”，走到我们这些一直以来仰慕她的业余诗作者们中间。一袭碎花长裙，纯白色的棉衫，衬托出舒婷匀称苗条的身段；深度近视的眼睛，温软的南方普通话，轻巧的步伐，显示出她优雅不凡的气质。

“诗坛神话”一般的舒婷，如此真切地走进我们，让我们一群恭候在宾馆门前迎接的业余作者们一时间不知所措，诚惶诚恐。

舒婷微笑，和我们所有的人打招呼，语音轻快柔软。这一下子拉近了她和我们的距离。

从 23 日到 26 日，四天近距离地接触舒婷，我深切地感受着她作为诗歌大家的不凡、高雅和作为寻常女子的温和、平易。我甚至发现了这位五十多岁女诗人身上的俏皮孩子气。

舒婷确实是与众不同的，个性十足的。她的无论何时何地的“两不原则”，让我对她肃然起敬。一为，不在主席台做报告，一为，不接受任何媒体的采访。她说“我不是故作姿态，这仅仅是我一直的习惯，一贯的坚持。”不说话的舒婷坐在主席台，面带微微的笑意，认真倾听，却尽显高贵的气质。也许，舒婷沉默是金；也许，舒婷骨子里是高傲。

但她却并不总是沉默、高傲。在私下的场合，她却又是那么的随和、温和，甚至可爱。我们引领舒婷夫妇入住宾馆，当服务员打开我们为她们安排的房间时，她那么欢快地叫了起来：“哇！这么豪华呀？”我们从她的房间里出来，她一直送到门口，向我们款款挥手，满脸真诚的笑意，“谢谢你们啦，我就不送啦”，浓厚的南方普通话，听起来那么柔软。

她出门，一大群人围着她，如同众星捧月。我挤开别人凑到她身边，“舒老师，我可以和您合个影么？”“呵呵，你这个小伙子倒是很会见缝插针嘛。”她看看我，“可以啊。”她配合着我摆了姿势，我的朋友举起相机，留下了一幅珍贵的照片。

她和著名诗人邱华栋、祁人他们开玩笑：“你们不可以叫我姐姐啦，该叫我老外婆啦。”然后狡黠地笑，像一个占了小便宜的快乐的小孩。

她那么体贴周到，像是邻家的和善的阿姨。那个为我们包厢服务的小姑娘，听说在座中有著名诗人舒婷，激动得小脸通红。她站在包厢门口手足无措。舒婷走到她跟前，拉着她的手，温和地说：“小妹妹，让你忙到现在，我们吃得太晚了，真是不该，你还没有吃晚饭吧？”那个小姑娘感动或者激动到语无伦次，“不吃不吃，我不吃晚饭。”

临别的那天晚宴，舒婷更是平易到让我几乎忘记了她是我们仰慕已久的“诗坛大姐大”。她站起来，一一陪我们喝酒。一直和我们天南海北地聊着各种轻松的话题，场面气氛融洽、随便。她巧妙地化解我们的拘谨，把一开始恭敬、正规的酒会“和平演变”成家庭聚会。她开心地称我是她的“黄埔小师弟”。她的爱人陈教授陪我喝酒的时候，因为我不喝酒，为了表明我的歉疚，我把一大杯白开水一饮而尽。舒婷误以为我喝的是酒，忙责怪陈教授：“老陈，你怎么能这样欺负我的黄埔小师弟？”我尴尬地解释，“舒老师，我这不是酒，我喝的是水。”“哦，呵呵，原来是水呀？难怪喝得这么猛。”

因为酒席气氛的随和，我们有个业余作者甚至和舒婷聊起了他的初恋，他的初恋故事恰好发生在厦门。舒婷略有点“使坏”地不断拿他的故事逗趣，一桌人都被她逗得哄笑不已。这个业余作者找来本子，请舒婷签名。舒婷略一沉思，在他的本子上写下了一行字迹清秀含义深刻的话“初恋是甜蜜的，但它不是生活的全部。”写得多好！简单的一句话渗透着诗人独特而深邃的爱情观。

我再次联想到她的《致橡树》。三十年前，诗人在诗中所表达的那种爱情立场，至今仍然具有“前卫”的意义。各自以独立姿态相对而立的橡树和木棉，被诗人赋予了崭新的象征形象。这种形象的树立，不仅否定了陈腐的“青藤缠树”“夫贵妇荣”甚至“嫁鸡随鸡”式的以人身依附为基础的两性关系，同时，也超越了牺牲自我、迷失自我的“盲爱”的原则。它完美地体现了富于人文精神的现代爱情品格。真诚高尚的爱情，应该以不舍弃各自独立的位置与人格为前提。舒婷对这种美好爱情的歌唱、颂扬，建立在极有思想含量、极富哲学深意的理性思考之上。而且，这首诗还不仅仅可以作为爱情诗。它其实有更为广阔的视野，从木棉与橡树的意象构成中，我们同样可合理地引申为对人与人之间相互理解相互信任，同时又以平等的地位各自独立这种伟大的道德理想。

这就是伟大的舒婷，请允许我用“伟大”一词来形容。中国现代诗坛,因为有了舒婷,这是多么幸运。2008 年 10 月 23 日—25 日，如此近地感知舒婷，我们是多么幸运。

诗歌是睡梦中的劳动

——著名作家、诗人邱华栋印象

因为举办诗歌节，才得以有幸接触并真正认识著名作家、诗人邱华栋。

此前，对邱华栋其人，我只是略有知晓。前年，我读过他的一本小说《夏天的禁忌》。这是一部有关青春和成长的小说，叙述了一个少年自中学至大学这一期间的成长历程。其中有家庭的磨难，青春期的骚动、惶惑与危险，以及朦胧而炽烈的恋情。小说流淌着一种夏天般狂热的激情与冲动，具有鲜活的青春底色。当时，我一口气读完，感慨良久，我内心某一块柔软的地方被深深地触动。因为，我们的青春，在成长的过程中，真的就像小说中描写的那样曾经艰难地但却顽强地突破了“夏天的禁忌”。

如此直抵人物内心的描写，如此精准无比的细节把握，让我因为这本小说而对作者产生浓厚的兴趣。

我用百度搜索“邱华栋”——这个当代著名的实力派作家居然和我同年，而且，他同时还是个著名诗人。因为喜欢诗歌，而且我一直自诩为诗人，这让我一下子觉得“邱华栋”这个名字非常亲切。

2008 年 10 月 24 日下午，在合肥新文采大酒店门口，我们迎来了邱华栋、叶延滨、祁人、王久辛一行四人。他们一下出租车,我一眼就认出了他。我迎上去,“您是邱老师吧？您好！”

“你好！兄弟，就叫我邱华栋吧。”邱华栋向我伸出手，厚实的手掌，温暖，有力。

我原来以为，这一群中国最著名的诗人、作家们一定会是高高在上难以接近的，没想到竟然会如此随和、亲切。简单的欢迎酒会之后，我们这些本次诗歌节活动的组织者们就和他们这些名人们无拘无束地交流起来。

敬酒的时候，我举着杯子到邱华栋的身边。我说：“邱老师,真抱歉,我不喝酒,我喝的是水,你随意。”“没关系,老弟,酒、水都无所谓的，关键就是一个情谊”，说完，他把一小杯白酒一饮而尽。我说，“邱老师，我不是老弟，我也是 1969 年出生的，我们俩同年呢。”“哦？是吗？哈哈，我还以为你比我年轻。”旁边的《中国武警》杂志社主编，著名军旅诗人王久辛开玩笑说：“华栋，你们俩同年，但人家长得可比你俊，看上去也年轻些哦。”邱华栋说：“我是丑俊型的，我年轻的时候长得更丑，我现在已经俊得多了，我会越长越俊的！”

邱华栋短短的头发，身材魁梧、结实。我注意到他走路的姿势，步伐沉稳、有力。他和王久辛站在一起的时候，我和他们俩开玩笑。我说：“王老师，您虽然穿着军装，但您身上透着文气。邱老师倒好像是当兵的人呢。”邱华栋笑着说,“哈哈,算你有眼光，我年轻时练过拳击。”随即，他握拳，摆动肩膀和头部，秀起了拳击的套路，很专业。

本次诗歌节莅临的几位著名诗人、作家，他们性格迥异，各具特色。我感觉，邱华栋是敦厚的。25 日下午快 5 点时，当天在紫蓬山风景区的诗人采风活动结束。为了更深入地了解大诗人们的创作经验、创作成就，组委会临时增加了一个“著名诗人和业余作者的座谈会”活动。舒婷、叶延滨、邱华栋、王久辛、祁人、陈仲义、王玉芳、韩小蕙、刘祖慈、王明韵等一干诗人落座后，主持人恳请舒婷带头给我们本土的业余作者们谈谈诗歌创作方面的技巧。舒婷谦和地说 :“诗歌创作，我是没有什么经验的，还是请诗歌大家《诗刊》主编叶延滨给大家讲讲吧。”叶延滨是个很喜欢调侃的人，他说 :“舒婷的诗那是了不得的，长期选入中学课本，要谈诗，最有资格那也是舒婷呀。”于是，舒婷便又“回击”叶延滨，两个人唇枪舌剑，你来我往，斗嘴斗得甚欢，把主持人和我们这些业余作者们全都“晾”到了一边。这时候，邱华栋说 :“舒婷姐、叶老师，你们俩就别光顾着打趣了。我们大家因为诗歌而难得聚在一起，我们还是谈一些诗歌的话题，也不枉此行。再说，你们要是不谈谈诗歌创作，显然也是为难主持人。”邱华栋的一席话，立刻让两位诗歌大家的逗趣暂时停止。从叶延滨开始，王久辛、刘祖慈等诗人们正儿八经地聊诗歌方面的话题了。那天，我口袋里恰好有一首以前写的诗，我掏出来，递给坐在我对面的邱华栋。主持人也递过去两首他的作品。我注意到，他认真地读并若有所思。他本来是准备朗读并点评主持人和我的诗歌的，但后来因为暮色降临，我们座谈的那个小亭子灯光太暗淡，字迹看不清，只好作罢。

晚餐的时候，邱华栋对我说 :“方圣，你和你们张部长的诗,写得都很成熟,很棒。部长的诗选材很好,乡土的味道很足。看得出,你的诗歌语言控制力和表现力很强,形式感也很好,而且,能用一两个字单独分行,来写诗,这很少见很不简单。但你的这首《菊》还没有突破,最好的作品一定是要让别人不会产生似曾相识的感觉才好。”邱华栋拍了拍我的肩膀,“方圣,很不错!一首诗很难看出你创作状态的全貌,最好,你能再多给我看几首你的诗,这样,才能给我更多关于你诗歌创作的信息。”“邱老师,我今天口袋里就这一首,那我明天再多拿几首给你看看吧。”

次日,我们去诗人们下榻的宾馆,接他们去千年古镇三河采风。邱华栋一见到我就问道:“方圣,你的作品带来了没有?”这样大名鼎鼎的作家如此细心、周到,这真的令我很感动。在采风的路上,他和我并着肩,展开我的诗稿,细致地点评。他说:“文学是睡梦中的劳动,诗人并不是不食人间烟火,但至少,诗人在创作的时候,一定要超凡脱俗。”

邱华栋外表武气十足,难得的是他又十分地细致。我请诗人们给我签名,他不仅签下他的名字,而且,还写下了他的手机号码,电子邮件和博客地址,一应俱全。在三河,祁人、卞国福、王久辛等诗人们为杨振宁故居展卷挥毫。《肥西报》女编辑杨芳不失时机地请王久辛为她写一幅字,恰好我也站在旁边,我也很想请王老师为我写一幅字珍藏,但我又担心王老师会拒绝。邱华栋似乎看穿了我的心思,他朗声说道:“王大校,你可不能光给美女题字,也给方圣写一幅哦。”“都写,都写”,王久辛握起毛笔,在洁白的宣纸上为我题写了“方圆则盛”四个遒劲有力而且寓意深刻的大字。

三天的时间，实在太嫌短暂。舒婷、叶延滨、邱华栋、王久辛、祁人、陈仲义、王玉芳、韩小蕙、刘祖慈、王明韵这些大名鼎鼎的诗人们和我们相处得如同亲戚朋友。26 日下午，这些诗人们陆续返程。在临上车前，魁梧结实的邱华栋紧紧握着我的手，“方圣，如果去北京，找我”。

邱华栋老师，“诗歌是睡梦中的劳动”，我会记得这句话。

文学引领人生，阅读提升心境

1987 年，18 岁的我跨入安徽师范大学的校门。与高中生活的枯燥、单调、紧张相比，大学生活是那样的丰富多彩和悠闲。这种巨大的反差，突然之间让我迷失。我不再是那个曾经勤奋刻苦的青年了，我开始整天沉迷于溜冰场、足球场或电影院里。大一上学期的时光就在这样的浑浑噩噩中飞快地过去了。那一学期，我进图书馆的次数，甚至不及我的那些刻苦学习同学的一周的次数多。

1988 年春天的某个中午，我无意中翻看同学摆在床头的一本席慕蓉的诗集《七里香》。"为这 / 我已在佛前求了 500 年 / 求他让我们结一段尘缘 / 佛于是把我化作一棵树 / 长在你必经的路旁 / 阳光下慎重地开满了花 / 朵朵都是我前世的盼望……"这是席慕蓉《让我如何遇见你》里的句子。以前我一直以为文字是冰冷、无趣的，那时，突然觉得，原来文字也可以如此温暖、迷人。

从此，我开始如饥似渴地阅读书籍。历史、文学、哲学等各类书籍都广泛涉猎。读书，不是因为书中自有颜如玉、黄金屋，读书，是因为我快乐、我喜欢。

俗话说，"熟读唐诗三百首，不会作诗也会吟"。以我的切身体会，真是如此。慢慢地，我也开始尝试着写作并向报纸杂志投稿。1988 年底，我的第一篇习作，是关于席慕蓉诗歌的赏析，居然被上海《文汇报》采用。当我收到《文汇报》样报以及 18 元的稿费单时，真是激动得彻夜难眠。

阅读与写作的激情一下子被点燃。简直可以用烈火熊熊来形容。仿佛着了魔似的，课余的绝大多数时间，我都会待在图书馆或阅览室里，阅读、写作、思考。

然后，就有越来越多的诗歌、散文、文学评论被报纸杂志采用。

“打开夜晚的甲胄 / 用沉默摩擦寒冷的黑暗 / 推开朝南的破旧的木窗户 / 在天空的夹缝中寻找从前的黄昏和清晨 / 那时东京的夜晚多么繁华 / 汴河岸边到处是欢快的人群 / 如花美眷似水流年 / 过眼的烟云来去不定 / 善变的不只是天气 还有心情……”这是我发表在《诗歌月刊》上的诗歌《水浒人物·林冲》里的诗句。我以为，诗歌可以让人的思维变得更敏锐、敏感。

“最遥远的地方，也许不是北极南极，不是天涯海角。最遥远的距离，也许就是你面对着你自己”。这是我发表在《合肥晚报》上的散文《最遥远的地方》里的句子。我以为，散文可以让人变得更从容不迫、深思熟虑。

“你们都不认识这个叫李却的人。他活得很平庸，和你我一样。不一样的是，他现在死了，我们还平庸地活着。其实，就算你们认识他，又能怎样呢？一个人可能会改变自己的贫穷，但很难改变自己的性情。我的朋友李却其实完全可以有你我一样知足而悠闲的生活，但他却一直很困窘。只有我知道是为什么。所以，我想把他的故事写出来。算是怀念，也算是告慰。”这是我发表在《大学生》杂志上的短篇小说《飞行中坠落的鸟》里的段落。我以为，小说可以让人学会沉默和聆听。

文学，就是你能安静地聆听早晨的第一声鸟鸣；文学，就是你能细心地发现路边草尖上的某一滴露珠；文学，就是你能真切地感受到旷野某一棵老树隐秘的悲伤。

以我个人的 20 多年的读书和业余写作经历，我特别能感受到：“文学引领人生，阅读提升心境”。

“出门找钱”

——夜读梁鸿的《出梁庄记》有感

当读完梁鸿的《出梁庄记》的最后一页，我抬头看墙上的闹钟，时间是凌晨 3 点。夜晚在沉睡，过分的寂静让人心慌。

梁庄的人行走在离家的路上，越走越灰暗。

我没有去过河南，也不知道在那里有这样一个叫梁庄的村庄。在作家梁鸿的描述下，梁庄似乎是个阳光难以照到的地方，潮湿的悲伤肆意生长。长途的迁徙、艰辛的打工、无奈的伤病，甚至听天由命的死亡。

一本书读完，让我如此沉重，这样的感觉还是第一次。我深呼一口气。我想，像梁庄这样的村庄，应该毕竟是中国农村的个案。因为，我的老家也在农村，那里呈现给我的是与梁庄截然不同的状况。

我的故乡在杭埠河下游，紧靠巢湖。滨湖，一个让我心生柔软的名词。那里有我诗意的童年，有我迷恋的河流、树木，有我倍感亲切的乡亲。

与中国所有其他地方的农村一样，大多数的青壮年们离开家乡，踏上去城市的火车、汽车，去寻找他们新的生活。他们都行走在外出的路上。但是，我所了解的是，他们都走出了各自的精彩。

大约在 2000 年，我的二堂哥将责任田转给大堂哥耕种，带着他妻子和两个儿子远赴西安。他们夫妻二人在西安市烤羊肉串、烤马铃薯。他们起早贪黑地购买原料、配制作料、摆摊设点，辛苦自是不言而喻的。但是，几年下来，居然赚了个盆满钵满。不但供了大儿子上了安徽财经大学，给小儿子买了轿车，而且还在合肥买了两套住房。现在，二堂哥从西安回到合肥，在新火车站附近开了个废品回收公司，过上了清闲又滋润的生活。

二堂哥"出门找钱"(我的故乡人,喜欢将外出打工称作"出门找钱")的成功,刺激和鼓舞了大堂哥,他在家再也待不住了。他毅然辞去了村主任的职务，投奔了他弟弟。在西安，他也搞了个烤羊肉串铺子。干了几年，也小有积蓄。

我一个高中同学，考大学连考两次都失败。本来他自己还有决心想继续努力争取考上大学。但是他家里兄弟姐妹多，负担重，他的父亲把他的书本当柴草烧锅了，将他的书包扔到河里。万般无奈下，他只好回家务农。一家七八口人靠着五六亩责任田生活，日子过得相当紧巴巴。后来，随着我们村农民进城打工的热潮兴起，他也加入了"出门找钱"的行列。起先他在合肥帮人开夜班出租车，又辛苦又担惊受怕的（那段时间，有一些不法歹徒，经常在夜晚抢劫出租车司机），工资待遇还不高。后来，因为生病住院，偶然结识一个病友，这个病友是合肥经济开发区江淮汽车的一个副总。两个人都相互感觉很投缘。出院后，副总将他介绍进江淮汽车里上班。他先是在江淮汽车干保安（保安工作清闲，但工资不高），后来他主动申请调到汽车养护与维修车间干一线工人（一线工人比较辛苦，但是工资高些，而且能学到实际技术）。由于他的勤奋和肯动脑筋，没几年就从数万工人里脱颖而出。现在，他已经担任了江淮汽车对外推广部的部门经理。现在的他整天西装革履、领带周正、皮鞋锃亮着。工作有日程、出门有专车，待人接物进退自如、彬彬有礼。他已然是大城市里那种成功白领了。谁能想到，十五年前，刚进省城的他，还曾经是那样的一个人瘦毛长、衣服不整的乡下穷青年。

我的一个小学同学，他甚至初中都没有念完，就因为家庭困难的缘故而辍学。他最初出门找钱的地点就在上派。他跟他姐姐合伙在上磷路上开了一个家庭式的小印刷厂。帮一些单位印制信封、便笺纸，帮一些小书商印制小说、杂志什么的。我去过他们的印刷厂。姐弟两人穿着满是油污的几乎分不清颜色的工作服，一边陪着我说话，一边在机器边手脚麻利地干活。就这样完全凭着吃苦耐劳积累了第一桶金。后来，随着电脑排版技术的兴起，传统人工铅字排版不可避免地开始衰落。在当时小印刷厂还没有彻底被淘汰之前，姐弟俩敏锐地意识到经营的危机。他们果断将小印刷厂转手给他人。姐弟俩联手进军建筑材料行业，成立“姐弟架业公司”，为建筑商提供出租钢模板、脚手架业务。姐弟俩有胆识、有魄力，加之合肥“大建设、大发展”的规划与行动，为他们事业的突飞猛进提供了绝好的机遇。如今，他们的资产已过千万。

在我的故乡，类似这样“出门找钱”成功的例子不胜枚举。每一次我回滨湖，都会增加一份对故乡的陌生。曾经的土墙小屋被一座座青砖大瓦房甚至数层小洋楼代替；曾经的凹凸不平的乡村土路被笔直宽阔的水泥大道代替；曾经烧柴草的灰秃秃的土灶被高档、大气的煤气灶、燃气灶代替；曾经在村子里最吸引人眼球的交通工具——拖拉机被豪华锃亮的小轿车代替；曾经穿在身上补了又补的旧衣被光鲜时尚的华服代替。

中国的城市化的步伐在加快。这就注定了会有越来越多的农民自觉或不自觉地离开祖祖辈辈生活的那一方村庄，走向城市。

合肥市政府正在全力打造环巢湖的湿地，我的故乡就在规划的区域之内。从去年冬天开始，那里的村民拆迁工作已经有序地进行着。未来，我的故乡人也将住进带电梯、烧燃气的高楼大厦，住进有各种健身器材的生活小区。如今，在杭埠河入巢湖口的地方，一座现代化的大桥正如一道彩虹横跨大河。在不久的将来，也许，我的故乡滨湖也将变为城市。那时候，他们也许就不用那么辛苦地出远门找钱了，而改为出了家门就能找钱了吧。

我觉得，《出梁庄记》里的梁庄农民走向城市之路那么坎坷甚至可以说是悲凉，那应该只是梁庄的现象，它不可能反映中国所有农民的全貌。就如同我故乡滨湖的农民出门找钱之路似乎看起来都那么“顺当”（其实，我不认为他们是顺当的，我故乡的乡亲都曾为今天的成功付出过许多泪水和挫折），也只是属于滨湖的现象一样。

其实，我认为，无论如何，面对生活，总要采取乐观、阳光的态度。我赞赏我故乡人乐观、豁达的生活态度——“出门找钱”。“出门找钱”，在我看来，就是出门先去寻找生存。生存找到了，接着就再去寻找生活。生活就这么简单，不必要非弄得那么悲壮。

故乡是一件瓷器，每个人都会用不同的方式珍藏。《出梁庄记》的作者是一个学者、社会学家。我相信她对她的故乡满怀深情，同时，我也妄自揣测她写作此书的意图可能带有强烈的社会提醒。这确实是很必要的，对于中国这样一个正在全速发展中的国家，需要有这些冷静的甚至是悲伤的声音。

但是，我们也不要过于悲观、绝望。因为，在中国的乡村里毕竟也有像滨湖这样的逐渐富足的村庄。它的脱胎换骨也同样具有深刻的社会意义。

其实，从更广的层面上说，梁庄、滨湖，都是我的乡村我的故乡。故乡人的一面是勤奋，另一面是善良。

无论对于梁庄还是滨湖，我只有一声祝福，和再一声祝福。祝福他们走在路上，越走越幸福，越走越富足。

我只在乎你

只要听觉没有问题，我以为，没有人不会喜欢《我只在乎你》这首温情的歌。

我最早听邓丽君这首歌时，还是少不更事的年龄。

80年代初期，小镇上的长发青年小王喜欢提着那种像大砖头似的录音机，开大大的音量，满街乱晃。那时，这首歌还属于靡靡之音。我们小屁孩子其实根本听不懂，但我们能感觉这样的歌曲很好玩，听着听着，会觉得自己小身子发软，不明原因地软软的。那时，我们喜欢跟在小王屁股后面，追着看小王的录音机，追着听里面放出的这种让人发软的歌曲，追着看小王的大喇叭牛仔裤，模仿小王晃着肩膀走路。我们当时觉得小王真的很帅很酷很时髦。

听得多了，也会了那么几句。“如果没有遇见你，不知会是在哪里？”我们用正在变声期的小公鸭嗓子，对着马路边的大树嚎两句，对着田野里悠闲吃草的水牛嚎两句，对着长发小王的后背嚎两句。很过瘾，很释放青春的情绪。

后来知道，这是一首爱情歌。而且，懂得体会、咀嚼歌词和旋律里的温情和执着。

从旋律的角度，这首歌从头到尾，抒情、流畅、温情脉脉；从歌词的角度，这首歌深情而不滥情，完全是真情流露，不做作，不伪装。《我只在乎你》绝对是爱情歌曲里的精品。再加上有着天生柔美嗓音的邓丽君的款款演绎，更使此歌锦上添花。

《我只在乎你》原本是一首日本歌曲，仔细听，依稀有一些日本歌曲的味道。也许是因为中日两国一衣带水，许多日本歌曲翻唱成中文，似乎一点也不削减其风味。《我只在乎你》就是这样，来自日本的另一首脍炙人口的《北国之春》也是如此。邓丽君正是凭借此歌在日本歌坛大放光彩，并将邓丽君推上歌唱事业的巅峰。

我的博客里放了四个版本的《我只在乎你》，分别是徐若瑄日文版、邓丽君中文版、英文版和郑钧轻摇滚版的。

徐若瑄长得就有点像日本女子，她的日文发音很地道。这首歌她唱得还是蛮有味道的，透着点日本女子的温柔和韧性。

邓丽君是这首歌的原唱，好听自不待言。她的嗓音的软绵和这首歌的意境恰到好处地吻合。唱的人声音软软的，听的人心软软的。

没有想到这样一首典型东方式的爱情歌曲，用英文演唱，居然不但没有走味，而且别有味道。尤其里面的男声，低沉婉转，富有磁性。

郑钧轻摇滚版的《我只在乎你》，估计有很多人不一定喜欢。其实，郑钧的嗓音是很柔情的，他演唱这首歌应该不成问题。配器是摇滚的风格，有重金属乐器。可能会有人认为这样反倒相得益彰，但也会有人认为这是糟蹋经典，是胡来。

“如果没有遇见你 / 我将会是在哪里 / 日子过得怎么样 / 人生是否要珍惜 / 也许认识某一人 / 过着平凡的日子 / 不知道会不会 / 也有爱情甜如蜜 / 任时光匆匆流去 / 我只在乎你……”

王进是《水浒》里的一个谜

一直,《水浒》里的王进让我困惑。

从《水浒》的描述来看，林冲的武艺应该是在一百零八条好汉里排名前五的。和林冲一样，王进也是东京八十万禁军教头，那么，他的武功也应该和林冲一样地了不得。

我以为，王进应该是《水浒》里相当关键的人物。他几乎可以算成是《水浒》好汉“火爆”出场的一个引线。他在东京得罪了权贵高俅，不愿屈服，于是决定离开东京西去延安府。王进路过史家庄，结识九纹龙史进(《水浒》，正是由这个史进带出花和尚鲁智深，再由鲁智深又带出豹子头林冲，逐渐将故事推向精彩)，王进传授史进武艺，后来，投奔延安府老种经略相公。而后，对于王进，书中再无提及。

《水浒》描写王进最后一段话是 :“王进道，‘贤弟，多蒙你好心,在此甚好 ;只恐高太尉追捕到来,负累了你,不当稳便 ;以此两难。我一心要去延安府投着在老种经略处勾当。那里是镇守边庭，用人之际，足可安身立命。’史进并太公苦留不住，只得安排一个席筵送行。史进收拾了担儿，备了马，母子二人相辞史太公。”

我一直都弄不明白——这样一位性情刚烈又武艺高强的人,为什么没有把他弄上水泊梁山,去做一番惊天动地的大事?

施大爷却让他不知所往。这似乎有些不合《水浒》的人物描写特点——在《水浒》里，一百零八位好汉，有的实际上武艺平平、默默无闻，但作者对他们的结局都逐一给予交代。为什么独独对这个显然是重量级的王进，却是例外呢。

依我看来，其实，王进，很容易让他走上梁山的。其一：王进被高俅排挤，他的出走显然是被逼迫的。梁山好汉大都是被逼上的，这样，王进上山，从情理上说，不会突兀。其二：王进武艺高超，不愁着他在去延安府路途中不生点什么事端。

我有时暗自揣测——是不是施大爷觉得王进和林冲属于同一类型的人物，担心他们相互之间在故事发展中产生冲突，所以，就只好牺牲掉王进呢？这真是令我惋惜。以我个人而言，我对王进有一种莫名的欣赏。我一向欣赏有本事、性格刚直、善良的人，如果，这人还知书达理，那就更好。

我以为，《水浒》的基调是悲剧。无论一百零八将，或者晁盖，无论他们曾经怎样地大碗喝酒、大块吃肉如何的风风火火，他们的结局却都是凄凉的。比如，每每，我读到宋江以及被宋江骗着的李逵喝药酒，我都忍不住扼腕叹息。

但，我认为，其实，王进才是最具悲剧色彩的人物。宋江、林冲、李逵们的悲剧色彩是显明的、实在的。而王进，他的悲凉在于——他像流星一样快速地划过，还没有来得及绚丽，就悄然凋谢。这也许就是所谓的“无处话凄凉”吧。

所以，我在《水浒》人物——王进一诗中，用“王进不回头 / 一直向西走”“风餐露宿 / 只顾西行 /”这些句子，试图来表达王进“行进中”的孤独和无奈，并且为王进的“不知所终”

做充分的铺垫，最后，用“不知所终”这四个字来表达我对他深深的惋惜和同情。

没有比“不知所终”更大的人生毁灭了，它让王进短暂的人生充满诗意的悲凉。

谁渐渐堕落毁灭，谁慢慢长大成人

——电影《长大成人》

白衬衣和蓝裤子，军大衣和军用书包，大广播和广播体操，老工厂和蒸汽机车，英雄主义的小说《钢铁是怎样炼成的》，摇滚乐队，吸毒，行为艺术，少年暗恋，包养，等等。这些组成了第六代导演路学长的电影《长大成人》的主要元素。

如果说姜文的《阳光灿烂的日子》给我们的是关于青春快乐的回忆和羞涩的甜蜜，那么，路学长的《长大成人》却冷冷地告诉我们在年少冲动的伤痕过后慢慢长大成人。

同样是关于“青春的残酷和伤口”题材的电影，同为第六代导演，在表达思路上，路学长的《长大成人》显然比娄烨的《颐和园》脉络清晰得多。

但，我并不能确定谁比谁更深刻或深沉？

《颐和园》太难懂了。这样的影片，只适合60年代和70年代初出生的人，而且，从年代上符合的这一群人，还必须再具备两个条件——

（1）80、90年代在读大学；

（2）敏感、敏锐。

《颐和园》的整体基调是灰暗的，它隐喻的是无比抓狂的青春现实——没有光明，没有前程，破败、痛苦不堪。这是一部真正意义上的“少儿不宜”，甚至，不适宜所有人。

相比而言，《长大成人》虽然也有颓废的片段。但，它始终有一丝光明带领着观者向前、向上。小说《钢铁是怎样炼成的》中的英雄主义精神始终给我们以坚强的信念，虽然有人（比如小莫、付绍英）炼成了废铁；但是，至少有人慢慢长大成人（比如周青、声乐女孩）。

我理解，颓废，有时，也有一种别样的美感。但，如果以生命作为代价，这样的美未免太残酷。我曾经为著名已故诗人海子写过一首诗。其中有这样几句：

“……春天到了 / 海子 / ‘十个海子全部复活了’吗？ / ‘在光明的景色中’ / 我很想问你 / 你这么长久地沉睡到底是为了什么？ / 另外 海子 / 我真的很想告诉你关于生活的一些真相 / 比如：能够梦想 / 是一件多么快乐的事情 / 能够活着 / 是一件多么重要的事情。”

该片的原名叫《钢铁是这样炼成的》，导演的劝人积极奋发的用心极其良苦，按理说，他们都应该长大成人的。

但，事实是，谁能把他们炼成真正的钢铁？

黑道的恩仇情伤——王家卫的电影《旺角卡门》

据说，衡量一个人是不是老了，不是看他的额头的皱纹是不是增多。而是看他是不是开始喜欢怀旧。

我想我肯定是老了。

我喜欢听很老的歌，看从前的电影。有时怀念从前直到童年记事。

那天，重温了 20 世纪 80 年代的一部电影《旺角卡门》。居然，仿佛觉得是看了一部新的电影。

很多感触、困扰一齐郁积心头，连日地纠缠不休。

黑道人物华仔（刘德华饰演）是旺角的一个好勇斗狠却极讲“兄弟”意气的黑道分子，为了照顾不成材的好友乌蝇（张学友饰演），跟黑道狠角（万梓良饰演）结仇。期间，华哥与来港养病的表妹小蛾（张曼玉饰演）渐生情愫，但是他的江湖身份却使这份感情屡遭磨难。

中间，两人爱情美好。华哥意欲脱离打打杀杀的凶险黑道，开始正常人的生活。但他们似乎无法摆脱命运的安排。

从良不成的乌蝇冲动地强出头，自愿为黑帮老大去杀人。华哥闻讯拼力阻止，却已无法挽回。为了江湖兄弟情谊，华哥奋不顾身，最后，也毙命街头。

旺角，位于香港的油尖旺区，九龙半岛中部。那里新旧楼宇林立；旧住宅楼宇地铺多为商店或餐厅。据说，曾经是香港黑社会的聚集地。

卡门,法国作家梅里美写的短篇小说《卡门》中的主人翁。她生性浪漫不羁。这是一篇影响全世界的小说。被改编成许多国家的电影或戏剧。

1988 年，王家卫编剧并导演了他的处女电影——《旺角卡门》。

显然,王家卫是善于玩噱头的。从电影的字面上看,似乎，“卡门”（小蛾，张曼玉饰）的故事应是电影的主体，小蛾应该是该电影的主角，但其实不是。卡门也许只是王家卫随手拿来的一个吸引大家高度关注的一个文化符号。就像他后来曾经拍摄的《东邪西毒》，人物虽然出自金庸的小说，但是，叙说的故事已经完全改变了。

这是被允许的。文学中有这样的一种现象，叫“化用”。

小说《卡门》是充满悲剧色彩的。作者拷问自己或者读者，人生在世，究竟要追求什么？是财富？名誉？自由？小说直到结尾也没有能给出明确的答案。只留给读者们无尽的沉重叹息和唏嘘。

也许正是这种难言的悲情触动了王家卫。电影《旺角卡门》同样地诉说了一个难言的悲情故事。一个关于香港黑道恩仇情伤的故事。

王家卫那时的导演手法还算稚嫩，那时的技巧也生涩，故事的编排也显得粗糙不够完美。但这些都不影响这部电影强大的震撼力。

英俊帅气的刘德华颠覆了香港同类黑道题材电影中脸谱化的人物形象。在这样的一个人物身上，我们看到了丰富的或者说复杂的人性色彩。张学友扮演的黑道小弟乌蝇，同样地性格层次分明。王家卫并未按一般的江湖片模式把他们塑造成黑白分明的人，而是当成一个个有血有肉有缺点的人来塑造，这使得影片颇具时代感，烘托出了青春的迷茫与激情。

是的，青春的迷茫与激情。这是一个永恒的人生话题。所有的人都会经历、感受。但似乎很少有人能将其中的困惑参透。

撇开黑道的罪恶与黑暗。黑道中也有正直、意气和爱情。

《旺角卡门》就是在给我们描述华哥们的正直、意气和爱情。王家卫真是此中高手。到他的《东邪西毒》，已然将这一切发挥到了极致。

刘德华、张学友、张曼玉三人的表演都是可圈可点的。尤其是刘德华、张曼玉在电影中的一些面部特写，非常传神到位。所以，我不能确信，究竟是王家卫成就了天王、天后的刘德华、张曼玉，还是他们成就了日后的至尊导演王家卫？

另外，电影中的一首插曲也不得不提。林忆莲演唱的《激情》（曲调取自英文歌曲《Take my breath away》），婉转柔情，无限哀怨，与整个电影的主题基调完美契合。其实，那时候，王家卫还没有像后来那样纯熟地运用背景音乐来烘托电影情境。这部电影如果完全用《激情》作为主题背景音乐，那将会更能强烈地渲染电影的悲剧感。

从电影的主题表达角度，最值得称道的，这部影片与其说是在宣扬江湖义气，不如说是表达了对于江湖恩仇的厌恶和无奈。我注意到了电影中的两个艰难的拷问：一个是，作为乌蝇，究竟是生命重要还是尊严重要？另一个是，作为华哥，究竟是爱情重要还是义气重要？

多么痛苦的抉择！

如果说王家卫借用了小说《卡门》的名头，我认为这是他对小说主题的铺展。而就江湖电影而言，这是王家卫对黑道题材的升华。

“骑我的驴，随你们看唱本去”

马标医生是我一直比较信任和欣赏的医生。

在那个医院，不管大家口头上承认不承认，马标医生的医术应该是最高的。

现在，很多医生给病人看病，先是借助各种医疗器械，做检查，然后，给病人用最先进的最昂贵的新药。

马标医生也会借助医疗器械，但他拿手的绝活是一“望”一“切”，然后，埋头刷刷刷地写一些处方。他总是开一些很普通的药，既有效又节约。他做这些的时候，表情严肃，话不多但温和。

在我们这个地方，马标是个名医。找他看病的络绎不绝。马标医生倒也是从没有不耐烦，诊断、开药总是有条不紊，不慌不忙。

其实，更令我对马标医生肃然起敬的倒不是他的高超的医术，而是他的特立独行的性格。

马标医生性格孤傲，医术又高超，同事们对他敬佩的居多，只是，他不怎么讨领导的喜欢。

某次，马标医生正常休息在家，该院院长电话找他：“马医生，你来医院一下。”

“什么事？有急诊？”

“不是，我有个亲戚咳嗽，想找你给看一下。”

“哦，不是急诊呀，那算了，我今天休息，你让值班医生给看吧。”

“马医生：我的这个亲戚特地找你来看的，你看，能不能过来一下？”

“哦，那就叫他明天过来吧”。“嘟，嘟，嘟”马标医生说完就把电话挂了。

其实，马医生也不是摆谱。同事家有亲戚朋友什么的找他看病，不管在岗不在岗，一般一喊就能到。

有的人认为马标医生很怪，也有的人说马标医生有个性。

马医生一般一概微微一笑。他有句自创的格言——“骑我的驴，随你们看唱本去吧。”

一点理解、一点宽容，便如初冬之阳

有一次，我在课堂上临时引用一段古诗词的时候，突然不记得其中的某一句，课堂突然陷入莫名的安静中。“哎呀，真对不起，突然忘词了”，我抱歉地说。这时候，坐在第一排的一个女生，掏出手机，特别熟练地用百度搜出，然后轻声地告诉我那一句诗词。

我真诚并略带尴尬地说：“谢谢你，某某某”。

这时，另一个男生接上话说：“老师，老师也不是无所不能的神，您不要太客气。”

我笑了，同学也笑了。课堂的气氛立刻轻松和谐起来。我突然感觉，人与人之间，一点理解一点宽容，便如初冬之阳。

和同事打篮球，不小心肘击到其中一个，顿时嘴角流血，一检查，是舌头被碰破了一点。按理说，问题倒是不大，但糟糕的是，该同事血小板偏低，伤口不容易愈合。过了一个多星期才痊愈。那几天每每看到这个同事时常下意识地捂着嘴的痛苦状，我很是过意不去。我说：“唉，真是抱歉，你这伤口老是不好，这可怎么办？”他却笑着说：“没事没事，这些天正好趁着这机会又戒烟又戒酒，多好！”

于是，我那个朋友忽然为自己一直以来的小气而羞愧。他说，那天，他主动停下车，上前客客气气地招呼了她，并说了些关心她身体健康的话。她不停地搓着手，一迭连声地说着谢谢和对不起，语无伦次。他理解她当时心情的复杂。是啊，人与人之间，哪怕只要那么一点理解一点宽容，便如初冬之阳。

人一生的时间是有限的，与我们的生命相比，那些小小的矛盾、小小的冲突又算得了什么呢？对于永恒的时间来说是多么脆弱和不堪一击！我们何必把宝贵的生命，消耗在那些毫无价值的喟叹和纷争上呢？

有人说："放下，便是得到。"是的，我以为，放下抱怨，便会得到理解；放下纠结，便会得到坦然；放下小气，便会得到舒展。

生活中与人相处，难免会有些小矛盾小冲突，有必要去斤斤计较吗？何不宽容一点、理解一点？一点理解、一点宽容，便如初冬之阳。

"不急，别急"

单位的网速奇慢。我的同事们每每在需要用电脑网络的时候，眼睁睁看着"加载中，请稍候"的屏幕提示，总是忍不住抱怨连连。有一个性子急的同事，甚至会使劲拍打键盘，咬牙切齿。大有一拳捶碎电脑，才能发泄心头之愤之势。

但是，每天，当我点开网络主页，在漫长的"缓冲"中，我却总会告诉自己"不急，别急"。我稳下情绪，翻开一本书，一边慢慢阅读，一边从容等待着我需要的网络页面打开。阅读、等待，两不耽误。

"不急，别急"，是我的一个赵姓学生的口头禅。感谢这个学生，让他的这句短语能成为激发我积极情绪的一句箴言。

说起这句"不急，别急"的短语，还要追溯到九月份有一天课外活动时间，这个赵姓学生和我打乒乓球。我们打的是 11 分制。每当我率先拿到"赛点"（比分抢先到达 10 分）的时候，这位同学总是用右手挥动挥动他手中的球拍，左手拍拍他自己的胸口，说"不急，别急"。后来，他的这种"不急，别急"还真的起到了作用。他一球一球地稳扎稳打，居然能在比分落后的情况下扭转形势，反败为胜。我惊叹于这个只有十五六岁少年的这么良好的心态和心理素质。我真诚地对他说："小赵，你赢了老师，但是老师佩服你的其实并不是你的球技。老师倒是很佩服你的这种关键时候的‘不急，别急’的沉着和镇定。谢谢你，你给老师上了一节很好的心理健康课。”

开车行走在车辆拥挤、人群混乱无序的马路上，当我正要焦躁不安时，耳边响起赵同学的“不急，别急”，我便安静下来，缓慢地让开绕着弯行驶的电瓶车、强行超车的机动车，心平气和地注视着前方。“不急，别急”，再混乱、拥堵的交通状态总会有通畅的时候。

上课的时候，每当有调皮捣蛋的学生交头接耳，我不再大声地训斥他们了。“不急，别急”，我微笑着走到他们身边，轻轻摸摸他们的头，给他们一个温和的提示。课堂纪律反而渐渐地好起来。

与同事为琐事可能要发生争执时，“不急，别急”，先安顿好自己的情绪，不急着和对方争个你对我错。而是认真地倾听对方的表达。法国启蒙思想家有句名言：“我不赞同你所说的每一个字，但是，我誓死捍卫你说话的权利。”

当我们遇到挫折，心情可能要沮丧时，要学会微笑地告诉自己：“不急，别急”。是的，风雨之后往往便是彩虹。

当我们取得一点成就，可能要得意忘形时，要懂得冷静地告诉自己：“不急，别急”。是的，乐极的时候倒是最容易生悲。

当别人误解甚至诋毁我们，可能要愤怒甚至发作时，“不急，别急”。孔子就曾经告诉过我们说，“人不知而不愠”。

遇到阴雨连绵的天气，不要心情也跟着潮湿。“不急，别急”，不要抱怨，太阳总会从东方升起。

“不急，别急”，是一种从容，是一种淡定，是心智的成熟与健康，是一种乐观、积极的生活态度。

所以，在我们日常的生活、工作中，要少一些慌乱、急躁，多一些“不急，别急”。

第二卷

松声泉韵

黄松泉

第一辑　故乡轻咏

描摹故园

故园即故乡，《现代汉语词典》如是解读。

人们通常把出生地或长期居住过的地方称为故乡，包括精神层面久远的记忆、深刻的感受、历经的体验、累积的情愫。而第二故乡，则是这些诸多生命元素、生存环境交集后的重复或位移。

故园方位

我的故园，坐落于合肥南乡，巢湖北岸，是一个名不见经传的小村落，叫黄五村，大概因了周边 5 个黄姓居多的村庄而得名。我家住上黄五，30 多户人家，除了 3 家分别姓高、姓刘、姓张之外，其余全部姓黄。我于 1947 年农历四月初五出生在朝南郢的一座陈旧的茅草屋内。那时的村庄呈“T”字形，多数住户齐聚向南一排，还有 10 来户人家坐东朝西，竖列出一个垂直的支撑，仿佛是在加固大郢对北风的抵御。与之并列、毗邻的是“黄氏宗祠”，偌大的一个四合院，空空荡荡，十分沉寂。小时候常与同伴溜进去玩耍，只记得黑漆大门里，正屋迎面密密麻麻地排满了祖宗牌位，似乎是历代家族亡灵都潜伏在那里沉睡，幽幽地散发出阴森气息。新中国成立初期，祠堂被利用，改作黄五小学。

我虚岁 8 岁那年，看着同村比我大一岁的玩伴们纷纷背着书包上学，眼红了，便缠着奶奶，不停嘟囔：“我要上学。”奶奶早已听说我不符合条件，便安慰我：“政府规定，9 岁才能上学。你还小 1 岁，等到明年吧。”接下来的反应便是我死皮赖脸的缠磨，慈祥的奶奶无可奈何，只得拉起我的小手，走进学校去报名，那一阵饱含稻香的秋风，似乎夹带一个侥幸，试试看吧。负责报名的老师年龄偏长，说话偶有口吃。他循着一种固有模式，开口便问：“你家什么农？”“篾笼。”我条件反射式地回答道，第一反应便是联想到奶奶在家养鸡，用的是篾制的鸡舍。一阵哄堂大笑，我红着脸立即纠正：“我家是贫农。”后来的提问，我都对答如流，完成了所有的“面试”。也许是一个荒谬的滑稽加上几分智慧的表现，或许是当时适龄儿童并不足额，学校破例接收了我。一年级的冬天，期末考试那一天，天空飞着雪花，我早早赶往学校，首先看到年轻的语文老师站在校门口，面对飘舞的瑞雪，昂首挺胸，还伸出双臂，高歌“北风那个吹，雪花那个飘……”我躲进门侧一角，惊喜地欣赏那段即兴演唱，声音是那么浑厚，曲调是那么动听，心中暗自赞叹：“啊，世上原来还有这样好听的歌，这么会唱的人！”那次听唱，便成为我人生第一次受到的音乐熏陶。也许是一种美的激励，我满怀兴奋参加了考试。结果是语文、算术双得100分，以全班第一名的荣耀，彻底清除了同学们当初的讥笑，赢回了尊严。奶奶自然十分高兴，回家过年的父母也是笑逐颜开。

我家夹在朝南郢中部偏西位置。门前高耸着一棵全村标志性的大椿树，树干粗壮，8 根枝丫（乡人常说：树无九桠，人无十全），有些炫耀地舒展开来，树叶茂繁形同绿色巨伞，夏天是纳凉好处所，村里大人小孩都喜爱聚集树下乘阴凉，常常旋起一阵阵喧闹。老屋不大，3 间堂屋敞开，西边厢房是厨房，东边那间厢房则是父母住所。因他们常年在外做工，总是空荡着，但我却不愿住进去，只是和奶奶一起，挤在西堂屋支起的那张床上，像是着意预留那份清静，好让父母归来重温。1954 年二弟也在我落地的那间东厢房里诞生。从此，我对东厢房生发出一种敬畏，根之所系，存储起生命的神圣。9 年后，三弟也在那儿来到人间，许多年过去，那间小小的厢屋窗棂上贴上“喜”字，变成我的新房。次年，长女于此呱呱坠地，东厢房竟成为我们家庭传宗接代的福地。

在紧密相连的土墙草顶的村舍中央，矗立一座高大的砖瓦平房，三进两院，宽敞幽深，特立着一派威严，那是族中伯父家的故居。那深深庭院里细微的记忆已被岁月冲淡，但他家宽大的大门上一副对联却深刻记忆，10 个工整的黑漆大字，震撼过我幼小的心灵：“忠孝传家永，诗书继世长。”上学后，我不仅将其熟记于心，也能读解其意了。新中国成立前，一个伯父身为安徽省政府参事，是黄五村人的最高职位了；另一个伯父已从贵州大学毕业，也是全村最高学历。新中国成立时，他家被定为地主成分。村里还出了个大学生，是刘家的一位兄长，20 世纪 60 年代初期毕业于合肥师范学院中文系。上大学的那年夏天，他曾拉着我的手，深情勉励我好好读书，将来能考上理想的高等学府。但我在六安高中读完高三临近高考时，正赶上史无前例的"文化大革命"，否则，我也许就是村里的第三个大学生了。

那时，乡下的孩子们背着家里大人缝的书包，很轻薄，学习负担一点也不重。大把大把的时光，都挥霍在玩耍、撒泼之中。一群孩童有自己的一些寻欢作乐的方式，常常结伴一起去扒蛐蛐、逮蚱蜢、钓鱼虾、捉迷藏，夏秋两季星月朗照时，纷纷抢着爬上生产队在晒场上垒起的高高的麦垛或稻草堆，占领制高点，以贪享天风清凉。有时也在我家大椿树下集结，捉对摔跤、曲腿斗鸡。上了中学假期归来后，便抽空领着比我小的亲友玩游戏，开故事会，我的古今中外的一些小故事，常常勾引得他们双耳竖起、两眼圆睁。我还曾帮着小堂叔用废弃的饼干盒描画扑克牌（那时乡村很少有人家舍得花钱购买），教他们一伙学会打 80 分，与大家一起收获快乐。1968 年，因户口在农村，我便回乡务农，接受贫下中农再教育。干了一年农活，后来参加了大队文艺小分队，走村串户，村头田间，见缝插针为乡亲们表演。那倒是摊上一份美差，可名正言顺规避繁重的体力劳动，所挣工分比照一个整劳力。干活期间，由于我身体单薄，从小又缺乏锻炼，犁田打耙望而兴叹，挑担、栽割很是吃力。最喜与几位强壮的叔侄为伍，在塘口、田头用水车车水，因为 3 到 4 人一组，中间可轮流歇班。借着那短暂的工夫，躺在田埂上舒展四肢，看天空湛蓝、云朵洁白，闻泥土芳香，听大地心跳，能有效地解乏驱困。每到夜晚，灯光下，卧榻上，独享时光的温馨和阅读的乐趣。从学校带回的那些课外读物不知翻了多少遍，从友人借来的图书也读了一本又一本。与此同时，开始写日记，多为学习心得、生活感悟之类，也有不成文的诗歌、散文、长长短短的信笔写了很多篇幅，真实记录了那段蹉跎岁月。很可惜，后来几度搬迁不慎丢失了，只有一些片段在记忆里停留。

村庄四周，分布大大小小的几口水塘，世代乡亲挥汗开挖，蓄着农家的希望。最小的是村南面的冬沟，我与小伙伴们去得最多，好多次在那里抓鱼、抓泥鳅、钓黄鳝。塘埂上长满荆棘、蒿草，双腿行走其间，免不了被拉拉扯扯。东头大塘稍大一些，也是淘米、洗菜、清衣服的好场所。1954年夏季发大水，冬天奇寒，整个塘面封冻，板结着厚实坚硬的冰块。邻家堂哥抡起大锤，使尽全身气力敲打，只能砸出点点洼宕。孩子们乐了，成群结队跳进冰面玩耍，嘻嘻哈哈闹翻了天。有不慎摔倒的，屁股跌疼了，龇牙咧嘴的，也不吭声，孩童们第一次享受了严寒所赐予的乐趣。东北边的水塘最大，一片辽阔的水面，微波细浪涌向模模糊糊的东岸，加之与村庄较远，几乎成为孩子们的禁地。这些密布的水塘和交错的沟渠，织成一幅命脉之网，保障着家乡人畜用水和农田灌溉。

村西有一口老井，幽幽的井道，爬满井壁的绿苔，一圈接一圈地隐藏着开挖的年代。井台上围一座圆形青石井圈，四周刻满深深的印沟，是无数根时光之尺的井绳量磨出的作品，为水滴石穿做出了另一种图解。老井深且直，水清而幽。玩伴们喜欢围扒井口，遥对波光镀上的一汪水面，摄下各自的笑脸，说是照镜子，又说是照个相。我却没那好心情，从井里打水吃，靠的是力量，奶孙俩不无烦心。我还小，奶奶已年过半百，只能靠她独自艰难地扯水、担挑，我只是在往返时，挎一圈井绳，颤悠悠地跟在奶奶身后。此时就会为我的孱弱，为不能助奶奶一臂之力而心生愧疚，只盼早日长大。老井丰盈的井水永远冬暖夏凉，还泛着一点淡淡的甜味。赶上夏季，操持农事的乡亲们都喜爱扯一桶井水，嘴贴桶口，咕嘟咕嘟狂饮一阵，饱享乡下天然冷饮之清凉。一年四季，乡人取井水煮饭、泡茶。父亲就爱用烧开的井水，沏一壶绿茶，闻着清香，呷着茶味，美滋滋地享受，那个画面无数次叠印在我的脑海里。乡亲们都爱老井，它总是与故园有关，久远地固守在那里，滋养岁月，洗涤俗常，成为故乡一个清润的符号，一个美好的印记，一个永不枯竭的生命之源……

故乡的方位，永刻我心，凝成一种永恒，标明我人生坐标的原点。

第二故乡

故园原属肥西县义城区晓星公社南斗大队，1978 年因区划调整划归合肥市郊区，以后改为包河区。

那个年代，各地的社会宣传和群众文化活动还是十分活跃的，文艺宣传队在乡镇之间如雨后春笋，有条件的下放和回乡知青自然被作为主力。1969 年秋，我被选进义城区宣传队，经过一段排练，首次赴县城参加全县文艺会演，结果大获成功，宣传队为义城斩获了全县第一名。那时，我在县级大舞台上蹦过、跳过、唱过、演过，尤以我所创作的几个节目的新颖、精彩，会演结束后被留用于县革委会宣传小组（后来改为宣传部），参与通讯报道工作——一个人生舞台的新开端。

别妻离雏，我只身闯荡县城，过起了单身汉生活。机会来之不易，我当分外珍惜。回乡知青劳作的辛苦，家乡父老乡亲的殷切期盼，在潜移默化中化作一股精神动力，一根无形的鞭子，时时在驱赶着我，催我奋进。于是，一篇篇大大小小的新闻稿件，频频见于各级报端。80 年代初，《人民日报》社在全国选拔一批优秀通讯员作为新闻队伍的后备力量，我有幸被《安徽日报》作为全省重点通讯员之首推荐上去，当然也附上我的工作实绩和部分已经刊用的代表稿件。后来只因我已结婚生子，有了生活拖累未被录用，否则，极有可能成为《人民日报》社的一名记者。我虽遗憾，但并无怨尤，反而更加努力，毫不吝啬地去尽情挥洒工作激情，不仅出色地完成分内的工作，还承担起宣传部的相关文稿乃至县委领导的一些讲话稿、工作报告等任务。1982 年被提拔为宣传部秘书，享受副科待遇，付出 12 年的青春岁月。两年以后，经组织推荐、考核，个人参加全省统一组织的正规考试，被省委党校干部培训班录取，脱产学习两年，终获大专文凭，也算修补了一次人生缺憾。党校毕业后，回宣传部任副部长。先后运用多种方式，为肥西的宣传工作，作了不少工作。1990 年 10 月，被提升县委办公室主任，9 年后转任政协副主席、县委统战部长，直至退休。期间，也与同事们一起，将肥西的统战工作开展得有声有色，个人也曾荣获全省优秀统战干部。

（行文至此，回看以上，心中突然窃哂：怎么将这段文字

写成了个人简历？自传式文字显然虚脱了散文律韵，不免枯燥乏味，还是文字驾驭功力太欠火候？好在尚未偏离主题，姑且为之）

1972 年，我在县上觅到一个中学代课老师名额，为我 67 届六安高中毕业，且已在我老家小学代了两年课的妻子提供一个提升机会，便欢天喜地打点行装，陪送她去远离县城的高刘中学教授英语。中学时的英语苦学，终于由不显眼的资本转化为一种谋生手段，尽管收入微薄，却被固定融入了新的希望。启程报到时日，8 月底的阳光还很炙人，在乡间小路上投射出妻子瘦弱的躯体和腆着大肚子的身影，艰难的行走令我悲悯和自惭。熬过两年半，她带着我的双胞胎女儿调至县城工作，一家人团聚在县政府大院内的一间一拖小平房里，接过来的岳母无怨无悔地为我们付出很多很多。生活虽然十分清苦，但家的感觉、家的温暖还是赐予我们无限的欣慰与快乐。全国恢复高考后，已是三个孩子妈妈的妻子，心潮不再平静，一如春风里的小河激情，满怀鼓荡，滋润着心中枯萎已久的理想蓓蕾。碍于当时家庭现状，我便把与她同样的渴望用行动裹卷着输入她的心田。于是妻子便开始埋头苦干。一段时间里，废寝忘食、挑灯夜读几成家常便饭，“为伊消得人憔悴，衣带渐宽终不悔”。当大学通知书飞进我家小屋时，像一声春雷骤然炸响。孩子们欢呼雀跃，连陈旧的窗棂也为之欢颤。不久她从老家转了农村户口上学去了，也将三个女儿的户口带进县城。那时，面对城乡户口之间的巨大反差，我们家简直就是扭转了乾坤……

这些零零星星的片断，描绘着我和我的小家在肥西工作、生活的一段经历。从我第一次走进县城迄今，已度过一万六千余个日日夜夜。近半个世纪的岁月，积淀起太多的付出、喜忧与感奋，以及成长中的收获，收获时的欣慰，欣慰间的爱恋，爱恋里的升华，由升华而凝成了一种珍贵的情愫。

巢湖岸边的晨曦，紫蓬山乡的落霞，三河镇的抗洪救灾，小井庄的时代风云，刘老圩的历史变迁，还有辽阔的山川大地，密布的城镇村庄，都曾有过我青春的放飞，心智的绽放。时刻撩拨我心弦的，是肥西明显的区位优势，优美的自然环境，丰厚的文化积淀，完备的产业体系和迅猛的发展势头。

肥西北靠省会，与合肥滨湖新城、高新区、经开区、大学城和政务文化新区无缝对接，是合肥现代化新兴中心城市建设的重要组成部分。县域交通十分便捷，10 多条铁路、国道、航道以及毗邻的新桥国际机场，构筑了现代化立体交通网络；东临全国五大淡水名湖——巢湖，60 里湖岸线水天一色，环湖西路如玉带舒展，派河、杭埠河两座大桥傲然耸立；南拥千年水乡古镇、中国历史文化名镇、全国文明村镇——三河镇，新近荣获国家 5A 级旅游景区；西枕大别山余脉、国家级森林公园、“庐阳第一名山”——紫蓬山，70 多座山峰绵延起伏 50 里。县城上派怀抱着中国中部最大的苗木花卉基地——三岗，林海花洲，终年葱绿，四季飘香，还有四水清澈环绕，是一座宜商宜居的现代化滨水园林城市。上派一角，沉寂的古埂遗址，与风与雨悠悠对话，诉说着新石器时代古老的故事；花岗镇境内的一座汉墓，在舒王墩浓缩了 2000 多年前的一段历史；太平天国“三河大捷”古战场，还隐藏着当年的刀光剑影；全国独一无二的淮军故里圩堡群，是清代台湾首任巡抚刘铭传、两广总督张树声等一代淮军将领的故居；山南镇小井庄，是中国农村改革——包产到户的发源地，一座高大的门楼，一处崭新的村落，洋溢着肥西人敢为人先的时代精神。更喜桃花工业园，安徽最早创立的一个省级开发区，经过20多年的辛勤耕耘，现在已经硕果累累，其贡献已占据肥西经济总量的“半壁江山”。全县的“六大”工业主导产业和“六大”特色农业产业已经完成精彩布局，多轮驱动，两翼齐飞，正在交响着肥西崛起的辉煌乐章。各项经济指标一路攀升，社会事业长足进步，跃入全省先进行列。至2014年度，再次荣膺安徽唯一的全国百强县，位列79名，跻身全国发达地区的第一方阵。

历史和现实的强力交集，已在这方天地间镌刻上“淮军故里、改革首县、巢湖明珠、花木之乡”的美誉，存储了不平凡的昨天，展现出很生动的今天，也预示着更美好的明天！

2016年5月21日

故乡情愫

乡音

乡音，是一种无音符的韵律，一种地域文化的凝结和驿动；

乡音，是一张无文字的名片，一种心灵的交感和升华；

乡音，是一束开放在心头且永不凋谢的康乃馨，暗香萦绕，幽郁的芬芳永久浮动。

无论是在天涯海角，还是在异国他乡，一经触动，既能使忧愁冻结，也能让喜悦沸腾，感怀中，令大漠雄风更加强劲，长河落日分外瑰丽，绿肥红瘦皆是温暖。

绿叶对根的依恋，凝聚和散发出不朽的神奇。

乡情

有一种情感，能穿透地心，飞越云天；

有一种情感，能融化冰雪，壮阔波澜。

像一树红杏，渲染着生命的蓬勃；

似一池绿莲，荡涤着生存的污染；

若一丛金菊，临秋风而芳香四溢；

如一株雪梅，遇冬寒而争报春天。

世世代代的传承，一方水土的濡染，风霜雨雪更添神韵，喜乐哀乐也得以升华和提炼。浓烈，深沉，顽强又纯贞，伴随着生命的诞生，一直生长到永远。渗透情义的故乡，与那方热土上成长起来的人们就是一段生死缘。

乡恋

池畔的柳，还挂一帘春梦？

村头的井，仍蓄一汪秋水？

院中的树，新嵌进一圈年轮？

屋前的花，又轰轰烈烈绽开绚烂？

田野完成了一轮成熟，乡亲们已播下来年的希望？

邻家的小葱蛋炒饭还是那般喷香？

村东堂叔手制的挂面还是那样柔软细长？

曾经的故乡味道，一直在膨胀中保鲜。

用牵挂编织成的乡恋，用责任缝纳出的乡恋，不仅如影随形，更是刻在心灵上的一方“不舍不离”的印章，血液一般的鲜红。

乡恋，是生命燃烧的火焰！

2012年9月15日

快乐过年

春节将至，中央人民广播电台播出一则广告——

孩子问："妈妈，什么是过年呀？"

妈妈："过年就是吃饺子，穿新衣，贴春联。"

孩子又问："爷爷，什么是过年啊？"

爷爷："过年就是全家欢聚，团团圆圆的。"

旁白："为梦想，出发；为过年，回家！"

过年，是中国人特殊的一种情绪，一种向往和依恋，一种永不褪色的记忆。

故乡位于合肥南乡，巢湖北岸，故乡的风俗再加上个人的人生经历，形成了我鲜明的记忆，经岁月淘洗而历久弥新。

当朔风旋进了腊月的门槛，严寒提示着年前一件大事的启动：家家户户开始置办年货。男人们提前预约杀猪匠，或者联手亲友，宰杀自家饲养的肥猪；家庭主妇们则张罗着杀鸡宰鸭，腌制腊味，或上集赶市，购买糕点、糖果、春联、香烛什么的，或磨糯米，挂挂面，做粉条，揉欢团……手脚十分麻利，冻红的脸颊终日漾着笑容；孩子们纷纷围着父母，问长问短，抛出许多稚嫩的希望和要求。我小时候，一直住在乡下老家，父母则常年在城里做活、帮工，7 岁前只与奶奶俩人相依度日。一到冬天，雨雪纷飞时，童稚的内心便飞起了对过年的渴望。过了腊月半，几乎每天都扯着奶奶的衣角，去村头张望，忽闪着的眼光，投射于昏黄的天幕之下，在乡间大道上，匆忙行走的人群中，搜索着父母归来的身影。家里的年货，虽然奶奶也尽力准备一些，但主要是由父母从城里备好带回。我盼望的只是一家人的团聚，倾听父母讲一些外面世界的故事，当然，也有心理满足后与小伙伴们过年时尽情撒泼的希冀，对新衣物、压岁钱的猜想。热热闹闹过了三天年，心中竟生发一些朦胧的惆怅与不舍。也许那也是一种原始乡愁的最初孕育。后来，随着年龄的增长，先后去外地念初中、上高中，那种童年的感觉却日益浓厚。1969 年末去县城参加工作后，每年都会提前一点时间安排回家过年。家里的主要年货由我置办，大一袋、小一包，肩挎手提，拥挤、颠簸在小客车上。下车后，还需步行十来里，便取出随身携带的扁担，挑着担着，悠悠然行走在回家的路上。肩头虽沉重，心里很轻松，总觉得有一种热力在推着我。挥着汗水跨入家门，卸下年货和很多乡下稀缺商品，父母十分高兴。当然，所用经费，还是由他们全额“报销”，我只是悄悄塞给奶奶一些钱，作为对本分、善良、慈爱的祖母一点小小的回报。

除夕前的两三天，我依然会“例行公事”，去履行一种自己相当乐意的义务。我常常独自一人，提着毛笔，蘸着墨汁，从村东第一家开始，依次为每一户写春联。一笔一画，写出游子的祝福，书出盛世情怀。几百副春联，我力求重复，好在事先已做好功课，收集和抄录了很多报刊发表的新春联以及外地张贴过的楹联经典。也有不少内容，是我因家而异、因人而异，现场即兴创作书写的。几天内，我每到一户，热情的乡邻总是先奉茶、递烟，烟味、茶香缭绕于笔端，浸溢着红红的对联。逢上哪家刚炸好过年的圆子和粑粑，总是第一个让我品尝，那是乡情的馈赠，暖暖的，熨热了心胸，酸疼的双腿和腰背，居然奇迹般地消减了。

我们家乡一般都是年三十中午吃团圆饭。年饭的菜肴制作讲究且丰盛，鸡、鱼、肉、圆必不可少，就是相对困难的农家，也必须备齐这“四大盘”。饮酒时，全家首先共同举杯以敬先祖，然后再由后生敬长辈。菜肴可以任意选食，但“元宝鱼”绝对不许动筷，需留待三天后方可食用，寓意家庭“年年有余（鱼）”。20 世纪 80 年代前后，农家很少有电视机。1983 年起始的现场直播的“春晚”还难以走进千家万户。于是，我便从县城小家带着彩电一起回家过年。除夕夜，家里因此而热闹起来，歌声笑语溢满老屋，还有邻家的大人、小孩也挤进来，与我们一起分享。临近午夜，乡村的“关门炮”送走了旧岁。不久，“开门炮”就迎来了新年，两种爆竹有时竟同时交响，在天地间炫动着辞旧迎新的缤纷与辉煌。

新年的第一缕阳光，串烧着乡村浓浓的年味。大年初一，乡间是没人愿意晚起的，就连熬夜收了压岁钱的孩童也在曙光初照时亢奋起来。家家户户早早打开大门，早早吃完早餐，清一色的挂面下汤圆加煮鸡蛋。汤圆是除夕夜必须搓好的，有时还刻意在汤圆内包个硬币，看谁能吃到讨个好彩头。吃罢早餐，互相拜年即将开始。一家人基本分两类：老人们留家，备好烟茶、糕点、糖果，以接待登门的贺客；中青年和孩子们又分成两大阵营，分别出访，开始新年首次约定俗成的隆重仪式。我和一帮青壮年男性亲友，陆续在村头集结，互相道好后，便不规范列队，挨家挨户入室拜年，一路上谈笑风生，喜气洋洋。他们中有多年不见的亲友，有常年留守乡村的伙伴，还有一些外出打工的年轻人。喜悦精彩着他们的脸庞，透溢出的或是成长，或是成熟，或是成功的神采。过去的一年，他们都在各自的人生舞台上表演着不同的节目，影现于娓娓的交谈之中。孩子们一律换上新装，粉红着笑脸、提包的、挎篮的，成群结队有备而去，像我们小时候一样，从村头到村尾，一户不丢，拜年作揖甚至磕头，“讨要”各种糕点和礼品，尽享新年的奢侈，他们来去一阵风，嘻嘻哈哈，喧闹着屋里屋外，无论他们如何闹，怎样讨，庄户亲邻的户主们都会尽量满足，在宽容中尽显大方，送出的是礼品，收回的是快乐。

乡间早就有“晴冬烂年”之说，一种气象的推测，道出乡人因遭受雨雪导致过年不便的担忧。参加工作后的我却不以为然，踩着泥泞，有时还踏着春雪，去访亲拜友，别生一番情致。看一行留在故土的足印，分明是刻上乡愁的生动注脚。那些年头，农村还不富有，但过年喝“往年酒”却依然盛行。亲友间相互预约，排好时间表，一连几天，推杯碰盏，喝得天昏地暗。不管到哪家，都是满桌土菜，平时舍不得动用的好菜，无不悉数上席，端出的都是慷慨大方和深情厚谊。到我家喝“往年酒”时，不仅菜肴鲜美、实惠，白酒更是备足、备好。我的两个弟弟陆续长大，也先后参加工作，家父加上我们三兄弟，个个都有战斗力。于是“打通关”“犁板田”，划拳行令一应方式，轮流围桌演进，大有不尽豪情不停杯之势。不胜酒力者，有时难免“现场直播”之无奈之尴尬，逗得众人在豪言壮语或胡言乱语中开怀大笑。满屋的酒气、烟味冲出门窗，在春风中悠悠飘散。也难怪，乡亲们忙碌了一年，只是在正月里亲友相聚时，才显得如此豁达，如此放松。他们在辛劳的补偿中，要的是一种本色展示，心灵驿动，以及对乡情的吸纳和储存。

过年的快乐，就这样年年延续，岁岁加深。

储满太多人生回忆的老家，还在我们生根的地方矗立。2005 年老父谢世后，母亲不习惯城里的生活状态，不愿意随儿子生活。也许她的挚爱，是想用龙钟老态为后生支撑着他们心中的家园。无奈，我们兄弟只得将平时的一切作了周密安排，请了族亲予以精心照料，子孙们也常回家看看。临近春节，三兄弟便不由分说，轮流将老人家接进城，大家庭上下四代二十多人欢聚一堂，一连数日，过得既轰轰烈烈，又津津有味。过完正月，还需把老母送回老家，以便如她心愿。当下，中国人过节的方式越来越多元了，城里惊现一家人吃年饭实行 AA 制做法，还美其名曰简单省事、负担公平。对此，我完全不敢苟同，且以为，这是地地道道对传统的反叛和颠覆，是对亲情的一种无形的分裂与稀释，这将是一个难以修复的缺憾。而我家过年，改变的只是一种方式，一个地点，不变的却是那种深沉的亲情；是阖家团聚、快乐过年的精神仪式以及共同培育、世代传承的人生姿态，也是我们对伦理和土地的认同。春节：不离不弃的天地约。

也许，在今后的某个年关，全家人会再回故里，去重温旧时的美好，去重温回家过年的况味。我想，只要把这种期盼常留心里，岁月就会多彩，生活就会丰盈，家乡就会离我们很近，很近。

2016年2月1日

三河四季

春

春之灵动，尽遣唐诗春歌：杨婆圩内，“天街小雨润如酥，草色遥看近却无”是初春羞涩的绽放；丰乐河畔，“不知细叶谁裁出，二月春风似剪刀”“春风柳上归”“漏泄春光有柳条”，是大地春回的吟唱。春风浩浩，春雨蒙蒙，融融春色在三道碧波里肆意奔涌。润红了桃花岛上的艳丽，浸湿了《小辞店》的门槛，再把青砖黛瓦擦洗一遍，充盈着小桥流水间舒展的让人边走边叹、夹叙夹议的自由空间，温暖着街头巷尾散布的亦明亦丽、亦庄亦谐的人文碎片，组合成优美的三河春之歌。春光四射，摇曳出一种多方位的美学唤醒，将水乡古镇唤醒，将人们的内心唤醒，也将春天的本质唤醒，那就是怒放与歌唱。

夏

夏之热烈，在接天莲叶上发散，在映日荷花间窜动，分不开的无穷碧，收不完的别样红。

绿树葳蕤，勾勒出三道河岸的曲线，三县桥下蛙鼓频奏，二龙桥上羽扇轻摇；揽星月流萤，召河枫渔火，清凉着人类基因密码里那久远的划桨声、蛙声、杵声和水礁声，也为“柳影下河鱼上树，槐荫当道马登枝”的吟哦打着节拍。

深深的街巷，深深的庭院，储满了荫凉。行走其间，令人深感三河的幽深。岁月幽邃，风情幽婉，伸展着那些窄窄的青石板小街，交错有序的临街近水的茶楼、商铺和民居，无不洋溢着幽娴的意趣。或可登临望月阁，邀清风明月，甩一把汗水，抛万丈激情，挥洒出炽烈的人生感悟。

秋

秋之烂，是大地成熟的奉献。田间地头的丰硕，街头巷尾的饱满，金谷银鱼、绿瓜红果铺陈其间，一盏盏红灯笼，一丛丛红枫叶，醉摇在金风里。

诗人舒婷穿行在熙攘的游客中，走读于三河的水、古之间，观其丰盈娇嫩、娴静素雅的容颜，解其温馨淡定、波澜不惊的操守，听其民风淳朴、好客热情的市声，尝其香味迷魂、可口诱人的美食，一任秋阳抚慰，早被熏陶得如痴如醉，但其心中的题词却已蒸煮成熟：“三河幽深，梦幻成真。”诗人、游客、市民们，都在专心致志地拾取秋的硕果。

民俗博物馆内收藏的那把超级大算盘，正被秋风拨动，似欲计算三条河内满载鱼米、商品的分量，以及“十大舍不得”的人文价值。能否算清？只有身临其境，才会感知“装不完的三河”之真实意涵。

冬

冬之纯洁，几经岁月淘洗，风雨冲刷，酿成了一种精神意趣，物化成古镇的银装素裹，护卫着万户千家的温馨与安宁。

谁家已温热了一壶封缸陈酒，邀亲友，邀商客，酣畅对饮，就着米饺，尝着小炒，借银鱼豆腐火锅腾起的热气，把绵绵情意粘贴在天地的洁白之上？是谁在古城墙下奔跑，追寻着鹊渚廊桥逝去的秋声，踢踏着明清诗词的遗韵？是谁还在小南河畔漫步，点数着一株株寒梅，倾听着河里冰雪下涌动的春讯？一阵游客骚动，笑迎着车船里走下的回乡人，脸上写满“回家过年”的兴奋，行囊里装填了厚重的乡情。敞开乡音，先温暖屋檐下的姓氏灯笼，再将乡愁挑上绽放的梅枝，系留一个红红的同心结。

三河的冬天，是提纯季节，也是升华的开端。

2016年7月31日

第二辑　往事吟哦

留恋旧居

人在盘点往事时，都会有很多眷念。收藏着的昨天，无论是高尚还是平凡，无论是富有还是贫穷，闪烁出的光亮，既真实清晰，又五彩斑斓，点点滴滴串联起人生的轨迹，架构出生命的内涵。

我十分眷念故乡，也很留恋旧居，那是我生命的驿站，总有风雨相伴，总有阳光灿烂，一直难以释怀。

走出故乡，走进县城，参加工作 40 年间，我在县政府机关大院先后在三处住所度过了近半个世纪的时光。

第一处是一间小屋,第二处也是一间,只是多了个“小拖”。那两处狭小的平房，储满了生活的艰辛和青春的躁动，就连那脱落的墙壁装裱的都是苦涩，龟裂的缝隙也是用无奈填补的。当然也曾飘拂过童话般的向往，游弋过冲动时的期待，还勃发过使不完的干劲。15 年的青春时光就那样在一日三餐粗茶淡饭和一夜酣睡中抛洒过去，平平淡淡，庸常时序，不曾起过任何波澜，只是收留一段人生回忆寄放在心灵的档案里。

第三处是从平地上了高楼，拥有三室一厅的三楼套间。在 20 世纪 80 年代初期，住上这套新房，算是享受了豪华，曾博得很多人羡慕的眼光，就一幢三层红砖青瓦的住宅楼在那一片灰暗的旧平房中也真是鹤立鸡群，卓然醒目了。从此，更多的快乐便在新居洋溢开来。

楼下庭院茁壮着两棵树，一棵是香樟，一棵是金桂，一年四季都支撑着葱茏。西边，有一汪清池，水中举托丛丛睡莲，无不按时伸展出绿叶和红花，晴朗的夜晚，诗意飘逸，陈列出满池荷塘月色；岸边，一排绿柳，除了冬季，总是袅娜着妩媚和清新，向整幢楼房辐射生命的盎然。居室坐北朝南，室内七门八窗，可采八面来风，可纳四方光亮。充足的快乐阳光，或穿入南窗，大块地温暖着临窗的床衾；或透过纱帘，斑斑点点筛落在案头，吻着我的纸和笔，温热着淡淡的烟草香味。春风柔拂时，窗前蓬勃出香樟嫩绿的叶片，轻轻地摆，与我撒娇、昵语；秋阳朗照时，院中弥漫起金桂的芬芳，溢满房间每个角落，包裹着我的整个身心；夏季有蝉声搅动寂寞，冬日有蜡梅喷洒暗香。炎热时，我常常独坐案边赤膊上阵，不时有汗珠在稿纸上润出小花般的印记。有一年，县委书记要去省委开会，我承担了一篇十万火急的汇报稿，给我的时间仅仅半天，必须在下午上班前拿出初稿。我与朝阳同时起床，开始与时间赛跑，飞速的笔触蘸满汗水，润湿了字里行间。书记在午后上班前半个小时走进我的房间，先是被满屋的烟味呛得张不开嘴，然后坐在我的床头看草就的初稿，待我画上最后一段句号时，他满意地定开笑脸，张开的嘴反而合不上了。无论严冬酷暑，还是霜晨秋月，我在自己的卧室里，阅读、写作，完成了长篇报告文学《热土沧桑》的部分创作以及长篇纪实文学《刘老圩透视》的撰写，还有大量的散文、随笔及少量诗歌，近百万字的文稿就是于此一格一格“爬”出来的，多半是在夜晚有灯光陪伴而完成。我家的夜灯一年四季都是在大院里最后一个熄灭的，常常在子夜万籁无声时段。退休前的 20 多年，我步出家门，走向办公室，先后走上县委宣传部、县委办公室、县委统战部和县政协的领导岗位，带回了些许收获的喜悦。妻子长期从事教学教研工作，回家后常在灯光下批改作业，准备教案。执教时一贯忠于职守，一丝不苟，每一位学生在她心中都是一样的重要，从不吝惜呵护和关爱。一个初进高一英语成绩“惨不忍睹”的学生，经过老师的精心调教，高考时满分 100 的英语试卷竟考了 84 分，后来他在报刊上用一篇《美丽师心》的散文给予深情回报。一个偏远乡村的学生，拿到安徽大学录取通知书后，第一个跑到我家，在门外脱了双鞋赤脚扑进屋内，涨红的脸散发惊喜，颤抖的手献上一袋橡皮小糖和一包揉皱了的合肥烟——一份浓厚的感恩。有一年夏适逢高考，县城洪水泛滥，派河对岸一位女考生无法回家，妻子便主动将她接来，不仅照顾好她的饮食和起居，还予以母亲般的精神抚慰，让她安全、安心地接受祖国挑选。那位女生当年便在某重点大学中榜，后来又去美国深造，学业有成，人生美满，她至今也无法忘却因那洪水阻隔而架起的师生情。很多年的新年前夕，我家的报箱都能收到发自京沪等地的贺年卡，固定电话还能接受到美国、加拿大及诸多的国际长途，也常有海归学子新年伊始登门拜贺，在我家陈旧的防盗铁门上轻击，扣出了欢快的心曲与祝福。

室内的装潢，有些繁杂、古板，没有豪华风情，也缺少时尚元素，倒是纵横和涂抹了特定时期的某些固有表象。也曾布置一些字画，装点出一些优淡的文雅，散发缕缕翰墨书香。退休后，在书房安置一台电脑，为我开阔新视野，提供新乐趣。看新闻，查资料，时常也点击 QQ 游戏，在中国象棋游戏中与看不见的对手搏杀于楚河汉界。

窗外，变幻着的七彩，在阴晴雨雪中炫动。东窗口是一幅凝固的建筑画图：近处，横卧一排排 20 世纪 50 年代的平房，陈列着久远的岁月沧桑；中景，矗立商家开发的多层住宅楼，每个窗口都在演绎《春天的故事》；远方，拔地而起的高楼刺破青天，洋溢着新时代的风采。我常常临窗欣赏，用目光去穿凿，用思维去串联，为这幅画挖掘了一个命名，叫“变迁——时代的衬照”。

阳台却是一片别有情趣的小天地。从春到冬，有青枝舒展，绿叶摇曳，也有花蕾梅朵绽放时令的精彩。我也不失时机栽葱培蒜，间或撒点菜籽，松松土，浇浇水，施施肥，移植一组田园风光，采撷着农家乐趣。还曾从老家捎来一袋泥土，连同乡情一道填满花盆，让我天天能嗅出故乡的味道。

亲情，友情，总是如胶似漆般黏合在人间真爱的气场，营造出居室内弥足珍贵的生活氛围，浓浓的，烈烈的，不为岁月消退而飘零而散逝。

父母偶尔被接来，住的时间也短暂。不仅因为我们都在上班，而更是耐不了陌生环境楼居的寂寞，他们似乎已离不开老家左邻右舍的唠叨，无拘无束的串门，敞开心怀的谈笑，还有乡土气息的清新与素稔。父亲终生寡言，偶来小住，与我们交谈甚少，但内心却感到充实和欣慰，是从他偶发的语气和笑声中泄露出来的。2004 年中秋，父母与我们共度团圆佳节。他除了一日三餐外，都是坐在沙发上毫无选择的看电视，晃动的屏光刺得双眼泪流。我去替他擦眼角的垢物，劝他下楼散散步，也只是摇头不语。我似乎忽然感到，父亲真的老了，那年他 83 岁，不料一年后竟离我们而去，中秋的身影已成为他最后闪现在我旧居的绝照，我常常为此抱愧！难道我真的抽不出时间，帮扶他下楼，去池畔看垂柳舞风，去河边听渔舟唱晚，抑或去新开的超市为他购一件新衣，买一方手帕？尽管他一生从未开口向我们索要什么。父亲走了，再无须阳光梳理他稀疏的白发，风霜清洗他脸上的老人斑点，岁月终于完成了对父亲最后的雕塑。从此，母亲就在老家独居，有一种无法割舍的情愫令她坚守，她乐意生活在乡亲们之间，我们尊重了她的选择，日常的生活料理也作了委托和安排。逢年过节，三兄弟硬是轮流接她到城里，四世同堂欢度岁尾年头，直到春风融化了室外的冻土。母亲脸上深深的抬眉皱、鱼尾纹，填满了人生的酸甜苦辣。她一生性格急躁，中年以后常为琐事而发雷霆之怒。当岁月全部染白了她的头发，尤其是在父亲去世后，脾气也变得温和许多，时光集束一种砥砺的力量，是可以钝化其锋芒的。

我的三个孩子，曾多年在旧居分居两间卧室，先后熬过了初、高中的所有课外时日。学习压力很大，她们都要为挤过升学的“独木桥”而支付更多的心力，只有在吃饭时全家才可以谈笑风生。夏季夜晚，我带着她们挤在阳台上纳凉，常讲些励志故事以及“百慕大三角”之类的奇闻，以放松她们始终紧绷的心弦。后来，都先后上了高等学校，争夺了未来的“工作证”，又一个个披着嫁妆，携带父母深沉的爱恋和期待走出家门。再后来，孩子们又常带着自己的爱人和孩子返回旧居，给我们回馈了无比珍贵的融融天伦。两代人、三代人之间，谈工作，谈生活，谈学习，谈做人做事，把曾经挤压过的拘谨、浓缩了的束缚统统抛弃，取而代之的是更多的亲和与怡然，而我重复最多的就是那首红遍大江南北爆响老年人心声的歌词："常回家看看"。同时，关切着他们的健康、和谐，也为他们的正直、阳光和进步而欣慰。那一段段幸福的时光，就像冬日的暖阳，熨平了我心中久远的抑郁与积虑。生命，就这样在旧居的温馨中有声有色有滋有味地延续着。

我的两个弟弟，原是大型国企的正式职工，走南闯北领略过外面世界的很多精彩。但在某一天双双下岗，风光不再，自谋职业成了他俩唯一的选择。二弟精明、睿智，三弟勤奋、踏实，在经历了不少磨难后，两人重操建筑旧业，珠联璧合创出一片新天地。平时，他俩常来看望兄嫂，节假日还携带家小涌进我家，大家庭聚齐了一共 24 人，居室内满是晃动的身影，爆满了欢声笑语。舅兄、内弟、大姨子、小姨子及其家人偶然光顾，北方语调总是高分贝荡出另一番爽朗与欢快。也常有二三挚友登门，共把三五清浊，往往是不尽豪情不停杯，停了酒杯意未尽。

时光在悄悄流逝，旧居也日渐老化。今年夏季，县政府机关几幢办公楼相继拆除，我们躲其身后的三层旧居再无遮挡，苍老陈旧的容颜暴露无遗，大院成了公益停车场，充斥了新的嘈杂。孩子们纷纷提议，旧房不能再住了。于是我们决定另购高层新居，将进入电梯时代，开始一种新的生活体验。

行将告别旧居时，留恋却突然疯长起来。我留恋南窗冬日的暖阳，那铺展一桌半床黄金般的光亮；我留恋室内晨钟暮鼓般敲响的生活乐章，曾经洋溢出的诗情画意；我留恋储蓄着的亲情、友情，曾经那样强烈地撞击着我的心房……

旧居足够留恋，新房值得期待。那里也会生发很多人生故事，尽管是沐浴在夕阳的光辉里，也一定会闪烁出夕照的明丽和晚霞的绚烂。

2012年12月24日

新居随想

告别旧居的陈旧、低矮，迈进一个崭新高层，踏入电梯时代。

选择了 8 楼。不是刻意希求什么吉祥，只是需要适当的高度，既避“高处不胜寒”之忧，又收“眼观六路耳听八方”之利，且方便出入。万一哪天停电了，或电梯出了故障，也好徒步上下。人家年逾古稀的钟南山院士，办公室设在 17 楼，很多年间，上下班从未乘过电梯，都是一步一个脚印反反复复丈量着楼梯的高度。我也有意效仿，时常为此上上下下，在轻轻喘息微微出汗中愉悦身心。

新居四面皆有落地玻璃窗，通风，透光，步移景换。周边挺拔的高楼，标志着小城的高大与丰满；东边“百大购物中心”前熙熙攘攘的人群，提携各自生活的幸福备份；西边一抹绿色田畴和稀疏村落，是城乡局部混合的一个注脚，也是未来发展空间的预留；北边，有派河静静流淌，碧波荡漾，流出母亲河的亲切，漾出上派人的情思。年轻时，限于条件，小城人家均无电扇。三伏天夜晚，派河两岸便成为居民们纳凉的好去处。我也多次领着孩子们置身河床，激水嬉闹，偷取清凉，一晃 30 多年的岁月已随波光云影东逝而去。此后，派河进行了大改造。如今河宽堤固，岸柳成行，飘舞的枝条，常向伫立窗前的我抛献妩媚，播弄诗情，飞扬绿色梦想。选择这样的景观房，正是我们的初衷，心之向往。

小区面积不大，五座楼宇高耸，错落有致。住户密集，人口构成多样。进进出出几乎都是陌生面孔，多数房主都很年轻。常见少妇们抱着婴儿或牵着幼子，年岁不大的奶奶或爷爷推着小童车，负载太重的隔代亲情，是外出打工者购买了新房，让从农村来的妻、子、父母在此安心留守，他们便成了城市新居民，也把举止言谈还消除不尽的乡土气息带入新区。小区内清爽洁净，路径平坦、通达，有曲径通幽的凉亭，也有健身器材和儿童滑车，成行、成片的绿化，铺陈出盎然生机。

有道是：买房很伤钱，装潢很伤神。为了节省开支、保证质量，我家装潢采取包工不包料方式，尽管需要我付出更多时间及精力和劳力。第一要务是结合套形决定房间的风格。就我们的年龄、经历与兴趣而言，中式风格当是首选。几组水墨字画、一套中式隔断、沙发、桌椅、一架古典屏风的简单组合，竟也古色古香地生动起来，简约中闪射出幽淡的古意和书香韵味。我的装潢理念是舍弃豪华、拒绝烦琐，整个过程从心理上体验了一次狄德罗效应。这一经济学概念，也称配套效应，是指人们在拥有一件新的物品后，不断配置与其相适应的物品，以达到心理上平衡的现象。平衡与失衡又常常交集，而这种欲望往往很难让人们适时适度地停摆。我之所以能客观冷静地打住，没有把“狄德罗的袍子”视作更高更好的追求，既是受制于经济，也是得益于苏格拉底的教诲。记得这位大哲学家曾说过：“当我们为奢侈的生活而疲于奔波的时候，幸福的生活已经离我们越来越远了。幸福的生活往往很简单，比如最好的房间，就是必需的物品一个也不少，没用的物品一个也不多。做人要知足，做事要知不足，做学问要不知足。”生活中要不任凭“狄德罗效应”摆布，不仅需有良好心态，还要有坚定理性和足够的智慧。

入住新居后，日子过得既有滋有味，也有声有色。

天公经常不甘寂寞，时不时吹着哨子，演奏在我的窗户与门缝间，抒发出天籁之音，或舒缓，或急促，或细微，或强劲，不拘节奏，不究章法。有时，采集了云隙间的呼吸，飘洒着宇宙间的诉说；有时，凝聚出九天揽月气势，宣示着雷霆般的豪迈。是娓娓的独奏，抒一支苍穹心曲；是雄浑的交响，伴和着万籁的合唱。夏际，偶有一阵暴雨袭来。紧密的雨鞭，抽打着邻近五楼楼顶，噼里啪啦乱弹急就章；我家楼体迎雨的一面，匆匆悬起一方雨帘，洗刷炎热，涂抹清凉，直向楼底漫溢。惊雷在楼宇上空爆炸，在楼群间轰响，闪电恣意，金蛇狂舞，急促，短暂，光耀天地。风声雨声雷电声，猛奏一曲《十面埋伏》，狂野地播放着惊心动魄。独坐书房倾听，久而久之，不自觉地成为天籁的一个知音，这是新居赐予我的天然享受。

室外的灯火也立体式地闪烁着美丽，在夜幕下绚烂。派河新大桥东侧的排灯，抽取彩虹七彩光谱，以固化了的形态，横依桥栏，不知疲倦地奔跑、闪动，赤、橙、黄、绿、青、蓝、紫，炫动着缤纷，切换出奇幻，也为静静的流水披彩缀艳；远处耸立着的霓虹，努力与星月亲近，向夜空发布具有高度的情感；纵横交错的路灯，睁大沉睡了一个白天的眼睛，亮晶晶的团团光球，串起一排排一层层光带，绵延着的光芒，慷慨地向夜行人和奔跑的车辆投射温馨，布告着平安的提示和祝福。这些闪动于窗外的光景，也向我家折射进来满堂彩，为惯于熬夜的我投入深情的告慰。

雨后的清晨或傍晚，偶见西北方一座未按比例放大了的青黛色金字塔，那便是合肥人倾注浓厚情感的大蜀山。小时候，我在合肥南乡故里，上学放学的路上，都能遥遥地瞥见大蜀山清晰的轮廓。在孩提心目中，那就是合肥的高度，夹带神秘，勾引向往。老伴儿说，她小时候也能依稀南望看到大蜀山，山的存在，标志着令人羡慕的省城方位。看山的时候，常常与玩伴共同指点，与闺蜜一起遐想，想不到成年后，竟在百里之外山的另一边找到自己生命的另一半。如今，老夫老妻居然能相依凭窗同眺大蜀山，追忆童年烂漫往事，感叹岁月苦短人生易老。但更令人感叹的倒是，大蜀山隐而难见，经常被迷蒙天气压抑、包裹和掩藏着，令人渐感陌生，日趋疏远了。未料自2013年起，天气预报中频曝一个新词：雾霾。而那个“霾”，我是上中学查字典才认得的字，竟高频率、活生生地蹦在眼前。大气被严重污染了，雾霾无疑是罪魁祸首。雾霾是特定气候条件与人类活动互相作用的结果，过量排放细微颗粒物，超过大气循环能力和承载度，老天爷就会变脸，灰蒙蒙阴沉沉地要人好看。2013年，中国最大的500个城市中，99%空气质量不达标，合肥当然也位列其中。大蜀山也以其浑浊吐纳作出一个无奈诉说。好在顶层已做出设计，全国都在下气力治理雾霾。我们在还“蓝天白云青山绿水”的期盼中，也需要思考自己应该、能够做点什么。唯如此，举全国之力，众人的期盼才不会落空。

楼下不远处的一个二层建筑，好端端的不到半年，却动了一次“大手术”。其内其外的芳草绿地很快被挖掘机铲尽卷走，重新整地、修路；上下门窗、部分内墙砌了拆，拆了砌，建筑垃圾运了堆，堆了再运，反复折腾。不管是谁出的钱，但物质是被废弃了，资源是被浪费了，环境也被污染了，中国的建筑浪费如同餐桌浪费一样地惊人，不知何时才能得以整治？

窗下路边，整修公路时遗留一块面积不小的三角地，先前荒芜着，尚未绿化。倒是一个无意的暂时预留，为那些勤俭的新居民们提供了一块重温故园梦想的温床，他们争先恐后地将其分割、蚕食，挥着汗水开垦，一小块一小块地抢占整个区域。于是，一大片时令蔬菜和瓜果，交替呈现出劳作的收获，张罗着人尽其力地尽其用的喜悦。我常常坐视窗前，似乎又看到了故乡人一样的农耕身影，刨土、整墒、撒籽、育苗、施肥、浇水，重演一整套耕作程序……隐隐的，好像闪现出乡亲们的音容笑貌，漾起一股绵长的乡情。原来，乡情的生命力是如此旺盛，时常在眼前摇曳，在时空中绽放。

马年春节前，早早把母亲接过来，为了让老人家能在新居愉快度过第一个新春。她的第一感觉是，房间变大了，也变漂亮了。老人家虽不会欣赏字画，感受古典韵味，但她一定是在与旧居比较，寻找一种不一样的新鲜感，暗自感叹子孙们生活不易，深情为我们高兴并祝福。那脸颊皱纹中舒展出的笑意，泄露了她的心声。90岁高龄的老人，经历太多的生活沧桑，饱尝人生的酸甜苦辣，况且思维还算敏捷和清晰，她的感知与判断，在我们大家庭里就是最高的权威。年前年后，她时常拉着拐杖，在客厅、餐厅和三个卧室内缓缓地往返走动，以其替代在老家房前、路边的漫步。有时会歇坐于阳台，接受冬日暖阳的抚慰，与我拉拉家常，叙叙往事。我则诚怀老莱娱亲之心，变着法儿调料她的一日三餐，每晚必去她独居的卧室察看睡铺，嘘寒问暖，适时为老人家整理或添加衣被。每天早晚，必定为她备好温度适宜的洗脸、洗脚水，连牙刷也挤好牙膏递过去，因为她的视力已渐感模糊了。除夕夜，全家吃年饭，四世同堂，其乐融融。母亲竟主动提出“给我一杯酒”，欢声、笑语，连同室外千家万户的爆竹漫天炸响，把我们在新居第一次辞旧迎新的激情，呼啦啦地燃烧起来。

弟弟与亲友们也纷纷登门看望、祝贺，将一串串赞赏挂在房间的格调与品位上，把一声声祝福填满房主的心窝。

亲情，友情，金不换的心灵鸡汤！

岁月在流逝，随想却没有终止。这种人生的联想，自由自在，轻松愉快，是思想的发散，是生活的呼吸，将一直伴随我，直到生命的垂暮。

2014年7月30日

龟趣

在扬子江畔，一行人驻足观赏滚滚长江东逝水。忽见树丛中钻出一位农家妇女，提了一篮子乌龟，湿漉漉的还滴着江水，大家的目光均为之一亮。有位朋友当即悉数买下，并慷慨地送我一只。那年，我59岁，按乡间习俗，要提前一年做六十大寿，孩子们也早有此愿。我当时接过馈送，心中暗暗欢喜，有朋赠龟，岂不乐乎？

先前，我曾养过一只幼龟。越过春秋，进入冬季，因缺少经验，管护不当，致使小小的生命被严寒无情扼杀了。这一次，我决心要善待这只寿龟，特意为之取名为“心缘”。

龟在中国民间，也是一种生命的图腾，象征着人的长寿，合肥一带尤为信奉。有一年，从巢湖爬出一只几十斤重的巨龟，钻出芦苇荡，爬进岸边村庄的林地，后被人抬送到紫蓬山供养起来，引得万人争睹，我也为那只龟祖而膜拜并暗自祈福。龟祖是两栖之物，也许是久居深水而嫌寂寞和单调，向往山林的鸟语花香才离水上岸的。从龟的属性看，可类分三种，即水龟、陆龟和水陆龟，心缘当属第三种类。初领回家，称量了一下，体重为0.7公斤，不大也不小，便精心将其置于阳台阴暗处。

经历两度寒暑交替，我对其无不细心观察，悉心呵护，也收获了很多生活趣味。

先是不知其食性。起初挑选荤素两种食物，一一搭配，瘦肉、猪肝、青菜、黄瓜，竟无一适其胃口。然后买来新鲜河虾，置于水盘中，心缘才迫不及待开始捕食。看来，它并非如人类一般饥不择食，选择食物也是很挑剔的。我的一位同事喂养一只陆龟，开始喂的是“双汇”火腿肠，久而久之，投放其他火腿肠却绝不问津，它认准的只是“双汇”。投食环境需绝对安静，心缘才伸出头来，东张西望一番，再瞅准猎物，猛一口将一只虾子吞咽下去。顷刻间，盘中活蹦乱跳的群虾已荡然无存了。

再是难以按时投食。有时因工作忙，或没有适时购买河虾，心缘竟数日而食不果腹。于是，它便撞动某种物器，发出一些响声，是发泄，还是抗议？至少是一种提醒，不可使之继续忍受饥饿。

冬季来临，心缘已休食且准备冬眠。我吸取了第一只龟遭受严寒摧残的教训，便在室内备一口大花盆，填入厚厚的黄沙让它静静入眠，再盖上一层棉垫，以御冬寒侵袭。待来年暮春，让它缓缓苏醒过来。

盛夏时节，热浪袭人。我便将心缘移居卫生间，置于水盆之中，助其防暑降温。每当听到我下班回来开门入室的脚步声，它就会从水盆中爬出来，在地砖上用点线叠加的水印送我一缕清凉，然后又爬到食盆边，期待着自己一日一顿的美味午餐。

其间，心缘曾两次失踪，搅乱了我的安宁。

也许是为了躲避炎热而追寻清凉，也许是嫌空间咫尺而向往天地广阔，去年夏季，心缘第一次逃脱了。它爬出阳台，从落地纱窗的破裂处跻身而出，结果从三楼重重摔进一楼人家的院落。次日我找到它时，正龟缩在一棵树根旁，龟头已溅满鲜血，龟背也裂开了三五片。我心疼地将其捧回，为它擦洗伤痕和血迹。不过它很快就恢复了健康，不知它是否会有摔得头破血流的惨痛记忆？

今年 8 月初的一天，心缘第二次失踪。我焦急地辗转于室内户外及楼下庭院中，几乎找遍了所有角落，寻它千百度，终不见心缘身影。失望伴随着我，冥冥中似觉它未必会离我而去。那些日子，我没有放弃寻找，坚持在晨光中、夕月下，心愿寻它十年、百年。一个难逾百岁的人间凡夫，就这样痴迷，把挚爱，把真情，把心灵相通的向往，寄存到这个炎炎烈日下的某处僻静、阴凉一隅，总想有一天，去领取去引回自己的心爱之物。

一周过后的晚间，我从友人家饮酒归来，仍不见心缘。酒意冲起了强烈的失落，愁闷中草就了名为“龟祭”的短文，以寄托对心缘一去不复返的哀思。是心有灵犀，还是苍天恩赐的缘分？次日中午下班，我又习惯地步入卫生间环视一番。意想不到的是：心缘已回到先前休憩的位置，探头探脑，抛给我一个万分的惊喜！在那个熟悉而又温馨的角落，心缘深情地注视着我，似乎在冰释着主人挥之不去的思念，又恰似对真诚的主人投以不舍不弃的回报，抑或，它正为与我捉了一次迷藏而深表歉意？可以断定，这一次一定只是为难耐酷热而躲在房间的某个角落，也因被杂物阻挡而难以脱身，否则岂能长时间忍受饥渴？它并没有跳楼，也许它是会汲取教训的。看来，人与动物也可以相容相处，并共生和谐，产生真情实感。欣慰之余，一气呵成以上文字，并弃“祭”而为“趣”也。

2008年8月11日

又是桂香袭人时

八月的风，被阳光净化、提纯后又漂染了香味；

八月的云，被天宇的酷热拧干，又被广寒宫的桂花酒气浸淫；

八月的朝霞，被大地的醇熟熏醉、烤红；

八月的夕月，也被人间的热情擦拭得分外明丽……

八月，是被芬芳冲洗、煮沸的时节。

又是桂香袭人时。

我家楼下的庭院里，一棵高达 3 楼的桂花树，挺拔繁茂。风起时，绿叶沙沙，抚着我家阳台。吻着我家窗棂，让我尽享一树芬芳。星星点点的黄色小花，藏在茂密的枝叶间，无意炫耀，从不张扬，如果不是花香暴露了踪迹，居高处，恐怕无人注意到小花的存在。倒是由于其万分慷慨，自觉于楼下、楼上、户里、户外，喷洒出浓郁的天香，令我心旷神怡，如痴如醉。

走出家门，走过大街，走进公园，万树金桂旋起冲天香阵，在天地间升腾，在我心怀中弥漫。穿行于桂树丛中，抓一把芳馨，在手指间搓揉，无意间却搓出了宋之问的“桂子月中落，天香云外飘”的诗眼，揉出了李清照“何须浅碧深红色，自是花中第一流，梅定妒，菊应羞，画栏开处冠中秋”的词精。这就是“金秋骄子”之香桂，悠悠地输出自己的精气神。从不向东风邀宠，也不与百花争艳，只是在收获的秋天，瓜果累累的季节里，悄悄地开放，又静静地凋谢，却把浓浓香味储存世人心田，将短暂孕育成一个生命的不朽。

公园里外，呈现斑斓五彩。松青柏翠，杨黄枫红，百花渐次零落，只有秋菊陪伴着丹桂在飒飒寒风中怒放，悠悠菊香，融进郁郁桂香，肆意漫溢于尽染的层林之中。一阵秋雨袭来，飘飘洒洒，朦胧了整个世界，就连周边的高楼大厦也被云遮雨盖。我躲进桂树簇拥的游亭，呼吸雨中秋色，凉凉的，甜甜的，香香的，千丝万缕的细雨，网罗着阵阵花香，喷注茫茫秋景，浸润着游人身心。真不知是秋色中溢满了花香，还是花香中鲜活着秋色？

对于花草树木，历朝历代，多为文人墨客所吟唱，所歌颂。陶渊明爱菊之高洁，周敦颐爱莲之清廉，而我，一介老翁，却爱桂的淡泊、清雅和一种无声的奉献。

中国人自古就视桂花为吉祥、纯洁、美好的象征，存活于数千年的悠悠岁月。桂树的种植很古老，最早的文字记录始见于战国时期的《山海经·南山经》，谓之“招摇之山多桂”。《楚辞·九歌》也载有“援北斗兮酌桂浆，辛夷车兮结桂旗”。自汉代至魏晋南北朝，桂花已成为名贵之花与上等贡品。在汉代，野生乡植的桂树有了一次高贵的移动，引种于帝王宫苑，获得成功。唐、宋以来，桂花种植开始普及、盛行。如今，无论是城镇乡村，还是街道花园，以及寻常的百姓家，也都喜爱与桂结伴，种植的是愉悦，培育的是芬芳。男人闻出了奔放，女人嗅到了柔美，孩童吸进了纯真与希望，翁妪则品出了悠长的回味。于是，人们的生活中也就多了不少享受，稠了几份甜蜜。酿造的桂花酒，制作的桂花茶，蒸出的桂花糕，做成的桂花糖，无不以一种高附加值的形态，走进千家万户，宣扬了桂花的普惠价值，也形成了一种独特的中国味道。这种味道，不仅在人间弥漫，还在天庭月球上的广寒宫内飘散。中国一个悠久的历史传说，就描述过吴刚守护桂树并以桂花酿酒的故事。开国领袖毛泽东，曾以其浓烈的浪漫情怀，培育出一朵《蝶恋花》:“我失骄杨君失柳，杨柳轻飏直上重霄九”，为迎接升天烈士的忠魂，“问讯吴刚何所有，吴刚捧出桂花酒”……一篇浪漫主义的经典，给予革命先烈以崇高的赞誉，象征性地吟诵他们永垂不朽的革命精神，同时也为桂花酒添加了深厚的人文情愫和高尚的诗化意蕴。

大好秋色中，我尽情享受那无边的芬芳，但目光所及，也偶尔触猎到一个灰色的不文明：几个孩童围着桂树在随意攀折，一个妇人竟也暗自采摘花枝。我随即趋近制止，劝说时发泄出诧异和不满，仿佛他们折断的是我心中的一个钟爱，破坏的是我的一种审美情趣，大众的一种精神需求。诚然，我们不能不在享受芬芳时，去真诚拜谢那些默默无闻的植树人和护花者。他们付出的不仅仅是辛劳，更多的则是无言的馈赠与无私的爱心。这种净化环境、蒸煮心灵的善举，虽轻微，但很高尚；虽弱小，但又很博大。累积起来，往往能产生质变，堆起一座山，流成一条河，山也峥峥，水也柔柔，刚柔相济，铸造出一种人性特质。真诚祝愿芳香永不掺杂，人生永不虚假，所有的受香者都能献上呵护、倍加珍爱，与植树人、护花者一起，交融出生命和谐之韵律，交响出生活共鸣之诗篇。

2013年9月28日

第三辑　山川踏歌

旅途絮语

人生旅途，一半风光在路上，辗转中生长出许多故事，甚至在一颦一瞥中，都能捕捉到不一样的感悟和联想，就像路边的花木，微风轻拂时，不仅炫动色彩，还能弥漫一缕芬芳。不妨扯来昔日的一段絮语，重新粘贴 1999 年 6 月我行走东三省时的心情图片。

过客

从出发点到目的地，是一条扯不断的线，无数个点紧相串联。一个延展着的点，就是一个过客移动的脚印。

对于一个城镇，我是匆匆过客。

对于整个时空，人生也如过客匆匆。

有人终生寻觅而不得其果，无为无果也是一种归宿，连同他的悲欢离合，反思感悟为生命的终结殉葬。

有人在生命的旅途上，每至一个驿站，都卸下一分收获，再补充一个新的希求，然后再去探索、奋争，分解着生命的每个阶段，塑造着人生的丰满与厚重，虽难求终身完美，但却无怨无悔。

生命诚然可贵，生活应该充实，要踏实每一步足迹。《泰坦尼克号》中的杰克，不经意道出一句生活的经典："享受每一天！"该享受的（非狭义上的奢求与物欲）莫要轻率抛弃；能做到的，应当致力争创。

此时，我置身在晃动的列车上，写下一些见闻和感受，尽管文辞粗俗，字难定形，却是真实的，也是鲜活的。一个过客的这段时光，没有虚度。

期待

向往旅游目标，是一种期待，探访奇山异水、风俗人情是一种期待，向往客舍青青的柳色是一种期待，就连企盼西风古道上明天新鲜的日出，也是一种期待……

期待的过去时，是感受中的一种或缺和遗憾；现在时，是理性中的一种顺延和提炼；将来时，是心理上的一种悬念和渴求。

人生有无数个期待，需要不断地填补昔日的缺憾，校正现时的行知，筛选未来的梦幻，调动起所有的理性、智慧和坚韧，全身心地去刻画去塑造。

期待，是生活的催化剂，是人生的驱动力。生命，离不开期待。

走进期待，需要慷慨付出。

走进期待，往往就是去拥抱一个人生的辉煌！

离别

沈阳火车站。月台旁，上车的，送客的，人群熙攘。

我依在列车窗口，扫描着这个特殊的情感舞台，捕捉离愁别恨。

一位温文尔雅的少妇，牵着一个四五岁的女孩，一步一回首，步履艰难地上了车。

“爸爸会不会来接我们？”女童释放出天真的担忧。

“会的，他会按时等在海南车站。”少妇坚定着幸福，但又不安地说，“小娟，叫姥爷回去吧。”声音低哑，神情黯然。

小娟忽闪着大眼睛，频频向姥爷挥手，然后转过身，不解地问：“妈妈，为什么哭呀？”

少妇一把抱起孩子，紧紧搂在怀中：“姥爷是妈妈的爸爸，妈妈不放心，也舍不得离开他啊。”低泣，哽咽，泪珠扑簌闪落。

窗外，一位 60 多岁的老人，在轻声自语：“这次去海南，不知什么时候才能回家看看……”阳光下，满头白发闪亮，眼角也分明湿润起来。

一曲《常回家看看》唱响大江南北、海角天涯，回荡在亿万人的心间。不仅是煽情，也是震撼，更是对传统美德的呼唤。

也许，老人无法指望孩子们常回家看看，不仅是因为遥远，为后代——自己生命的另一种延续而孤独守望，一次电话，几句问候，可能就是他的一个满足，就是一个幸福的期待，一种廉价而温暖的回应。

偶感

行走北国，来也匆匆，去也匆匆。

支付着多年储存的向往，把夙愿一一抛洒给塞外城镇、白山黑水、三江平原，去拥抱太阳岛，巡游长福湖，去问候久负盛名的五大连池。我沐浴在快乐之中。

人类有一种奇特的情感交错，叫“乐极生悲”，交错时往往并不需要多少条件和理由。快乐的旅途中，我就曾莫名其妙地泛起一阵淡淡的伤感：

年过半百，用生活的沉重与掺杂些许悲凉，去兑换青春的空蒙和狂热，真的是太多的跌落，太大的比差。因为 30 多年的岁月里，有过拼搏中的快慰，快慰后的失落，失落中的奋起，奋起时的亢奋……无规则的循环，演绎了或悲或喜或悲喜交加的情感历程，在这一变换着的心路历程中，实在难以测定人生的喜与悲和得与失的数学比率了。

有时搔搔渐次斑白的头颅，抹抹皱纹增多的眼角，转而一想，既然难以测定，又何必去枉费心机？松花江雾凇的美丽虽然短暂，但其茁壮的躯干必将再现新一轮的复活；兴安岭云彬的葱郁虽然蓬勃，但谁又能阻止其不会被寒冷剥脱绿色的盛装而再现萧条？

伤感是对快感的一种冲击和分解，也是人生历练的一个过滤过程，是可以使人们从另一个层面的思索、探求中，挖掘出一种不一样的感悟，也许就在解析伤感时能够积累起应对生存危机的力量。

偶发伤感的人啊，请记住：只要生命健康存在，只要生活依然延展，得也好，失也罢，收获的都是人生的财富。

2012年9月22日

蜀道拾遗

游走在巴蜀大地，常常被天府之国的新奇撞得神魂颠倒，秀美的山川撩拨情思，醇和的民风温暖身心。尤其是峨眉山和大佛像正在申报世界旅游文化遗产，着实令川人和游客加速了一次心跳。漫漫蜀道，收不尽一路风光无限，但也捡拾不少散落其间的不端行为和不良心态。值此旅游市场方兴，新兴产业喷薄之际，那些不和谐的灰色言行，确应及时予以修补。

苦涩的热情

攀登万古深幽的青城古道，接踵的游人正气喘吁吁地登上清宫，赴八卦庭，一群群当地妇孺，甚或五六岁的幼女，手提一把山民编绣的小香包，立在道旁，穿行于游客中，绕着你的身影，拦住你的去路，劝你，缠你买香包，大有不买香包莫从山道过之势。

观赏千年奔腾的都江堰，惊奇中，沉思时，常被一群妪叟包围，一张张导游图晃得你眼花缭乱。

在峨眉秀林间，卖香烛的妇人直将拜佛之物塞入游人手中，插入旅行囊内，不管你信不信佛；穿黄马甲的汉子呼你，拉你坐滑竿，不管你劳累不劳累。在乐山佛寺前，叫卖大佛纪念章的，劝坐三轮人力车的更是不遗余力地扰乱着游人难得的宁静和虔诚。

那天，我们从雅安乘车去峨眉。热情的售票员听出了外地口音，便主动劝我们赶往报国寺一带下榻。于是，汽车驶进“天下名山”大门，售票员领我们直奔一家旅馆。每人每晚交了70元住宿费，进入二楼房间一看：狭小，阴暗，自来水停断，蚊虫倒是十分好客地扑面而来。事后方知，不仅房价偏高，售票员还从中得到了“回扣”。

晚上，我们漫步街头。“吃饭吧”“上歌舞厅吧”“做按摩吧”的嘈杂之声不绝于耳，连悠悠的山风也无法将其拂去。一位着黑色连衣裙的苗条淑女，硬是追随我们走完一条街。动人的笑容洋溢着真诚，委婉的言辞令人难以推却，终将我们领进她“表妹”开的饭店就餐。攀谈中，她得知我们翌日乘坐“13542”号游览车上山，便又灿烂笑开来：“真巧，我明天正好导游这班车，我领你们上山，一定非常满意。”“表妹”的神情否定了她们之间的关系，眉宇间分明凝出一个“？”号。“导游小姐”又盛情相邀：“请诸位到隔壁的歌舞厅消遣消遣，那是我表哥开的，价格低廉，服务周到……”一种警觉使我们拒绝了这一诱惑。第二天，上山，下山，再也没见到黑裙子的身影了。“导游小姐”莫非也是假冒，介绍吃饭跳舞，也是为了拿回扣？咀嚼着这种种见闻，如同入蜀初食正宗的四川火锅，火辣辣之中不免掺和些许淡淡的苦涩。

羞涩的真诚

如何选择最佳的游览方案？如何寻求适合的消闲方式？如何购买理想的纪念物品？外地游客常为之困扰。

期待帮助，渴望真诚。

去乐山。旅游车的司机适时告诫游客：你们观赏大佛，不需从山门进，否则，不仅劳累，门票也贵。乘坐游船，游岷江，看大佛，既省钱、省时，又能看到大佛全貌，拍纪念照角度最佳。

游览峨眉山。山道两旁摊点相连，比比皆是，各种山货、特产和纪念品琳琅满目，导游小姐向我们详细地介绍了峨眉茶、雪魔芋、中药材等当地特产的价值，尤其是峨眉高山野生的锁阳、峨参、淫羊藿的妙用。“不过，山民们销售的多是人工培养之物，假货倒是没有，但海拔 2000 米以上的野生药材却不易买到。我舅舅是老中医，教我一点药物药理知识，能识得药材优劣，可以帮你们判别、指点。但千万不能当着货主的面问我。”

在峨眉市报国寺一带住宿区，旅馆的服务员们从你进门到出门，总是不忘提醒你：“不要去歌舞厅唱歌跳舞，更不能做美容按摩。游客被宰是常事，他们的手段是很凶狠的。”

……

每一番忠告之后，总是一再叮嘱：“千万不要讲是我对你们说的。”无论是司机、导游，还是服务员。

言辞是真实的，劝说也充满善意，但在他们真诚的微笑里，总让人读到一种难言的羞涩和无奈。

真诚尚需伪装，善意还要包藏，真善美打了折扣。一种不健全的旅游生态，不完善的市场管理，衍生出的心理畸形，能否尽快得以矫正，让那些善良的人们摒弃羞涩而一吐为快?

不错，天府之国旅游资源十分丰富，八方游客常慕名云集。但游人来此，不仅渴求能身临优美的环境，同时也欲净化心灵，培养和保持着一种优良的心境。唯如此，才能得“天时地利人和”而共享之。

1996年7月17日

走进沫若故居

念高中的时候，我开始接触郭沫若老先生著作，凡是学校图书馆能够借阅的，诸如《女神》《洪波曲》《学生时代》《沫若剧作选》等等，一卷在握，爱不释手，总是如饥似渴地去吮吸其知识之渊博文采之绚烂。渐渐地，竟培养起浓厚的沫若情结。其间，也阅读到先生的一些书法作品，或许是爱屋及乌，居然能潜心临摹起来，从一笔一画，到字形结构，再到谋篇布局，虽不得真传，但也有点像模像样了。

曾记得，读先生的《峨眉山下》时，开篇有这样一段描述：

“我的故乡是在峨眉山下，离嘉定城有七十五里路。大渡河从西南流来，在峨眉山的第二峰和第三峰之间打了一个大湾，又折而向东北流去。因此我的家所在地，就名叫沙湾。”

久远的向往，30 年后，我在乐山期间，终于觅得一段时光，只身前往郭沫若先生的故乡——沙湾镇。

沙湾背负绥山，面临沫水（大渡河），山青青，水碧碧，原是一座秀丽、古朴的集镇。

我坐上一辆人力车，调整一下纷繁的心绪，换一副宁静和虔诚。拐过一条南北走向的老街，穿过一道巍峨的门楼，行至中段，在一座木墙瓦顶，黑漆门楣前下车。

这是一座临街的四进穿斗木结构的平房，共有大小厅房 36

间，面积达1108平方米。始建于清代咸丰年间，至沫若父亲郭朝沛掌家时，便形成了今天的模样。无论是门头悬挂的“贞寿之门”匾额，还是内室门厅书写的“传家有道唯存厚，处世无奇但率真”“事以利人皆德业，言堪持赠即文章”等对联，以及室内的布局陈设，无不证明这一家族文明、礼仪的深厚底蕴。

漫步穿行在这个狭长而幽深的庭院，宛如走进一段悠久的历史胡同，细细观赏，慢慢咀嚼，品味着郭家世事和沫若先生的漫漫人生。

第一道天井的左侧，有一间是郭母杜荪福的住房，木质地板、墙壁，大小不过14平方米。1892年11月16日，一代文学巨匠沫若先生就诞生在这个阴暗的斗室内。郭母先后生了8个子女，沫若为最后一子，乳名为文豹。她一生吃苦耐劳，勤俭持家，但性格倒也开朗。在文豹牙牙学语之际，就开始口授儿歌和古代诗词，成为沫若“真正的蒙师”。86年后，沫若先生在京逝世。弥留之际，他一定又重温了这段温馨天伦和圣洁的母爱。

第四进深处，有一处郭家书塾。“雨余窗外图书润，风过瓶梅笔墨香”的对联拥戴着“绥山山馆”的横匾，构造出一方书香庭院，这便是4岁半便要求入学的沫若儿时读书处所。塾师姓沈名焕章，是犍为县的一位廪生，儒学功底和书法功力都较为深厚。沫若始读《三字经》《诗品》《唐诗》《千家诗》，6岁做对子，7岁做试帖诗，后改做经义论说，初习颜真卿字帖。他在此度过8个春秋。我伫立馆前，沐浴着浓郁的书香，环视庭院里繁茂花木，院外如画的溪流田园，远处峻拔的绥山和多姿的美女峰，以及那汹涌澎湃的大渡河，正是“绥山毓秀，沫水锺灵”。而这些自然造物无疑又陶冶了先生少年的心灵和才华。眼前，仿佛清晰浮现沫若在沈焕章老先生的教诲下苦读诗书的情景，以及提笔书写《早起》《茶溪》《村居即景》等诗篇和临帖习字的身影。很多年以后，先生还回忆说：“我从前也学过颜体，在悬肘用笔上也是用过一番功夫的。”他的书法，既重师承，又多创新，后被世人誉为“郭体”，以行草见长，笔力爽劲洒脱，运转变通，韵味无穷，精妙之处在于“意”的挥洒和“韵”的和谐。

折回第二道天井左侧，是郭沫若原配夫人张琼华的居室。1912 年正月十五，20 岁的沫若与大他 2 岁的张琼华就是在这里完婚的。不料，这桩由父母包办的婚姻，却酿成一出旧礼教下的悲剧。新婚之夜，新郎就不肯入洞房。5 天后，便返校就读。次年，背井离乡，走出家门，走向天津，又远涉日本，一别 20 余年未涉足故土。在日本，沫若与安娜结婚。抗战回国，与于立群再立家庭，饱尝了逃避婚姻、被迫弃婚直至最终如愿的酸甜苦辣。可怜六十余载风风雨雨，张琼华独守空房，在郭家作了一世客。

奔走他乡异国，投身革命和文学生涯。先生仅几次返回故居，但无不情牵魂绕着故乡。他把这种深沉情愫融进了众多诗文的字里行间，让自己的名字“沫若”（原名郭开贞，后取大渡河和岷江之代称）作一个永恒的证明。

我沉思着走出旧居，徜徉在大渡河畔，承受着惊涛奔腾的喧闹。抬望眼，一尊郭沫若铜像矗立江边，先生正振衣扼腕，侧目凝思，举步欲前，是刚完成又一篇宏文巨论，还是抖擞着去投入新的创造？先生百年前写的长诗《星空》中的几行诗句突然蹦出我的脑海：

你们的精神，
永远在人类之头昭在！
泪珠一样的流星坠了，
已往的中州的天才哟！……
唉，我仰望着星空祷告……
沫若先生永远行走在我们的行列中。

1996年7月14日

春雨杏花村

三月的江南，绿柳红杏，黄灿灿的油菜花肆意绽放，在山川河道旁流金溢彩。绿色、红色和黄色主宰山河，炫动于天地间，将岁月熏染得五彩斑斓。长长的柳条舞动春风，鞭打着日子，姗姗趋近清明。

卸下冬日的臃肿，正待换上春装，却被一阵嫩寒侵袭，正是乍暖还寒时节。我和老伴儿应堂弟之邀，走进池州，扑进了杏花村。

一对白发游客，在熙攘的游人中似乎很受古老村落的青睐。不仅免去了门票，还布置起怒放的杏花，轻舞的柳丝，苍劲的松柏，挺拔的修篁，调和着满天烟雨，喷洒出浓郁的诗酒韵律，如烟云般氤氲着我们的身心。

怀一颗虔诚的心，拜谒了“三圣祠”，是南朝梁代昭明太子萧统、唐代著名诗人李白、杜牧的石雕造像。久远的年代里，萧统曾在此编纂《昭明文选》；李白曾三上九华、九游秋浦，写下了数十首赞美池州山水的诗篇；杜牧则任池州刺史二年，也留下了千古名诗。此时，他们并肩而立，昂首挺胸，在烟云中微笑，像三棵参天大树，擎起了杏花村文化的天空，他们是古村的灵魂，世人心中的文圣。转身移步，杏花亭映入眼帘。两层四角的一座孤亭，四柱矗立古朴，飞檐挑起沧桑，正面左右嵌有一副妙联：“胜地已无沽酒肆，荒村忽有惜花人。”虽不知亭建何时，联出何人，但却令人品出一些无奈和欣慰。下联分明设置了一道悬念：何为“忽有”？谁是“惜花人”？蒙蒙细雨擦拭着飞舞的行草，提示游人去慢慢品读。

穿行于“六朝长廊”，在石碑雕刻中玩味纂写的诗、酒、村和有关杏花村的历史，浏览千上古村的文化经典。再游吟诗台、演武场、大夫弟、怀杜轩以及奂园和黄公酒坊；穿越古朴奇独的窥园，去一一窥视、捡拾历史人文故事。徜徉在醉仙湖畔，置身于古人诗绘的烟雨画图中。风起湖面涟漪，雨织空中丝网，轻轻的、柔柔的，吻遍疏密有致的杏花红霞和岸柳绿波，播扬出悠悠古韵，浸润我们的游思。此时的醉仙湖，空蒙、静谧，细看水边图示，酷似一尊硕大无比的酒葫芦，盛满琼浆玉液。难怪湖畔掘有一井，名曰“香泉”，汩汩清泉，千载不涸，并由此酿出名扬古今的“黄公酒”。公元 845 年的那个春天，池州刺史杜牧就在此处，身披纷纷清明雨，借问酒家何处，牧童遥指杏花盛开着的村落酒肆。那里，村民黄广润酿造的酒正香飘山野。于是，一壶酒，一首诗，便碰撞开来，演绎了一段美丽的村史故事。历史上的杏花村便有“天下第一诗村”之誉，村上人人作诗，个个吟诵，黄公润之女杏花也格外痴迷诗歌。那一天，黄公并不在家，杏花女出面接待了访客。时值寒食节，不能动烟火，杏花就给客官端上备用的几碟冷菜，又斟了一碗酒，便待候在一旁。

官人抿酒尝味，觉得一般，便问：“有没有好酒呀？”

杏花女见客官懂酒，接过问话说道：“黄公酒一不醉无情之客，二不敬不邀之人，恕小女无礼，请问客官尊姓大名？”

官人心生好奇，便出诗两句答道：“半亩山林半亩地，一曲牛歌一卷文。”杏花姑娘一听就明白，连忙道歉：“原来是杜刺史大人，请恕罪。”

杜牧见姑娘聪明伶俐，便将随身携带的一块佩玉赏给了她，并笑言：“该给好酒喝了吧？”不料杏花姑娘却说：“好酒是有，但我要出个上联，刺史大人若能对得上来，就送给您喝。”听了“白锡壶腰中出嘴”的上联，杜牧却一时语塞，杏花见机有意识地拿起一把锁准备锁门，杜牧一瞥灵光闪射，脱口而出：“黄铜锁腹内生须”，自然赢得杏花奉上的黄公酒。杜牧饮之，果然醇香非凡，边饮边赞：“天下美酒，我喝过不少，唯此酒妙不可言！”杏花早就听说杜牧久负诗名，于是趁机捧出文房四宝，彬彬有礼向大人索诗。杜牧三碗黄公酒下肚，正在诗兴大发时，也不推辞，便挥毫泼墨，《清明》诗一挥而就。杏花女见此不禁喜出望外，但她无法想象，此诗竟在之后千百年间广为流传，也为芸芸华人所喜闻乐见。

一阵裹着细雨的斜风，撩开了我的少年时的记忆。上小学时就听语文老师解读过《清明》诗，不仅熟记了原诗，还记得先生的一个断句佳话，说是“清明时节雨，纷纷路上行人，欲断魂。借问酒家何处？有牧童，遥指杏花村。”当时只觉得新奇，并不解其味。后来长大了，细细一想，由诗变词，节奏变异，音律尤显铿锵，意境依然完整保留，但总觉得诗中的具象错位，将“雨纷纷”中的“纷纷”二字移植于路上行人，前两句的指向遭受颠覆，与原诗的况味大相径庭，不可取也。

有人说，杏花村是杏花造出来的，更是诗酒酿出来的，诚然。自古以来，酒与诗就结下不解之缘。酒能给诗人以美的启示与力的鼓舞，李白、杜甫、苏东坡、杨万里等诸多大家之于诗酒佳作更是脍炙人口。中国是酒的故乡，而杏花村的黄公酒就是我国古老的历史名酒之一。晚唐某年夏天大旱，池州城乡人畜用水十分困难，村民黄广润无奈在家中庭院掘井取水，饮之甘甜，还散发出淡淡的酒香。后来，黄公便将其井命名为“香泉”，并取其水、配纯粮以家传秘技酿酒，其色泽纯净，香味醇和，绵甜爽口，回味悠长，堪称酒中奇葩。更因了杜牧的《清明》诗，吸引了历代文人雅士纷纷寻踪而至，登楼饮酒，吟诗作赋，使得杏花村锦上添花，闻名遐迩。

这些古老的产生，鲜明的存在，早见于唐朝武德四年置府池州时，距今已 1500 余年。那时的杏花村，就酒楼如肆，“杏树千万株，连村十里，绚烂迷观，诚胜景也。”后世能阅知其真实的记载和传承，得益于一个了不起的先人。清朝初期，杏花村郎氏家庭出了个诗人、文学家，姓郎名遂，字赵客，号杏村。他自幼资质聪颖，勤奋好学，由诸生入太学。20 岁时，虽身负异才，却不乐仕途，一介布衣，孑身一人，毅然担负起《杏花村志》撰修的重任。何故？该是一种“矜其帮族、美其乡里”的家园深情和家国情怀所激励。郎遂祖居杏花村，对其“山水之秀、花卉之盛，村落之古、人文之萃”如数家珍，更为杜牧《清明》一绝而骄傲不已。然当时流俗相沿，多喜附会古迹以夸饰土风，多地亦有一些杏花村自诩为杜牧咏诗之处，挑起杏花村地望之争。郎遂决心撰修池州《杏花村志》为其正名。他若冠时开始收集素材，日积月累，深居奂园，笔耕 11 载，自康熙甲寅（1674 年）春月起稿，至乙丑（1685 年）仲夏授梓成书。书中不仅记载了古村的历史沿革、人文故事、著名的十二景，还收录了自古以来吟诵杏花村的千余篇、首诗词歌赋，洋洋大观 12 卷。乾隆年间，此书被收入《钦定四库全书》，成为全国辑录村级志书的唯一，使池州杏花村涌立潮头，赢得正宗之名。杜牧一首诗，成全了杏花村的社会美名；郎遂一部志，奠定了杏花村的时代地位。

然而，多灾多难的历史岁月，严重消损了“千里烟村一色红”“村酒村花两相依”的古村风貌。年年岁岁的春风细雨，抚慰着村落的断垣残壁，搓揉着荒芜，撕扯着萧条，无不在召唤“荒村忽有惜花人”！“忽有”闪现在共和国 50 周年大庆之际，“惜花人”便是当代旅欧华商、著名企业家詹晓荣先生。1999 年金秋，作为赴京参加国庆盛典的华商代表之一的詹晓荣，与几位企业家于国庆后，应池州市政府邀请，走进古老的贵池，因其古老，池州与当代国内发达地区的差距愈发明显。考察的企业家们几经寻觅，也找不到渺茫的商机。也正因为其古老，被沧桑包裹着人文历史和自然景观，更潜隐着巨大的开发价值。其实，池州不并缺乏美丽，也不是没有商机，而是取决于发现它们的一双慧眼。那时刻，一定是杜牧的诗作和郎遂的村志，强烈撞击了詹先生的心扉，令他茅塞顿开，神思飞扬起来。还有那口古井，也吸引了他的眼球。他相信，这里会给自己带来人气、财气和好运气，一个文化产业的构想，端倪渐显。就在其他几位企业家打道回府之际，詹先生却独自一人欣然留下，不久便与市政府签约，后来竟用了10年时间，携手打造，保护、开发和利用了千年名村。整个项目分两期施工，2003年9月一期完工，二期始于2005年，4年后竣工。至今，池州人民对其建设盛况仍记忆犹新，尤其是两则真实的奇闻更令人惊叹不已。一期奠基时，恰逢春旱，位于村中的那口香泉井，水满自溢，汩汩漫过井圈，溢出了千年奇观；二期竣工时，正值金风送爽，是2009年9月26日，一棵古老的杏树竟绽放出满树花朵，“二月杏花九月开”，开出了神秘气象。2010年10月11日，CCTV2采编了“来自唐朝的一朵杏花”的专题，播发了詹先生的心路和创业历程，解读了自然景象的奇特和诡秘。那朵来自唐朝的“杏花”，虽然古奥，风尘仆仆，但当下正展示出风华正茂的青春容颜。

就这样，一个文化现象被生动克隆了，一段古老诗意被精彩复活了。

而今，我们游走在杏花村里，一帘春雨，满目芊绵，村庄内、湖面上、杏林边、窥园里、小桥流水与楼台亭榭交错中，细细密密的雨丝，若有若无的雨烟，从中蒸腾而起。沐浴着湿润，我们仿佛幻化为一双春燕，翱翔于唐朝的天空，俯瞰这蒙蒙烟雨笼罩着的久负盛名的杏花村。

一千多年后的一天，当代大诗人艾青，面对杏花春雨，饱蘸诗酒同风的古老意蕴，挥笔题写了“杏花村”三字。一笔一画，润涵着春雨诗脉，散发出酒旗村风的杏花芬芳。同样的意境，触动了又一个不朽诗魂，隔空交流，环绕纠缠。艾青没有留下诗作，仅仅写了三个字，便包融、凝聚了他的万种诗情。

一路上，我和老伴儿不时私语，反复咀嚼着杜牧、清明、杏花村几个字眼，隐隐地勾画出一个奇妙的审美空间。杜牧以自己的才气和诗化语言，借用迷茫的烟雨、孤独的行人，一问一指间，以一首《清明》，点亮了一个村落，而杏花村又以其独特的客观景象，成全了一首千古名诗。千百年来，让世代民众生发出古朴而又新鲜的游观和冥思价值，在一幅江南烟雨画卷中去细细品味清明的意境。这个春日，我和老伴儿联袂浏览春雨杏花村，踏着湿漉漉的《清明》节奏，欣赏到一个新的美学境界，心灵受到一次诗意洗礼，收获了圣洁的普惠，精神也为之升华。

2016年3月31日

青海掠影

1991 年 6 月下旬，肥西县党政代表团包括我在内的一行 8 人，应邀赴青海省格尔木市参观考察，意在寻找合作项目，并将于东西两地建立友好市县。我在完成工作之余，草记了沿途见闻。

列车西去

从合肥飞抵西安，然后乘火车前往西宁。

一列墨绿色火车，风驰电掣般飞奔在陇海线上，驶过陕西，掠过甘肃，驶入青海。车轮隆隆，汽笛鸣唱，一路高歌，昼夜兼程，向西，向西。

西部气象既独特，又新奇，异样的迷人。凭窗眺望，看天、地、人，看山、水、林，皆令我心旷神怡。天高远，地辽阔，湛蓝交接苍黄粉刷天地色调。一路上，山不断，岭逶迤，或高耸，或壁立，或侧卧，或横亘，山环水绕，于天地间布置出万千景象。陕甘的山峰青黛常现，黄河上游水徐波缓。两岸绿树挺立，多为箭杆杨树，虽不见粗大，但排列齐整，不偏不倚，无婀娜之姿，无攀附之势，枝叶抱团，蓬勃向上，组成群体，可御漫天风沙。偶见一块块田地，小麦青青，似在灌浆；油菜仍在扬花，铺展一片金黄。几种色彩的混合,刷新着六月西部的单调。山之腰,峰之巅,竟有一条条山路纵横,悬挂着当地山民开垦土地的艰辛与期盼,用自己的双手挥锄舞锹,刨开灌木杂草,开挖出一方方、一块块土地,拓展生存空间,拌和着汗水,点播收获的希望。大自然磨炼了山民的性格,铸造出百折不挠、顽强拼搏的开拓精神。过了兰州,进入青海,高原更壮阔,群山更高竣,一派浑黄莽苍。山峦沟折纷呈,不见一棵绿树,又经常年风雨冲刷,水土流逝,染得黄河中下游千古不清!铁路沿线的农舍,不像陕甘乡村那样,砖墙瓦顶,门楼考究,院落大方,而是简单、矮小,泥土结构,多为平顶,但房舍集中,排列也很有次序,显示出一种古老群居的传承。

车厢内,大部分时间里乘客们都在默默承受着长途跋涉的寂寞和无奈,只是途中进站停靠时上下车的旅客们能激起一阵喧闹。偶见一群回、蒙古、藏少数民族同胞在车辆内走动,蒙古族和藏族旅客虽未着民族服装,但其面容、肤色、形体、举止都显露出本民族特点。回民则很突显,男性均头戴白帽,妇女则头缠黑巾,也有青年女性顶戴洁白的帽子。还有三五个外国朋友,据说是专程赴青海观光采风的,他们的形色公布其洋人身份,肩挎手提的"长枪短炮"则展露了他们的兴趣爱好。多种语言的混杂,轻轻地在车内飘荡,宛若一支温柔的多声部合奏,轻扬出别样的美感,也还能稀释漫长旅途的枯燥。

车过民和,小住西宁,激活了存储已久的情思。多年前,父亲和两个弟弟援建西北,曾在西宁市和民和县工作、生活过相当一段岁月,远离奶奶、母亲和我,却牵起了两地浓烈的思念。而今，我路经他们曾付出艰辛的热土，却无暇去寻访他们当年的踪迹，顿生颇多感慨，也包藏起一个小小的遗憾。

在前往格尔木途中，依窗南望，不仅看到了戈壁黄沙、牧场牛羊、盐湖风光，还目视过浩瀚的青海湖。尽收眼底的风光，是格尔木对我们最初的聩赠。晚上9时多，夕阳西沉，明月东升。落日与皓月各据西东，同时向每位旅客礼送一个火热的吻和轻盈的笑，热情而友好地履行一个昼夜的交替。此时，天空清朗，万里澄明，西天晚霞织棉，东方明月分外皎洁，无数星星在空中燃起晶亮的天灯。至10时许，暮霭始尽，夜幕方才降临。列车奔驰，夜色渐深。我的脑海中不禁蹦出贺敬之的诗句："在九曲黄河的上游，在西去列车的窗口；是大西北宁静的夜晚，是高原上月在中天的时候……"

诗意深化着眼前的情境，意犹未尽，又在日记本上即兴写下一首歪诗：

车轮漫碾青藏线，壮阔高原任巡看。
尽收浩瀚青海湖，遥摄巍峨昆仑山。
大漠雄风堪强劲，宝盆银光犹灿烂。
人生旅途终将止，还需勇探江河源。

遥远的格尔木

从西宁换乘列车，又经历 17 个小时的旅程，终于穿过“八千里路云和月”，到达目的地格尔木市。

格尔木，位于柴达木盆地腹部，南依昆仑，北望祁连，遥守三江源头。境内有“五线”“三山”“一面湖”,即公路、铁路、航空、输油、通信五条重要线路和马兰金山、锡林银山、昆仑神山以及内陆著名的察尔汗盐湖。格尔木拥有以“青藏高原、世界屋脊、昆仑文化”为轴心的旅游资源,其长江源头冰塔林、昆仑山头六月雪、海市蜃楼、盐湖日出、昆仑喷泉、万丈盐桥、盐海玉波、一步天险、冻土冰丘、昆仑山石等十大自然景观，壮观而神奇，古往今来，引无数游人竞折腰。

1953 年，西北野战军一千多名官兵的筑路大军在总指挥慕生忠少将统帅下浩浩荡荡开进柴达木。红旗漫卷风沙，人欢马叫机车轰鸣，青藏公路由此延展，将军挺立风沙一线，豪迈宣称：“我的帐篷扎在哪里，哪里就是格尔木！”在格尔木河西岸当年驻军的那 27 亩园，就是后来新城的起点和开端。整个地区内有 23 条河流交汇，皆源于昆仑山，地下水十分丰富，所称“格尔木”，属蒙古语称谓，意为“河流密集的地方”。至 1960 年 11 月正式设市，为县级机构，隶属海西蒙古藏族自治州管辖。1980 年，市区人口 12 万，其中驻军近 7 万，正所谓“一城居民半城兵”。因其独特区位，格尔木已成为支援西南边防的后勤基地、进出西藏物资的周转基地和柴达木资源开发的保障基地，战略地位十分突显。市民中的 6 成人口为汉族，大多来自祖国的四面八方，在党的号召下为支援大西北而集结于此。他们在漫长的战天斗地岁月里，逐步培育出“志在高原艰苦创业、乐于盆地无私奉献”的柴达木精神。于是，一种“献了青春献终身，献了终身献子孙”的崇高信念和情怀，便在高原上呼啸、喷发开来，成为一代又一代格尔木人的精神升华和自觉行动。当年，这里条件艰苦，环境也相对恶劣。有人初来乍到时曾写过一首高原生理反应的顺口溜：一言难尽，二目无神，三餐不思，四肢无力，五脏翻腾，六神无主，七上八下，久久难眠，十分难受。我们这次甫至海拔 2200 米的西宁即初有体会，再到高于西宁 500 米的格尔木，高原反应便愈加明显，据说一般人体的吸氧量要比中东部少 30%。那些长年累月工作、生活在高原上的人们都必须历经一段艰难的生存适应。适应需要付出，而付出的回报就体现在一座新城的不断崛起。

西部的区域特征是壮阔、辽远，格尔木的城市形态也进行一个特殊的展示。全市建成面积 18 平方公里，20 条主干道纵横交错，构建起城市的主动脉。街道十分宽敞，两旁楼房鳞次栉比，公共设施日趋完备。一排排整齐茂密的杨树耸立起绿色韵律，常与清风共舞，向着蓝天白云抒发心语，放飞出一座生态之城的诗意寄托。整个城区清爽洁净，没有喧嚣，没有嘈杂，没有拥堵，汉族和少数民族和睦相处，一派安宁、祥和景象。虽然只是短暂的客居，但我已开始喜爱这座美丽而遥远的城市。

盐湖印象

固态的盐，液体的水，在 3000 米海拔上的高原组合成一个湖，该是一种什么景象？个中充满神奇和诱惑。

格尔木市委的同志引领我们前往参观。陪同我们的还有市城建局高级工程师金立否同志，金工是我们安徽休宁人，为支援大西北，举家落户格尔木，已经度过30多个春秋。此行，他十分热情地为老乡们导游和摄影。

车出格尔木，四周原野上蓬勃着麦青菜黄的田园风光。金工解说："这一带为黏土地，地下雪水丰富，适宜种庄稼，前面就是盐壳沼泽地，名叫"察尔汗"，也是蒙语，即盐泽之意。那里可是广袤的不毛之地，所谓天上无飞鸟，地下不长草啊。"车行10公里外，公路两侧果不见庄稼，但见一棵棵、一丛丛野生的罗布麻，向我们扬起朵朵粉红色的笑脸。再往前，便是一片漠漠沙原，没有色彩，没有生机，只有坦荡的沙砾在阳光下闪烁。一路上，金工不仅给我们介绍了很多当地习俗，还很专业地解释了盐湖的历史成因。

据金工介绍，格尔木虽地处高原，但水产很丰富，其中湟鱼尤为鲜美，有淡水鱼，也有咸水鱼，价格十分便宜。唐古拉山一带，鱼更多，藏民不吃。在那里工作的汉人，下到沼泽池塘里，遍体都遭受鱼类触碰，一下脚便能踩死很多条。若用鱼竿钓鱼，确实不需鱼钩，很像传说中的姜太公钓鱼，只要在绳端系一点诱饵，鱼儿便死死咬住不放，你尽管往岸上甩，半天可钓一水桶。察尔汗一带的农牧民以前从没买过鱼，他们在注入盐湖的十多条内陆河流里，俯身一抓就是几条，捡回家就可食用。要是腌制咸菜，根本不需缸罐，只要在屋旁挖个小窖，将新鲜的鱼类、蔬菜放进去，不出几天便是咸菜了。至于盐湖的成因及特征，金工如是说：察尔汗是柴达木盆地的心脏，几亿年前，这里曾是万顷汪洋大海。由于青藏陆地隆起，导致海陆变迁，柴达木变成了盆地，分布出大大小小百十多个湖泊，形成了世界上罕见的“湖中湖”。盐湖方圆 5800 平方公里，约是我们肥西县面积的 2.5 倍，湖中储藏着 400 多亿吨的氯化钠，可供全世界人食用 2000 年。长期以来，由于气候炎热干燥，风吹日晒，水分蒸发量很大，湖内便成了高浓度卤水，逐渐结成了盐粒，不少湖面还板结成厚厚的盐盖，坚硬异常，承载能力很大。汽车、火车可以在上面奔跑，飞机也可就地起降，甚至可以在上面建工厂、盖楼房。湖水还能孕育出晶莹如玉、变化万千的神奇盐花，结晶后能形成美轮美奂的自然景观，说话间，金工提醒“盐桥到了”。

车轮碾着盐桥缓缓前行。我很纳闷，桥在哪里？既无桥墩，又无栏杆，更不见清波穿流，为何称之为桥？金工适时为我们释疑。原来，这座路桥全用结晶盐铺就，光滑平坦与柏油公路并无两样，明显不同的倒是其维修更为便捷，路面若出现坑凹，只需就近取几桶卤水一浇即可补平。路桥厚度超过 15 米，桥下暗流涌动，十几米乃至几十米深的晶间卤水深藏不露。因其贯穿盐湖南北，长达 32 公里，方便交通，故名“万丈盐桥”，构造起天下奇观。

放眼盐桥两侧，方方盐田，块块盐池，一望无际连成浩瀚盐湖。水碧蓝，蓝得令人心醉。仿佛置身海洋一角，观近处，淡绿涌动浅蓝；看远方，深蓝一直延展直至衔接天际，再与空中的湛蓝相映衬，坦陈于苍黄的高原上显得分外绚烂。湖面上，游弋着 2 艘采水船（当时世界上仅有 6 艘，是从美国进口来的）采集水下盐卤，输送出盐化原料，雄赳赳地装点万顷碧蓝。一行人下车，在盐湖边流连。眼前，水卤轻漾，似玉波涌翠，碧水涟漪；风起处，波涛翻卷，又如大海激荡；沿岸多见晶体析出，宛若冰块凝结，白雪堆起，有的竟酷似江南亭台、玉宇楼阁；更有几台抽水机不断地喷珠扬玉，仿佛天女在蓝天下撒满洁白的花瓣……此时此刻，我恍忽身临天宫瑶池，已不辩此地是天上人间，还是人间天上？

蒙古包风情

在市领导陪同下，我们乘车奔赴郭勒木德乡（现郭勒木德镇）浅水河草原。

汽车驶过一段戈壁沙滩，进入草地。时值6月末，眼前只见“天苍苍，野茫茫”，却不见“风吹草低见牛羊”，淡化了我青年时代因此经典诗句所激起对草原的神往。路两侧的沙蒿与白茨尚不丰茂，野草刚开始挑起淡淡的嫩绿。经年的陈根烂叶因风雨侵蚀而腐烂，被堆积成一个个小土包，虽与时令相违，但却储存起草原自我积累的养分。道路弯曲，逶迤着向草甸深处延伸。倒是偶见的沙丘红柳，飞闪出草原的几分生机。车行30华里，停在一处孤立着的蒙古包前。一户人家，两处白色帐篷，一个矩形，一个圆锥形。据介绍，户主名耿德尔佳，夫妇俩五十来岁，育有一儿一女。一家人笑盈盈地恭立帐外，将我们迎进圆锥形的蒙古包。

帐篷不大，不过十几平方米。圆柱体以木条交叉围成，外围严严地罩以白篷布，内围紧紧地挂扯花纹布，蓬顶紧绷印花帐，顶端留有弯曲圆口，既通风透气，又能排出火和浮烟。迎门篷壁处，置一佛龛，摆放电视机、收音机等家电，上方挂一条洁白的哈达。地上垫一圈圆形篷布，上铺绣花地毯，平时设置床铺与火盆，为待客，临时撤除，改置3张矮桌，摆满了点心、糖果，主人示意我们围桌席地而坐。于是，我们便开始领略和享受热情的蒙古同胞火辣而又独特的待客程序。

女主人手捧盛满酥油的小罐，由主客始，让所有客人依次手沾、唇触酥油，再用右手无名指后弹三次，完成一个虔诚的神圣礼节。然后，主人再向客人轮敬酥油茶。一碗新鲜羊奶，放一块黄澄澄的酥油，奶醇油香，喝起来十分可口、开味。客人面前的条桌上摆好一盘盘主人自炸的条状点心，最上面的一盘中间置一团酥油，由客人选用。

饮茶数碗，主人离开，去准备“霍仁木”，“霍仁木”是蒙古族活宰羊羔再蒸煮，然后请客人手抓食用的礼仪。一种期待，在我心中漾出新奇。

一行人步出圆锥体。户外，春风轻拂，羊欢马叫。不一会儿，那矩形的上空飘起了袅袅炊烟。

男主人及其儿子已牵来两匹红鬃烈马，备好马鞍，邀我们依次上马，去体验一下他们生活中的一个常态，以满足许多来访的内地人的好奇。在主人的扶助下，我平生第一次跨上马背，虽不会也不敢奔走，但还是端坐马背，双腿夹紧马腰，双脚紧蹬马踏，左手牵缰，右手高扬，摆一副照相姿态，定格了一个“精彩”的瞬间。但自己心中澎湃着的激情，扬鞭策马飞奔草原的向往，又暗自否定了精彩，嘲笑了这种摆弄和做作。

再进包房，女主人手捧托盘，上面排列白酒 4 杯，一一走近客人。男主人父女紧伴一侧，先献上哈达，再依次敬酒。浓郁的敬酒歌随之唱起，是男女主人和他们女儿的轮唱。被敬的客人需 4 杯连饮，酒不喝干，则歌声不止。个别确无酒量者，经陪同领导的认真解释，也允许被同行客人代饮。

酒浓，情更浓，气氛热烈欢快，燃烧的激情，爆满了蒙古包房。

牧民们歌声不断，一曲接一曲，信口唱出，多用蒙语，偶尔也用汉语歌唱。歌声嘹亮，委婉动听。总有一种高原风韵和民族情感在洋溢，总有一种牧民的纯朴与诚厚的情意在热辣辣地撞击着客人的心扉。也许是雪山清泉的滋润，大漠雄风的熏陶，使得歌声极具民族艺术感染力，大有策马草原或奔驰，或缓行，或刚或柔之感，令人陶醉，令人心驰神往。难怪有人说：从某种意义上理解，没有歌声，就没有牧民的生活与历史。

酒过数巡，主人端上几盘刚刚煮好的羊肉，既无佐料入盘，又无油盐相伴，一律手抓羊肉，食之却鲜嫩可口，消弭了我先前心生的畏忌。咀嚼、吞咽着特殊的草原风味，让我们美美地享受了一顿蒙古族“霍仁木”大餐。

食毕，喝甜茶，再吃面。客人辞别还需喝送客茶，饮上马酒。

敬迎客酒时，主人唱出热情与激情，令人非饮不可。

敬送客酒时，主人唱出深情和恋情，令人不忍不饮。

朦胧醉意中，我向蒙古包投去依依不舍的一瞥，带走了牧民一家的情谊，以及辽阔草原的风光和蒙古包房里外的难忘情景。

歌声随车轮，仍在曲折的草原之路上回荡：

“欢迎你呀，远方的客人，草原就是你的家乡……”

昆仑山奇观

7 月 2 日上午，我们一行乘车向昆仑山进发，去兑现心中夙愿，履行一次心灵朝圣。

中华历史上，昆仑自古便被尊为“万山之宗”“龙脉之祖”和“万神之乡”，是产生中华民族神话传说的摇篮。不仅与宗教尤其是道教渊源密切，还有着深厚的人文历史积淀。《史记》《山海经》和《淮南子》诸多史书都有精彩记述，并且催生出一大批神话传说和文学作品。诸如黄帝都邑、王母瑶池、天上九域、女娲补天、精卫填海、嫦娥奔月以及《西游记》《白蛇传》《封神演义》等，极大丰富了中华文化宝库。我心系之，向往已久，早就期盼能身临其境，澄洗心霾，一睹尊颜。

在海拔 4200 米的西大滩，我们领略了昆仑六月雪奇观。极目远眺，山峰连绵，山头白雪皑皑。海拔 6000 米以上的玉虚峰和玉仙峰，排列东西两侧，亭亭玉立，直指蓝天，终年银装素裹，云雾缭绕。那一带的雪线高度，北坡为 5200 米，南坡为 5400 米，年平均气温仅 –9℃左右，形成了闻名遐迩的六月雪。正当我们为此而惊喜时，忽然空中飘起了雪花，疏密无序，漫天飞舞，落在我们的头顶、身上，感受到丝丝寒意的侵袭。天公作美，赐给远方游客一个真实版的六月雪的体验。机不可失，我们纷纷脱下外套，身着衬衣，背依莽莽昆仑，摄下了这一奇特的人间美景。

奔赴昆仑山口。途中,我们参观了解放军某部的一座油库。我国第一条横跨世界屋脊超长的地下输油管线，就是由此延伸开去，输往 1080 公里外的拉萨。飞架在山脊上的“油龙”，穿云破雾，尽显磅礴气势。我们还惊奇地看到，在寸草不生的亘古野滩，万年不化的雪山脚下展现一方绿地，为大自然佩上一朵生动的绿色胸花。那是兵站油库的一块菜园，1.5 亩土地上架构着了 3 个玻璃温室。地虽不大，但四季种菜，常年收获，生产出很多中国之最 : 一个南瓜 68 斤，一个茄子 5.8 斤，一条黄瓜 4.1 斤，一个萝卜 3 斤，一个西红柿 2.1 斤，一根豆角竟长达 1 米，重量与长度，称量出创造的快乐和丰收的喜悦。官兵们为此付出了艰辛劳作 : 羊粪是从 120 公里外的西大滩捡来的，人粪肥是从 180 公里外的大柴旦运来的，就是拉一趟山谷雪水来回也要跑 10 公里。可见高原种菜，不仅是必要的物质补给，更是一种意志历练，一种精神追求。

4000 公里的青藏公路上，所建桥梁凤毛麟角，在距格尔木 50 公里处，飞架着一座奇特的天桥。桥很短，长仅 4 余米，桥很高,凌驾于 40 多米的峡谷之上。桥下是悬崖绝壁,万丈深涧,名曰昆仑桥，又称一步天险桥。发源于昆仑山中、由雪水和泉水汇合而成的格尔木河，从海拔 4000 多米高山峡谷奔流而下，在此深邃险峻的幽谷中急湍喧嚣，喷涌咆哮，不断激起层层雪白的浪花，发出阵阵犹如雷鸣般的轰鸣，观之令人目眩神摇。我们从天桥一侧寻一处相对平缓的山坡，小心翼翼地走向谷底。途中，见一泉眼，当地人用石块、水泥砌一矮矮的井圈围护，泉水几乎涨至圈口，触手可及，清澈无比，原来是昆仑山经年累月的一处小的不冻泉。我等纷纷用口杯取水，饮之清凉甘甜，润人心肺。实际上昆仑山不冻泉水蕴量极其丰富，只是目前尚不具备开采的时机和条件。相信不久的将来，这种纯天然的昆仑山矿泉水，一定会走向祖国的四面八方，走进城乡的万户千家。怀着满腹清爽，我们行至谷底。格尔木河两岸遍布鹅卵石，形状各异，大小间夹，千奇百怪，铺展出无规则的天然石阵。我素来爱石，便细心拣了一块，不大不小，约有 1 斤重。石上的图案清晰完整，酷似人参，可能只是一枚昆仑山区 1000 多种高等植物中的某一天然化石。擦洗干净，爱不释手，将其包裹入囊，带回故乡，置于案头，永久与我相伴。

复乘车行至昆仑山垭口停下，路边矗立一块巨形青石碑，上面雕刻的红字十分醒目：昆仑山口海拔 4772 米。此处乃青藏公路穿越昆仑山的必经之地、咽喉之所。这里地势高耸，气候潮湿，空气稀薄，生态环境独特，自然景观宏阔。我们立足碑前，环顾四周，但见莽莽昆仑，群山绵延起伏，雪峰突兀林立，一望无边无际。果然是“横空出世，莽昆仑，阅尽人间春色。飞起玉龙三百万，搅得周天寒彻”。1935 年 10 月，在长征途中，一代伟大的无产阶级革命家毛泽东以其特有的宏伟情怀，幻化成奇伟的浪漫主义诗篇《念奴娇 · 昆仑》。1956 年 4 月，陈毅元帅乘车路过此地，激情满怀，诗兴大发，当即写了一首《昆仑颂》，其开篇两句“峰外多峰峰不存，岭外有岭岭难寻”，都是眼前景象的真实写照。山口路侧挺立一座山岗，看上去并不高峻，目测也就 200 米左右的高度。我们一行中有 5 位 40 出头的同伴，决定一起去爬山。其实大家心中都清楚，与内地相比，人体正常的吸氧量在格尔木就少了 30%，昆仑山上缺氧可达 50%，且有八成左右 40 岁以上的人都有较为强烈的高山反应。为检验我们的意志和体能，5 人便结伴开始攀登。山体上的沙土和陈腐草皮很薄，踩上去松松软软的，有一种像是在棉花堆上行走的那种飘忽感。从山脚开始一段，还劲头十足，爬到中段，我们都开始剧烈喘息起来，只得走几步，停一下，大口喘着粗气，脚发软，腿发酸，一路汗水伴着我们缓慢登顶。立足5000米高海拔山头，众人相视一笑，为进行一次有效体检，为完成一次小小的征服，不约同高高呼起来："昆仑山，我们来啦"，引得千山万壑竞回声。那情不自禁地振臂一呼，冲向蓝天白云，在昆仑上空回响，也必将回响在我们未来的悠悠岁月里。

1991年7月10日

享趣台湾

芸芸众生，每个人都有自己不同时期的期待。

期待，能张扬出一种情绪，也能幻化成一种心理态势，有时表现得沸沸扬扬，有时则如细雨润物。期待是有色彩的，绽二月柳条的鹅黄，放五月杜鹃的嫣红；期待也是有声音的，携秋溪的潺潺婉约，纳朔风的阵阵狂野。在那种飘拂的希望中，不断调和着甜蜜与焦虑，甚或夹杂些许无奈和苦涩。

我的台湾之行，就是一个久远的期待。

从不敢想象的神秘，到接近期盼的神往，我为之付出半个多世纪的岁月。2006 年 7 月末，作为肥西首批赴台经贸考察团先期的策划者、组织者之一，我却在行前办理手续过程中因工作岗位的特殊而被对方拒绝入台，遗留了一个沉甸甸的缺憾。未料从退休至今，一晃八度春秋后，一对白发老者与上派 4 位年轻的朋友结伴，又在新桥机场巧遇本家堂叔和堂妹父女，以散客组团的方式，由中青旅带领 31 位游客展开了宝岛之行，出发日期是 2014 年 4 月 24 日。

一个自由人，与老伴儿联袂，又有亲友同行，开始环岛 8 日游，终了平生夙愿。

真的，我十分想去台湾，去台湾享趣。

野柳听雨观石

北台湾的海边，延伸着一条亲吻太平洋的狭长海岬。我们赴台首站参观的“野柳地质公园”就坐落其间。

走进公园，是一条热带植物遮蔽的林荫大道。不料，一场大雨不期而至，不容分说地将我们的游览打了折扣。不一定，也许正是苍天为我们的宝岛行接风洗尘哩。

雨，时急时缓，紧紧松松绵绵。不遗余力地敲打着海面，擦拭着岩石，抚慰着沙滩，也梳理着海岸无边的一脉林带。徐疾无度的雨点打在路边肥硕的阔叶上，清脆的韵律悦耳可听，伴和着拍岸的涛声，宛若一组中国古典乐器在跳弓拨弦，奏出汉唐遗韵，奏出海天交响，也一下子把上午奏成了黄昏。

灰蒙的天，淡青的海，竭黄的岬道，还有扑腾着的雪浪，呈现于视野中的是一幅泼墨大写意，明丽和清朗隐退至九霄云外，我且听那风声雨声不究章法的合奏。

踏着柔婉、亲切的雨乐节奏，我们沿岬道缓步前行。突然眼睛一亮，云情雨意覆盖着的海滩，布满了奇形怪状的岩石，苍老而矜持，丰富而孤独，仿佛猛然间闯进了一个外星人的“领地”。

我撑着雨伞，从岬上顺阶而下，走进丛岩中，逐一观察审视，然后复回海岬，再用目光广角扫描。心中渐渐升起一幅奇特的景象；好一个“天外来客”的“烛火盛宴”！男士侧头呼唤，女人甩辫应答。这对情侣从天外飞来，或因落地用力过猛，留下清晰的“大脚印”，忙乱中还丢下一只“仙女鞋”。他们首先看到的是一张“台湾地图”,透过“风化窗”,瞥见“鲤鱼台”“玛伶石”“大象石”和“骆驼石”,又穿过“溶触盘”,跨越“海蚀沟”，登上“珠石”和“十四孝山”，累了就躲进“情人洞”小憩。然后，点燃了“烛光台”上的所有蜡烛，操弄起搁浅海边的一条“大鲨鱼”,以“姜石”作为佐料,清火炖后再将鱼块盛入“石碗”,还备了两双“筷子”,辅之以“蛋糕”“巧克力”。美餐后，再相伴匍匐到“女王头”前聆听高贵的女王讲述亘古故事。

2000 多万年前，台湾还沉在海里，由大陆福建一带冲刷下来的泥沙，一层层地堆积出厚实的沙岩层。600 万年前，天神用“造山运动”将其推挤出海面，造成了台湾岛，野柳就是其中的一部分。后来又由于海之浪、天之风、雨之侵蚀，加上地表不规则的抬升，逐渐演变成野柳现在的奇观了。

海风袭来，诉说之音似乎娓娓动听，星罗般的奇石又是那样的惟妙惟肖，生动逼真。我抚摸过“女王”湿漉漉的躯体，似乎还触到粗糙表皮内的哀怨。是怨风化的无情，还是对风雨剥蚀的不满？吐不尽万千年被压抑的倾诉。她守望着这方山水，端立得太为久远，秀发紧束，鼻梁高挺，但长长的脖颈却愈来愈细了。真不知她因由过度孱弱而倒下之前，这里会出现怎样的思索者和抢救者？

我敬畏女王石，以其独特的造型、悠久的历史构成了台湾的一张名片；我赞美野柳地质公园，为华夏壮丽的河山增添了神奇画页！

情洒日月潭

一半似日轮，一半若月弧，合抱成一潭湖水。看似简单的组合，却浮现出山青水秀气象万千的景观，远播海峡两岸的赫赫声名。

这就是以象形命名的日月潭。

一座高峡平湖，湖面海拔就达 748 米，以其 7.73 平方公里的大胸襟，容积成全台湾最大的淡水湖泊。久远的向往，催我们早早离开苗栗，驱车走进南投，便迫不及待地去投怀送抱。

碧绿的水，青翠的山，多姿的云，曼妙的雾，被早晨八九点钟的太阳渲染得分外明媚、迷人，塑造出不一样的人间仙境。乘船，戏水，登岛，观景，2 个小时的游览，令我情感爆满，也激起浮想联翩。

日月潭与大陆众多的名湖各具姿色各怀千秋。剔除面目初识的新奇感，我客观地进行一番比较：

日月潭比西湖秀美，是由于胸怀中的万顷碧波，更清澈、更纯净、更有灵气。春夏秋冬，不仅承载高天未受污染的雨、雪，更是安安静静不断吮吸着四周大山的乳汁，排斥庸烦，拒绝浮华，抵御尘土，自我净化，自然的生态，彻底规避了城市病的侵扰，其湖水无论是高度和深度，还是调节功能与净化能力，都得天独厚地超越了西湖。

日月潭比大明湖雄阔，是由于四周围合的绵延群山，环列了如此高耸的彩色屏障，不仅能吐云吐雾，更使湖光山色相得益彰，分外瑰丽和天衣无缝，山的气势反衬出湖的柔美，山的养分，又使湖水更加充盈和丰腴。因为这种天然的润泽，湖光便生动起来，似乎闪烁出天公赋予的文彧。

我们安徽有着著名的“两山一湖”，就是牵连着的黄山、九华山和太平湖。日月潭虽比不上太平湖水面的辽远、壮阔，但却以其怀抱着的庙宇、亭台楼阁及高塔而更显丰富，更有内涵和气度。我们乘游船抵达湖中的拉鲁岛——一个被秀水环护、被茂林缠身的仙境。行走岛上，游人已摩肩接踵，缓慢地搅动着山道上浓得化不开的树荫。太阳隐去，云雾舒卷，清新的空气中弥漫着淡淡的凉爽。岛上山头，为纪念唐玄奘西天取经的玄光寺，早已香火缭绕，成群结队的善男信女登岛入庙，去膜拜玄奘法师的舍利子和佛祖释迦牟尼的金身塑像；也引得四方游客、两岸旅人纷至沓来，感受浓烈的宗教氛围、探寻湖中孤岛的深幽与神奇、欣赏邹族原住民歌王及其乐队纯正的演唱、品尝饮誉全岛的“阿婆卤鸡蛋”的独特风味，进而去搜罗“潭中浮屿、潭口九曲、万点渔火、独木泛舟、水社朝霞、荷叶重钱、番家杵声、山水拱秀”的日月潭八景的奇妙铺陈……当这种审美浪潮一旦澎湃起来，日月潭收纳的不仅是万众目光、众生口碑，更是累积出社会学的一种审美敬畏，潜移默化，激发出更多人的心驰神往。

我伫立玄光寺石碑旁，南顾群山，远远的山顶上矗立着一座高塔。导游解说，那是蒋介石当年游湖后为纪念母亲而兴建的，并亲自为之命名为“慈恩塔”。那时，他一定是思念起母亲的恩德，也一定会忆及慈母死于日本人炮弹轰炸时的悲惨。他是否欲借此能承载天地之恩泽，能西望故土，牵连起家乡地气？如今，人去塔存，倒为日月潭留下了一处人造景观，一个人文猜想。

立足于宝岛中心点，我早已被四周的湖光山色所陶醉，又有一阵风雨袭来，轻柔的雨珠缀满了绿绸般的湖西，挑逗着微波细浪，也挑逗着我钟爱山水的万般情丝。告别日月潭时，在水一方，特请我们的同伴、聪慧的李静小妹再为我拍了一张照片。那一刻，我舒展着双肩、敞开了心扉，去拥抱日月潭赐予我们的诗情画意。

朝拜阿里山

一首邹族经典民歌《阿里山的姑娘》曾唱响海峡两岸，引得万众共鸣，也在我心中燃起精神欲望，是高山仰止的诱惑，是对阿里山“日出、云海、晚霞、神木、铁路”五奇的神往，更是一种民族情愫的升腾，中华大好河山的共同礼赞。

我们的旅游大巴从台中出发，一路南下再东进，驶进嘉义，驶过平原、山丘，驶入阿里山风景区。汽车盘山而上，顿生“跃上葱茏四百旋”之感。车窗外，山道旁，绿满山川，林木苍茫。自下而上，随山势依次排列着热带、温带、寒带三大林相。从亚热带的阔叶林到寒带的针叶林丰富至极，尤以温带的红桧、扁柏、台桧、铁杉和华山松最为密集，构成阿里山“五木”奇观。

阿里山是18座山峰的总称，主峰为塔山，海拔2274米，我们行程的目标只是塔山中海拔的神木区。

山腰停车，一行人徒步登攀。先后领略了“三代木”“兄弟连”“象鼻树”“光武桧”等奇木的风采；又被漫山遍岭的各种林相所折服。众木成林，宛若汪洋浩荡无际无涯，且林木姿态各异，有的如剑戟，有的似伞盖，还有的象古刹宝塔，排列整肃，俨然一场孙子兵阵，万千秦皇兵马。漫步山道，树密、荫厚，云气氤氲，润碧滴翠，抓一把空气似乎能捏出浓浓的绿汁。我且尽情置身于“白云回望合，青霭入看无”的境界，闭目玩味“荡胸生层云”的意趣，享受大森林绿意缠绵的沐浴，吸纳天地间、生态中的精华气蕴和绿色芬芳，放松着身心，涤荡着魂灵。

团队已进入了神木区。我感到一丝凉意，感觉不在温度，而是一种穿肌透骨的力度。睁眼一看，几株神木赫然耸立面前，挺拔着高洁，耸立起孤傲，挤出众木，向蓝天献吻。

那株最古老的红桧，已经三千多岁了，因其古朴、苍老，也就成了“精”，变为“神”了，变成了阿里山的一个标志、一种灵魂。吮吸过春秋列国诸子百家的文化意蕴、秦皇汉武唐宗宋祖的风流气概，抗击着百代千秋的雨雪冰霜风暴雷霆，顽强而又坚韧，塑造出华夏民族的气质和品格。

众人皆知，甲午战争后，台湾曾被日本占据统治了 50 年。日据初期，日本政府垂涎着台湾中央山脉的森林资源，即派员重点调查阿里山的林木。30 万株原始桧木林，爆红了日本人眼球，一场肆无忌惮的人祸林殇之灾，从此便开始在阿里山区延烧。至“二战”结束后，台湾回到祖国怀抱，然阿里山天然的红桧、扁柏等珍贵树种几乎被砍伐殆尽。

而今，我们的周边还幸存着十数棵红桧。

幸存，是一次劫后新生，也是一个历史见证。其树干枝叶在控诉当年的屈辱中，似乎更加勃发出不屈不挠的顽强生命力。30 万与 10，一个天文数字的巨大反差。杀人放火又劫木的强盗，给中华历史留下永远伤痛，也激发起炎黄子孙万众一心同仇敌忾的民族气节。

我们绕过一棵棵粗大的树桩和突显地面纵横交错的树根，走近光武神木。

这棵与东汉皇帝刘秀同期诞生的红桧，饱经近 2000 年的风霜，依然昂首挺胸，依然粗壮朴厚，高达 58 米，胸径 6.5 米，需十几人牵手才能将其合抱。因为人多，游客密集，我难以靠近，只能近距离举目仰望。光武神木伟岸的身躯，被风霜切割出道竖痕，也为雷电劈断旁枝而刻下块块伤疤。上端，有新绿丛生，嫩枝舒展，树梢则顽强地钻探着云雾，向蓝天托出一个绿色梦想。身旁，有一层层新生代的小红桧，在忠诚护卫自己古老先祖，聆听着历史老人的心声和倾诉，感悟着顽强与坚贞的生态价值。

面对古朴，面对坚强，我虔诚地双手合一，向神圣膜拜，向神奇致敬。

旅伴李传福、聂志德，均已六旬上下，观光游览的好奇心一点不输年轻人。他俩钻过人群，转悠了一会儿，回来告诉我，他们匆匆浏览了附近的高山博物馆，看到了当年日本人伐木的大锯条，宽宽的足有两寸多。虽然锈迹斑斑，但它们曾为其主锯断了 30 万棵古树的生命……言谈中，两位老弟仍愤然不已。

为了便于大量的砍伐、运输，日本人斥巨资硬是在崇山峻岭间修建了一条 72 公里长的森林铁路。不料遗留下来后，竟与印度大吉岭、秘鲁安第斯山并成世界三大登上铁路奇观。我们此行无缘乘火车从山脚盘登，无法实现穿越 49 个隧道、飞跨 80 座桥梁的云端壮行，但还幸运，我们在神木线车站赶乘了下山火车。小火车的外壳，涂了一圈橘红色，只是被风雨剥夺了鲜艳。车厢不多，不过七八节；也不大，临窗各一排软包长凳，大部分游客只能立在厢内拥挤、晃荡。我凭窗眺望，一排排参天大树在闪退，“姐妹潭”的波光在闪亮，远处，云雾弥漫，层峦叠嶂、忽隐忽现。“咣当咣当”的车轮声在寂静山林中唱得非常响亮……虽然只有短短十分钟旅程，我却收到了一段奇特的森林铁路、云中列车行进的感受与体验。

出了阿里山火车站，我们一行拍了一张集体照以作留念。回望苍茫耸立的山影，倾听浩浩山风的回声，我向阿里山深深鞠了一躬。

西子湾夕照

高雄旧称打狗，是据台湾平埔族原住民的发音汉译而成的。日据时代，日本人嫌“打狗”刺耳，遂取日语中与之发音相近的“高雄”定为新名。

车抵高雄，太阳已渐渐西沉。像是在与时光赛跑，我们的大巴穿过市区，越过港区，飞跨爱河大桥，赶到了夕照胜地的西子湾风景区。

西子湾，位于高雄西隅，北靠寿山公园，南临旗津半岛，西接台湾海峡，东南便是著名的高雄海港。因其为台湾第一大港，首要的海运枢纽、货运进出口重要门户，港口货物吞吐量占全台的三分之二，故高雄又有"港都"之美称。

茫茫海面波澜不惊，夕阳悬在西天淡淡的云层中缓慢滑落。晚霞纵情挥洒绚烂，为海峡西天涂抹了一层橙红色彩带，也给海面镀上流金泻银的光亮。我们走过滨海公园，走近西子湾的重要标志——防浪堤。

凭堤眺望，海天已被晚霞渲染得融为一色，就连遥远的海平线也淡若青丝,时隐时现,忽明忽暗,缥缈着朦胧。海风徐来，凉意侵身。眼前的西子湾，似乎浮现出一脉苍茫的古老意蕴和人文气息。

清乾隆十五年，举人卓肇昌行吟西子湾，触景生情，吟樵夫晚归：

忽听樵子唱，踯躅下前山。
几曲斜峰乱，一肩落日还。

又有诗人赖雨岩有感而发，吟《寿山观海》：

振衣绝顶兴优哉，帆影波光眼底来。
偶闻猿声喧洞窟，忽看蜃气幻楼台。

这番诗情画意，依然张扬在旗后灯塔高耸的身影，左营城门斑驳的墙体、旗津天后宫飘逸的香火、凤山曹公庙展现的肃穆，以及春秋阁传统的亭台曲桥等诸多古迹组成的历史画面中。

我们身后的寿山，山势不高，不过300多米海拔，但山林十分繁茂。有曲径通幽，可连接蒋公纪念馆、高雄史迹陈列馆和原住民为纪念大陆早期迁居而来18位汉民功德而修建的十八王庙……夕阳霞光里，陈列馆依然折射出高雄饱经沧桑的岁月经典，十八王庙依然升腾着一段神话的袅袅余韵以及庙宇兴衰、再生的历史风尘。寿山西麓，坐落着中山大学的校园，傍山依海，绿树成荫，花草繁茂，还有沙滩相拥，海鸥伴飞，其美景佳境居台湾各高校之首。夕照下的中大，静谧又清新，高大的校门，洁白的楼群，浴一片霞光，洋溢出勃勃的生机。成群结队的学子们穿行在林荫大道上，或漫步于海滩旁，将心情裹一束晚霞、包一份理想，于山水间悠然放飞，寄给明天的朝阳和未来的人生岁月。

防浪堤边，人群逐渐熙攘。聚拢来的市民们在看海，在观日，一任清凉的海风洗涤白天辛劳的疲惫，有一对对情侣款款而来，依偎着石堤，向海天倾诉衷肠，播弄着“人约黄昏后”的风情和浪漫，耳鬓厮磨，情意绵绵。

为这支抒情曲伴奏的是海港进出口巨轮汽笛的鸣唱，雄浑、嘹亮，演奏出粗犷的节拍和悠长的旋律。棋布海面的大小船只，用笛声和帆影，充盈着西子湾的动感和丰姿。

夕阳吻着海面，晚霞仍不遗余力地携海鸟顽强飞翔。当我们拍下最后一张壮丽的夕照时，导游的召唤，提醒我们该与西子湾道别了。

抱憾高雄，台湾第二大都会。实在因为行色匆忙，我们不能搭乘太阳能游船去荡漾爱河，观两岸林立大厦、绚丽灯火和“真爱码头”“爱河之心”情侣密集的万种风情；不能走近“世运”主场馆感受其绿色环保及艺术律动和台湾第二高度“85 大楼”去观瞻其奇光异彩、高耸云端的雄伟身姿；也不能去莲池潭参拜龙虎塔、去澄清湖观看绿色生态、去多种展览馆领略艺文创意；更不能走进大高雄的千余座寺庙去感受穿越千古儒沐春秋的宗教古韵……还好，旅行社选准了时间节点，让我们饱赏了著名的“高雄八景之一”——“西子夕照”的风采。

生态垦丁

行走春深的南台湾，倍感空气清新爽人，仿佛几经天网的过滤，纯净而又透明，没有丝毫杂质，只有海风裹挟的腥咸味，山林中、大地上飘溢的草木馨香和繁花芬芳，淡淡的，绵绵的，沁人心肺。

坐落于恒春半岛的垦丁公园，又将这种清新提纯了。虽然少了一点江南水乡婉约、迷离的况味，但却多了绿荫的浓密、海天的壮阔和浪海的喧腾。天蓝蓝，水碧碧，日丽风和，拒绝了霉潮，挤干了阴湿，拥抱着明朗和温暖。

垦丁公园占据半岛独特地势，一面依山，三面环海，北靠南仁山，南濒巴士海峡，东接太平洋，西临台湾海峡。生态面积 32000 多公顷，内含近半海域。陆地分为五类生态保护区，海域的生态保育也一分为四，呈现出地形、植物和原始珊瑚礁、雨林带三大区域景观。

由于长期的海浪冲击，重力影响，反复地风干水湿，加上沙砾钻蚀，地崖之珊礁石灰岩逐步破裂，向下崩落，形成了崩崖、峡谷、壶穴、礁柱、钟乳石洞等自然景观，海岸线则被剪裁成漫长的百褶裙带。连同那些孤立山峰、贝壳沙滩、珊瑚群礁、海蚀平台，为垦丁装扮出奇独的美丽。其中著名的鹅銮鼻、猫鼻头，构成宝岛最南端两个支点，也是海陆交会的重要连接，还有那块 20 多米高的船帆石，一座珊瑚岩礁孤立海中，腰缠岩褶，头顶绿冠，看似一艘即将鼓帆启航的帆船，告别陆地，驶向深蓝，增强了海岸动感，拓展了人们想象空间。

我们漫步园内，穿过茂密林荫步道，走过鹅銮鼻石碑，走近高耸的白色灯塔。这是一处人造的南台湾地标，为中央山脉的余尽树立一种高度，标下一个惊天的感叹号。灯塔始建于 19 世纪中期，是当时世界上唯一一座武装灯塔。后历经战火，两次被毁，再予修复。塔体为钢铸铁造，高达 24 米，身缀炮眼、瞭望口，塔顶装置先进的大型旋转透镜电灯，每十秒一闪，能在 100 里内放射万丈光芒。如今，塔体被漆刷一新，通身洁白，镀上阳光，分外眩目。驶离的舰艇，归来的航船，来来往往的渔家舟楫，无不尽情受用着这明丽、平安的“东亚之光”。

垦丁公园不仅拥有奇异的地质风貌，还怀抱着得天独厚的动植物资源。

园区内的植被分为椰子、橡胶、油脂、药用、果树五大板块，遍布 1200 多种各类植物。诸如橄树、草海桐、红豆树、滨斑鸠菊、飞龙掌血、锈叶野牡丹，都十分名贵，由此被冠为台湾第一座热带植物林、世界八大试验林场之一。我们在园内树林栈道上漫步，在平坦绿茵上徜徉，眼观近处、远方，一丛丛一排排一层层浓绿淡青的林木正在海风中摇曳、舒展和延伸，绿透山川大地，也把收拢不住的绿意倾进了万顷海波。时值四月下旬，路边、坡旁、林中，各种鲜花仍在争妍斗丽，开得灿熳，放得娇艳，慷慨地播撒清香，缭我衣衫，盈我胸怀。我贪婪地吸纳着这种天然精华，似乎要把整个身心都彻底洗擦一遍。

因为和暖的气候，因为茂密的奇花异树，凝聚起垦丁的诱惑力和适存感，于是动物们纷纷趋集，在此安家落户、生长繁衍。野生的台湾猴、赤腹松鼠、黑枕黄鹂等60多种留鸟和50多种候鸟经年累月活跃在山林间、湖河上。境内的龙銮潭水库及其派生的条条溪流周边，便是绝佳的“候鸟天堂”，每年都有从北方飞来的大批鸟类在此生存达半载之久。162种野生蝴蝶也群居其间，不甘寂寞地飞出精彩，舞出一片缤纷。

我们的旅游线路开始由鹅銮鼻向与之遥遥相对的猫鼻头延展。猫鼻头位于西海岸，是台湾海峡与巴士海峡的分界点。从海崖上断落的一座珊瑚礁岩，被鬼斧神工雕刻得状若蹲扑之猫，由此而得名。同伴们兴高采烈，戏游在岩石上下、裙带之侧。唯有我独坐一隅，凝望着海面。近处海水清澈，中远处由碧绿连接着深蓝，时有波浪涌起，撞向海岸，飞珠扬玉，溅飞雪白的浪花。我凝神定睛，似乎欲看穿海水去搜寻遍布海底的奇丽珊瑚。听说台湾海域盛产珊瑚，产量居世界第四，且质地极佳、品相上乘，我们在台北“101”三楼曾参观过大型的地产珊瑚展，奇形怪状，五颜六色，令人叹为观止。正当我奇思妙想之际，一排雪浪冲上海滩，也传来传福老弟的一声呼叫：“我被海浪咬了几口！”急侧顾，见他拎着一双旅游鞋，赤脚踏浪，满脸灿烂，露出一排雪白的牙齿。不远处，志德老弟及周平、李静小妹也被海浪吻湿了双脚和裤腿，正嘻嘻哈哈，开心不已。大自然赋予我们的快乐是如此纯真而宝贵。

海滩上布满了形态各异、色彩斑斓的鹅卵石，很美很净，正想捡拾一块带回大陆做纪念，猛然想起导游小刘的告诫：“不能携带，过关时会被检查出来的。”罢了，免得为一石而惹出不必要的麻烦。再说，大陆每年两百万多游客。如果每人捡一颗，岂不很快便卷空了海滩？！为了生态垦丁的平衡、完整，我们都应珍视、呵护这里的一草一木、一花一石，这是自然生态提供给人类的启迪与呼唤。

旅途忆先贤

五天来，在桃园机场接站的大巴，载着旅行团一行自北而南，沿西线高速公路飞驶，时不时穿行于中央山脉的山川湖泊，让我们饱览了沿途的自然风光。一路上，总有一种人文情怀和乡情在我心中搅动，脑海里时带浮现两位先贤老乡伟岸的身影，一个是淮军抗日第一名将唐定奎，一个是台湾首任巡抚刘铭传。

驾驶员陈师傅，50 开外的中年男子，形象端正，性格沉稳，很少谈笑。导游小刘，30 多岁的俊男，开朗，幽默，开口便妙语连珠。一句“懂小刘意思吗？”的口头禅及其有趣的人文介绍，高频率地刺激着车厢里的寂寞，捉弄着我们的感官。一对组合，两种性格，也许都是职业习惯的沉积。

停车场、旅道上，我总爱寻机与他俩攀谈，同时点燃憋了半天的烟火。当我说出刘铭传、唐定奎的名字时，他们几乎异口同声回答：“知道，知道，小时候就听老人们说过。”陈师傅听说我来自安徽合肥，难得开了笑颜：“合肥有支淮军很能打仗。真是巧合，两位先贤都是你的老乡。”小刘还在车抵屏东、驶过枫港后手指东边的数重山峦说：“东山里的石门和牡丹，就是当年的古战场。140 年前，唐定奎统领军民就在那里抵御犯台日寇的。”

早在清同治初年，合肥西乡的唐定奎与四哥唐殿魁便随刘铭传参加淮军，入编“铭”字营，后因战功显赫，被实授福州陆路提督。1874 年 5 月，日本兵犯台湾，登陆屏东后，进剿原住民，杀人放火，无恶不作。危难之际，唐定奎奉命率军赴台抗日，团结当地军民，精心备战，共度时艰。这是一场没有硝烟的战争，也是一场兵力、军心之间的较量。日军终因羽翼未丰，又失天时地利人和，于同年 12 月败走台南。中国军队的威严，防台军民的团结，逼退了日本侵略者。唐定奎抗日的胜利，再次雄辩证明：决定战争胜负的主要是实力、正义和人心向背。

说起刘铭传，就我接触过的部分台胞，几乎人人知晓。

赴台的第三天下午，当我们参观竹山紫南宫后，又遇一阵大雨，我便跑进路边的一座亭内躲避。坐在我身旁的是一对型男靓女，30 来岁，青春时尚。他们一双活泼可爱的童男幼女正在亭子间追逐戏闹。在“妈妈，妈妈”呼叫中，那女子嫣然笑答，她天仙般的姿容，即刻令我联想到“阿里山的姑娘美如水”的传唱。我点燃一支烟，与戴着一副眼镜、温文尔雅的男士交谈起来。原来，他们一家四口来自云林县，趁周日自驾旅游。男士大学毕业后，自立门户，创办一家私营食品生产企业，因为诚信和特色，生意做得风生水起。提到刘铭传，他竟然兴奋起来，镜片后放射出些许自豪，话匣中流露出几分敬仰：

刘铭传是我们台湾的首任巡抚，距今已经快 130 年了。1884 年，中法战争爆发。法军进犯台湾，刘铭传临危受命，挥师宝岛，领导台湾军民共同抗敌，取得基隆、沪尾（淡水）两大战役的胜利，为中国人民反侵略战争谱写了光辉的篇章。第二年，台湾建省，他被任命为首任巡抚，为保卫台湾，建设宝岛殚精竭虑，费尽心血，大刀阔斧地推行了一系列改革新政，开创了诸多的“中国第一”，比如修了第一条运营铁路、建立第一条海底电缆、创办第一个邮政总局、成立第一个驻外招商局、签订第一份外商合同，等等，都是大胸怀、大气魄、大智慧。他力图“以一岛基国之富强”，要为全国“树之范”，不愧为抗法保台的民族英雄，捍卫台湾主权的封疆大吏，巩固国家统一的促进派，推进台湾近代化的奠基人。诚如连战先生祖父、台湾著名史学家连横先辈在其《台湾通史》中所言：“溯起功业，足与台湾不朽矣……”

十分令我惊诧，一位年轻的私营实业家，竟然如此了解刘铭传，是大学教科书的解读，还是官方典籍或民间口传的叙说？

我不便细问，只知道他在大学攻读的却是工商管理专业。身旁这位儒雅的年轻人，让我感慨，又心生几分肃然。我真想告诉他，我们肥西就是唐定奎、刘铭传的故乡，并邀请他能来肥西走一走，看一看。唐定奎故居——唐五房圩的走马转心楼完好保存至今；刘铭传故居刘老圩已大面积修复，“刘壮肃公墓园”已赫然矗立于刘铭传家门前的大潜山腰。现在的刘老圩既是“全国重点文物保护单位”，又是“海峡两岸交流基地”。若能在刘老圩内交流、回顾刘铭传的丰功伟绩，岂非大快人心？

限于行程安排，我们无法走进石门、基隆、淡水，不能亲临古战场遗址，去重温那叱咤风云的抗战场景，去感受故乡先贤的爱国精神和爱民情怀，但值得欣慰的是，广大台湾台胞没有忘记历史，民族英雄在他们的心目中仍占据应有的位置。

是的，只要我们不断去触摸，历史就会增加温度。

太鲁阁探幽

到达花莲的那天晚上，下榻于立在山间河畔的“立雾溪客栈”，嗅到一丝古典人文气息，触到了朦胧的山水诗意，枕着汩汩流动水声、苍苍交叠的山影，很快便进入了梦乡。昨夜星辰，连同我香甜鼾声，已被清晨的一阵和风一场细雨冲刷干净，新的一天拉开了清新帷幕。

陈师傅驱车带我们穿过“横贯东西公路”牌楼沿山路向立雾溪中段进发，去参观壁立两岸的太鲁阁自然公园。

山道弯弯，起伏不平。小刘在车上又开始新一天的宣讲：

我们现在行驶的是花莲至台中公路，横贯东西，穿越中央山脉。这条路始建于国民党军队溃败台湾后的第三年。当年，10 万老兵云集山中，炸石筑路，手搬肩挑，风餐露宿，备尝艰辛。高强度、大风险劳作，致使伤亡者无数，其中就有 226 名老兵的尸骨被永远埋葬在异乡的崇山峻岭之中。老兵们心中只有一个强烈的信念，“我要回家！”山和海的西边大陆，有他们故乡热土，有他们思念的亲人。这种延烧着的信念支撑他们跨越了 35 年的岁月门槛，至 1987 年，其势头更加猛烈起来。久远的苦盼，激起心中万丈怒火，他们又一起集结，到“总统府”门前示威，甚至有激进者全身浇透气油，手持打火机，愿以生命为代价，去换取一个群体的渴望和自尊。一个正当的抑或有些卑微的“我要回家”的愿望,竟然采取如此悲壮的行动，在台湾社会引起强烈震撼。那一年，台湾当局终于放行老兵返乡探亲……

幽幽岁月，竟包裹着这段悲壮的幽愤往事。

汽车穿过一条幽深隧道，停在孔玛卡大桥一侧。我们走进了“鲁阁幽峡”——清代就被“官定”的“台湾八景”之一。大峡谷位于花莲、台中、南投三县交界处，由立雾溪、大甲溪久远的充沛配合地壳运动沿断层裂痕深切下去，塑造出峭壁危崖、飞瀑清流的自然胜景。放眼四顾，群山巍峨，绝壁对峙，葱郁松柏护列两岸；河水清清，纵横其内的奇形大理石在阳光照射下闪射五彩光芒。曲折 20 公里的长度，两岸山峰的高度，连同那一汪汪深不可测、碧绿中泛出彩光的潭水，衬照出大峡谷幽深的厚度。我陶醉于眼中这幅极天地之大美、得山水之情趣、洋溢着几分长江三峡韵味的自然画卷。并从山峦间、丛林上看到了山风匆匆的脚步和燕群穿梭的悠然自得，淙淙清泉一路奔走的姿态与欢畅，上午的太阳穿透林木射出的道道金光、筛落山道上斑斑亮点，又为大自然的宁静镀上温馨的明丽……我们沿绝壁一侧狭窄弯曲的山道缓缓行进、尽情观赏。正凝神忘我时，突然一颗山石从悬崖上滚落道上，砸在我们前面 1 米处。这一砸，砸出一个惊险，炸退了我们的勇气。大家一阵惊呼，喘着气，抹着汗，只得原路折返。因此，我失去了继续前行和登攀的机遇，不能去谒长春祠、步慈母桥、游神秘谷、登合欢山、观白杨瀑布、看“百燕鸣谷”的奇景了。是安全的警醒，也有时间的制约。我登上飞跨立雾峡上的孔玛卡大桥，沿两侧人行道来回漫步，缓释着自己的心绪，也丈量着大桥的长度。因大峡谷盛产大理石，故孔玛卡，整个桥体、桥栏都由白色大理石构建，栏杆上还雕刻出形态各异的石狮。这栏杆，这石狮，总觉得眼熟，在哪里见过？啊，是北京的卢沟桥。当年我游览时曾三次巡抚栏杆上的石狮，逐一点数，但三次却汇集了三个不同的数字。难怪老北京有句歇后语：卢沟桥的石狮——数不清。后来我才知道，那石狮并非一座一只，怀中抱，侧又生，有的多达数只，巧妙、精湛的雕刻，蒙骗了多少粗心的门外汉。好在孔玛卡没有这种玄机，我依次点数，两侧各 48 只狮头，桥头还威立着 2 只大狮，似乎是一对父母，领着众子孙在守望，在祈盼。大陆和台湾的两座桥梁，也都是受传统建筑的启迪，或更是炎黄子孙对民族图腾的共同昭示。

联想到 10 万老兵怀揣“我要回家”的梦想，含辛茹苦在中央山脉中修路筑桥，那么，可否将这一渴望继续延伸，将来能在滔滔海峡架起一座“连心桥”，使天堑变通途，两岸真正一家亲。这是历史的召唤，这是人民的期待！

诗意平溪

法国哲人狄德罗曾经说过，现代的精致是没有诗意的，真正的诗意在历久不变的原始生态中。我们走近平溪，就是一次对生态诗意的寻找和感受。

平溪是新北市的一个区，平溪小镇即是区公所所在地。群山环抱中，千余户人家临水而居，一路（铁路）、二桥、三村头、四条街，是构建小镇的骨架和肌块，生生地把山色的空蒙、溪水的灵秀、火车的鸣唱、市井的祥和以及袅袅升起的炊烟全部揽入怀里。

煤炭，曾经是平溪的宝藏。数万名赴台汉人与当地平民聚集于此，用血汗甚至生命挖掘着财富，汇集起繁荣，被一条专用运输铁路传伸向都市、海港。后来，资源枯竭了，铁路却存留下来改作客运线路，有一段就凌空穿过平溪的两层楼房间。穿镇而过的立雾溪和基隆河，为小镇流出了生命之源，润泽着山野的植被和农作物，涵养着河床上的天然鱼虾，也为村镇人家充盈了生息繁衍的生机与欢乐。三座村落倚抱着小镇，一个小“十字街”短促地伸向东西南北。历史上，早期入山开矿者常受土匪劫杀，由于交通不便，人们便借以“放天灯”来互报平安。久而久之，流传下来的习俗便演变成春节、元宵节特有的盛会，放入高空的天灯，寓意节节高升，或因人而异，放飞着各式各样的祈愿和祝福。每逢佳节，寒夜群山间千灯并起，万众观赏、蔚为壮观，“平溪天灯”也成为全台湾一个亮丽的观光品牌。而富有诗意的地方，也常被艺术家所青睐所追求。近年来，台湾一批言情、生活和时尚影视，诸如《那些年》《恋恋风尘》等，都来此选拍外景，平溪逐渐成为一个天然的影视拍摄基地。

蒙蒙细雨，氤氲出淡淡的江南风韵。我走过清清河流，穿行在狭窄街道上。两旁陈旧而齐整的两层楼房，飘溢着幽幽古意；鳞次栉比的商铺琳琅满目，有特色小吃，有不少天灯制售门点，还有一家百年“老”字号天灯制作工厂；脚下街面清一色四方小灰砖，横竖有序排列，铁铸的窨井盖面，模刻着铁路、天灯、山峦图案和“平溪”字样，别出心裁的创意，将平溪观光元素组合出令人难忘的朴实和鲜明。很多店家门前日夜摆放着一盆盆一排排绿色的生命，有劲枝疏叶的，有打着朵儿开着花儿的，舒展、欢畅，从不担心被别人顺手牵羊。这条主街并不长，但名字很响亮，很宏大，被冠以“中华街”，在遥远、偏僻的山乡小镇，涌动着的一种情愫，分明是对民族的认同和对中华的归属。

十字街一角，一家小吃店门前悬挂着“肥肠故事”的招牌，醒目又别致。很多游客冒雨排队，争尝醇香肥肠，再去慢慢咀嚼其中蕴藏着的故事。我们等不及排队，便在邻家买了一些臭豆腐和山芋丸，大家分尝，味道十分可口，个个鼓动着的腮帮，漾出了满意和开心。

老伴儿在临街一处院落前看到了“平溪区公所”的木牌，不禁驻足凝视。她说，见了“区公所”三字个，很有历史的亲切感。童年在故乡小镇，不知看了多少遍，耳濡目染，印象深刻。而此刻，时光仿佛瞬间穿越，重现了我儿时的身影，将童年与老年串联起来，反照了历史，浓缩了人生，也将远方的故乡与眼前的平溪在形象中叠加、交集。原来，时空是不设置藩篱的。

我被老伴儿富有诗意的联想感染着，兴意正浓，便独自披一身细雨，匆匆走近街头的一个小山坡，据介绍，那里是平溪邮政局，还保存一个古旧的邮筒，这就是召我前往的一个引力。爬上山坡，邮局门前一座绿色邮筒立刻映入眼帘，也给了我一种带有亲切感的惊喜。一个铁铸的圆柱形躯体，高在 120 厘米左右，直径约 60 厘米，形制与我小时候在家乡的街头见到的差不多，通体被油漆刷得碧绿，但点点锈迹，还是泄露其年迈和苍老。我轻轻地抚摸着邮筒，似是一种怜爱，柔柔地向一位历史老人传递着慰藉。走进门厅，两位在岗人员立即起身笑脸相迎。小伙子笑得有些腼腆、仓促，中年男子却没有收敛真诚，他一定是看到我对邮筒的关注，便不无自豪地介绍道：“我们的邮筒早年立在矿区，如今已经 73 岁了，是目前台湾唯一还在使用的老古董了。”好啊，老而不废，老有所用，保存的是一段历史，标榜的是一种情结。70 多载春风秋雨，小小邮筒储存和传递了海峡两岸、亲友之间的千种祝愿和万般思念，至今，仍然痴心不改。

回返时，行走间，头顶上忽然滚过隆隆声响。原来是一列客运火车穿过街道上空的铁路，为异乡游人奏响奇独的“迎宾曲”，虽短暂，但其余音将会永远萦绕心怀。

旅行团成员意犹未尽，陆续赶回停车场。不料，陈师傅为了提升我们的游兴，给一种体验，备一个祈福机会，竟然自掏腰包买了 3 盏天灯相送。我们“1 号家庭”分得一个，体积较大，粉红色的灯壁洋溢着几分温馨。展开后，众人要我题字，我拿起水笔，不假思索写了“幸福安康”四个字，平平淡淡，表达了很多中国人心中的梦想，8 位成员一一签上了自己的姓名，不料，我在书写时因兴奋而用笔过力，龙飞凤舞般的笔触竟划破了灯壁，“哦，原来是纸质的。”“这可糟了，破了缝的灯是放不上去的。”好在陈师傅即刻从车上取来一卷透明胶，很快将灯缝粘好，小刘则在一旁熟练地点灯助燃。我们一众手托天灯，慢慢松手，天灯升起，载着希求，越飞越高，飘向远方。此时，密密的细雨仍在编织着苍茫，没有阳光，不见蓝天白云，灰蒙蒙的天宇渐而将天灯吞没。不知我们的放飞，今夜将飘落何方？但我们一行一定会怀抱期望梦回乡关的……

台湾记忆

初赴台湾，8 天 7 夜环岛游，穿越 15 个市县，行程 2400 多公里，亲历了人文胜迹，饱览了山水风光，体验了风俗人情，耳闻目睹，汇编成难忘的台湾记忆。

台湾，面积 3.6 万平方公里，总人口 2337 万。历史上，先后被称为瀛洲、夷州、流求、宝岛等。海岛三分之二为山地，中央山脉纵贯南北，玉山以其 3997 米的高度，雄居东北亚之冠。

东临太平洋，西部为坦荡平原。素享海上米仓、东方甜岛、水果之乡、森林之海和东南盐库等美称。森林覆盖率达 52%，数千种蝴蝶兰饮誉世界，400 种彩蝶在全球独领风骚。

台湾制造了三大著名地标：

台北“101”大楼，中国第一高度，位列世界第三，擎天一柱，洋溢着省会大都市的现代气息；台北园山饭店，一座典型的中国传统建筑，仿秦砖汉瓦，纳唐风宋韵，矗立着民族魅力和华夏自豪；垦丁灯塔——“东亚之光”，靠山的雄伟，揽海的壮阔，山风海涛赋予其不朽生命，那一身洁白，纤尘不染，蓄积着山呼海啸般的能量，光芒四射，召唤远航归来的船只，让海湾溢满亲切的温馨。

台湾人的宗教情结同样悠久、浓烈，主要是传统的佛教和道教，有近八成民众拥有宗教信仰，历史上民间社会的很大一部分就是依靠宗教来调节精神、普及善良。至今，各种寺庙仍遍布台湾，仅大高雄地区就拥有 1400 多座庙宇。有恢宏的，也有小巧的；有声名显赫的，也有名不见经传的，就连城乡的里弄、村头都随处可见。台湾盛产槟榔，有“台湾绿宝石”之称，种植农户达 7 万之多，有 200 万人以槟榔为生，每年购买费用超过千亿台币，嚼食者难计其数。槟榔妹、槟榔西施也曾应运而生。我们在旅途中见过很多高挺的槟榔树，也偶见兜售其果的槟榔妹。毫无嚼食的欲望，但却想起了苏东坡的诗句“两颊红潮增妩媚，谁知侬是醉槟榔”以及那首脍炙人口的台湾民歌《采槟榔》:“高高的树上结槟榔，谁先爬上谁先尝……”心不在焉，难解个中味。各个城市的便利商店密布大街小巷，整洁、丰富，日用小百货和生活用品应有尽有。24小时营业，昼夜服务。左邻右舍街坊居民无论是购物或入内纳凉取暖，都自由自在，毫不拘束，有时缺盐少酱油的，拿一点甚至无须付款，真是便利之极。台湾城乡处处干净，清爽，垃圾和纸屑几乎绝迹，无论是白天，还是灯火璀璨的夜晚，街道边，人行道上，也未见清扫工和保洁员。小刘说，这支队伍是有的，只不过他们每周只需清扫两三次，且都在黎明时分，其余时间全靠行人自我掌控。当然曾经是有过制约和惩罚的，为了限污治脏，当局也出过狠招，违规者被罚款，有时一次竟高达万元台币。坚持下来，人们便养成了习惯，行走时产生垃圾的便装进手提袋里带回家后再处理。看来，文明素质的提升，必要的强制是不可或缺的。台湾在公共场合禁烟十分严厉和苛刻，就连旅馆卧室内也必须与烟火绝缘。对于我这样一个老烟民，尽管受制多多，但内心还是理解和认可的。不满意的是台湾某些政治生态，好好的大街随便被示威者占领，为了他们政治诉求的自由，竟剥夺更多行走者的畅通自由；堂堂的“立法院”有时居然也被占领，吵闹唾骂、拳脚相加更是屡见不鲜，政治与法律的严肃性、权威性，被无情嘲弄和矮化了。那天，我们在“自由广场”参观时，“总统府”前的凯达格兰大道就被黑压压的人群强占着，阻止了我们的脚步，污染了我的视线，似乎嗅到了西方宪政民主、“普世价值”和“公民社会”的一缕异味。

我们逗留台北的时日有限，来去匆匆，虽然参观了故宫博物院、“101”大楼、自由广场和中山纪念堂，车行几条大街，给予我们一些满足，但居然没能住宿一晚，更不能深入其间，去倾听台北的心跳，去感知都会的浪漫与时尚。

台湾被誉为“美食天堂”，其夜市小吃闻名遐迩，引得无数游客垂涎。我们曾光顾了高雄的六合夜市和台北的士林夜市。挤进人群，呼吸着五味杂陈的香气，点数着五花八门的美食，身心酥酥的，口水津津的，令人胃口顿开、食欲大增。我和老伴儿分别选择了几样，其中当然包括“卤肉饭”了。有道是，“不吃卤肉饭，不算来台湾”。品尝之，果然香喷喷的，口感十分独特。与美食相关联的一个环节便是如厕，台湾的公厕都很洁净、清爽，印象深刻的莫过于南投紫南宫旁的那座六星级公厕了。两棵竹笋般的钢铸，横拉一根竹枝，上书“金笋迎客”四个金字。内空高阔，有喷泉涌射，有水帘扬珠，竹林摇曳，鲜花盛开，芬芳弥漫每个角落，借来自然一段景，让人如厕也享受。

首游台湾，走马观花，浮光掠影。因组团而行，错失了不少良机，削减了更多的体验。我向往淡水河清波簇拥着的渔人码头、阳明山公园独特的火山地貌、西门红楼丰富的艺文空间，渴望去中台湾九族文化村与原住民同胞一起沐浴月光载歌载舞、与老伴儿携手投身台东“美人汤”温泉泡个神清气爽，希求探寻台湾第一个铁路隧道狮球岭内刘铭传寄存着的爱国情怀、唐定奎在石门古战场策马扬鞭的威武雄风……真想偕夫人再来一次宝岛，展开深度自由行，更直接更宽松去亲近台湾。不知能否如愿，且把这一新的期待交给未来吧。

2014年7月21日

文化腾冲

七彩云南，自古以来就坐拥一方宝地。2000 多年的风雨洗涤，从古代的滇越到藤越，再到后来的腾冲县。如今，25 个民族，70 万人口依恋和建设着 5845 平方公里的共同家园。腾冲承载着大自然亘古的馈赠，拥有国内唯一的火山与地热相结合的地质遗迹景观区，是联合国公布的“生物多样性保护圈”，被评为全球优选生态旅游目的地。在历史与现实的交集中，始终处于主导地位的中原汉文化和边地少数民族文化、异域文化相互融洽，形成了以和谐、和顺为核心内涵，以开放性、包容性为基本特征的腾冲文化。生态、地质、丝路、马帮、翡翠、抗战六大文化板块，如 6 根擎天支柱，撑起了腾冲文化的天空。

一

有一座山，叫来凤山，构成一个护卫县城的天然屏障；有一处瀑，叫叠水河瀑布，喧腾为县城的心跳，使腾冲成为全国唯一有瀑布的城市。400 多年前，明代大旅行家徐霞客，走上叠水河畔太极亭，深为飞流直下、喷珠扬玉的瀑布倾心，探游腾冲后，他兴奋地题写了“极边第一城”。

腾冲是一座名副其实的春城。夏无酷暑，冬无严寒，全年最高气温不超过 30℃，最低气温不低于 0℃，年平均气温 15.1℃，气候宜人，雨量充沛，县域森林覆盖率近 80%，被专家评价为“最适宜人类居住的地方”。一处西南边城，激发起多少北国、中原、南方人们的梦寐神往？

数百万年前，地球两大板块在这里剧烈碰撞，一时间百座火山竞相爆发，岩浆喷涌，天地混沌，山河重组，演绎了一首悲壮、惨烈的人类的史诗。正是这场大自然的神奇造化，给腾冲大地留下了无与伦比的珍贵遗产，成为“天然火山地质博物馆”，腾冲城就建造在当年火山喷发后的岩浆之上。

“好个腾越州，十山九无头”，天公倚天抽宝剑，削了众山头。火山喷发后在山体留下一个个巨大的天坑，也将很多山体裁削成钢筋铁骨般的石柱，同时赐予腾冲 80 多处风情各异的地热温泉，还有飞流、瀑布、湖泊、湿地……因此，“上火山、下热海，泡金汤”，已成为人们浏览并体验的经典项目。

我们在腾冲，曾登临小空山遗址。这是一个座平顶圆锥形火山，形体不高，但海拔却接近 2000 米。穿过葱绿的山间步道，爬上山顶，一口硕大的天坑赫然呈现。火山坑口直径 250 米，深度 60 米，底部呈现出原始的熔岩湖表面，荒草迷蔼，风干了久远的岁月。我沿坑口圆道顺时针行走，丈量着 500 米的周长，仿佛走过 500 万年的时光轨迹。加重脚步时，还能听到咚咚作响的回声。那口远古的大石碗，似乎还盛满当时地动山摇的狂热与惊骇。

我们也曾浏览澡塘河温泉群。公园入口是一组徐霞客游腾冲的石雕，绿树鲜花为其刷新着艳丽。进入峡谷，几十处热泉喷薄而出，水汽交融，蒸腾弥漫，如烟似雾，显示出无穷的地下热力。壮观的热海大滚锅，热箭四射的蛤蟆咀，令人浮想联翩的醉鸟神泉、怀胎奇井、美女仙池、扯雀魔塘……种种奇观妙景，展现出国家级火山热海风景名胜区的百态千姿和万古奥秘。其中最著名的便是那口镶在山岩前的“热海大滚锅”。其直径3米多，水深1.5米，蓄一汪清澈、翻滚的沸水，常年水温达97℃，昼夜沸沸扬扬，四季云蒸霞蔚。我们在其侧，品尝了乡人刚从温泉中煮熟的鸡蛋，咀嚼着略带硫黄味道的热海气息，解读了“云南十八怪，鸡蛋串着卖”的由来。

我们还走进悦椿温泉村。游走于山谷至山腰分布的几十处不同形状、不同温度、不同气味的泉池之间，浸泡其中，与热气相拥，与山风对话，与池边的奇花异草心语，心伴水灵，神随气扬，真是如痴如醉，大快身心。

有位诗人如此感叹腾冲，这里九十九座火山，有九十九倍的激情；这里八十八处温泉，有八十八倍的温婉。

二

腾冲的骄傲，还在于拥有中国最早的对外陆路交通线段。比西汉张骞出使西域还有早几百年的西南丝绸之路，古称“蜀身毒道”（印度古称“身毒”），后称永昌道，经保山、腾冲后，由腾冲转向缅甸、印度、阿富汗、巴基斯坦等地，直至欧洲大陆，像一根大地之脉，波动于崇山峻岭和异国他乡。至今，腾冲还完整保留穿越高黎贡山的全长170公里的南线一段石块铺就的古道，那上面曾隐留着当年中外货物交易的繁华缩影，也深刻下徐霞客浪迹西南、探访腾冲的坚实足印。

以儒家文化为守则的腾冲男人，背负着对父母、妻儿、家乡的眷念和牵挂，怀揣梦想，别井离乡，远走夷方。一队队马帮，一群群滇西汉子，翻过山，越过岭，突破风霜雨雪，克服瘴气瘟疫，马驮骡运，肩挑臂扛，进行跨国贸易，硬是用血汗和生命换来了不断耸立于家乡土地上的豪宅庭院，赢得了门楣的光大、宗祖的荣耀。当然，并非所有“走夷方”的人都能衣锦还乡，很多人的尸骨连同他们的名字都掩埋在他国异域或漫漫丝路之上，山野中孤坟亡灵不计其数。仅缅甸的曼德勒一处云南墓地，就埋葬了较有势力的中国商人6000多名，也同时埋葬了他们苦苦追寻的梦想。

但是，更多“走夷方”人的梦想，还是在丝绸上萦绕，在玉石中闪烁。他们以成功与富足，赢得了人生尊严，实现了个体价值。很久以前，有一天，一个马帮驮着一批山货回腾冲。其中，一匹马的货物两侧不平衡，马夫照例就地捡了一块石头装在轻的那侧。回家后，那马夫卸下货物，便将石头随手扔到驿桥头，也许早就有裂纹，那块黄色石头破裂了，里面竟然是一腔清澈如水的绿。真是石破天惊，惊呆了马夫，惊呆了在场所有的人。中国是世界上认识玉、崇尚玉最早的国家，中国人认为，玉集天地之精华，是权力与财富的象征，是道德的化身，也是避邪延年的宝物。中华文化的历史几乎就与玉文化联系在一起。在场的人们深受汉文化和玉文化的影响，当他们眼见如此艳丽如此纯净的玉石，便即刻意识到它的连城价值。开始称之为硬玉或缅玉，后来人们发现这种玉的色彩丰富，红绿分明，一个饱读诗书的腾冲玉石商人，借用翡鸟红、翠鸟绿，将之命名为翡翠，那位马夫便成为第一代的翡翠之王。

从此，中国人的生活多了一种美丽而高贵的饰品。

从此，腾冲人的生活渐渐改变，一代代、一个个翡翠大王应运而生。

从此，腾冲成为翡翠交易加工的主要集散地。2005 年，亚洲珠宝联合会授予腾冲为“中国翡翠第一城”。所谓“玉出腾冲”，只是一种历史说法，因为现在盛产玉石的缅甸北部、南金沙江一带，“昔为腾越所属”（《腾越州志》载）。而今的腾冲数以百计的翡翠商家密布大街小巷。我们流连几处大的翡翠商城内，观赏，选购，买回了一种文化和一段人文故事。

丝路、马帮、翡翠，交织成腾冲一种古老的文化现象，似乎还在娓娓诉说：

古道悠悠，生死茫茫。一代代的男儿离别家乡走夷方，发财梦，生意场，游子孤寂话沧桑，几多红颜守空房。

梦也长，路也长……

三

战争，是人类的兵燹大劫，是以残害、杀戮、掠夺、破坏、霸占为手段为目的的世间悲剧。正义的抗争，为了心中的尊严与神圣，则会不计代价，不怕牺牲，勇往而直前。当年，焦土上的腾冲，为此而形成一种抗战文化的记忆和传承。

70 多年前的滇西战场，是中国抗日战争的重要战场，也是第二次世界大战中缅战场的重要组成部分。风云突变,一时间，中国的抗日大后方变成抗战最前线，一场场惨烈、悲壮的战争于此胶着展开，在血与火的迸裂中，谱写了一曲曲诸如远征军飞虎队、滇缅公路、驼峰航线、松山大战、焦土抗战那些惊天地、泣鬼神的浩然悲歌。腾冲抗战持续两年半,更是可歌可泣、惊心动魄。

1942 年 5 月 10 日，日寇占领古城，腾冲沦陷。2 年后，为配合中国驻印远征军和盟军收复缅北，中国远征军发起收复滇西失地的反攻战。广大腾冲人民，积极配合军队，开展敌后游击战争，参军，支前，办理粮秣，抢运物资，架桥修路，为抗日事业做出巨大贡献。1944 年 5 月 11 日，中国远征军第 20 集团军反攻腾冲。先激战外围，后合围县城，再攻城破池，展开巷战，逐屋争夺，古城内血流成河，尸骨如山。在这场历时 44 天的“焦土之战、玉碎之役”中，城内几乎没有一座房屋是完整的，没有一棵绿树不是被战火烧焦的，甚至找不到一片完整的树叶。中国军队浴血搏斗，终于同年 9 月 14 日光复腾冲，成为滇西战役中全歼侵略者最惨烈最辉煌的一次反攻战，也是中国正面战场首次完全彻底消灭日军的光辉典范。

夺取胜利的代价十分惨重，“一寸河山，一寸血”，我中华 20 万远征军壮士在滇印缅主战场上抛头颅,洒热血,殊死奋战。为纪念抗战胜利、悼唁阵亡烈士，腾冲建造了著名的“国殇墓园”。

我们一行满怀虔诚，走进位于城内小团坡上的墓园。80 亩园区，绿树参天，风拂树叶，沙沙絮语，似在念念告慰英灵。走过忠烈祠，我们在9618名阵亡将士题名碑石前静立；走近安葬区，我们向长眠于此的3346座阵亡官兵骨灰罐默哀；走上团坡岗，我们在高耸的抗日英烈纪念碑前向所有为国捐躯的民族壮士致敬……与之反衬的是园区一隅的一座小小的"倭冢"，内葬4具日军尸骨，立一石碑，作为侵略者惨败和"长跪请罪"的象征。园区内布有很多政要名流的题词,其中的"天地正气"和"碧血千秋"提炼了主题,在钟形布局的墓园内震荡,警钟长鸣,永不消逝。警示着我们,警示着所有后人,不忘国耻,不惧强敌，为振兴中华，实现中国梦而共同作为。

告别腾冲前夜，我们在城内东山高黎贡国际旅游城"梦幻腾冲大剧院"，享受了一道大型史诗《梦幻腾冲》的精神盛宴。睿智的腾冲人，新创意，大投入，以音乐史诗形式，专门编排，专一剧场，专场轮演，打造了腾冲文化的新形象、新窗口、新品牌。4年来，日演3场，场场爆满，经济效益和社会效益喜获双丰收。人们透过美轮美奂的音乐歌舞，看清了腾冲大地上不断开拓、延展的那条"文明之母、财富之脉"的道路。这条路，一头牵着历史，一头伸向未来。领悟这条路，从遥远的历史走来，一路蹒跚，一路西去，带着新丝路的曙光前行，充满人类对和谐的向往、神圣的追寻。

这，就是我试图在"同频共振"中理解腾冲文化所获取的一点感悟与启迪。

2016年8月27日

和顺故事

去腾冲,必游和顺,因为“世界腾冲,天下和顺”的广告词,早已深植人心。

和顺，是腾冲县一个古老小镇，外有群山护卫，中有三水汇合。从高处鸟瞰，全镇密布着古朴的民居院落，洋溢着和谐顺畅的建筑景象，腾越起“四和”（和谐、和睦、融和、随和）与“三顺”（顺势而建、顺巷而为、顺其自然）的建筑文化气韵。

和顺，中国西南极边明珠、云南著名侨乡，中国第一魅力名镇。

和顺，是世人关于家园的一个愿景。走进和顺，就走进了古街、古巷、古牌坊、八大宗祠、七大寺庙，老故事里说的是活着的历史：手工造纸，雕版印刷，扬琴说唱，西腔皮影，珠宝翡翠，财富聚散，赌石传奇，耕读传家，人生跌宕……

和顺的山山水水、街头巷尾，安详与宁静中储满了鲜活的历史，驿动着生动的人生故事。

走读和顺，跨过风景如画的双虹桥，最先映入眼帘是一座高耸的中西合璧式建筑群，层楼叠阁，居高临下，尽显轩昂气宇。学界泰斗、三位大学校长为之题写的三块匾额，更是熠熠生辉。中国近现代著名国学大师、曾任北平大学校长胡适先生题写了“和顺图书馆”；故宫博物院第一任管委会主任、曾任中法大学校长李煜瀛先生题写了“文化之津”；中国著名数学家、曾任云南大学校长熊庆来先生题写了“民智泉源”，还有钱伟长、廖承志以及蔡锷、唐继尧等名家名流也纷纷题字题联相赠，为一个边陲小镇的乡村图书馆加注了厚重的文化底蕴。

历史的铺垫始于清朝光绪二十一年（1905 年）。同盟会员、和顺留日学生寸馥清等先进知识分子，为在家乡传播新文化、新观念、启智化愚，在和顺发起成立了“咸新社”，并大量购置新知识书籍，作为公有图书供群众借阅。民国初年，旅居缅甸的和顺青年在瓦城组织了“青年会”，发展至家乡，又创办了“图书报社”，不久便扩大为图书馆，1928 年“和顺图书馆”正式诞生，同时收到社会各界捐赠的大量书籍、物资。1934 年，和顺归侨尹大典将自己装配的收音机捐赠图书馆，并与家乡几位热血青年每晚收听、记录国内外重大新闻，连夜刻印成“和顺图书馆电讯三日刊”，将抗日救国思想广泛传播至边疆的村村寨寨。20 世纪 30 年代在图书馆创办的《和顺乡》杂志至今仍在发行。图书馆现有藏书 7 万多册，其中古籍珍本 1 万多册，依然在为和顺人提供阅读服务。而今，我们浏览于此，从地理位置、时代背景和历史进程来考量，无不为之折服，和顺图书馆的确无愧于“全国重点文物保护单位”“中国乡村第一图书馆”。

与之毗邻的是巍峨挺立的文昌宫——和顺人的教育摇篮。历史上取得过功名的 799 位和顺人为文昌宫增光添彩，边地名校益群中学在风雨如磐的 20 世纪 40 年代新生于此。这所学校由曾任民国代总理的李根源担任董事长，他是和顺人；而同为老乡的民国著名教育家、北平大学法商系主任寸树声教授任校长，著名学者吴晗、著名翻译家曹靖华等为学校推荐教师，名人荟萃，彰显其独特的社会地位。从文昌阁旁，从龙潭河畔，还走出了一代哲学宗师、大众哲学家艾思奇，先生以其著名的《大众哲学》，开创了哲学大众化与马克思主义中国化的时代先河。他的等身著作及其思想光辉，至今仍闪射于“艾思奇纪念馆”内，故乡的山水间，中国构建和谐社会的进程上。

琅琅书声还没有在耳畔散尽，一阵马蹄声响穿透历史烟云，直达我心扉，那是“走夷方”的和顺人的心灵回荡。

走夷方，是烙在古和顺世代人心中的生命印章，也是男儿求生存、谋发展的血性闯荡。于是，一队队马帮，冲出连绵起伏的群山，走进南亚，走向世界，脚掌马蹄，硬是在崎岖坎坷的石板上刻出了中国的西南丝绸之路。当年的大马帮在这条古道上寻觅了多少财富故事，进行了“人类史上一个伟大的冒险”，展示出“世界上独一无二壮观的景象”。仅据20世纪中叶统计，和顺乡“在家”的有5000多人，而走“夷方”的就达5000多人，几乎所有的青壮男人都包含在内。至今，人们还津津乐道流传着“割马草老爷”的故事。他叫尹其顺，清末他七八岁时，因父亲去世，家徒四壁，便开始割马草，以帮助母亲维持家用。一天，他把马草送到一个大户人家，主人哀其可怜，就让女儿给他送点吃的。小姐清秀水灵，嫌弃尹其顺长得丑，身上脏，捂着鼻子扭过头，把食物递过去。受辱的尹其顺却愣愣甩出一句话：“以后我一定要娶你做老婆！”当场有人笑他痴人说梦。5年后，尹其顺告别母亲，携几双草鞋，跟着马帮走了夷方。到了缅甸，历经千辛万苦，建其“玉顺兴”商号，发财后回乡盖起了大房子。完婚时，娶的正是当初嫌弃他的那位富家小姐。走了夷方的一代又一代和顺人，凭着自己的坚韧、胆识和智慧，培训起一个个新儒商群体，脱颖出一代代“翡翠大王”。

在和顺这块神奇的土地上，还矗立着中国第一个民间出资、民间收藏、以抗日战争为主题的“滇缅抗战博物馆”。7000 多件珍藏文物分布于 7 个展厅之内，浓缩了铁血滇缅的抗战记忆，再现了那段世界反法西斯战场上惊心动魄的历史。博物馆建在当年中国远征军 20 集团军司令部的旧址上，本身就是见证当年那场气壮山河战斗的一个文物本体。从动工到开馆，只用了 66 天，其中布展仅用一个星期，又是一例中外展馆史上的奇迹，以其史料性、唯一性和国际性构筑起一个爱国主义、民间统战、民间外交的基地。2005 年 7 月 7 日上午 10 时正式开馆（呼应 60 年前腾冲“国殇墓园”落成时日），引起海内外轰动，为纪念中国人民抗日战争暨世界反法西斯战争胜利 60 周年，撞响了一记令人荡气回肠的警世之钟。为此，央视著名栏目《面对面》连做了 3 期节目，热播全球。

这一年，五月的鲜花绽开了和顺人一个新的梦想。中央电视台新闻频道在中国大陆近两万个小镇中组织一次“中国魅力名镇”评选活动，和顺决定一试身手。追梦群体中，最兴奋、最忙碌也是最智慧的是一个叫王达三的“和顺人”。其实，王达三是个地地道道的湖南人，只因他在和顺生活了 7 年，已将自己全身心融入了和顺，且成为承包和顺整体经营的总经理。

他们首先根据评选规则，自我定位，总结出和顺的六大魅力：面向南亚的第一镇，火山环抱的休闲地，大马帮驮来的翡翠之乡，汉文化与西方文化、南亚文化交融的窗口，西南丝绸古道上最大的侨乡,6000居民和谐生活的古镇景区。确定了“申魅”基调后，最重要的是要寻求理想的代言人，王达三为此呕心沥血。也许是一种人际关系的拓展，一种世间缘分的牵引，崔永元、敬一丹，还有一位美国著名金融家、深圳发展银行行长韦杰夫等，先后集结到和顺“申魅”旗帜下。第一轮的自我推介精彩纷呈，竞争激烈，崔永元以其独特的主持风格，实话实说，正话反说，引起了轰动。他说：我们和顺有很多“不足”，第一点是历史太短，和顺小镇只有600年的历史，比美国的历史仅长了400余年。第二是开放太早，和顺早在400多年前就已经开放了，当时乡里人走出国门，还远渡重洋到了欧洲、美洲和澳洲。建筑上也比较零乱，有徽派的，也有江南水乡的，也有欧洲的，还有中西合璧的。建筑呢不太注意更新，到目前为止还原样保留着。第三是和顺镇的人都不务正业，因为这个地方是以农业为主的，那么大家应该是种田，但经常是放牛的老人清晨上了山，把牛放在山上吃草，自己就到图书馆去看书。农民家里最多的可能是农具，但是在我们镇上，家家都有文房四宝。街巷里贴的标语，饭店里开的菜单，常常被游客撕下拿走，当作书法作品收藏……崔老师这样结束自己的讲演：“乡亲们说我们评不上魅力小镇没有关系，但是希望魅力小镇最后的颁奖仪式在和顺举行，乡亲们想看一看，到底中国还有哪个小镇比我们和顺更有魅力？”崔永元幽默、精彩、令人震撼的代言，在整个会场掀起了一阵旋风，也将和顺旋进了第二轮26个候选名镇之列。后来结成13个对子，打擂比拼，和顺的对手则是闻名遐迩的江苏同里。接下来的情节更是扑朔迷离。

第二轮评选前，央视根据当时的情况与反映，规定包括小崔在内的第一批推荐人必须更换。这样一来，直把王达三等人逼到了绝路。好在他急中生智，别开生面，苦口婆心请来了只有一面之交的洋行长韦杰夫先生。短兵相接时，代表同里出场的苏州姑娘、央视名记张泉灵劈头就给韦杰夫一个下马威："你一个外国人，深圳发展银行行长，为什么代言我们中国的和顺古镇？"韦先生从容答复："我发现和顺这个地方，是中国最早开放的窗口，1894年有了海关，有了领事馆，1911年有了银行，特别有意思的是60年前抗战的时候，我们美国军队跟中国军队一起战斗，把日本的侵略者打败了。你觉得我够资格代言和顺吗？"在回答央视著名主持人阿丘提出的"魅力梦想"时，韦先生说："我的梦想是希望全世界都像和顺一样漂亮。如果这个梦想没有办法实现，那我就希望全世界的人都有机会到和顺去旅行，去看看和顺这么漂亮的地方。"韦先生的回答获得台下一片掌声。

在与同里打擂台活动中，规定各镇都要有30人的啦啦队。和顺组织了一个国际啦啦队，除了身着大马帮中马锅头服装和当年飞虎队员服装（专门请人从八一电影制片厂借的）的和顺人之外，还有来自印度、尼泊尔、印尼、美国、英国的朋友，各种肤色各种腔调的人呼喊着"和顺、和顺、和和顺顺"，显得无比震撼与精彩。有些动作并不是原先规定的，而完全是两个主持人现场发挥。此时，主持人给他们出了一个难题：让和顺的啦啦队出一个人与同里的文化代言人、世界名模琦琦同台走猫步。和顺的归侨寸茂鸿当天着一身缅甸服装，毫无准备地被主持人点上了台，并问："你穿的叫什么服装？"他镇定回答："缅甸服装，衣无领，裤无裆，鞋无帮。"台下观众很少见过这样的服装，也没听过这样的介绍，报以一阵阵掌声。寸茂鸿还真不含糊，面对世界名模，他身着"三无"异国服装，大大方方地与琦琦走了几个来回，观众的掌声伴着他的脚步响起。和顺还展示了少数民族节目、赌玉、火山石烤肉等地方文化特色，台下200多观众都像是和顺请来的啦啦队一样，随着他们的节目鼓掌、投票。

同年8月，央视连续三届"金话筒奖"得主敬一丹受邀，专程来和顺主持拍摄"申魅"片。一路上，她深受熏陶，曾十分感触地说："和顺是一个什么样的地方？光听这名字啊就让咱们中国人那么向往，咱们中国人多喜欢"和""顺"这两个字啊！把这两个字合在一起真是让人琢磨，令人神往。难怪有的人到了和顺以后说，诶，这个地方为什么还没有申报世界文化遗产呢？"

一场精心策划、别出心裁的创新运作活动，获得巨大成功，和顺被评为"中国十大魅力名镇"之首。央视的颁奖词如是说："六百年历史孕育了极边古镇，三大板块文化交汇成丝路明珠。乡虽小，却有全国最大的乡村图书馆；人不多，还有大半居留世界各地。一代哲人故里，翡翠大王家乡。小桥流水有江南风情，火山温泉是亚热风光。更有月台深巷洗衣亭，粉墙黛瓦，稻浪白鸥，一派和谐顺畅。和顺，一座滇西小镇，占尽了天时地利人和。”获其特荣，确是实至名归。有的人说，这顶桂冠的无形资产价值 100 亿元；有的人说，魅力名镇的营销案例应该成为北京大学 MBA 教学的经典案例。王达三团队说，是和顺独有的魅力，加上独到的策划，打造了第一魅力名镇这顶桂冠。

夕阳西下，我们在和顺小巷里流连，津津有味咀嚼着街巷建筑古韵，玩赏着小桥流水柳堤荷塘的水乡美景，以及皮影馆、土法造纸馆、大马帮博物馆的文化魅力，还有那巷口门侧镶嵌的“一路沿溪花覆水，数家深树碧藏楼”对联的意境。一路上，一栋栋三坊一照壁、四合五天井的老宅绵延 2 华里。沿三合河畔，走进大月台、洗衣亭，走过千手观音树，走过千亩野鸭湖，走进水上人家。放眼田园，一抹晚霞里，一群群白鹭翻飞，或在袅袅炊烟中穿行，或在湿地旁树梢上栖息，动与静宛如雪花般飘落，也应了郭沫若的那句话：“白鹭实在是一首诗，一首韵在骨子里的散文诗。”更令人神往的是能长驻和顺，回归自然，纵情山水之中。于丹第一次来和顺就被迷住了。再来，冒着细雨，免费为和顺居民和游客讲述《中华文化中的和与顺》。她以学者的视角，深刻而犀利地说：中国文化崇尚“和”崇尚“顺”，这两个字是中国文化的根基。“和”这个字是儒家的根基，讲的是天人合一，天地人和；“顺”这个字是道家的根基，讲的是人在自然规律中的一种顺应，而达到人生的永恒。和顺是中国人精神生活的最高境界。于丹进而感慨：“苏东坡说过，此心安处是吾乡。到了和顺，心能安下来。和顺能够收留很多人，把心安在这里，成为家乡。”

晚宿依山临水的一家院落客栈，静下心来，阅读王达三先生用了 7 年的生命时光写就的《游和顺》一书。夜雨敲窗，韵着书页的翻动声，我不禁呼然心动，悟出了人间的一个真谛：

有故事，才是成长；

有思想，才会成熟；

有智勇，才能成功！

2016年9月2日

美丽肥西

赵宏兴　张建春　主编

双子星

周　芳　解红光　著

图书在版编目（CIP）数据

双子星 / 周芳，解红光著．-- 北京：中国书籍出版社，2020.8

（美丽肥西 / 赵宏兴，张建春主编）

ISBN 978-7-5068-7743-5

Ⅰ．①双… Ⅱ．①周… ②解… Ⅲ．①散文集－中国－当代 Ⅳ．① I267

中国版本图书馆 CIP 数据核字（2019）第 291618 号

双子星

周 芳 解红光 著

图书策划 成晓春 崔付建

责任编辑 尹 浩 成晓春

责任印制 孙马飞 马 芝

出版发行 中国书籍出版社

地 址 北京市丰台区三路居路 97 号（邮编：100073）

电 话 （010）52257143（总编室）（010）52257140（发行部）

电子邮箱 eo@chinabp.com.cn

经 销 全国新华书店

印 刷 三河市华东印刷有限公司

开 本 650 毫米 ×940 毫米 1/16

字 数 312 千字

印 张 18.25

版 次 2020 年 8 月第 1 版 2020 年 8 月第 1 次印刷

书 号 ISBN 978-7-5068-7743-5

定 价 198.00 元（全四册）

目录

第一卷　素手捻爱

第一辑　流年絮语

第二辑 私享时光

第二辑　印象人生

第三辑　锦绣河山

第一卷

素手捻爱

周芳

第一辑　流年絮语

不愿时光老

父母已高龄，为了照顾孙子，仍在省城与小城间奔波。周日，我去看望父母，告知隔壁楼的一位老邻居离世，他俩异口同声地“啊”！然后不再作声，眼里一片落寞。前些年可不是这样，但凡有老同事、老伙伴离开，他们总会扼腕叹息：真应该好好保养身体，真不是走的时候！这个“时候”在他们理解是，夕阳正好，大可以安享晚年。也就短短数年，父母面对这个自然规律，沉默到淡然，在越来越凸显的高龄面前，其他的理由是多么的无力。

进入元月，我总犯着一个同样的错误，几乎每份材料的落款年份仍写成去年，或许是习惯，但用内心里不愿时光流逝倒更能解释这一行为。也就在这几年吧，有人问起我的年龄，我会在一瞬间思维短路，最后只能期期艾艾地报出出生年份：抱歉，自小算术没学好，你自己算吧。对数字迟钝是事实，但不至于加减法也退化，还是一条心理法则解了我的困惑——选择性遗忘。年岁越大，潜意识里回避年龄的渐长。

人生步入秋季，内心被时间催得发紧，有种想抓住时光不放的惶恐。

年少时，见过太多满目沧桑，愁风苦雨过来的中年人，他们的面目像版画一样一刀刀地刻入心间。揽镜自照，虽然读不出饱经世事，但身后一路的坎坷如人饮水，冷暖自知。一念执着，一念放下，中间沉淀的是万般的酸甜苦辣。现在，虽没有做到大彻大悟，但个中滋味也够自己品咂一番。一位颇有际遇的朋友，总是把自己的苦难部分当作人生的咏叹调，如果尘世是心灵的投影，那么在他的眼里，这个世界是灰暗的。其实，在时间的长河中，谁又不是有故事的人呢，每个人的故事或平淡，或曲折，或打动别人，或被别人打动。区别是，在故事之后，每个人所悟的对、错，深、浅皆不同，这又直接导致下一个情节的展开，或潦草，或精致——周周折折，反反复复的一生。

林语堂说：“我爱春天，但是太年轻。我爱夏天，但是太气傲。所以我最爱秋天，它虽略带忧伤，但是宁静、成熟、丰富，翠绿与金黄相混，悲伤与喜悦相染，希望与回忆相间。”人生之秋也是如此吧，经历过年少时的懵懂，青春时的悸动，跌跌撞撞中，脚步逐渐平稳，桀骜不驯的内心慢慢平复，与尘世握手言和后，心思也渐渐淡薄，如一壶陈年普洱，香味已散，汤色已浅，唯有一撮残渣静卧壶底，但又有什么关系呢？茶的美早已落入品茶人的口舌与心间。日子过去不多也不少，但真的不舍时光再老去。秋有秋的肃杀，尝遍了生活的各类滋味，看够了周遭的风云变幻后，日子像解冻的馒头，重新暄软香浓——终于懂得了感恩——感恩父母的养育，感恩家人的陪伴，回望一路走来的艰辛，更是明白了要好好地怜惜自己。太多的无奈，太多的委屈已经过去，只有未来才是属于自己，而未来的高度，只能从当下开始一层层的垒积。

当下又是多么的美好啊！累了，乏了，那栋旧旧的小楼里仍有双亲在陪我笑语盈盈。烦了，恼了，仍有亲爱的他陪我看细水长流。秋光里，也大可以让自己慢享一个午后，有香茗袅袅，有怡情悦性的文字，也可以矫情地对窗外的一棵树发呆，对一朵花吐露心语，明白“什么都可以想，什么都可以不想”也是一种境界。内心虽然在亲情里贪欢，心思却在悄然变浅，像一条平静的碧溪，只愿盛进蓝天白云的倒影。常幻想着，自己如若变成一株植物就最好不过了，与自然中的阳光雨露缱绻，听风声雨声雪落声。融入了天地间，才能更接近生命的源头和内核，至于红尘中的来来往往，还是让它泊在心外吧。

朋友说,“灵魂有香气的女子”。这大概指云端中的仙女吧，如若那样，我宁愿不成仙。我倒希望自己在凡间做一个接地气的人，修一份过日子的心，细细安享日日的好，唯愿岁月变成自己优雅的年轮。内心日渐沉静,还是领略当下的静美内涵吧，心有静气，便一切从容，对即将来临的叶落无声，人淡如菊的人生冬季，不忧也不惧。

茶语时光

经常看到茶文字，韵味长，意境深，但我之于喝茶，无关风雅，纯属个人喜好，久了，以至于嗜茶而影响了胃，又因为嗜茶而购得茶杯许多。最终，无论杯子价钱贵与贱，花色浓与淡，我还是偏爱普通的玻璃杯——便于欣赏茶色，又与我的家常生活，主妇身份合拍——万事和谐，这是我向来主张的。

每年春天，朋友都会给我留点儿新茶。观其色，闻其香，品其味，我好一番装模作样，倒也能辨出自己最爱的那一口。有时，三两好友相聚，拿出私房好茶，袅袅香味中，把茶话友情倒也有趣。我舍清淡好浓酽，希望自己的每一个味蕾都能在苦涩香甜中来一场刻骨铭心的际遇。知道有“醉茶”一说时，我已沉醉多回。医训，戒茶。无奈中清水几日，再次泡上茶时，那般香气喷鼻的贪欢态仿佛遇见了心心牵挂的恋人。

很喜欢“茶语时光”这个词，是的呀，谁没在茶水中喝下心情，在茶水里揉进岁月？

孩提时，并没有如此多的课外读物，街头的小书摊成了我心向往之的地方，桌面大的木板上绷着一根根松紧带，压住一本本旧哄哄的小画书，一分钱两分钱地稳住了一大帮孩子。闲时，看摊的老头儿一边叮嘱着，注意啊，别扯烂咯，一边戴着老花镜，专注地糊着烂角掉页的小书，手边的破碗中，盛着的稀饭粒堪比现在化学制剂的糨糊。极偶尔地，也会更新一批小画书，得信儿时，我在课堂上的心也像被牵了似的，生怕新换的书被别人抢先了看。炎炎夏季，太阳刚西斜，我在家就待不住了，花一角钱，能够在书摊上看到夕阳退去。那个老头儿耷拉着眼皮，歪靠在吱哑作响的破竹椅上，有一下没一下地摇着咧嘴的芭蕉扇，他的注意力并不在我们这帮孩子身上，而是在书摊边支起的那个凉茶摊上。

茶摊也是老头儿的，大方桌，长条凳，打造的并不规整，却磨得溜亮，桌上一只断了把的大茶壶，被铁丝恰好地拧着，连着盖与身。抓一把粗茶，沸水冲入，舒展开的肥阔大叶，郁郁葱葱，很有气势，茶水被倒入一只只玻璃杯中凉着，裁得四四方方的玻璃盖也只是象征性地挡着路边的灰尘。来喝茶的多是街头的过客，并不说话，撂下五分钱，一仰脖，咕咚几下，嘴一抹，肩挑背驮地转身就走。一个茶摊就是一个小江湖，每日惹来了很多的街坊邻居，落座，上下五千年，纵横千万里，直聊得唾沫星子横飞，遇有观点不合时，更有人青筋粗暴，甩手而去，三两分钟再自个儿转回，仿佛没事般接着开聊。约定好了般的，再渴，街坊们也不会动桌上的茶——粗茶淡水，也是人家用来换钱的呢。暑气退去，鸡鸭上笼，远处，猛地一嗓门：死老头子，该吃晚饭了！震得一桌老者幡然清醒，得令者边抬屁股边提醒长条凳那端的人：坐好，坐好！否则，长条凳一失衡，总会摔一个哄声四起。

街坊们渐渐散尽，守着摊儿的老头转过身来对着一帮小书迷说：再看就把眼看坏了，这里还剩有茶，快来喝，明天再来。

从书中回到现实，天色已晚，确实渴得厉害，那一杯杯凉透的茶水正救了急，咕咚，咕咚，立马通体舒泰，滋味甘甜。那时的夏，我几乎日日沉迷于书摊旁，也便日日有了免费的茶水，也就从那时开始吧，喉咙里特馋那种淡淡的苦涩味，从此，上了瘾。

而今，居家也好，坐班也罢，总有茶香缭绕，喜欢茶，珍惜每一道茶，不敢言“懂得”，更不会狂论“茶中有道”，茶，更多的时候只是我生活中的一个引子，带给我愉悦，带给我安心。人生之秋，诸事渐渐随缘，清香袅袅，有书做伴，也能过一个安生的日子，与幼时的茶香做伴好读书只是一个巧合罢了。

出行散记

6月的某晚，边做家务，边“听”《新闻联播》，突然，落入耳中一句“成都直达合肥的动车首次开通”。我立马跳起来上网查询——即将入川，万事俱备，只差一张票了。结果让我非常沮丧，最早的车次是上午9点，晚上9点到达，占用整整一个白天。倒不是我嫌慢，是眼下的假期非常非常的有限，约好的朋友已陆续从各方抵川，行程也早已安排妥当。无奈，我只好再一次订上机票。

这两日，合肥的天气就像没晾干的老棉布，湿嗒嗒，黏糊糊的，或是为了逃离，朋友们纷纷自驾出游，一路向西，最远的已经到达西藏，从他们陆续发回来的图片看，碧净的天空，无垠的花海，广袤的沙漠或草原。朋友说，实在是美得无法写文字，只有上图。可巧的是另一位朋友周日去了南京，也发回几张图，但所有的图片暗沉，压抑，除了一片片人海，就是灰蒙蒙的天空，景色成了陪衬，再牛的技术也无法让图片生辉。电脑这端的我，望望窗外的天空，与南京同色。

困顿的环境，密集的工作，也无法压抑我远行的心。近些年，父母安康，孩子平稳，自己最扯紧的神经稍稍松懈了些，得以陆陆续续地开启个人出行计划。但临到出发时，桌面上长长的备忘，领导犯难的面孔，只能让我一次次地花钱买时间，飞出去再飞回来，次次心里发狠：下辈子告别体制，落个出入自由。可眼下的困扰都无法解脱，又谈何下辈子！

网上说绿皮火车即将全部退役，可火车跳进我脑中的第一印象永远定位在绿色。年少时，我最怵的交通工具就是绿皮火车，拥堵，憋闷。我有过从窗口爬进火车，双脚又无处安放的经历。可现在的我，精神上的加速度倒是希望某种慢道具来给生活添加一些美丽元素。比如说，一直一直希望有场火车之旅，即便是一场没有终点的出行。“切嚓”，“切嚓”，铁轨发出一声声撞击，烦躁的心情慢慢平复，疾驰而过的窗景里，眼睛与心灵一次次与自然拥抱。与其说，我爱上火车，不如说是爱上“在路上”的那种感觉吧，闲适，从容。

首次单独远行地是新疆，从决定出发的那一刻起，我就是在网上“站站搜索”：“陇西”“嘉峪关”“疏勒河”“鄯善”“吐鲁番”……每一个停靠的站名都让我热血沸腾，心向往之。年少时，心不在焉地坐在课堂上，一遍遍死记硬背的丝绸之路、历史典故是那样的缥缈与遥远，而今，当这些熟悉的地名再次出现时才发现，只有内心抚摸过万水千山，才能真正懂得曾经的山遥遥水迢迢背后的沧桑与厚重。

新疆之行，由于时间问题，最终，我还是搭上了直飞乌鲁木齐的航班，好在数天的北疆之行并没有让我失望。犹记得在驶向阿勒泰的火车上，我读着李娟的《阿勒泰的角落》，窗外，已然是晚上八九点钟，天地纯明，夕阳随意地抹在天边，一路伴随着我这个异乡客，不舍离开。从喀纳斯下来，已暮色四合，我们一行人选择夜宿贾登峪的蒙古包，炖羊肉，拉条子，就着一壶壶奶茶，撑得大家散步消食。出得蒙古包，大暑天的夜晚却寒气逼人,真正体会到“围着火炉吃西瓜”的感觉。四周环山，夜空明净，繁星熠熠生辉，没有光色污染，没有市声喧嚣，夜空离自己是如此的近,我仰头呆呆地看着,心中涌起阵阵感动,风吹无痕夜如水，那一刻，头顶上最原始的夜空让我忘却了外面的烟火尘世。

常常对着地图发呆，那一个个地名成了我一年年的向往。6月的川蜀归来，品味青城山、都江堰，麻辣火锅、甜水面后，下一站，我的舌尖与心灵又将安放在何处？还是向西！除了寻访当地的美食外,西部的广袤粗犷,厚重的历史,异域的风情,神秘的庙宇，纯朴的人情，无一不让人流连，那里也是人的心灵与自然最接近的地方，也只有西行，才能让常年宅于内地的我，给心灵一次震撼，让精神来一次洗礼——人，只有面对更广阔的天地，才能打开心胸，懂得敬畏。

那么，从现在开始，让我再一次祈祷，祈祷下一次出行，能够有充足的时间，背上行囊，坐上火车，慢慢地，慢慢地驶向远方……

对一座城市的期待

孩子考研的第一志愿是南京大学，学校的人文气息浓厚，离家又近，但最终因六分之差只能调剂到其他学校。在填写调剂志愿时，我和他爸爸希望所填的学校名气大一些，学校所在的城市繁华一些，但往往这些高校调剂名额少，竞争也特别激烈。为增加调剂成功的可能性,我们只好选择几所较远的高校，焦急等待中,吉林的某个高校发来了复试通知。抓紧上网订票，发现合肥到长春的机票和高铁票特少。一番周折，惊心动魄地在复试前一天到达长春。一下飞机，我的心就凉了一半。

3 月下旬的合肥已然花香柳绿，鸟唱蛙鸣。但长春机场到学校的路上，满目荒凉，只有可怜的两三辆车在撒丫跑着，断没有其他城市里的车流甚至堵车现象。路边空旷干硬的黄土地上有一堆堆玉米秸秆，偶尔，一块块焚烧后的黑色难看地点缀在地里，出租车师傅说，这都是偷偷烧荒留下的——禁烧竟然是个全国性规定。即便到了高校里，也没有丁点儿绿色，一排排笔挺的杨树，光秃的枝丫向空中努力地伸展着，只有地上一层厚厚的落叶，任凭来者想象，它们也有曾经的绿意和蓬勃。长春 3 月的气温仍停留在合肥的冬季，却没有合肥冬季里的斑斓与温润，长春的色调固执地着色于枯黄，从哪儿看都是一派冷硬逼人。

第一眼，我真的不喜欢这里，不习惯从明媚跌入苍冷中，不舍自己的孩子在这度过数个漫长的冬季。

长春之行，接触最多的就是出租车师傅了。从机场到城里的那位师傅让我瞬间就蒙了，一告诉地点，他张口就说：一百元。我奇怪地问：不打表吗？他炸呼呼地说：还打表？我早上六点就来排队，再按打表算，还不亏死！一口东北腔里拐弯地绕出来，无任何回旋的余地。在别人的屋檐下，还是少惹事吧。我们只得不吭声。但是片刻，他就问起我们打哪来，去学校干什么。儿子在前排如实回答。话音刚落，师傅高八度地对孩子说："好啊，那校好啊，学习风气正！孩子，你可来对了，好好读书，我们这旮哒可稀罕读书人了！"我和老公在后面止不住地笑，貌似我在免费收听东北小品。在长春，我们打车共有四次，不知是巧合还是那边人就是热心、善谈，一路上个个卷着舌头介绍长春的各个景点和沿途的学校，以及让他们引以为傲的城市轻轨和一汽公司。期间，我只是夸了下一位师傅车内坐垫干净舒服，师傅就得意地说："那是，你们坐老好了，对不？"他们那儿的人非常喜欢用反问的句式说话，内心里也是一种希望，希望别人对他们的肯定吧。其中一位驾驶员得知孩子有可能来读研，他竟然激动地一拍方向盘，大声地说："孩子，你可整明白了，你看哈，现在的本科毕业生到处都是，一个月工资也就两三千，以后拿什么照顾家，孝敬父母？虽然现在父母还得供你读几年书，但父母乐意啊，你以后有长进了，回馈父母的能力也增强了，对不？"还没等孩子点头，他又郑重地说："一定要孝敬父母的！"回想起来，我们一家一坐上出租车，就会有一位师傅语重心长地和我们“唠嗑”，让人感觉挺亲切的。

紧张的复试后，很快地，我们就等到了“拟录取”的通知，如果同意该校录取，必须24小时内在网上履行确定程序。欣喜中，我的心情仍是复杂的，我问孩子，要不再等下，我们再看看网上有没有更好的学校？儿子大声问：为什么？这个学校挺好的啊，尤其是这里的方言多好听，出租车师傅个个都像在说单口相声，饭店里吃饭，又便宜又味美。而且，你那天在学校里不是高兴地说，这里的蓝天白云多美啊！听儿子一席言，我的内心稍稍安定些。只要他认可，我肯定会百分百支持他的。

每座城市都有自己独特的气质，几年求学，可以让孩子了解长春的厚重历史，而那里的人，以其直爽豪气，以及对知识的尊重，对家乡的热爱，也打动了我。对孩子去读书，我充满着美好期待。

回不去的故乡

今夏的水灾，各单位都派人到一线抗洪防汛，巧合的是，我们单位的责任段就在古镇三河杭埠河边的一个村子——我的出生地。本是单位名不见经传的小人物，因为防汛，我一下子成了聚焦对象。每日，在一线的同事都给我发来家乡的图片，我望着图中宽阔的浊水，荒凉的河埂，对故乡浅浅的记忆浮上心头。

老家是圩区，风调雨顺时，非常的美，稻田、荷塘、清溪相绕。我出生时，连天雨，圩堤破，水乡成泽国，我和母亲是被亲戚用小小的木腰盆转运出去的。母亲因受到惊吓，没有乳汁，我基本是吃米糊长大。经年后，一说起此事，母亲就无比同情地说，你个子不高，相貌也不如她俩（我妹），都与那年发大水有关。听得多了，我暗笑，来自父母的身体发肤，她老人家从不从自身基因上考虑。

邻居家门前较气派地铺着一条青石条路，雨天，发着黑灰色的幽光。一天中午，天空下着微微的小雨，大人们习惯性地靠在门框隔着雨雾边吃边聊，母亲有事出门，我端着一只大大的瓷碗跟在后面，走上青石条路时，脚下一滑，摔倒，破了的瓷块割破我的手侧腕，血肉模糊，母亲吓得抱上我就往赤脚医生那跑，由于条件有限，缝合技术差，至今我的手腕上还留有一道半圆形的明显疤痕。

现在的杭埠河道是后期人工扒宽的，孩提时，窄窄的河面在我眼中已很宽阔，我常常坐在河埂上望着河对面影影绰绰的村庄发呆，如有船队经过，那当是万分惊喜，船一条条地连在一起，“呜——”地拖着长腔慢慢驶过，我眼不眨地望着船队，直至消失在河道尽头。我母亲一直疑惑，一个三四岁的孩子为什么在大埂上一发呆就是半天。或许，在我幼小的心里，伸向天际的河道代表着远方，是通向外界唯一的想象。

一直相信胃有乡愁，口舌有记忆。爱吃鱼虾的我，坚信密码的源头就在最初的年幼时光。那时，水乡人家，豆腐、菱角常有，鱼虾更是不紧缺，划个小腰盆，撒几回网，餐桌上便丰盛许多。每年的冬季，村里更有一个盛大的分鱼场面，那是生产队公塘里养的鱼，起鱼时，用渔网箍，用渔叉捞，大的鱼甚至和我差不多长，村里德高望重的人在村主任的带领下，将鱼大小搭配着分成一堆堆，用不着过称，一家家就眉开眼笑地直接用手抠住鱼鳃提溜回家。乡下人吃鱼只懂得水煮或饭头上清蒸，最多搁点自家晒制的蚕豆酱——最简单的做法却保留了鱼本身的鲜味，而不是现在各种调制出来的味道。

高考失利那年，父母为了让我散心，把我送上回老家的汽车，那时的村落已整体从圩区迁到河埂，走在宽宽的大河埂上，远远地看到大伯正在山墙边做着牛屎饼，啪啪啪地往墙上甩，看到我，高兴地问：考上了吧？本来还觉得大伯一招一式挺好玩的我，委屈的眼泪在眼中打转，一再解释回乡不是报喜而是散心。大伯赶紧收拾东西陪我回家，轻松地说，考不上就考不上，女孩子家，找个班上，早早拿工资——不知已天人相隔的大伯是否仍然重男轻女——到大伯家，堂兄妹们围将过来，嘘寒问暖，大伯则径直走下河埂，划动自家泊在岸边的小渔船，到河里捕鱼去了。中午，自是一顿非常丰盛的杂鱼宴，吃得我忘了难受，忘了高考那回事儿。

回乡的那几日，我天天在河道边转悠，仰望河埂上，一溜排的房子整齐地展开，感觉埂有多长，房子就能排多远。护坡上种着各种蔬菜，一条埂上住的都是一笔难写的同姓，菜园并没有严格的界限，随便在哪块掐把葱，摘几个辣椒都是无妨的。靠水并不完全依赖水的故乡人，闲时，撑开船到河里撒上两网就如同到自家菜地摘一把豆角，砍两根莴笋般便利。河岸上三三两两的腰盆、渔船有的泊着，有的被反扣过来，船主用桐油细细地刷着船身，也有人在船边修补着渔网，相互间有一句没一句地说着话。清晨，泛着薄雾的河水被农妇们的槌衣声惊醒，夕阳中，宽阔的河面像撒上碎金般闪烁灵动——短短数日，故乡的柔美与宁静时时出现在经年后的脑海里。

随父亲从部队回地方上的一个小镇，大人们在新的环境下，忙工作，忙生活，加之交通也不像现在这样便利，高考那年算是长大以来唯一一次回乡了。再以后，路好了，有车了，我却又要忙于自己的小家庭，对故乡一直是个模糊的概念。人到中年，忽地就心生起一种强烈的归属感，折回身寻去，却发现我与故乡的关系，只剩下一座座的坟茔。村民们大都已外出，甚至在一些经济发达的城市定居，只剩下老人与狗的空空村落也于前年被拆除。据说，规划后的河埂会更直，房子会更漂亮，可是，丢失在岁月中的人气谁来聚集呢？我记忆中的那个鸡犬相闻，炊烟袅袅，渔舟云集的故乡，是再也回不去了。

家有乡亲事事好

周末，婆婆打来电话：快回来逮鸡，摘菜，我们马上要搬家了。然后，她又好一番惆怅地说：都拆了，以后阳阳哪有鸡蛋吃呢。阳阳，她老人家的孙子，我的儿子，她说的鸡蛋是她自家养的土鸡生的蛋。这么多年来,家住农村的婆婆自己养鸡，自己种菜，我们没少沾口福。

婆家位于一个偌大的村庄，炊烟袅袅，鸡犬相闻。每家的正屋至少有个三四间的跨度，一字排开，前后敞阔，甚至不搭院落——在农村圈地没有任何的意义。屋前一般栽着诸如石榴、柿子等果树，稍文艺些的家庭，还用一些碎砖断瓦垒个花坛，里面种些菊花、月季和栀子花，那些花儿不似城里盆栽的柔柔弱弱，皆是粗枝大叶，花开时有壮阔之感。屋后是一望无边的田地,那里有庄户人家一辈又一辈的希望,他们披星戴月，春播秋收，在庄子里无论转悠到哪，随意一搭眼，有了连绵的庄稼落入眼底，心便格外的踏实。靠近屋旁一般种着些棉花、豆类等经济作物，收成好时，除了自用，便换些零花钱。再就是四季的蔬菜了。我最喜欢挎着竹篮到各家的菜地里转转，满架的扁豆、丝瓜，着急地探出身子的大青萝卜，油亮的红绿辣椒，还有随地都是的荠菜，一铲一大片，清香扑鼻。摘菜时，大人小孩惊呼与笑语不断，我只恨手少，篮子小。阳光下，各种雀儿在草堆、枝丫上八卦地叽叽喳喳，地上的胖狗儿肥鸡们闲闲地散步，偶尔，它们也会出其不意地嬉戏闹腾下，像个顽童般你追我赶。四野安详，时光静好。每一次回乡，我们的车子的后备厢总是满满当当，除了亲手采摘的一袋袋鲜蔬瓜果，婆婆也早已捆上两只大芦花，备上满满一纸箱的鸡蛋，鸡蛋箱里必是用谷糠填缝，即保鲜又防震。

家有乡亲事事好。闲暇时，离城去乡下逍遥，既是休闲，也熨帖了亲情。我的父母也出生在农村，那里曾是鱼米之乡，一条望不到尽头的大河像条白玉带子，绕着一个又一个村庄，河面日日泛着金光，逶迤的船队，悠扬的鸣笛声总会吸引玩耍的孩子们驻足观望，那是对外面世界最初的神往吧。小姨家的屋前还有一口水塘，每年，姨父都要放一些鱼苗进去，他不会刻意到集市上去买专用的鱼食，家里的剩菜，菜地里的烂菜叶，他们只管随意地往塘里一扔，好一副天经地义，塘里的鱼儿基本靠着水草，螺蛳，天然长成。事实上，原本的鱼们也就是靠这些食物链一代一代地繁衍啊。晴好的天，我们会邀上父母开车去小姨家，在塘边寻一棵塘柳树，甩上几竿，几乎竿竿不落空，钓上的鱼清清亮亮，体形瘦瘦长长，清蒸或红烧，却是异乎寻常的美味，肉紧实，鲜香，不似菜市场买来的，剖开，一肚子的脂肪。有时，等鱼的空儿，四下看看，父亲和姨父正对远处的庄稼地指指点点，或许又是好一番规划呢，而母亲和小姨刚从菜地里摘了一篮的时蔬，她俩有一言没一语地拉东扯西，脚下的猫懒懒地躺着，眯着眼，一派安享。

在我小的时候，农闲时，总会有一些农村亲戚来我家过两天，他们最大的乐趣就是在小城里一条街一条街地逛逛，看看琳琅满目的商品，瞧瞧街头巷尾里的热闹，那几日，他们的眼睛总是发亮，话语中流露出满心的稀罕。而今，完全地颠倒过来，家中总有来自农村的电话：新米碾好了，麦子磨成面了，屋后的菜都吃不完了，还不来尝尝新。尤其是我小姨，再不像先前那样到我家小住了，说是城里家家门一关，太闷，饭菜也不香，哪有家里头的日子鲜活亮堂。

时光呼啦啦地吹老了岁月，一切都在慢慢地消失——婆婆家的墙上一个惊心的“拆”字,小姨家的村庄也即将重新规划，那口水塘估计是保不住了。曾经的乡亲都陆续地往城里迁移，早已外出工作的年轻人或许早盼着这一天，但对那些亲近了土地大半辈子的人来说，心里仍有割舍不了的情怀。我曾对婆婆说，聪明的商家早建起了垂钓中心、农家乐，花钱也能找到“下乡”的感觉。但读过几年书，也能识文断字的婆婆不屑地说，那里有良田万亩吗？有连绵的水稻、麦子和金灿灿的油菜花吗？盆景总归是盆景，与接地而长的树木能一样吗？终不过是一种聊胜于无的模仿秀而已——婆婆大人此言真不俗！

老房子，旧时光

一向怕麻烦的我实在驾驭不了房客们提出的种种问题，以及受不了房客们“租来的房子不当房”的逻辑，终于在某个租房终止期决定：卖房。

幸运的是，遇见了一个和善的买主，一切一切顺风顺水地办妥后，我却乐不起来，想着老房子就伤感，甚至在交钥匙的前一天，我竟在老房子里眼圈红红的不舍离去。家人说，你啊，就没有当收租婆的命！

是的呀，花有百样红，人和人不同。身边就有一富姐，住一复式，投资几个小户型，日常里，除了打打麻将，做做美容，就剩下收收租子了。最近，她和我在同一家中介挂售房信息，说是卖一处房子变现换豪车，说话间，好一副轻描淡写的样子，不似我，就差凄凄惨惨戚戚了！

我理解她的风轻云淡，她与那间房的过往是人民币在维系，而我，却与老房子耳鬓厮磨了十多年的光阴——融入了心血的东西，附加值是无法估量的。那天，我在房子里摸摸墙，看看窗，每个边边角角都有我的回忆，曾经以为，这就是自己一辈子的天堂，像个小妇人似的，买汰洗晒，分分秒秒都是那般的安心。卧室的门后，还有孩子每年量身高的标线。书房的柜门曾是孩子的光荣墙——每年的奖状张贴于此。厨房的餐桌上，一台油渍斑斑的收音机一直是我的专属，方寸间，我拾掇着一家人的汤汤水水，顺便打开收音机关心时事，听听音乐，尽量让一个宅妇与窗外的精彩靠近些。转身至阳台，毫无遮拦的阳光再次与我撞个满怀，地上一摞空置的花盆，无语相望，繁花似锦的前尘往事已成云烟，还记得否，我对花草们的期盼与怜爱？

从青年到中年，老房子陪我一路走来。人生，没有永远的平坦，也不会一直地坎坷。可老天好像刻意地让我有所念想，在老房子里的那一段光阴，我仿佛过完了人生的四季——围城内的干戈玉帛，孩子的青春变奏，更有事业上的大起大落。而自己也从一个无知无畏的懵懂莽撞之人，明白了凡事沉静，凡事从容。平凡人生，简单爱，再回首，所有的泪水与抱怨，经过时光的沉淀，只留下一次次的动容。

房子易主，时光已逝，正是有了曾经的过往，往后的岁月愈发的无惊。感谢老房子的相伴，感谢和最爱的人拥有的那段旧时光，未来的延续，唯有美好。

印象·周庄

许是所居小城附近也有一个小古镇，一样的古色古香，一样的环绕，所以，去周庄前，心里并没有太多的兴奋与向往，更何况，各地的景色中，复制的又是何其多。然而，周庄的独特魅力还是给了我满眼满心的诗意。

车子傍晚时分进入周庄，此时，落日肆意地燃烧着。远观，小镇内依稀的景色，仿佛娇娘般身披薄薄的红纱，低眉，娇羞。穿过偌大的牌楼，“周庄”俩字雄踞顶端，俯视着凡尘间的来来往往。小镇上的人们仍然遵循着传统的作息习惯，天黑不久，喧闹就渐次退去，不大习惯早睡的我，站在宾馆的阳台上，极目望去，只三两盏灯火，如瞌睡人的眼，努力地支撑着一方寂静的夜空。

这次旅行，老天给足了面子，没有丝毫的秋燥风寒，暖暖的风，和煦地吹，让人疑是烟花三月的天。跨过标有“唐风孑遗”的牌楼，乡风扑面而来，古宅、水道、石板桥如一幅水墨画展现在眼前，心里蓄满怀旧的情。

水，总能给一个地方带来灵气，而周庄的水更能让人心境明朗，一条条波光粼粼的水道缠绵清澈，河边婆娑的垂柳随风摆弄着风情，不时亲昵地抚摸水面，搅动层层涟漪。小船自绿影迷蒙处轻摇而来，船头摇橹女子，头戴黄斗笠，着素雅的蓝底白花小褂，吴侬软语吟唱着，不见得能听懂多少，却见游客们个个会心地微笑。河上一座座古朴的石桥风格各异，蔚然可观，更有桥面一横一竖，桥洞一方一圆的“钥匙桥”，构成了奇丽的景致。有史说，陈逸飞曾创作油画《故乡的回忆》，而将周庄引向世界，倒不如说是周庄古镇的宁静秀美成全了画家。那些雕花门楼，深宅大院，默默地向游人倾诉着曾经的繁华绮丽。沿河的石板路光滑明净，我暗想着，它承载了多少个春夏秋冬，才与我们有了今天的机缘呢。走在石板路上，水边的粉墙黛瓦静默无声，那里有厚重的历史，沉淀着岁月深处的心情。我深深地打量着眼前的一切，舍不得眨一下眼睛，时光已倒不回去了，痴迷的只是如我般的寻梦人。

累了，随便找个饭馆，临水而坐，想象着诗人把酒临风，吟诗作画。一片绿影中，望见对面水阁里的人正不停地按动着相机，我笑了，水乡里的游人又何尝不是一道景色呢。河道的石阶上一个村妇正专心地淘洗着青菜，眼前穿梭的小船，船上欢笑的游人仿佛与她隔了世般的遥远，她亦是她，安静得如这个小镇。

回来在电脑中静静地翻着拍摄的照片，“小桥，流水，人家”的古朴幽静让自己重温返璞归真的梦境。喜欢朋友偷拍的一张照片，那是在一个银器小店里。一般地，这样的小店我从不放过的，它有着一种特别的氛围。我刚跨进门槛，年轻的女店主轻言：来啦！仿佛极有缘似的。店里的银器全部是苗银，只60%的含银量，但民族味很浓，上面雕刻的花纹寓意也极特别，店主说：“这里的银器与富贵不画等号，喜欢它的人是对某种文化的认可。”我不知道店主的背景与来历，但能说出如此话的人是让我仰慕的，想来，小镇上厚重的文化，已代代延续进后人的精神里了。我依依不舍地把玩着，最终选了一个凤凰图案的手镯戴上，一腕的清凉。我轻摇明晃晃的手臂，笑问，是不是很有文化感？女子会心地笑了——两个女子微笑地比画着手臂上的银饰，她们的身后粉墙排门，光影稀疏，这就是那幅照片的全部。我看着，心中涌动了一种平静和感念。

周庄其实离大都市上海只几十分钟的路程，但它历经 900 多年的沧桑，仍完整地保存着水乡古镇原有风貌和格局，像极了一个多情的女子，娴静、内敛，红尘滚滚里笃定地守着自己那一份别样的心境。

音乐伴我行

一直以来，认为自己是个善感的人。春花、秋月、行云、流水无不牵扯着我敏感的心，让我一次次在属于自己的时间里无比地动容。

有一癖好，平时外出，只要一上车，我就格外地不喜说话，面对着窗外流动的风景，整个人会安静得像个处子。我会放点音乐，或者干脆塞上耳机，思绪也跟着窗外的景色流动起来，其中的美妙无以言表。

我是个连五线谱都看不懂的乐盲，更不知何谓古典与现代流派，但音乐之所以能够下里巴人或阳春白雪，我想，是因为它以其共享性或震撼性与人类的心灵相通，它是人类记录情感的另一种方式。每当车内音乐响起，旋律在耳边萦绕时，我的心灵之窗便悄然开启，恍惚中，凡俗中的万事仿佛与我不再相干，我能忘记尘世的存在，我面对的只是自己真实的内心，如水的旋律，心动的感觉，我甚至觉得自己的目光也微微地含情。倚着车窗，就那么静静地发呆，窗外的景物在音乐声中慢慢地活泛起来，世界是如此玄妙，天地、万物要有怎样的机缘，才能恰好地出现在彼此的身边。

人们总会说，但凡怀旧的人，是衰老的一种表现。虽有点危言耸听，但还是心有戚戚矣。平时听歌时，我总是点一些经典的老歌。那次去青岛，火车鸣笛，缓缓开启，我托腮静坐在车窗边，摒弃身边的南腔北调，回避别人的游戏纸牌，习惯性地塞上耳机，却被突如其来的小虎队的《爱》瞬间击破内心的平静。

穿过时光隧道，青春再一次来到我的面前。多年前，一样青春的我们，大声唱着这一首《爱》，然后在火车的长鸣声中，挥手各自离去。同窗情谊，我们以歌声来诠释离愁，青春豪情，我们立下了铮铮誓言。所以，很长的时间，我都有个“站台”情结，害怕再听到火车的鸣笛声，害怕见到站台上下的依依别情，怕它唤醒我收藏心底的那一抹离愁别绪。于我，每一次的再回首，只能让我更加的空落惆怅。而今，相同的站台，相同的歌，竟然让自己在经年后猝不及防地心潮澎湃，那些散落天涯的种子早已芳草萋萋了吧，因为，天空听得见，白云看得见，谁也擦不掉我们许下的诺言。

窗外疾驰而过的景物，窗内一颗静默的心，音乐声中，这种强烈的反差让我受用不已。它让我在本真里享受一种思想上的孤独，让我的精神世界有着片刻的宁静。看到过这样一句话：狂欢是一群人的孤独，孤独其实是一个人的狂欢。我向来不排斥孤独，相反却无比地欣赏它。孤独原本是思想者的修行与磨炼，只是面对当今社会里泛滥的俗务与狂躁，又有几人能够做到沉下心来。

不善言辞的我，音乐恰恰成全了我的内心表达，在寂寥的行途中，它带给我一种无言的美妙，一次次地，我静心倾听着，真切感受着过往的人生，它的饱满与厚重，丰富与多彩，让我渲染在或快乐或感伤中。所以，在每一次长长短短的旅途中，音乐声里，我又何尝不是在赴一场场的心灵盛宴呢？

玲珑心

近期准备搬家，旧屋里的东西陆续在整理，让自己惊呆的是，我竟然翻出二十几个首饰盒，里面的首饰非金亦非钻，材质有银、玛瑙、水晶、珍珠甚至戈壁石，款式多为手镯和挂件。就连首饰盒都繁花乱眼，木质的、纸质的和皮质的等。这些东西多不值钱，有些是从网上淘的，有些是外出游玩时买的，有的干脆就是夜市里的地摊货。我将首饰盒全部打开,放在床上，一件件细细地端看，摩挲，试戴，欣然之心并不亚于初遇时的一见钟情。

其实，我真正地于颈项，于腕间戴上它们，然后，带着优雅的微笑，于众人前环佩叮当，几乎从未有过。我是一个粗糙之人，整天素面朝天地奔波在家与办公室之间，连服装都偏中性化，虽不邋遢，却少有精致之时，首饰与我几不沾边，但这从不影响我对女性的欣赏，对自己的怜爱。自小，就喜爱古装戏里女子的水袖、步摇，每当她们莲步轻移时，我的眼神都瞬间变得温柔，得空，便和小女伴们避开父母，以床单作衣裙、以回形针盘成首饰，欢天喜地地过一把“小姐、丫鬟”的瘾。年岁渐长，家庭、工作强悍地夺走了自己的时间和精力，纯真和幼稚在慢慢退隐，但一些品性从未离开过自己，只是盘桓在心间，在自己的私享时刻，像花儿一样悄然开放。或许，人在最初时的感觉最忠实于人本身，每当烦闷时，我就上网逛逛首饰店，或到夜市里转转，哪怕只为看一看，摸一摸，那些或粗朴，或精致，或闪亮，或喑哑的每一个小物件都让自己怦然心动，我沉浸其间，一再流连，一分钟前所有的纷扰俗事烟消云散。

我一直用一个专属的抽屉收藏它们，经常于闲暇时翻看着这些宝贝，仿佛它们懂得自己的内心，泛着微光静静地与我对望。我坚信，这些平凡的小物件来到我的身边，都是带着某种机缘，它们富有内涵，具有灵性，要不然，为什么我与它们独处时，心会变得如此宁静，继而漫上一片柔情。我也会在无人的时候，戴一副银镯，挂一件绿松石，一袭布衣中，纤纤作细步，仿佛自己真的就摇曳生姿了。

那天，于旧屋中，于一片杂芜里，我守着一堆宝贝，把玩着，欣赏着，这些年，与其说收藏着它们，不如说，是我善待了自己的玲珑心。

年里，没天了

外出办事，回来时已近正午，想着菜市场已经人少清冷，于是便从里面抄近道回办公室。哪知刚踏入菜市场大门便知失策，里面的热闹欢腾，摩肩接踵，甚至鸡鸭欢鸣让我避让不及。我努力地向前挪着步子，身边一位老太太更是艰难地挤在人群里——手里提着，腋下夹着，满满当当。蓦地，我身后传来一嗓子：三妈，到我家吃饭啊，都到中午了。老太太扭下头朝后迅速瞄一望，又忙不迭往前赶着：不去了，我都忙死了，今天太热，赶快去家洗东西。然后，她拖长音调，吐出一句硬生生的方言：年里，没天了——话刚落，周围竟形成一个小气场，几位忙赶路，忙采买的人都口不迭地点头念叨着：是的，没天了，没天了——个个满面的慌张中又透出一种与谁约好了似的郑重。

“年里，没天了”，是我们小城里一句老少皆能意会的俚语，普及到方圆多少里没考据过，反正办公室里新来的小女孩就不懂——她就和我们隔了一条长江。“天”，即日子，百姓的日子是重如天的，如果日子都没了，那还有什么春花秋月，还有什么人间冷暖。“没天了”，三个字，把人们心中揣着的迫切性与期待感一下子就真真切切地表达出来。大音希声，大象无形，民间所有的仪式与排场仿佛有了这简单的三个字，立马就能呼之欲出。但是，但是啊，那些个有声有色的日子，有滋有味的年,在今天的我怎么就那么淡漠呢？细究下,“年”的变更，只不过是我写材料落日期时的一恍惚，在镜前又理出几丝白发时的小感慨。过年的角色感越来越淡,几近成了旁观者,甚至，炸起的声声爆竹也没有震起心中的丝丝惊喜，反倒会皱一下眉头，嫌吵，嫌脏。往好处说是，不求华服，不想美味，日子天天红火，上升到精神层面，却有种提不起精气神的沉沉暮气。很怀念以前过年前，家家手工赶制的花绿衣服，粘牙噎人的糕点，农家里大锅小灶热气腾腾，姑嫂妯娌齐相帮，城里人家最靠谱的交通工具算是自行车了,车把上、后座上挂满鸡鸭鱼肉，车上的主儿在人群里扭着腰身，猛拨车铃，颠簸着一路前行。最喜气的该是孩子们了，放假了，作业可以年后写，也没有名目繁多的补习班，在家家门前晾晒的一挂挂咸货中你追我打，偶尔，某家的父母图个安稳，提前拿几块过年时才舍得发放的糕点糖块给孩子，只见那家的孩子将糕点糖块捧在手里，含在嘴里，在小伙伴们面前炫耀半天。

“年”，还在一次次地过，“过年”的心情于我却成了一种稀缺资源。年关已近,报上网上也掀起了对“年”的集体怀旧。今天，那位老太太对日子的尊重，对“年俗”的认真劲儿，从心底打动了自己，回家后，我拆洗窗帘，换上新被，在家人疑惑的目光，我妇德大发地郑重告知：年里，没天了！

年，一直在，心情，也可以回来。

秋 安

朋友发来邮件，寥寥数语后附言：天凉加衣，秋安！我微笑，感谢来自远方的挂念。

秋天到，乃是一不留神的事儿。呵呵，细究下，但凡世上的俗事，哪一桩的发生是那么的有仪式感呢。悲与喜，乐与愁，都是事过境迁后的感念。“一叶知秋”曾是初秋最优雅的一枚标签，最醒目的一个概念符号，但现在遍寻难见身影，仿佛一个过气的明星，渐行渐远——常青植物早成了四季里的新贵，人们一直在努力地营造“如春”般的氛围。

昨夜，忽闻外面阵阵风紧，吓得我赶紧关窗，伸手之际，明显地有了薄凉之感，我索性趴在窗边，打量起这个秋夜。近旁的路灯洒下淡淡白光，枝叶晃动，周遭明暗有致，窗外的红叶李、银杏树哗哗作响，有片片落叶挣开树的枝丫，随着风向在空中静静翻腾、飘荡，贴近地面时还不舍般再次迂回旋转——终是离树越来越远——从春到夏，再入寒秋，这阵阵秋风终成了树叶生命的祭奠，删繁就简的棵棵主干树，或是为了更好地拥抱下一季的阳光吧。“西宫南内多秋草，落叶满阶红不扫”，面对眼前的纷飞乱象，我倒是有小小的奢望，希望这些树叶真的“不扫”，给身边这个微尘乱世添加少许的文艺感，舒缓下不再清明的内心。

风后，便是艳阳高照。秋阳明快干透、凉暖有致，逃离了前一季的潮湿与闷热，让人极易亲近。晨起，寒凉。薄薄的一抹橙色涂抹在某栋高楼的顶上——想不起我们已何时无法望及天边。然后，老天爷像个极守约的长者，一寸一寸光阴中，温度慢慢地回升，及至正午，有奔放者已褪去外套，在阳光中光着膀子徜徉。我家厨房的水槽紧靠着窗，那一刻，我正清洗着一盆的翠绿嫣红，抬眼便是秋阳，便见着了那个不耐热的人，不禁莞尔——十多日前的无袖衣衫，而今却觉得极不搭般可笑，到底是“秋阳如酒风已凉”。

阳光在漫长的夏季里撒着欢地闹腾，入秋，终于乖巧了许多，只偶尔在正午时分晃一晃人的眼睛，即便如此，寻一个树冠，进一片楼影，即能获得许多清凉。秋天的阴与阳就是如此的泾渭分明，不似夏日，到哪都有难以逃脱的炙烤。万事都有个相牵相绊，秋阳下，人心也平复了许多，我总想寻一片静地，登高观闲云，最喜的还是头顶上的高远净朗，也唯有云白风清，才有地上万物的淡定从容。

这些时日，早早晚晚地总有一缕缕桂花香飘入室内，四下找寻，发现窗外，就立着一棵大桂花树，我喜不自禁，仿佛捡了一个天大的便宜，没事总爱到阳台站站，深深地嗅一嗅。早晚的些许薄凉，又让桂花香的甜腻感多一份精心与雅致，让沉醉的内心稍稍地顿了一顿。但见那桂花，一树苍绿中，一撮撮黄米粒般点缀其中，低敛，含蓄，但是，平凡的外表难掩其喷薄的华章，惹得路人不时地“闻香下马”。桂花不富贵，也不壮阔，但是，“天下谁人不识君”呢，它是民间的一位仙子呢，看那乡间阿婆的衣襟上，村姑的发梢间，哪里少了它的身影，人花相映，一直定格在我乡间的记忆里。桂花香气缭绕，我也享受了数十个秋。

网上闲逛，得知一位作家在推新书，对她的文字谈不上多喜欢，当然，这因读者个人口味而异，但我到底还是点击下单，仅仅因为书中有一辑植物篇。人到中年，早已与峰回路转的极致人生握手言和，更喜欢一种删繁就简的生活方式。仅阅读而言，我再难以投入地看穿越剧，生活，就像并入另一条轨道，凸显另一个主题，倒是越发地喜欢读一些描写花花草草、美食美器的文字，我想，能亲近花草，能写出美食文字的人，内心必有一份安静，拥一份闲适，这种柔韧有力的能量正是当下的我所需。回首自己的过往，也有繁杂、错综。可是千帆过尽后，反观自己的内心时，才发现曾经不屑的微小细节里，竟蕴藏着世间最大的快乐与安慰，生命最终会展现一种回归的态势，慢慢地靠近本真。

窗外，午后的秋阳慵懒斜照，室内的我品香茗，读美文，一切静好。无论季节与人生，我亦祝愿秋，安。

生活不必那么深刻

周末，依然早起。挎包、水杯、公交卡，心里默念着收拾好，匆匆出门，要赶到某学校上课，喜欢占一个既靠前，又不显眼的位子。之前领书时，路遇同学，她看到我抱着大开本的厚厚几本书，好奇地问：你还在学习啊——言下之意，超大龄学生了。“考这个加钱吗？”“有什么用处？”皆被我摇头否定：“真的不干嘛！”在她一脸疑惑中，我俩擦肩而过。倒是她的一串串问话引得我一路沉思——十多年来，我好像每隔几年就要到学校回炉一下，每隔几年就要参加个统考折腾下。

历数这些年自己参加的各种学习，与我的工作没有任何关系，不涨一分钱，不挪一步位，全是凭自己的兴趣而学，而且全部自费。印象最深的当数某年秋，全省婚姻家庭指导师首次开班，我兴冲冲地报了名，更让我开心的是课堂设在“安大”。来自全省各行业的同学，从早上八点，到晚上九点，十多天的集中学习，大家从陌生变得熟悉，从工作到生活彼此交流，下课十分钟，也是将老师围得水泄不通。中午短暂的休息时间，和“安大”学生同吃食堂，散步在校园里，看着青春洋溢的面孔，感觉生活一下子清新了许多。那次学习，有的人纯粹是想给知识扩个面，有的人则是带着自身的问题来听课，有个同学在社会学老师精彩地讲述和论证中，如醍醐灌顶，继而感慨唏嘘，看到她舒展的眉头，大家集体开心。

某天早晨，我走得稍迟些，只好打车，一位三十岁左右的女师傅，很善谈，看着我戴副眼镜，以为是到“安大”进修的老师。当她明白还有一种关于婚姻家庭方面的课程时，激动地将近日与老公的口角说与我听，而我，也是将课堂上的知识现烧热卖，有板有眼地给她慢慢开导，临时做起了她的心灵按摩师，最终结果非常如意，尤让人感动的是，她一再拒收车费，并且留下联系方式：晚上下课迟了，随时打她电话，绝对优先给予保障。

有一年春天，我又选择了一种课程，就在小城里上课，为了不影响白天工作，只能选择晚班，下课时几近十点，春风薄凉，月明星稀，有一段下坡路，我蹬着自行车，一路下滑，心情是无比的放松，甚至有些自豪，为自己没有荒度这一个晚上，为自己从神圣的课堂归来。前些时日，一位当时的任课老师在办公楼里迎面遇见我，张口说出我的名字。他笑着说，我记得你，有一次上课，有一道题，全班就你一个人做出来了。我不好意思地笑了，感谢那段美好的师生时光。

而今，我又一次坐在课堂上，听老师讲授着新鲜的知识，预习、复习、答题，我认真地准备着，一如二十多年前那个幼稚的自己。那位一脸疑惑的同学，我真想告诉她，其实，人生每个阶段的每一种选择，并不一定要带着很强的目的性，不必让自己走得太艰辛，我喜欢进出课堂，如果必须给个答案，或许是我有着非常强烈的校园情结，我甚至在结婚多年后，还对寒暑假的到来，一阵阵恍惚，一阵阵失落。十多年前，一位朋友打来长途电话，对我无比焦虑的说：没想到你是如此安于现状，你要知道，没有目标的生活最可怕。而我对着电话那端，已然上市公司股东的他，淡然一笑。可是我喜欢如此啊！我喜欢随心所欲地过着闲闲散散的日子，喜欢混迹在散漫的市井看别人家长里短，甚至偶尔涂鸦的文字也是宽宽松松，我骄纵着自己，一任时间和生命浅薄地掠过。总有人取笑燕雀不懂鸿鹄之志，可人又不是燕雀，怎知它内心的山高水长，或许，燕雀眼中的低檐，从高度上从不逊于天空。

曾有人问过英国的高龄哲学家以塞亚·柏林，为什么活得如此安详愉快，他自得与狡黠地说：我的愉快来自浅薄，“别人不晓得我总是生活在表层”。当然，这里的“表层”只是柏林先生一种智慧的表达，是一种一览众山小后的返璞归真，是一种历经风雨后的平淡祥和。但我宁愿相信，表层就是表层，生活不必那么深刻，孜孜追求是一种状态，平凡随心也是一种结果。或许，一个俗人更能懂得日的炽烈，月的清辉，以及晨风掠过树梢时所带来的纯朴与美好。

只要花未衰，人未老，我就按照自己喜欢的方式，恬静淡然地浮在生活的表层，无功利，不深刻，却欢欣。如此，甚好。

守　望

陪父母回乡，穿过一个叫“后郢”的村子时，车子在狭长的石子路上缓慢前行，这个村子已很空，没什么人在路上走动了。我的目光开始搜寻，看见了！那栋老屋！一位和老屋一样上了年岁的老太太坐在门框里，手握着一根拐杖，下巴搭在拐杖头上呆呆地望着门前的一切，门前并没有具体吸引她的物件，她甚至没正眼看下我们的车子。我回乡的次数并不多，但自从知道有她这么个人存在，她就成了我心里的地标，一座老屋，一张竹椅，一位老人，甚至相同的坐姿。偶尔，老人的脚下蜷着一只猫，抑或几只走动的鸡。坐在副驾驶位上的爸爸显然也看到她了，感慨一声：老太太身体还硬朗！

我一阵阵心酸，真想向老太太吐露那个即将隔世的秘密。

几年前，远在台湾的一位伯父回乡探亲，一番祭拜、访亲后，一个清静的晚上，伯父对身边的至亲说，这么多年来，心里还有一个小小心愿，希望在这次回乡之际，寻找年少时青梅竹马的恋人。伯父说这话时，昏老的眼神突现一种穿越时光后的温柔，吐出的每一句话都因为深藏太久而有了一些低沉和迟缓。倒是身边人受惊不小，年代久远，当初的秘密随着伯父被抓壮丁而漂洋过海，这边的亲戚并不知情。

曾经，贫困的日子，荒寂的乡野，掩不住青春萌动的心，伯父——彼时的男孩家的田地和后郢连在一起，每每到田里必穿郢而过，就恰恰遇见了那位女孩——老太太年少时。一次内心已轰然，两次已然成念想，在眉眼一传一递中，俩人心意相通，暗生情愫。男孩往田里跑得勤，女孩必然出现在经过的路口，一根头绳、一把花生都是心意的最浓烈表达。田间地头，塘边屋后留下他们殷殷情话。男孩许诺，来年秋季，会遣人来提亲。日子在一天天等待中开着花，男孩女孩憧憬的未来就像荒野里的巴根草——坚韧地拔节，染春便绿。

现实的残酷却忽略不掉，战争，饥荒。忽然有一天，哭爹喊娘中，前前后后的郢子里，少壮的男子全部消失了，男孩也在其中。这一去结果渺然，从此以后，女孩沉默不语，遥望路口的眼神在一次次地黯淡。匆匆太匆匆，这就到了我知晓此事时——被抓到台湾的伯父返乡了，还带着在那边子孙兴旺的大家庭与我们合影。

虽然时间变迁，一切变数都有，但为了完成伯父的心愿，这边亲戚派出代表到了之前的后郢村子，寻到当年女孩的几位娘家侄子。侄子们显然略知姑姑的过往，但他们吞吐的话语，让寻访的人有些莫名。最终，对方拒绝相见。也明说了，老太太还健在，独居在不远处的村东头。当初的女孩谢绝一切提亲，独自守着爹娘一年又一年，朴实的乡野女子用行动表达着一种“天地洪荒，不改初心”之意。父母明白她的心意，也只能依着她。老太太的晚辈们之所以决绝，因为老太太的固守曾给家族带来一路的风言风语，这在闭塞的农村是件丢脸的事，更何况都已垂垂老矣，只求平静，再不想节外生枝。这边的亲戚再怎么劝说也无法打动他们的决定，只能失落地从老太太的门前走过，远远地看一眼，她仍像我现在看见的一样——靠坐在门框里，无神地望着外面的一切。如果“那个人”不回来，面对的一切也是虚无了。因为意想不到的结局，这边的亲戚们避开伯父，开了一个紧急会议，最终决议是：老太太年轻时患恶疾，早已离世。可以想象，当他们把这个编造的寻访结果告诉伯父时，他是如何的哀伤。听爸爸说，伯父当晚对着后郢的方向深深地鞠了一个躬，独自站立很久很久。我曾不解地问爸爸，为什么不明说？这么远的距离！这么深的遗憾！爸爸立即打断我，他知道我幼稚，怕我冲动挑明。爸爸感慨地说：记忆已淡，再唤醒无疑是重来一遭伤痛，这件事，就这样吧！

坐在门口的老人已然成了我心中的剪影，我害怕在某次回乡的时候，再也不见。从年少到暮年，老人在一寸寸守望的时光中，那位笑意吟吟的陌上少年郎，也一次次地在梦中回来过吧，他有过许诺呢，许诺来年会娶她。伯父回台湾了，海峡的这边，海峡的那边，两位老人，行将走完此生。可此生，他俩再也找不到相见的路了。

我的糖果时代

自打入秋，好事便扎堆。升学的，搬家的，结婚的……谁手头上没有两三张喜帖呢。陆续地，大小酒店拉起了庆典横幅，中晚餐后，小城里各条路上便有了雷同的景象，经典而有趣——三三两两的行人，借着喜劲，兴奋地招呼着，热烈地论道着，不论男女老少，统一拎个红色礼包，16 开纸般大小，上面印有“家有喜事”“金榜题名”，甚至“我生啦”，打眼一瞧，便知喜事的主题。

据说，离我们并不远的省城里的人参加喜宴，饭毕，一人发两小袋金玉其外，小颗粒其中的糖果了事。我们小城里的人却实在的多，不论来的礼金多与少，承办方回礼的喜包都是塞得满满当当：有寓意“步步高”的软糯大切片；有女人的护肤品；有男人的中华烟；还有一条精致的竹炭毛巾，意思是让随礼的人“淌汗”（花钱）了，擦把汗吧；更有甜到心坎里的各色糖果。

每拎一个礼包回来，我免不了对糖果一番细瞅，硬的，软的，奶味的，水果味的，品种繁多，但能留下独享的极少——日子越好，味蕾越挑。即便这样，过一段时日，收拾冰箱，还是会发现，聚了不多不少的一小包。当初，留下来时，便想：留着吧，或许有一天，肠胃能搅动起欲望，味蕾有了绽放的念头呢。然而，一天又一天，那一包当初自认为能满足我怀旧情调的糖果，依然静静地放在冰箱一角——味觉还在满世界地搜寻美食，只是丢失了当初对糖果的心境。

那个“当初”，已经久远了。记忆中的糖果又黑又硬，因其品相而得一俗号：鸡屎糖，味儿也单一地甜。但在那时也稀罕的不得了，也只有在逢年过节时，大人们才拿出来应应景，孩子们分到手的糖果是按“粒”为单位的。那时，父母衣服上的大口袋仿佛是百宝囊，对孩子而言永远都有一种神秘感，父母会格外宠爱讨喜的孩子，背下里没少从口袋里抠出糖果来奖赏，拿到糖果的孩子很是会意地攥紧了蹦跳着跑开，悄悄地剥一粒放入口中，慢慢地吮着。但是，那一种私密般的快乐与内心里迫切的分享欲怎么会压抑得住呢——不一会，身边的小玩伴们就瞧出端倪，眼馋不已。

爸爸从部队归家时，曾带过高粱饴——我从没见过那么大个头的糖果，从拿到手的触感上就知道是稀罕货。小心地剥去外面的油纸，里面竟然还有一层薄薄的纸，许久未见到爸爸的我，兴奋而又怯怯地望着他，爸爸读懂我眼中的疑惑，亲昵地说，能吃的，试试看。我小心而害羞地舔一舔，天哪！薄纸竟然粘到舌尖上，旋即溶化。那一刻，舌尖上的神奇感让我幸福得想哭！大大的软糖——它竟然不是硬的——塞进口中，一贯喜欢瞬间嚼碎糖果，“齁”到失去味觉的我，却让软软的糖果鼓鼓地胀满我的腮，我的炫耀感在内心迅速膨胀，我跑出家门，逢人便得意地伸出舌头，露出软软的、晶莹剔透的糖体，老少们个个啧啧称奇，身后一大帮的孩子更是哄吵着要看一眼，再看一眼。不一会儿,左邻右舍的大姨大婶们同样哄吵着到我家,让爸妈多拿一些带家去——孩子们在家放赖打滚般地吵着要。

再后来,在城里,糖果已在零食中渐渐被各色美味替代,更多的时候充当了一种喜庆的象征。每年,我都将大小喜事收集的糖果宝贝般地带到乡下的婆婆家中,总希望,农村里的孩子们仍能像我小的时候那般,快乐地分享。而这次回乡,在这个深秋的午后,花朵般的侄女翘起兰花指,斜靠在门框边,在智能手机上悠闲地一划又一划,地上,是刚刚撕开的“德芙”包装纸。我默默地看着她,想着我的行李包中,那些花花绿绿的糖果们的去处,满腹的惆怅。

我的乡亲，我的年

过年，我的活动地盘基本移到了我妈家，并被我妈委以重任——总厨师长，其实，手下无一兵。

每顿饭毕，我就被一屋子的七大姑八大姨们的叽叽咕咕声拽住了心，八卦即将开场，我又怎能缺席——年岁渐长，感觉自己越爱热闹，哪里人多爱往哪钻。于是，不顾前晚通宵看电影眼皮在打架，毅然决然留下。

收拾停当，男人们一边抽烟喝茶聊国际风云，聊合肥房价，聊来年的打算，女人们则端走果盘，到另一屋围坐，伴以"磕巴""磕巴"吐出的瓜子壳，急不可待地吐出了一个个私房话题：着急相亲的孩子，蛮不讲理的亲家，要装修的婚房……外屋，男人们借着酒劲，声浪一波更比一波高。里屋，女人们极尽夸张的表情下，大金耳环、戒指、粗手镯直晃人眼，基本主内的她们，也许平时并没有如此的披挂整齐，也只有在过年、嫁娶等重大节日才装扮装扮，但我可以证明，我家这些大妈大姐们，戴金只是一种纯粹点缀，毫无攀比之意，对富起来 N 多年的她们来说，黄金也仅仅是个饰品而已。她们打趣着，感慨着。说的人，我不一定认识，说的事，我不一定理解，但在她们丰富的面部表情下，硬邦邦的方言中，所有的一切呼之欲出。

我的家乡在整个县里算是富裕的，不是拆迁一夜暴富的富，而是勤劳致富的富。村子依河而建，前后开阔清明，沃野数十里，聪明的乡人们随着水脉陆续走向远方，他们是改革开放政策的最早受益者，当别人的意识里有“外出务工”的概念时，村子里的人早已在北京、浙江等地站住了脚。就全国外出人员来说，安徽人的集中地，行业中的领军人，不乏我的家乡人。都说鱼米之乡的人精明，事实证明，我家乡里的人外出时，很少为城里人卖苦力，他们都是带上自己全部的家当，背水一战，开辟自己的事业。那些做边贸生意的男女老少们，俄语、英语流利得堪比该专业的大学生，出国如同跨过几道田埂般便利。可无论如何，已经不惑，知天命甚至花甲的第一代外出人员越来越依恋起家乡，每年往老家跑的次数也越来越勤，过年更是异常重视。他们外出得早，根基扎得深，在乡里乡外的影响力都非常大。一入腊月，总有牵头的人招呼近亲远邻：抓紧买票，有钱没钱，回乡过年。我父母年轻时属于“单位”上的人，退休后便在家乡所属的小县城里安度晚年，平时极为清静的家里，过年了，因了那些归来的乡亲们，也有了门庭若市的时候。

那些远远近近的女眷们，她们年轻时往往腊月刚入洞房，正月就随夫远走他乡，孩子们出生在外地，成长在外地，找亲家时却执拗地要回乡打探——在外奔波数十年，自己总得叶落归根，而再过个数十年，孩子的家在哪儿，自己的家就在哪儿，外乡外市再好，住着也不踏实。但对家乡只是户籍概念的孩子们来说，更愿意在发达起来的现居地买房，恋爱，成家。在外做生意的堂哥堂嫂，倾其所有在省城买了一套大房子，春节回来特地一家家地打招呼，要求大家帮衬着寻找好女孩儿。而我那侄子，玉树临风，清清秀秀，在京城硬是把个小网店做到天猫级，一年的收入相当咋舌，他对父母的安排非常不满，他对我说：我只是一高中毕业生，网店的许多技术活儿都是花钱推广，我希望找个有文化有知识的女孩子，只要两相情愿，哪里不能找对象。言毕，他打开手机，把一女孩的照片翻给我看——同在京城打工的一名大学生，专攻电脑技术，给侄子的网店帮助很大，因为女孩家乡远离安徽，相恋的俩人，一直得不到哥嫂的认可。看来，两代人的观念，并不会马上统一。

过年时，我妈一向希望亲的友的尽量相约一道过来，希望一年没聚的叔伯妯娌们能借此团聚，互通信息。早先还窝在村子里的人家，庭院挤挤挨挨地一溜排，可能为一句话，为一瓢水心存芥蒂，更有为宅基地的尺寸，山墙的高矮大打出手。然后，走了，散了，许多东西都淡了，沉淀下来的唯有一家家的好。抱怨、委屈早已被岁月风干，就着几杯老酒，嚼在嘴里别有一番滋味。我就眼见过两位上了岁数的“冤家”，在我家意外相逢后，紧握的双手，欣喜的眼神化解了所有的怨与恨——还是以前住在隔壁好啊，讲话不隔音，吃饭不隔锅，现在，钱虽然赚得多了，但和外乡人总找不着“亲”的感觉。

过年，我只短短一周的假期，但在父母家中，我一直深陷在浓浓的乡情里，分享他们的经历，倾听他们的感慨。我可敬可爱的乡亲们，来年再见！

乡野青青竹

胡兰成写胡村的竹子："竹子的好处是一个疏字，太阳照进竹林里，真个是疏疏斜阳疏疏竹，千竿万竿皆是人世的悠远。"我会意一笑，因为懂得——我的生活里也有这样一片竹林，疏疏朗朗地陪着我从新嫁娘到中年妇。

枯塘，老屋，小村落——婆家。几十户人家，像神仙随手撒下的棋子，稀稀落落地掩在树林中，田地旁。初去时，还是很让我吃惊,也印证了父辈所言的"圩"和"岗"的贫富差距。我的老家在有名的鱼米之乡，有了水路，一切便也活泛起来，村民们早早就住上红砖瓦顶小洋楼，钱袋子向来也鼓胀胀的。但婆家却在典型的岗区,土路,土屋,旷野。我当时对他打趣道：也只有屋旁的那一片竹林最具诗情画意了。每次回乡下，我都会绕上林子，仰脸看看，靠近闻闻。春天，根根竹子泛着幽幽的新光,还未及靠近,一缕缕的竹露清香就飘入肺腑,风过处，"哗哗"有声，竹边却没有风寒之意，大概是太密的原因。我对竹林深处有畏惧之心,恐有蛇类之害,即便春夏之交挖竹笋，也只在近旁徘徊。只需一场春雨,林子里的笋仿佛都能看见长，呼呼冒出，露出毛茸茸的尖尖嘴，真真的小心疼儿，让人舍不得下手，听不得撅断时清脆的"叭"声。笋子也实在是多，多到不用费心去找,一丈之远,足以装上一袋。回家时,除去外衣，切块，焯水去掉苦涩味，炖汤、红烧皆是尚品。吃不完，我会放进冰箱冻着，不论何时吃到嘴里，都会感觉初夏的风光扑面而来。仔细观察，竹林里的地面经常有虬根盘曲，估计是竹子在向上生长时遇着压力，自己另寻出路了吧。每见些，我都会想到哲学上讲的“曲折中前进，螺旋式上升”，好好地拿来喻人倒也不错。交错的竹子，看似无序，但向空中立起时，棵棵相倚而生,越到梢部越亲昵,风起时,你抚我一下,我亲你一下，“沙沙”地乐出声来。我一直喜欢拍正午阳光下的竹林,远观，整个林子被一种圣洁的金光包围，在一种馨香中钻入林子，镜头朝上，竹叶扶疏，阳光漏过竿竿碧竹，似片片碎金撒下来，调皮地在叶间跳动着。

他说，这个竹林，自他有印象时就存在，但现在面积扩大了近一倍。公公有一手编篾器的好手艺，他用一把篾刀培养了四个儿女，也为自己谋了一个可安享的晚年。而那个竹林就是全家的财富之源。氤氲午后，四野安宁，老屋门口的苍劲栗树下光影斑驳，公公一把小竹椅，一把蔑刀，辛苦劳作。他手握一棵竹，从梢到根，一丝一丝地剖着，瞬间功夫，一棵完好的竹子能在手中变幻成无数根银丝般的细蔑，猛地撒开，像一朵花散开。烤竹子我最爱看。乡下一种装小鸡仔的竹筐，四周和底必须有几根粗竹作支撑，一根竹子从中剖开，然后选择一个长度放在微火上烤，片刻，火上的翠竹竟然神奇地洇湿一片，阵阵竹香盈盈逸出。公公自豪地说，湿的是烤出的竹油，这时要趁热将竹子弯成九十度，就着那一股韧劲，一截作框底，左右各一截作框边。

春夏回去，竹林绿着，秋冬回去，竹林仍然绿着。雪后的竹林，最能抒情了，仿佛一群翠衣仙子，披着白色大氅来到凡间，风起时，清脆的“沙沙”声，仿佛是她们对人世间种种新奇的讶异。最后一次见竹林，四周的老屋已经凋敝残垣，人去村空——整体拆迁，竹林独自在风中摇曳着，“哗哗”声中充满着别意。据说，它也将被砍去，有没有好去处尚未可知。那次是公公陪我们回去的，最后看一眼老村子、老房子。公公说，未来规划中，这里小区大，楼房高，下面还有停车场。他老人家兴奋地在空中挥着手，指点东西，仿佛漂亮的安置小区就来到眼前。可我真的不以为然，我只要那几间依塘而建，有庭有院的老屋，只要那片修直挺拔、满眼绿意的竹林……

邂逅呈坎

人还在呈坎的街巷流连，心里就有了呼声：一定要写写呈坎，一定！

知道呈坎这个地儿，还是N年前，在朋友的一本书中。约略记得他当时的感慨，到皖南，不去呈坎，会一辈子遗憾。当时我也就一笑而过，还能超越静美壮阔的黄山，清朗婉约的新安江，徽风雅韵的西递、宏村？揣测归揣测，倒是“呈坎”这个名字从此便落入心底，在每一个“身未动，心已远”的日子里，向往之情总会一次次地发酵，直到这个夏初——一帮天南地北的同学相约皖南，先是按照各种攻略一番寻景，最后一站，我定夺：就呈坎啦！

从宾馆出发，个把小时的车程，说说笑笑也就到了。四下望去，真不像个车马喧嚣的外景地，一道长长的矮院墙，窄小的院门，让墙内的一切很有一些神秘。一入门里，我整个人就惊呆了，不敢呼吸，不敢迈步，更不敢眨眼，害怕展现在面前的一轴画卷转瞬即逝——目力所及，荷叶层层叠叠，微风过处，绿浪阵阵涌动，跃然而上的荷花点点粉红，柔情摇曳，呈坎古村就隐在这无边绿意里，镜头再推远，是层层黛色山峦次递铺开，仿佛一道道隔世屏障，守着这个静极、美极的小村落。

呈坎是个不大的村庄，入村的石板路掩在壮阔的荷叶塘边。人往村里走，绿荷，粉箭，清风，暗香，再彪悍的男子也有了抒情的冲动。穿过一池碧叶，迈过小桥，稍走几步，人便恍若跌落在老时光里，一股古旧沧桑气息扑面而来。村中一条条巷子安静幽深，铺筑的条石板磨光溜滑，两侧民宅一律的青墙黛瓦，晕染着浓浓的岁月墨迹。小巷狭长，但断不会一眼望到头，走着，走着，迎面而来的是又一道墙壁，小巷一而二,二而四地再行形成条条小巷。在呈坎古村，是无需方向感的，曲径通幽，移步换景，只需融入其中，慢慢地转着，看着。穿街走巷的一条条水圳静静地流淌，让静谧的村落有了几许灵气。巷中抬头仰望，天空被随形隔成几道马头状，向来者昭示着古村的情怀与过往。巷子的转角处总会给人一种不期而遇的感觉，或是迎面走来一位安静的妇人，摇着蒲扇，抑或是一位蹦跳的孩童，举着一个毛桃，侧身而过时，他们的眉眼一幅淡然，习惯了别处景点卖弄的吆喝声甚至纠缠的我们，也不由得放慢脚步，悄声细语，生怕惊扰了这里的一切。忽地，飘来一股菜籽油的香味，寻去，是一家人正在炸毛豆腐，屋内光线幽暗，从门窗砖木雕刻来看，应是寻常家庭，主人眉眼未抬，不惊不喜：来啦！自家现做的毛豆腐，桌上有辣酱，吃吧——一直喜欢家人般的随意，不由得招呼朋友坐下。友人见到毛豆腐的真面目，有些迟疑，见我大快朵颐，不禁纷纷举箸，口舌最终被美味打败。再行，便转到环村的河流旁，河水清冽，哗哗奔流，一股股腾然而上的凉意扑面而来，有好客的村民在岸边摆好自家酿造的米酒，暑热困乏，一行人已顾不得优雅，个个手捧粗瓷大碗，仰脖牛饮，冰镇清甜落入肚中，仿佛每一个毛孔都焕发着生机，一切都恰到好处般妥当。

呈坎拥有古徽州村落的共性——自然山水与徽派文化相融合。它最可贵之处，是无甚商业气息，游人也不多。那天，我们没有请导游，自顾慢慢流连。少了叫卖声的呈坎，游人也有了种种恍惚感，仿佛悄然行进在一幅水墨画里，只愿深陷此梦中。每一处美景的背后总会有许多文化沉淀，呈坎也不例外。呈坎古村保存至今的明代建筑，类型丰富，风格之独特，在全国都属独一无二，故有“呈坎民居甲天下”之誉。其所保存的罗东舒祠和长春社屋在皖南古村落中具有唯一性。但我更喜欢这里的青墙黛瓦小轩窗和一种直抵内心的宁静。年轻时，跟团也好，自助也罢，偶也出去转转，但看了就看了，真正落在心间的东西并不多，大概是日常中的各种目不暇接成了心灵的障眼大法。倒是年岁渐长，凡事多了些取舍，懂得了亲身体会后的真谛。到呈坎时，正值梅雨季节，阴沉的天空，片片飘动的薄云倒是与水墨村落非常契合。一位西部的朋友少见村外连天荷叶，庆幸来得正是时候。我说，未必，荷的一生都在展示自己的美，试想，在如此广阔清澈的水面，残荷枯枝与水面形成一个个不规则的几何倒影，纵横交错中演绎着秋冬的旋律，它们失去了所有取悦万物的颜色，或静默伫立，或独自听雨，只有一池碧水懂得它们的情怀——这是不是特有韵味呢——我沉浸在自己的想象中，全然不顾朋友一脸的惘然——自然中的朴素之美总会凌驾于人的想象力之上。

我一直相信某种因缘际会，并不仅限于人与人的相牵相知，我与呈坎的遇见仿佛也早有定数。午夜梦回，呈坎依旧安静，伫立在时光的那头……

与一棵树相望

那天，寻常得可以让思维静止。我在阳台上，从洗衣机里拿出一件衣服，“哗”地抖开，然后，不经意地对外望了一眼，再然后，就怔住了，以为自己看花了眼，以为那微小的绿点点是旁边伸将过来的树枝上的树叶。我迅速打开窗，细细地辨认，竟然，竟然真的是眼前的那棵枯树——一秒钟前，我还将它定义为“枯树”——萌出的绿意，小小的叶片随意地点缀在枝干上，让人怜爱不已，它之前应该有芽，有苞的，但我从未发现，肯定是我在自以为是的失望中，忽略了它。

那是一棵银杏树，正对着我的阳台。

当时搬来时，小区刚建好，万物一片生机蓬勃，大面积的绿化让我倍感欣慰——在有限的空间里，人们也只能假借这些微观景象亲近自然了。窗外的景观树多为银杏，是我极喜欢的树种，很有一种文艺感，除了果仁可食可药，它们还彰显一种难得的树品——极为守约。春来了，绿意萌发，秋到了，通体金黄，尤其是它扇状的叶形，镶着一圈月牙边，像极了女孩发梢、衣角的小饰物。曾看过一幅摄影图，是一条深秋的小路，路旁全是笔直的银杏树，枝上挂的，地下铺的，乃至空中卷起的，片片金黄，美得惊心夺目。搬进新居时，已入冬，窗外绿意渐退，金辉闪动，及至深冬时节，棵棵银杏敞露胸襟，暖阳从枝丫间照进每一栋楼的一户户窗。

正对我阳台的那一棵银杏，风起时，它沙沙作响，闲暇时，我与它静默相对，我熟悉它的一枝一桠，欣赏它日随一日的变化。一楼、二楼、三楼，它有四层楼高了吧，而住在三楼的我正好面对它最华彩的面容，我一直多情地认为，它因我而长在那里，是为我而存在的。

来年春，别处的树都重新披上了绿意，长出了幼小的叶，而我眼前的那棵银杏没有一点动静，我端详着阳台外所有的树，发现都是从东边开始有了生机，然后次递向西，即便是同一棵树，也是向阳的地方先吐的芽，是不是我心心想念的那棵偏西了些？等等吧，或许，阳光的恩宠未到。但是，这一等，连最西边的树都长出小叶了，阳台外的那一棵仍是冬天的样子。及至夏，阳台外，绿树繁花直入眼帘，唯有它，灰白的躯干枝丫，流露着说不出的沧桑。“枯树无枝可寄花”，偶尔，一两只飞鸟停留在上面，东张西望，阳台内的我，不由得想起枯藤，老树，昏鸦——本不该是这样子的啊，它应该不负我日日地相望，不负它一世的光阴，像所有的树木一样，成长着，茁壮着呀！

为此，我曾找过物业，希望能采取挽救的措施，甚至，于无人时，偷偷跨进草坪，走近那棵银杏树，解去绑负在树干的草绳，想象着是否也像人一样透透气来。然而，一切枉然。从此，我在阳台上或忙碌，或看书，或发呆，而它，就在我数米之外，一团光秃秃的树冠对我，极不和谐地立于一片苍绿中。

入秋了，中午的太阳还在泼洒着点点余威，早晚已经薄凉，阳台外的绿意透出一种沉沉暮气，银杏树的叶子是先从月牙边泛着一圈黄意，一阵风过，镶着金边的小扇儿纷扑，仿佛在安慰我，也在安慰它们身边的那一棵掉队的树：“我们脱装了，我们陪你来了。”是的，几番秋意，几度风霜，那些四季更迭，有过圆满的银杏树们也会和眼前的那一棵一样吧，再看不出生的痕迹，死的回忆。那一棵与我最近的银杏树，除了给我最初的惊喜，再没有给我视觉上任何享受了。我也习惯它毫无生气的、木然的样子，就像我望向它的眼神，淡淡的，不经意的。

然而，就在入秋后的一天，我随意的一眼，便让先前所有的失望与幽怨消失，我惊喜地喊来家人，指着那依旧枯色的枝丫上的点点绿意。那一刻，我的心中充满了感动，我感动它懂得我满怀的期待，更感动它从春夏到秋的努力，我无法想象，要有如何的积淀，要有怎样的抗争，才会在秋天——万物即将谢幕的时刻绽放出自己的生命！相较其他的树，它的叶子非常非常小，又长在秋天，离寒冬的距离很近，也就是说刚吐露的生命又将消逝，但是，又有什么关系呢？它用自己的存在证明了生命的全部意义。

树犹如此，那么，人呢？

第二辑 私享时光

包心粑粑

昨天中午，我正在阳台上忙着，姨娘一头扎进家门，一屁股坐在板凳上累得不行，喘定，才指着脚边的大竹篮说：死丫头，电话追着要吃包心粑粑，我昨晚和你姨父一夜没睡，从烀面到炒菜心，一共做了一百四十多个，给你们姐几个分分。本打算坐早班车送来给你当顿早饭的，结果迷糊一下又睡过头了……

姨娘还在絮叨着，我已掀开竹篮头上蒙着的花布，哇，一个个肚大腰圆，白白润润的包心粑粑挤挤挨挨地卧在篮中，瞬间，我那个口水四流啊！我边收拾粑粑，边嗔怪姨娘，你们可以双休日做嘛,我也好回老家帮帮忙。姨娘“嘁”的一声长调，撇着嘴，很是不屑地说：还等你回去做！也不看看这天，只要一阵风一阵雨，园里的菜和地上的草一天冒一截，望着望着就起苔,吃着吃着就老了。我哈哈大笑,一是我姨娘说得太形象，春天，永远都是个急性子；二是这么多年了，我最爱吃的包心粑粑，姨娘一直惦记在心。

包心粑粑是我们水乡人独有的小吃，同一个县，县北是广袤的岗头，县南是水系环绕的圩心，方言、饮食区别都很大。生在县南，嫁到县北，老天没有亏待我这个吃货，南北美食尝遍。话说县南的包心粑粑，其本质就是菜包子，但面皮不是用小麦粉发制，而是用粳米或籼米磨成米粉，炒制后，再加热水揉成团，整个过程称为“烀面”，最讲究的就是那粑粑里包的菜心了，又称为“十样菜”——十种菜剁成的馅。当我第一次听说时，指着里面一一数来，酱干点、咸鸭丁……还是我那姨娘，还是一股子不屑地打断我，不对！不对！你讲的都不算，十样菜必须是有根的菜，比如白菜、荠菜、香菜、蒲公英、红花草、马兰头……姨娘扳着指头一样一样地数着，我睁大了眼睛，有根的菜？还有野菜？想象中，春日融融的田间地头，整个地面散发着薄薄的暖气，嫩绿的菜头、草尖儿泛着油光，轻掐，脆生生地断开，指尖旋即被汁液染上淡淡的清香，我姨娘，蹲在田埂上，一片片地寻着、挖着，片刻，热得脱下棉袄，随意地担在田埂上，不像城里的人，担心衣服会沾上灰尘，她从来只知道亲近泥巴——微风轻拂，四下里一片宁静。

粳米粉或籼米粉做成的粑粑，吃在嘴里不似麦面细腻，也不似糯米粉粘牙，反倒有一种粗粗的质感，一股浓浓的米香，与味蕾一次次地缠绵缱绻，让人不舍下咽。我最喜将粑粑用小火煎着吃，享受那一层油黄焦脆的硬壳嚼在口中吱吱作响。包心粑粑不像汤包，下口时总会暗藏险象，你就尽管从容地咬上一口吧，粑粑心里旋即冒出一团鲜香的热气，农家人爱将年前没吃完的咸鸭、腊肉切成碎丁，拌在菜馅里既算油又入味。

每次进城，姨娘总要渲染一下亲自挑野菜的乐趣，以及做粑粑的成就感。今年，我速速地言明，明年春天做粑粑时，我自己去挑菜。姨娘却是一番怅然：就怕越往后越难挑了，现在家家都用除草剂，田埂上的菜啊草啊越来越少，今年啊，我真的凑不齐十样菜，就顺手在田埂上拽了两截还没泛青的巴根草凑数了。

春食鲜。春天吃包心粑粑于我而言仿佛成了一种仪式感，但是，来年，以及来年的来年，我还能在春天尝到那种田间地头里的鲜味吗？

不负春光

一俟惊蛰，人也仿佛打了个激灵，与万物齐齐地活泛起来，"复苏"过来的我，舒展着四肢，被窗外融融的春光，拽住了目光，拽住了心。

主妇多年，最先感知春的便是餐桌上的荠菜，初春的乡下，房前屋后，该已萌发片片绿意，惦记着自己挑荠菜的乐趣，于是，驱车回乡。

我很有仪式感地提篮拿剪，及至，未动手，心已震撼——城里的荠菜只是在钢筋水泥缝中东一棵西一棵，且灰头灰脑地孤寂着，而乡野里，却是一片片一窝窝，你叠着我，我覆着你，像一个大家庭，无比亲昵地挤挨。多到让我无处下手，旺到让我更不忍心下手，即便拨了个缝，一剪下去，完整的荠菜却被我糟蹋得粉身碎骨，根是根，叶是叶。身旁的小姑笑我，你这是绣花呐！我们乡下的荠菜不是挑，而是铲。言罢，她手握小铁锹，贴着地皮，轻松铲起一片，一小把、一小把的荠菜，只需抖抖泥便可。荠菜的品相并不出众，叶片上夹杂着绿、灰、褐色，凉拌来吃，氽入沸水中，立马变为一锅的水嫩碧绿，先前那股薄薄的清香，也变幻成一股泥土味儿，捞出来，撒上盐，我便迫不及待地一棵一棵细嚼起来，我怕后继过多的调味，反倒让荠菜失去原本的味儿。我想，那沸腾的水，便是荠菜华丽转身的机缘吧，从外在的品相，到内在的芬芳都给人以惊艳——万物间的彼此成全竟是此般神奇——泥土赋予了荠菜一世的好时光，而荠菜也心知感恩地将泥土的芬芳收藏于内。

春光里逛逛早市是我多年的习惯，今早，看着油亮透红的香椿，能掐出水来的茼蒿，不由得满心欢喜地驻足，哦，还有那鲜嫩纤细馨香的春韭，一露身影，压倒了一冬的叶肥色浅的大棚韭。近闻，春韭散发着淡淡的一股冲气——有情义、有信仰，急火快炒，满屋的香气缭绕。“夜雨剪春韭，新炊间黄粱”，自古即是春菜第一美食。同样的春韭，我不喜买一捆捆齐整整的，粗粗的草绳占了斤两不说，那急于登堂入室的迫切感很让人扫兴，我专寻竹篮里现割现摘的，图一个家常和新鲜。恰有此摊，韭菜还鲜亮亮地沾着露水，刚一靠近，守着摊儿的农妇便发话：自家菜园里的，刚割来，我都摘不过来。她只凭一种感觉，买主来了。说话间，并不看我，低着头，一根又一根地摘着、捋着，不紧不慢的语调中透着一种得意与底气——在这嘈杂的菜市里，农妇的气定神闲着实让我莞尔，记忆里打捞起类似的片段，乡下，近晌，三两农妇，从自家菜园子里割一把春韭，随地而坐，一根根地捋着，闲闲地叙着家长里短，沾满泥巴的指尖，慢慢地被韭根上新鲜的菜汁染绿。

春光里，家里的餐桌上还常见莴笋的身影，我也喜凉拌——突然觉得，许多的蔬菜，喜原生味道的多些。对莴笋的选择诀窍倒是从妈妈那里得来，要那种外皮白亮的，即是寻常百姓说的香莴笋，而那青皮莴笋，看似嫩，却老，且不香。凉拌莴笋要放些薄千张，同样地切成细丝，撒盐，放足量的麻油，莴笋丝的脆嫩和千张丝的柔韧，不同的质感，却在口中缠绵成异样的鲜香，仿佛人世间性格迥异的一对男女，彼此包容中却也能过一段万般风情的好日子。

菜市中，前前后后地转上一圈，和摊主们不落空地搭着腔，回来，心便欣欣然。厨房里，侍弄着这一篮子的鲜嫩，抬眼间，是窗外浅浅春阳，心想着，得空再读些静好的文字，便不负了这好时光。

布衣荆钗，朴素日子，平常心，足矣。

厨 事

晚上，去超市买菜。生鲜、冷冻摊位竟被一帮主妇围得水泄不通，一条条肥鱼，一只只鸡鸭，跟不要钱似的往袋子里装。也不是年不是节的，这又是忙的哪门子。疑惑中，打探过去，原是久雨终晴，年冬已至，正是腌制晾晒的好时机——主妇们总是站在时令的前沿。颇有趣味的是,那些挑挑选选的主妇们，一边手脚麻利地装袋，也顺便把私家秘方给交流了。

受她们的感染，想着有晴好的天，我也忍不住妇德大发，买了一些萝卜头,想重拾久违的手艺——五香萝卜干。回家后，立即将萝卜洗净，切成条，然后摊开晾在阳台上，晒过一两个太阳，差不多有五成干了，收回再用凉开水迅速过一遍——切不可放水中泡，不能让它已经委顿的身姿丰满起来。微晾后，用盐、五香粉、碎蒜末进行揉制，揉啊，揉啊，很奇怪地，干干的萝卜条再次水水嫩嫩，辛香味扑得满眉满眼。然后，将半成品按入瓶中，单等二十天后的咸香嘎嘣脆了。我一直有种嗜好，喜欢一个人在厨房里，静静地忙碌，静静地遐想。比如那一刻的手中物，谁的人生伊始不似那普通的萝卜头呢？需得经过历练,经过捶打和时间的涵养才能有丰饶的滋味。一直以为，貌不惊人的菜蔬和芸芸众生是多么的相像。人间有高山流水遇知音，有传世佳偶美名扬。而家常的西红柿配鸡蛋，青椒配肉丝也是辈辈相传的经典菜品——于物，于人，只要心怀成全之美意，便能久远。

岁月正好时嫁了，生活的技能却弱爆，我妈天天愁得吃不下，睡不着。就像我在上大学的前一晚，奶奶的一夜未眠。全部收拾停当，她老人家一下子惊觉：以后每天晨起，谁喊你呢——在家时，每天早上晨读都是奶奶负责连喊带拽。奶奶的叨叨也把我吓得不轻，没经历过集体生活的我，连兴奋带惊吓也是半夜未眠。初为新妇，过的日子极为朴素，现在想起，倒是感谢我曾经的租房生涯，感谢老天让我遇见一位持家过日子的女房东。在家里，我是娇娇女，一切由我妈独挡着。走出家门后，我自己都感动自己过小日子的那股投入劲儿。每天跟在女房东后面选菜，炖汤，尤其是冬季里的各式腌腊，我也是辛苦地一趟趟跑菜市，选食材。一向愚笨的我，主妇悟性倒是提升极快，慢慢地，勤学好问的我已然升级为合格厨娘了。为了有更多的新菜品，我的书桌、床头经常会出现菜谱大全和四季汤品之类的小册子，没事时最爱逛超市里的调味品专柜。动手做羹汤倒是让我妈放心，但她对我捯饬出的一盆盆中不中洋不洋的东西很是不屑，甚至，对我厨房里酱有四五种，油有五六样大为不满，说道：菜要吃它的原味，你这样一来，口腔里只落个化学调味了。言之有理，至简才至味。慢慢地，删繁就简成了我做菜的原则，就像我现在越来越简单的人生。

我喜欢吃，也喜欢读一些写美食的文字。看汪曾祺老先生在《故乡的食物》里对高邮咸鸭蛋的高度评价："质细而油多"。"筷子头一扎下去，吱——红油就冒出来了"。我会心一笑，且在心底自豪地说：我也会！每至清明节前，我总会买来新鲜麻鸭蛋，然后到近郊挖些粘性高的黄泥土，稀释成浆，然后，将蛋一层泥浆一层粗盐地裹上，竖着摆放在坛子里，开吃时，个个蛋黄沙糯，红油直淌。美食美文，双重醉心。尤其爱看那些用清浅的笔调，柔软的笔法，温婉和煦的口吻，讲述家常美食的文字，每每读来必是口水四溢，美妙不已。

红尘中唯爱与美食不可辜负——此言绝也！总有一种心情惺惺相惜，总有一种美食温肠暖胃。美好的事物有种穿越时空直达心底的魔力，美味尤其如此，那些和家人、朋友一起有过交集的美食总是温暖着我们不如意的人生。

人生步入暮秋，仍喜欢一个人在厨房里安静地忙着，喜欢一堆的其貌不扬被自己搭配成五彩纷呈，温香可口。有朋友对我的爱厨事，爱美食颇不以为然，我一笑了之，倒是让我想到众所周知的两位名人的文战——傅雷与张爱玲。傅雷撰文批评张爱玲说：我不责备作家题材只限于男女问题，但除了男女以外，世界空间还辽阔得很。张爱玲不屈就，写文对辩：我甚至只写男女间的小事情，我的作品里没有战争，也没有革命。我以为人在恋爱的时候，是比在战争或革命的时候更朴素，也更放恣的。是的啊，功不成，名不就的我，无法在辽阔世界里有所为，但能在红尘纷扰里坐拥一方天地，独享一份安然，能为家人，为自己用心地做出一饭一粥，一菜一汤，于袅袅的热气里，与爱的人围炉而坐，絮语家长里短，所谓的天荒地老，便是如此了吧。

淡薄日子滋味长

周末，早早地来到菜市，面对接踵摩肩的人群、丰富新鲜的菜品，心里突然就一片茫然，不知道买什么，也不知想吃什么，草草地买了几样，回来时，一路灰心，一路黯然。这中年主妇的情绪，有时来得比二八少女还莫名。

在厨房打理菜时，看到柜子上还有一大包黑乎乎的干菜，是啊，干菜！为什么不烧个干菜呢。这还是清明节回乡时，舅妈给的。她当时一样样地交代是什么什么菜，还让我闻闻辨别味道，可我只顾着一桌子好吃的东西，根本就无心这些菜。现打开袋子，一股子浓郁的干香味扑鼻而来，清一色的干硬黄黑，只大致记得有霉干菜、香菜、红花草，还有一小把马兰头。我拿了一些最家常的霉干菜简单地处理一下，然后用温水泡上，干菜所到之处，菜盆，指间皆染上香味。转身之际，忽地呆怔了一秒，想起杜拉斯的那句名言：……与你那时的面貌相比，我更爱你现在备受摧残的面容——某些人，某些事，从心底轻轻划过。

还是说干菜。舅妈说，春天里的蔬菜发旺到吃不完，基本都能制成干菜。制作过程也很简单，只要入开水焯下，便散开在太阳底下晒几日即可，放通风处，可以吃到冬季。稍麻烦些的便是霉干菜的制作了，我见妈妈做过。也是在春末，妈妈将雪里蕻用水清洗后，晾晒到软，然后撒上盐，每日均匀拌几下，腌制两三日，然后上锅蒸上几分钟后便拿出去晒干即可。也有图方便，腌后直接晒。蒸一下，便于日后烧制时容易入味。《舌尖上的中国》里有句话，看见便再也忘不掉："时间是最好的成全。"而在制作干菜的过程中，就眼见着葱翠挺拔的青菜慢慢地放下身段，慢慢地由青变黄再变黑，最后，干硬焦脆彻底颠覆了之前的水灵翠绿。

时间之成全，搁在制作干菜上，无论怎样想象都是一种美好，一种神奇。在一片明媚里，莺啼燕语，菜园，或野地，一畦畦，一丛丛的碧绿，餐霞吸露，绝尘清碧地成长，一顿顿地滋养着乡人的肠胃。美好的东西，总是短暂，但它会以另一种方式保留下来，智慧从来都在民间。乡人们采摘下吃不完的时蔬，制成干菜保存着，想吃时再配以重油或烧制，或清炒，也可炖汤，其间的华丽一转身，又是一种别样的风味。我喜欢干菜的品性，从来无须掩饰地靠近浓油赤酱，也是一种明智吧，明白如何富足枯干的身子。霉干菜与五花肉向来是绝配，只需少许姜片炝锅，肉、菜就可以在汤水的"咕嘟"声中相互交融，再看锅中的干菜，渐渐地有了一些气质上的改变，不再冷硬着脸向人，宽厚柔和了许多，而汤水就是时光，肉成了干菜的良人，在袅袅热气里，干菜的田园岁月被慢慢唤醒，奉献成了它最后的情怀——一切都是那么顺理成章，我也在悄然中感动着，万物都是有"心"的啊——菜有了肉的鲜味，肉沾上了菜的干香，等汤汁略收时，撒些青红椒碎，一盆黑黢黢油亮亮香喷喷的霉干菜烧肉瞬间有了一丝诗意，用筷子轻挑几根入口，细嚼，慢品，醇香入心入胃，至此，干菜的生命也得以曼妙地重现和升华了。不搁大料，不调浇汁，如此至简至纯的一道菜就像心意相通的爱人，在平淡的日子里轻轻唱，慢慢和，蝶花相恋着走过山高水长，走过月缺月圆，无须在意外人的眼光，也无需多余的权贵来相衬。当然，也不是所有的干菜都得配以大荤，我独独最爱的马兰头，从来都是素拌，它的香味稍淡，袅袅溢出，用水泡发后，开水焯下，挤干稍切，再放点红辣椒碎，蒜末，多多的麻油，入口后，马兰头干香和芝麻油的浓香不分伯仲地喷涌而出，可最终独留口舌的还是马兰头微苦微麻伴着草香的风味。

干菜是菜蔬的另一秘境，通过水焯，晾晒，去其青气，最终把菜蔬独特而深沉的浓香全部激发出来。其实，又何止是春天的菜呢，夏天的茄子、豇豆、葫芦皆能制成干菜。成品干菜，拈一根入口，会觉得苦涩中飘荡着一缕缕清香，一时神清气爽，躁烦顿消。这是不是也是乡人们悲悯生灵，善待万物的传承呢？干菜独具其浓烈的香味，无私地奉献着一切，但凡遇见，便可以从容接近，吸纳其味道，但旁物休想影响它。用干菜制作的菜品既登得华丽大堂，也入得家居私厨，不同的人，皆能从中品出不同的情致。干菜的内敛矜持也是我极喜的，食客须修得不俗雅气，慢慢地嚼，细细地品，方能明了它温良醇厚的一颗素心。

我将剩下的干菜细细包好，在下一个茫然的时候，不如烧个干菜吧，让淡薄的日子滋味绵长。

地 衣

有朋自市里来，我特地安排一桌家常土菜让他们尝个新鲜，情有独钟地，他们盯上一盘地衣炒韭菜，一位 90 后的丫头高挑着眉，吧嗒着嘴：这是什么菜？木耳不像木耳，海带不似海带的？

我很是咬口地说一声：地搭皮——方言俗语更是让客人们瞪大了眼睛。

“地搭皮”学名就是“地衣”，地衣属低等植物的一类，植物体是菌和藻的共生体，种类很多，多生长在地面、树皮或岩石上，难怪生活在钢筋水泥堡里的城市人不认识。

地衣，顾名思义，贴地匍匐而生，平日黑乎干皱，零距离地吸收着地气，一场雨后，地衣像是初长成的少女，丰盈滋润身子，一片片，一丛丛，或与野草纠纠缠缠，或直接袒露于石块上。采摘时，人们需耐着一副好性子，屏声静气地将其轻轻揭下，近闻，薄薄的草木清香、泥土清气直入肺腑。

地衣给我的最初记忆并不在家乡。

年幼随父在军营生活多年，营房的背后是一片开阔的坡地，植被很好，春风一催，一日绿似一日，家属院里的疯孩子们断不会放弃这块天然操场，斗鸡，摔跤，藏猫猫，甚至连下盘军棋也爱在此席地而坐。

恰好的新雨后，像约好了似的，孩子们个个提个竹篮，直奔坡地，“噢”的一声四散开来，随即有一声声惊喜：哇，好大好多啊！但，毕竟是孩子，安分不了多久，不一会，一个个小脑袋重又聚在一起，弯腰撅屁股地捉弄地上的爬虫，或又分成“敌”“我”两方叫起板来，远处，曾握在手中的竹篮，东一只，西一只，篮中的地衣，或多，或少。即便，满载而归，走道没正形的孩子们，又会情不自禁地抡起竹篮当武器，你打我，我挡你，地衣被抖落脚下，连忙捧起，哪管夹杂的草根与泥沙。

彼时，地衣的家常吃法就是配以韭菜清炒，想要好看些，再切一些红辣椒丝，坐锅，热油，“刺啦”一声，满锅的清香，黑色的地衣内敛、低调，主打的角儿在锅中却成了最百搭的底色，情愿让那红绿妖娆齐齐抢眼；奢侈些也不过是切碎了与蛋液或炒，或烧汤，清心养胃，滋味绵长。

家属院里全是一溜排的平房，午餐时分是个热闹的时间段，孩子们端着饭碗集中在院子里，笑着，闹着，还不忘在门廊前画的“房子格”跳上两下。不放心的妈妈们端碗追出，边用余光瞄着自家孩子，边对着院子里亦是端碗的某位妈妈说，你家也炒地皮了？被招呼者用筷子掴一口黑亮的地皮塞进嘴里，含糊着说，死孩子贪玩，连泥带草地让我拣洗了半天。妈妈们多随军，来自五湖四海，南腔北调地家长里短特别有意思，若干年后，报上白纸黑字写着严禁“炒地皮”时，我妈撇撇嘴说，我还以为是我们以前大院里经常吃的“炒地搭皮”呢。

现代人无荤不成菜，好端端的地皮，非得和肥三瘦七的肉泥搅和在一起，一盘下肚，竟不知舌间缭绕为何味。人有特质，譬如那乡野村姑，一眼望见，憨憨的，那种拙朴的气息可近可亲。菜亦如人，与其自以为是地将之混搭，不如还原其原本的格调。就地衣而言，素淡地清炒或烧汤，轻煽鼻翼，袅袅的土腥味儿，不由得想到青草，想到春泥。

在家闲谈，孩子说，还能见到地衣，说明此处的空气质量还不错，地衣对空气中某些成分的变化是非常敏感的。其实，情形并不像孩子说的那样乐观，现在饭桌上的地衣早成了稀罕物，就说那家土菜馆的老板吧，多是费心费力地到偏远的集市买来，然后一小份一小份地储存到冰箱里。

真的希望，若干年后，地衣仍是饭桌上的家常菜，想吃，提个竹篮便能采来，而不是仅仅留存在上一辈或上上一辈人的口水里。

冬·暖

清晨，被闹钟闹醒，发现室内异常的亮，吓得惊起，拉开窗帘，我愣住了，随即又扑哧笑开——一夜间，悄无声息地来了一场漫天白雪，不大不小，却也足够应了这个冬景。巧的是，就在昨晚，我还在读李娟的《冬牧场》，读她艰辛的“背雪”经历——“沙丘的洼陷处及草根处多少会积留一些残雪，但很薄，顶多一两厘米。这样的雪，我收集半个小时化开后的水还不够洗一双袜子。又由于是风吹来的，一路上的沙土、枯草、粪渣紧密团结在一起。化开后，混浊不堪，锅里有一寸多厚的沙子、不忍细数的羊粪蛋。甚至还会出现马粪团这样的庞然大物……”如果，有眼前的这一场雪，李娟可能会幸福地大笑吧。

雪后的天出奇地晴好，橙晃晃的冬阳映照在雪地上，天地间格外的鲜亮。中午下班，脚下“咯吱”有声。我看看天，看看地，看看迎面的路人们，慢慢地往前走着，希望与暖阳多亲近一会。这段时日，路上的行人越来越多，肩扛手提的货品也越来越丰富，要过年了，那一种“奔年”的忙活，对新年的憧憬，比年的当下更充实更快乐。

路边，有许多的商铺，性急的店主们不顾门脸形象，竟然将腌制过的咸货直接挑挂出来晾晒，有鸡、鸭、鹅、香肠，还有我独喜的腊肉——我欣赏着那一块块极完美的肥瘦相间的肉，如果切大块铺在瓦碟上，旺火蒸透，轻轻一咬，那个满口流油，颊齿留香呀！再配上绵香敦厚的冬白菜，一荤一素，便成了冬日里最家常最富足的享受。现在的菜市场，早没有了季节符号，但，唯有应季的菜品——比如腊肉，在冬天里登场才拥有了真正的仪式感。

我个人有个癖好，主餐时，无论胃口好与坏，必须见到绿色，也就是家乡的那种大一统名称：白菜——不似城里的人总喜欢较真地标明水白菜，洋白菜，四季青，包头菜等。最喜的还是入冬尤其是霜后的白菜，菜帮肥厚，味浓，菜叶墨绿，甘甜，只需加入少许的油盐清炒，因为所需火候不同，宜将菜帮先入锅翻炒片刻再加入菜叶部分。在我们这儿的乡下，过年时节还有一道传统的大菜“和气菜”，寓意很明了，做法更简单，也就是将冬白菜的菜帮部分，切成条，和豆腐干一道下锅，煮得透软后撒入葱段即可起锅。我曾就此菜名问过老人，他们皆对我的疑问表示不屑：不就是希望一大家人和和气气地坐在一起，吃一锅保平安的白菜豆腐嘛。呵呵，也算是一种乡人们对自己的祝福吧。

冬天的白菜不似夏天的小青菜水灵，不宜作猛火爆炒，火候稍长些才能出足绵长滋味——香，鲜，甜。夏天的小青菜也是我碗中品，但味道寡淡，水气重，于无菜不欢的我而言，只能算作聊胜与无吧。冬天的霜白菜之所以有那么丰实的口感，可能是历经了雨雪霜冻——经历多了，才能拥有厚重与内涵，就像一个人。

每年的冬天，怕冷的我早早地离开电视，亦不上网，而是喜欢窝在床上翻翻闲书。今年，刚有冬意，我就在网上选了若干本新书，下单时，轻点鼠标的感觉幸福极了，虽然，家里角角落落里还堆着上个冬天，甚至上上个冬天购来的那些半新不旧的书们。骨子里仍保留一些传统的习惯，看本书也偏喜欢握在手中，有一页没一页地翻着，不一定要读出什么头头道道，但是，那种踏实感，那缕油墨香，让我有一种好事占尽的感觉。

天气预报说冷空气又将袭来，可是，有妥帖的家常菜蔬，有温暖的书香在手，我感觉整个冬天，一点一点地温暖起来了。

南瓜子及其他

每到双休日，晨起时胡乱地洗把脸，喝口水，便往菜市奔。早市里的一切都觉得水灵、爽气，待到大包小袋往家拎时，有一种占尽便宜的小欣喜。那日，正在一家河鲜摊前询价，听见背后一阵阵的“哗哗”声，扭头一看，哟，糖炒栗子了！那可是秋天的角儿！我对四季和时令比较木讷，但也未曾忽略过，比如这小小的菜市里都会有自然更迭的身影。

那次从菜市回家倒是有些急不可待了，因为想到了阳台上的南瓜子，差不多也可以炒制一小碗了。从夏到冬，南瓜很家常地出现在菜市场，我会刻意选一些浑身白霜，瓜皮金黄的品种，不论做粥，还是炖汤，口感甜软细糯，尤其是里面的南瓜子粒粒白胖。我小心地将瓜子淘洗干净——滑溜溜的瓜子们总爱从指缝间逃走——放在阳台上晾晒，不论一小撮还是一大把，一日不多，十日便许多。父母姐妹知我有这嗜好，也都有心替我收集，方便时一并送给我，由少聚多地，每年，我都能炒制几回。

炒南瓜子时，我不爱用微波炉，中间数次翻炒，开关炉门嫌烦，另外，微波出的东西都有一种犟脾气——坚守原本的颜色，比如南瓜子，放进去是白色，炒好后仍是白色，不辨生熟，吃到嘴里也缺少瓜子独有的焦香味。没有小时候家里用的炭火炉，我就在燃气灶上用铁锅，微火，慢慢地烘焙。晒得再干的瓜子遇上热锅都能散发出一层薄薄的水汽，稍干，就得用锅铲不停地翻动，慢慢地，白色的外壳微微发黄，再慢慢地，锅中散发出一种干香，有性急的一两粒瓜子开始张嘴，“叭”的一声，又害羞地埋进瓜子堆里，也有调皮者，“叭”声后一蹦老高，越过锅沿，跨过灶台，不知所终，正待我低头在脚边找寻时，锅里已是“叭”声一片，热闹非凡。再顾不得当逃兵的那一粒，复用锅铲速速翻炒，估计时候恰好，关火，用锅中的余温再炕一会，冷却后，锅底黄灿灿一片，嗑一粒，清脆有声，香味正浓。

年少时，零食屈指可数，哪像现在，开个大大的零食铺子也只是冰山一角。但是，最能戳中情点的还是口舌上最初的记忆，犹如阅人无数，刻骨铭心的仍是自己的初恋。小时候过年，大人相见可以拱手作揖，吉言一箩筐，但主家总得备些零食安慰孩子们期盼的眼神，所以，再拮据的家庭都得炒两升花生和一葫芦瓢葵花子，孩子在一边嘴不停歇方才觉着有些体面。我奶奶也是早早地备好花生瓜子等我们回去，为了防止回潮、走气，她都是把这些东西放在一个坛子里，然后上面用一个米袋子压实。掉了瓷片，豁了口的坛子，布满细密针脚的旧米袋子，一切都已模糊，但这些老物件承载的记忆却一直暖暖地留在心底。

瓜子、花生的口感酥脆，香味霸道，除了原味，衍生出来的零食，我多为不屑。仍是小时候，外地亲戚带来一包“鱼皮花生”——长大才知，那是厦门的特产。当时看到包装袋上的几个字以及里面黄澄澄、滴溜圆的一粒粒尤物，我稀罕得眼珠子都要掉，那已远远超出我的想象力，亲戚还没走，我就转身撕开来吃，可到嘴里也不过尔尔，甚至里面的花生仁有些异味。

刚成家那会儿，还不见炒货店的身影，各式花样零食却琳琅满目地冲击着传统味道。那时，奶奶过世了，农村里的亲戚基本往城里漂，家常炒花生、炒瓜子在我的生活中一度消失。某一晚，我闲闲地看着肥皂剧，一个镜头里，母亲对围桌而坐的女儿们低声絮语贤淑之理，礼孝之道，桌子中间放一堆葵花子，娘几个翘着兰花指，微启丹唇，“叭”的一声，轻嚼慢品——那一刻，我的怀旧之情瞬间爆棚，久违的感觉溢满心间，我立即冲到楼下的小超市里，找遍货架，也只有那种多味瓜子，心里很是有些失落。

虽然现在瓜子、花生炒货店里随时可买，但对于爱吃之人，哪舍得丢弃眼下之物。从南瓜子的清洗晾晒到炒制，每一个过程都能让自己细心以待，费劳什子劲儿，可能只为最后的安享——一粒粒入口时的那一份闲逸之情，还有清茶、爱人和黄昏絮语，这都是世间的种种静好啊！“不做无为之事，何以遣有涯之生”，我一直如此地往岁月深处走去。

茄事

记得曾经看王安忆的小说《天香》，里面有女子名为“落苏”，我一见便喜爱至极，时至今日，那女子何人何性子已淡忘，却一直放不下此名——如此不搭界的字却组成超乎寻常的心头至爱。

落苏，落苏，爱了便起了探究之心。经查，落苏其实就是家常菜蔬中的“茄子”，只不过为江浙一带人所称而已。当下心头又是一惊，所有的菜蔬中，我与茄子最无缘——生活中如此反差的喜与不喜，难不成只是要我记住它？

父母皆来自农村，敬重饭蔬，懂得“一箪食，一豆羹，得之则生，弗得则死”之道，尤不喜饭桌上举箸蹙眉之人。母亲曾不止一次地指着茄子数落我，祖宗数代，没你这样挑食的。我又冤又疑，除去茄子，我也是从不忌口的。

孩子的挑食多源自父母，我不如我的父母遍尝不忌，可我的此等“偏好”却影响了自己的孩子，很多年，我的孩子都不知茄子是何味。

茄子入得口中，极端的寡淡无味，软耷耷的没一点个性。即便是经由星级大厨调五味，烧，炸，炒，它仍是百味不浸，骨子里没有丁点儿的改观。茄子口味不深刻，不纯粹，却喜欢一味地苛求——无比多的油，无比多的调料。呵呵，像极了一个肤浅的人，欲以汗牛充栋来掩盖其自身的苍白。

如此一来，不吃茄子多年，直到那次回到乡下。

清晨，在草香、鸟鸣中醒来，院落外隐约传来奇怪的响声，揉着睡眼起床，只见奶奶，哦，还有临近的几户人家，将灶上的大铁锅倒扣在地上，用锅铲“呼哧、呼哧”地沿着锅底层层刮灰，抬头弯腰间，你一言，我一语地拉呱着家常。

片刻工夫，铁锅重新上灶，人声渐起，鸡鸭欢鸣，家家户户飘起了袅袅炊烟，门口那一个个圆圆黑黑的锅灰圈静寂着——村庄从晨曦中渐渐醒来。

奶奶絮叨说，锅灰要经常刮刮，锅才能热得快，热得匀，还省柴草。言毕，顺手提起一筐鲜嫩的蔬菜，有茄子隐在绿叶下。

今天要吃茄子啊？我失望地对奶奶嘀咕。

嗯，自家菜园子里的，青亮亮，胖墩墩，正香着呢！

我不吃茄子！我一撇嘴，乜一眼那丑货，很不稀罕。

不吃？奶奶甚是不解。“我今天中午做蒸茄子，让你吃了还想吃！”奶奶手摇着胖墩的茄子，一脸的自信。

奶奶透出的底气吊足了我胃口，自小就喜欢吃隔锅饭的我带着好奇，疑惑，吃罢早饭，就随着奶奶前前后后地转悠——看一看如何蒸茄子。奶奶笑骂，早着呢，不等肚子空出来，哪能装得下午饭！

农家蒸茄子就是一种最简单的饭锅上的蒸菜，饭好，菜也熟了。奶奶先用菜刀将茄子纵向划几下，再盛在一个大瓷盘里，灶间的饭锅里放一个井字形木杈，菜盘放木杈上，盖上锅盖，就大火小火地蒸吧。

开饭了，再看盘中那片片茄条早在热气蒸熏中放下了端起的架子，绵软地趴在盘中，更没了品相。奶奶看出我的不屑，她倒更不屑于我的不屑，随意地用锅铲在盘中将茄条捣碎，撒上盐和现剁的蒜末，淋上熟菜油，拌上一拌，端到我面前：你闻闻，喷香！

倒也怪，除了浓郁的蒜香外，稠软的茄糊有一种袅袅的味儿直钻鼻翼，味里有薄薄的瓜香、饭香、木香，还有草灰香，再将信将疑地浅尝一口，哇，一种很纯粹的鲜香，滑糯在口中缠绵，一口又一口，真的是吃了还想吃——就这么不经意地，不屑多年的茄子终与我的味蕾惺惺相惜。

奶奶做出来的蒸茄子，没有用上鲜肉，没有加上这抽那味，更没有裹上甜麦片，就那么原生态地搁在饭锅里，不费心不费力地馔出人间至味。也是那茄子，只有在农家才更愿意敞开了心怀吧，有了蒜蓉的点缀，内心里的锦绣便施施然地流淌，那一种通透无比的美味由不得你不尝！奶奶说，出锅的茄子必须放现捣的生蒜蓉，才能“逼”出浓浓的茄味。我笑了，亦如人吧，不入众人眼的某人一旦遇见命里的贵人，哗哗地，某人的IQ、EQ、AQ指数便全线飘红。只是，美好的遇见，这种机缘并不是注定人人会有的。

那次乡下之行，让我和茄子终于握手言欢，虽然口舌上只接受独此一味——蒸茄子，但，相遇的会再相逢，时过多年，茄子又以另一种方式落入我的眼中，揣在我的心头——它的另一美称：落苏。

秋葵不语

去年夏初吧，秋葵挂着一副棱角分明的面容，打着药食同源的旗号，来到小城的各大餐馆，以至于一些口舌上先行一步的人，每餐必点此菜，然后，向一桌狐疑者狂喷秋葵的各种功效和做法，眉眼处是藏不住的炫耀。

我第一次以不菲的价格买上一些拎回家，来自农村的父母拿起秋葵又是捏又是闻,对我言明的“能吃”“好吃”坚决不信。片刻工夫，我转身进入厨房，真是让我哭笑不已，一篮秋葵已被勤快的我妈个个开膛掏籽，空留一堆干干净净的外壳。看着一水池粒粒白亮似珠的秋葵籽，真是可惜了。

也就年把时间，秋葵已经从神坛跌落到寻常人家的餐桌，网上也有各路“专家”七嘴八舌地纠正秋葵之前的传说。小城里除了几个大的菜市场，一些偏僻的街街巷巷里也有自发形成的小菜摊，让周边的居民应付一顿简餐还是绰绰有余。那些小菜摊上一个硕大的猪肉案板是少不了的，案板边上配角似地堆着时令蔬菜，如青菜、豆角、辣椒，今夏最常见的就是出现了一小堆秋葵。据说，今年小城周边的秋葵大丰收，本来只是想小试一把的菜农们，没想到此物如此泼皮，从不愁长。但对百姓餐桌来说，秋葵不似白菜、豆腐般必不可少，稍有些滞销，品相便大跌，木化得非常厉害。

一年时间的天上人间，这也算是一种大起大落了。秋葵才不理会所谓的落魄呢，一直好脾气地挨土便生，遇风就长。也是啊，世间的传奇，又有几个不是自以为是的人，一厢情愿地在自说自话呢。

秋葵在菜类中当属谦谦君子了，色、香、味上从不拿腔拿调，一味地成全了别人，放点肉丝便是鲜香滑爽，浇点蛋液更衬得金黄亮丽，素炒、做汤、凉拌皆能让食者满口生津，颊齿留芳。秋葵仿佛一位乡村粗妇，从容地过着布衣荆钗的日子，保鲜期自然也是长不了，但上得餐桌，便有了一腔的柔情付诸人——遇到识得、懂得的良人，纵然赴汤蹈火，也会华丽一转身。那些美食家们，也是欺负秋葵凡事低调的性子，捯饬出一堆的菜谱，甚至蟹黄、培根、沙拉酱也一股脑儿地拉郎配，配料火候步骤，多到让秋葵顿失颜色与清香，但无论千万变化，仗义的秋葵都能坚守住自己内在的本质——粗犷的外表下，一颗柔软的心。我倒是喜欢将秋葵委以锅中主角——清炒。至简，至味。先将秋葵整个焯水，过凉改刀。坐锅，少油，爆香蒜片，然后倒入秋葵，“刺啦”一下，便是一锅的青白缱绻，黏液渐生时，略加些盐和生抽，也不枉对小家碧玉的它，施点回报吧。

秋葵亦称黄秋葵、咖啡黄葵，俗名羊角豆、潺茄，据说还是舶来菜品，其以脆嫩多汁，滑润不腻，香味独特而风靡全球。常冠“秋”姓，却并不是秋天的菜，从夏到秋，只要温度适宜，阳光充足，都有它的身影。大诗人白居易，一生写过许多关于饮食类的诗文，其中一篇《烹葵》——昨卧不夕食，今起乃朝饥。贫厨何所有，饮稻烹秋葵。红粒香复软，绿英滑且肥。我一厢情愿地以为,作者烹的就是当下的红秋葵。想来在一千多年前,这一位被排挤的江州司马,失意寡欢,所幸还有秋葵可以温暖肠胃。如是,这菜不仅是跨地域引种,还算得上是历史穿越。

这个周末,回家和父母聊起自己的一日三餐,感慨每每到菜市总是万般的愁肠百结,满目新鲜水灵,不知如何选择。母亲说,买秋葵啊,既减肥,又养颜,都说是“植物黄金”呢!我笑着应承,我会去买些。但秋葵不语,它只是静静地等待着一个驻足,然后和其他的盘中餐一样,承载着日日的光阴。

香菜的香

从农村摘来许多香菜，棵棵鲜嫩肥壮，唯恐时长打蔫辜负了它，我决定再包一些香菜饺子冻起来。洗尽，焯水，再入冷水一激，香菜原先挺拔的身段柔软了许多，但仍旧是好生生地翠艳着——这样的好颜色，拿它做菜品的点缀物，一直是主妇们的最爱。从打开袋子的那一刻起，香味已袅袅，但它尚懂得收敛，有一些“欲语还休”，一俟焯水再起剁，它的香味瞬间喷出，与我撞个满面满怀，让还在轻言浅笑与人语的我好一个猝不及防，我深深地嗅着，再嗅着，感觉每一次吐纳都是香菜的香啊！

香菜的香实在是猛烈得不讲道理，不论你爱或不爱，它自顾自在空气中撒着欢儿，它十足的任性，还有一些野性，让人不得不低首称臣。细嚼之,它没有当地菜蔬里的中规中矩之味，它的高冷而别致的辛香味里兀自会生出些远意，据说它是西汉张骞从西域引进，故初名也叫“胡荽”。“胡”者，总让人联想到大漠苍穹，弯弓射雕，难怪这口舌之品也浸染上了一种狂野之气。一俟传入，它便凭借自身的特质，让一些知名小吃贴上标签——兰州牛肉拉面或西安羊肉泡馍，非香菜不正宗。

其实，我小时并不接受香菜的味儿，如葱蒜一样，吃着吃着，全部就挑出放一边。那是个馋肉的年代，午餐前总有一种期待感，每见桌上有盆油汪汪的肉菜，便会迫不及待地冲到桌边候着，冷不丁地见妈妈手端一碟香菜来，便又会悄悄地滑下椅子，若非，布衣蔬食惯了的妈妈，像猜中心思似的猛地搛一筷头香菜按入我的碗中：我就不信，吃了会死！我不敢抗拒，在妈妈的监督下吃到作呕也是有的。更多的时候，是趁家人不注意，悄然离座到院中，急切地于碗中挑出香菜，甚至被菜汁染绿的米饭，悉数拨入鸡笼里，可苦得我再不敢去桌上搛菜，怕妈妈怀疑，只能，一口白米饭，一口委屈地咽下去。

回过头来，也原谅自己曾经的“作”，二八少女，谁不是个轻口味，淡清怀，习性太突兀反会落人耻笑。越往岁月深处去，人也变得越发从简随心，与时光且战且退中，口舌也变得宽厚许多，但凡能滋养身体的，总是好的，即便如香菜这般挟带着异域之风，格调威猛，爱上了就会欲罢不能，平时做厨事，再寡淡无味的菜，哪怕撒一点香菜碎，便也能口齿留香，如若奢侈地清炒一碟，保能一整天打着香嗝，一肚子的美意。

因了香菜漫漶的香气与优雅的绿意，我总是将它作为配菜而凉拌，加点酱干丁或腐皮丝，一碟子安心好日子就来到了眼前，此时的香菜既是香头（俗语：调料）又是菜，口口清香，丝丝雅意。我凉拌香菜是从不加芝麻油的——都是咄咄逼人的性子，放在一起反倒容易两权相害，只少许清油，加热，顷刻倒入菜中，“刺啦”一声，香气扑鼻，即拌即吃。

香菜是菜品中的“女侠士”，一副纤细柔美的外表下藏有一腔烈火，一颗雄心，它心高气傲，个性凛然，随你冷热，它亦端然——不变其色，不减其味，这种做好自己，凡事成全，倒也是做人追求的品性。也喜欢它随遇而安的性子，山遥遥水迢迢地一路尘埃，它也能在异域的菜园开枝散叶，在百姓的餐桌大放其彩。岁月长，滋味足，你若尚在场，日子就很好。

香荠菜

年间，雪花象征性地飘洒几下便了无声息，却留下了浅浅湿意，随后的艳阳一日暖似一日地普照着，婆婆说，庄户人家就需要这样的天气,能发旺地里的庄稼和蔬菜。在乡间的日子，只要不上冻，我是不舍得宅在屋内聊天、酣睡的，只会手捧茶杯倚靠门框，望着路上来来往往的行人发呆。

提上大竹篮，手握小铁铲，竹林边、菜园里，或随意某处的一片“湿地”，那一片片、一簇簇疯长的荠菜早已吸引了我的目光。婆婆总喜欢在荠菜前加个“香”字，而且很骄傲地以重音吐出,仿佛只有如此,才能炫出乡下野生荠菜的不虚身价。刚嫁的那一年，亲友们还在把酒话情谊，我却将一篮鲜嫩的荠菜提回，婆婆惊喜得双手一拍：呀，你认识香荠菜？好啊！好啊！连声几个“好”中，更多的是一种内心里的释怀吧——一直对我这个城里媳妇娇气矫情的疑虑。

乡下的荠菜真是香，且，越嗅越浓。这种香又极为含蓄，不似花的香，借风便能袅袅传递，而香荠菜必须贴近鼻翼处，深深地嗅，那新鲜的泥土的腥气才会缕缕发散，或是蕴藉一冬的缘故，荠菜的香味中还挟裹着丝丝寒气，让我习惯了温软香艳的嗅觉有了片刻的愣怔。儿子小时曾调皮地说，妈妈，荠菜怎么有种大地的味道。我笑了，但荠菜那种执着粗朴，不媚不艳的冷冽清香却足以让人温暖踏实。泡上现抽上来的井水，温温的一大盆赭红褐绿，清清爽爽，我笑说 :“真想这般生吃了，正好消化胃中多日的积食。”荠菜口感粗粝，很有嚼头，仿佛面对一个历经风霜的人,需慢慢地品味,才能读懂其间的真味。

聪明的人类早已让蔬菜抹去了“季节”的标签，荠菜的身影也四时能见。大棚里的荠菜碧绿水嫩香味浅，茎叶一个劲地朝空中狂长。不似乡下的荠菜有种厚重的朴实感,甚至沧桑感，颜色以赭红褐绿色见多，全部贴地而长，茎叶密密相排，一棵棵不是很大，却肥硕密实。小铁铲贴地一铲，脆嫩粗壮的白色根茎“叭”的一声,隐隐地从铲把传递到掌心,抖抖草屑碎泥，翻过来，竟然是一掌的翠绿欲滴，这也是野生荠菜的特有之处吧,一叶两色,朝外的普为褐绿色,贴在地上的叶底却为绿色。整整一个冬，荠菜就像一个贪欢的孩童，紧紧在伏在地面，吸取地气，默默萌生，终与大地合二为一，直至吐出的气息也满含泥土的芳香。野生荠菜之所以如此亲昵大地，或许再寒冷的天，土壤也是有温度的吧——小植物，大灵性。

婆婆看到我喜滋滋地打包刚挖回的荠菜，准备带回城里，怅然地说 :“等会再去挖些带回，一直在传闻我们这儿要拆迁了，来年，还能挖到这么多香荠菜吗？”她遥望的方向，是一座国际机场的雏形……

第三辑　书香余韵

读书是一种机缘

我生长在一个普通家庭，父母的文化程度都不高。小时候除了学校的课本，几乎没有什么课外读物。家里唯一显得有点文化味的就是父亲从部队带回来的一箱子军事理论书籍，而那些对于当时的我来说，实在是晦涩、干枯。

那时，我们随父转业到一个小镇，按部就班地一天一天过着日子，已经读小学高年级的我，隐隐地觉得周围的一切与部队里的生活有很大差距。父亲是单位的负责人，经常要到县城里开会，那时的班车很少，开半天会后，就得到车站等下午的班车。长长的时间实在是难以打发，父亲就在县城里转悠，顺便买些零食带回来给我们姐仨。尤记得一些果脯最多，什么桃干、话梅、橄榄，在当时的小镇已属稀罕物。父亲每看到我们姐仨迫不及待地撕开糖果皮，眼笑眉开的样子，他也是非常高兴。突然就有那么一次，父亲的包里除了吃的东西，还带回几本杂志，如《小朋友》《儿童时代》等，这引起我极大的兴趣，当晚，我就将几本杂志全部看完，兴奋的心情难以形容，世上竟有如此好看的书，竟有如此好玩的故事。但心里又有一种无可名状的忧伤——书里的事离我们那么的遥远。第二天，乃至第三天，我又一遍遍地翻阅，然后，郑重地给父亲提出要求，下次去县城，我不要吃的，我只要书。倒是父亲睁大了眼睛，然后开心地说，行啊，书店离车站不远，我带书回来就是了。

随后，父亲一次次地去县城开会，对我而言仿佛一个个节日似的，走之前我务必一遍遍地提醒：书！书！父亲回来后，我们姐仨仍是一拥而上地抢夺父亲的手提包，她俩翻找的仍是吃的，我只对书感兴趣。犹记得一天，父亲把《木偶奇遇记》带回时，天色已晚，我等不及父亲说县城里的新鲜事，便胡乱地吃口晚饭，一个人钻进房间，一直读到午夜。在书中，我与匹诺曹共同遭遇种种变故，共同由撒谎、懒惰的坏孩子，变成诚实、勤劳的好孩子，“木匠爸爸”的宽容与爱又让我和匹诺曹的心底无限地感动，那一整晚，我一会儿哭，一会儿笑。我的小学时代，没有排名现象，没有升学压力，那夜，父母起来看我仍在挑灯，自是不胜惊讶，倒也没有干涉，第二天上课，面对空白的语文、数学作业本，老师在问清情况后，哭笑不得，一向乖巧听话让我占了极大的便宜，在“下不为例”的承诺中，我毫发无损地回到课堂上。

父亲在乡镇和县城间奔波了近两年，我又陆续地读到《安徒生童话》和《格林童话》，知道了美丽的白雪公主，也知道了可怜的卖火柴的小女孩。相对于城市里条件优越的孩子，我读童话的时间可能迟了数年，而且对童话深层次的意义也是一知半解，但是，那几年接触到的文字是我的读书之源，在那个偏远的小镇，那些美好的文字给我幼小的心灵打开了一扇窗，让我知道生活中除了花衣服，除了零食，还有那么多让人笑，让人哭，或让人哭笑不得的故事。

数十年前的那条公路，从家门口一直连向去县城的车站，无数个傍晚，一个年少的女孩，在门口徘徊，等着从县城办事回来的父亲，等着他手提包里或多或少“好看”的书——这个景象无数次在我心中浮现。我想，如果没有父亲百无聊赖地在县城闲逛，如果不是父亲那次偶然地步入书店，我的读书生活不知将从何时开始，更不知在今后的生活中，读书会不会成为我的习惯。世间，所有的开始都是一种机缘，我非常感谢年少时那种机缘的存在，让我在以后的生活中一直亲近着文字，而文字又让我在凡俗的庸常里看到了许多的美好。

重读旧书

今年，我的阅读基本定位在“旧书”，缘由是看到安妮宝贝的一句话：“有些字当时看到也只是吞食而已。当它能够溶解于心，如同盐消失于水，说明了时间的过程。”

是的啊，谁都是时间的主角，为了验证自己在时间背后所得、所失和所悟，一年下来，杂杂拉拉地在柜子里淘了好一些旧书，意外地发现以前不喜欢，甚至有些曲解的东西，现在却是另有一番滋味在心头，最让人快意的是沈从文先生的一部小说集，25 个短篇，两部中篇，均是先生创作成熟期的作品，笔下呈现的多是他熟悉的乡村世界，《边城》就收录在其中。年轻时，我只当《边城》是一部简单的爱情小说，看完简单地唏嘘了一番，对翠翠这个核心角色是万般的不接受。“两年前”的五月端阳，她第一次和傩送的遇见虽不友好，但口角中透着一层娇女儿的故作之情，而傩送也早早地注意到撑船工的孙女长得美。暗生情愫后，一切无波无浪地向前走着，但因为王乡绅姑娘的碾坊，翠翠对傩送产生误会，也对着爷爷沉默。其实，很容易化解的一个问题，沈从文先生却残酷地让这么一位怀春少女将一腔情爱付水流，即便爷爷最终询问翠翠的主张时，她“仍然心儿忸忸地跳着，把头低下不作理会，只顾用手去掐葱”。最终，同样喜欢翠翠的天保意外死亡，傩送在得不到心上人回应的情况下，为了家族也远走，希望破灭的爷爷又在一个风雨交加的晚上离开人世，世间的一切悲情全来到了翠翠的眼前。她守着渡船，“这个人也许永远不回来了，也许‘明天’回来！”初读时，我在字里行间平白无故地着急，甚至恼——正是翠翠的羞涩、沉默、回避造成了一个凄凉的结果。

这一怨多年，或许，当下的女孩，太多的不可等待影响了我的内心。

今年，再读《边城》竟然让我一再动容，乘兴又读一遍。吊脚楼，白塔，爷爷与翠翠，还有一只大黄狗。在那片远离尘世的土地上，时间仿佛静止着，“黄泥的墙，乌黑的瓦，位置却永远那么妥帖，且与四围环境极其调和，使人迎面得到愉快。一个对于诗歌图画稍有兴味的旅客，在这小河中，蜷伏于一只小船上，作三十天的旅行，必不至于感到厌烦。”沈从文先生无疑是语言大师，可年轻时的我只看情节，其他一概忽略。先生说，他对乡村世界有种无以言说的温爱，小说里的茶峒河街有饭店、杂货铺、油行、盐栈、花衣庄，但由于风俗淳朴，就连生活的无奈也带有诗意的色彩，大师用翠翠的爱情故事让我们看到湘西人在命运面前的无助和忧伤。翠翠的父母殉情，爷爷是唯一的依靠，越是担心孙女走母亲的路，爷爷心中越是沉重得不敢做主。十四岁的翠翠独自守着心里的情，呵护着惊喜与忧伤，悄然地盼着爱人归。民风，家贫，年幼，让一个羞怯、倔强而又善良的翠翠立体地出现在我的脑中，我仿佛懂得了她的柔软内心，也对自己年轻时的不屑感到羞愧。醉后方知酒浓，爱过方知情重。自己年轻时的心灵怎能懂得爱的静水流深。岁月荏苒，正面的人情世故，反面的世态炎凉，早已历练出我们的一颗宽厚的心，再遇翠翠的我，已生出许多怜爱之情，也让我和她一道对美好有了无限的期盼。

以后，我将延续这种读书方式，重新与旧书们“遇见”，用我流淌过的时光来获得对它们的“懂得”。

转角遇见林清玄

在等车的空闲，将林清玄《你心柔软，却有力量》余下的几页读完。合上书，封面上几个可爱的小僧倚墙盘坐，捧书静读，再想到数日阅读的书中内容，内心自然净静柔软。

一直以为，林清玄的文字有香味，不奇异，不浓烈，是那种袅袅的暗香，比如兰香，温温婉婉地飘入心间。能结缘者总会被先生的某些文字涤荡心灵，倍感神清气爽。

陆续地读林清玄的散文有十多年了，他的集子也买了数本，即便有相同内容者，也能当作新作一样细细读来，而且每读一遍心里的感受自觉新增一分。能遇见林清玄的文字于我个人而言是桩庆幸的事，它在我人生的关键时刻成了我的精神救赎。

离开校园，走上社会以后，我的脚步一直凌乱，常常在患得患失中度日，曾朝向人群深处走去，希望狂欢与喧嚣能冲淡内心的郁结，但发现越是靠近人群，越是孤独，越是与心绪无补。于是，我拿起了书本，希望文字能给予我力量，帮我找到前行的方向。也就在那时，我第一次遇见林清玄的一本散文集，里面收录有著名的《月光下的喇叭手》《木鱼馄饨》《清净之莲》《生命的化妆》等，我慢慢地品读，一些篇章仿佛就是在细说我的当下，仿佛先生就在我的身边娓娓道着，要“以清净心看世界，以欢喜心过生活，以平常心生情味，以柔软心除挂碍”。在一篇篇散发着幽香，充满哲学和禅味的文字里，我看到了另外一个安静从容的世界，原来人生也可以这样温情以待。

那段时间，内心常常处于感动中，也庆幸自己的内心里仍有余光，可以照亮自己已经灰暗的前程。逐渐地，我通过先生的文字，将内心里的一切狭隘外化为一颗感恩包容的心，重新打量身边这个并不完美的尘世。正因为缺憾的存在，我们才会不停地修行，不断地提升追求明净的智慧，树有树的风姿，人有人的温暖，那些山长水阔里的亘古情意，那些花草林木间的旖旎苍翠于生命而言更是别有洞天。心胸开了，眼界阔了，世界也明亮了许多，回过头去看，人生其实没有过不去的坎，即便是不好的际遇，只要懂得积攒力量努力跃过就行，而不是在沟坎边胆怯徘徊甚至怨天尤人。

因为喜欢先生，所以对他的关注也比较多，包括他的传奇般的感情经历。他现在的夫人小他十多岁，当初因为喜欢他的文字，仰慕他的为人而靠近，有名无实的妻子大度地成全与祝福。林清玄第一段婚姻的解体在台湾引起了巨大的震动，所有的谩骂与攻击都朝向他，毕竟他曾是美好的代言，完美的替身。他用无声回击着所有涌来的潮水，仍是安静地读书，写作。那些非议他的人见到先生生命中的两位女子私交甚好，先生最终的婚姻琴瑟相和，便讪讪地退下，只道先生“运气好而已”。我却以为，“运气好”只是外人无聊的台阶。先生一生寂然、清朗、静心养德，他的文字涵养了无数中外读者，更何况在他身边生活过的亲人，面对一位有品有德有量的人，要做的也只有“止语”了吧。婚姻只能靠缘分，而做人的养分，林先生身边的人肯定都有渗透，早已浸染。凡事有因有果，先生婚姻的圆满也是他对一切际遇心存感恩，用一颗柔软心包容世界的必然。因为，柔软的心最有力量。

林清玄的文章精短，文笔清丽且充满哲理，尤其是书写微小事物却能道出生命意义，开启读者的心智。文字里多有市井中的小人物，自然中的花草树木，先生总能在细微处见到深刻，对身边这个尘世，谁都再熟悉不过，但我们的内心总会被一些微尘蒙蔽，难得见到清朗，很少心生感动。可是先生说：“人生的幸福在很多时候是得自于看起来无甚意义的事……例如有人突然给了我们一杯清茶，例如在书上读到一首动人的诗歌，例如听见桑间濮上的老妇说了一段充满启示的话语，例如偶然看见一朵酢浆花的开放……总的说来，人生的幸福来自于自我心扉的突然洞开，有如在阴云中突然阳光显露、彩虹当天，这些看来平淡无奇的东西，是在一株草中看见了琼楼玉宇，是由于心中有一座有情的宝殿。”心扉的突然洞开，于先生而言，是来自于从容，来自于有情，来自他那颗透明的水晶心。

“我想着在这悠长的时间中，在这广大的世界上，一定有许多与我心灵相通的朋友，得到一些温柔的安慰，得到几许智慧的启发，以及得到藏匿于俗世的浪漫情怀”，林清玄细腻醇厚的情感，清新柔美的笔调像一股股清泉缓缓地流进我的心田，他在文字里对着尘世微笑，我在俗世中依着文字给予的力量潜心修行。不管是痛苦还是快乐，希望自己保留着正向的人生态度，与先生一样的欢颜。

人生转角处有幸遇见林清玄先生的文字，自此，便不再错过，它是我的精神灯塔，足以照亮我的一生。

静美之秋

我与书的缘分多是一种未知般的遇见，见的多是别人荐书或打榜，却未必能适合自己的口味，大概是因为思想过于荒瘠，对于富饶的养分只能一点点地渗透，拿来主义式的恶补反倒适得其反。

去岁秋至，陈冠学的《田园之秋》置于案头，两两相见皆惘然，不知它将给我带来何种收获。翻开，是一本日记体散文，从九月一日记起，“置身于这绿意盎然的土地上，屈指算来也有足足两年了。这两年的时光已充分将我生命的激荡归于完全的平静，可谓得到了十分的沉淀和澄清”——惊喜从来都是一种意外，作者娓娓的开头将我白天凌乱的心绪迅速平复，文字慢慢引领我步入南台湾田园景物的变化中。“两甲旱田，一楹瓦屋，一头牛，一只狗，一只猫，一对鸡……”作者守着神农时代的模式，自耕自收，水旱任由自然。他身在田间忙碌，实则精神闲逸安详，“日子都是自己定，要它星期一就是星期一，要它星期日就是星期日”，只要心里满足，“谁还理会日历是什么颜色”。亦庄亦谐中，无不透出一种从容，心里有了底气，俗世乱象与己何干！

初读此书时，我上网搜索“陈冠学”，方知自己太过孤陋寡闻，也为自己有缘亲近大师的文字，浸染大师的思想而庆幸。

活在这个俗世，总得要为自己博一点立足的资本，一路仓促奔到中年，衣食——也仅衣食倒是无忧了，但莫名的欲望总会出其不意地打哪冒出来，像沙子一样时不时地硌疼内心，搏击中，对寻求心灵的平静也越来越强烈，仿佛有另一个自己对深陷庸杂中的我不停地呐喊：慢下来，慢下来，做一做生活的旁观者。一路跌撞中，内心杂芜，心情也总是纠纠结结，对身边这个给予人类极大内涵，无数包容的世界从没来得及好好地感受过、感悟过，四季的更迭，花草的枯荣，天空的白云，林间的欢唱，从来都是被动地感知，甚至无睹。

那段时间，读《田园之秋》是我每天清醒状态时的最后一件事——越是临近休息，心里越发平静——倒很有一番仪式感。俗务收拾停当，或斜靠床头或蜷于沙发，一页页读起，身体和心灵皆相适宜。甚至，为了更好地融入一个字一个字垒起的田园世界，我有意识地控制自己的阅读速度，按照作者为文的日期，一天一篇，细细品味，直至十一月三十日读完。

关于写田园的散文平时读的也多，但多是作者久居红尘后对自然的浅浅一瞥，充其量只是他们世俗生活中的一个顿号。而陈冠学写就此书，却是抛却名望与财富，真正隐居于南台湾，直至数十年。他离群索居，自给自足，粗茶淡饭，与夏花秋月为伴，与草木鸟虫为伍，平日里，只偶和族人走动，除了田中劳作，便伏案读书，他对周遭眼观的一切含情含笑，自然中的雨声、风声、鸟声全当天籁来聆听。他笔下的田园文字更具有质感，更富有自然之味。《田园之秋》不仅让读者通过大师的笔端作了数月的“归隐”，一篇篇日记中，更透出一种难得的静气，让读者受益匪浅，这种静气不是历经曲折后的颓废，也不是万事无求般的隐忍，而是一种于杂芜里的清醒，于繁复中的拔高，它能不断地敲打读者的内心，以闲情静观喧嚣，清逸中，心自飞扬。文字描述的一日一日，也是我们生活中的二十四小时——或平淡，或无聊。大师却觉得每一个日子都很新鲜，永远有尝不尽的味儿，“这其中的关键是生活者的心是活着的，只要心活着，日子就是怎样重复都是活日子；否则，若是心死了，日子便跟着死了。”

自然中的田园朴实，陈冠学的文笔也无华，身边的虫鸟鸡狗活泛，陈冠学的文笔也跟着灵动起来。无矫情才得以长久，最本真才打动人心。“除草在我是种心灵负担，但这种负担，在芫荽畦段就得到了额外的补偿了，只要有一点点儿弹动，芫荽叶的气孔大量喷出香气，闻着就心爽神怡。”“若是蹲踞下去，拔出高出它梢顶的草，它就将所有的香气一并悉数喷出，衣上、裤上、手上、脚上、面上、发上，无处不沾着它那细微的香液沫，沾得全身都香了”——大师用细腻的笔力，让所见细微之处呈流动状，慢慢香到读者的心里。字字珠玑，篇篇雅作，大师的生命吸饱了田园里的喜悦，使我们如痴如醉，并感知到了人与天地万物总会有种不早也不晚，就在此刻的机缘。

书写时的九月八日是当年的中秋，“我拿了把锄头，在刚犁了的番薯地里挑了一段地，疃平了，铺了麻布袋，上面再加了一张草席子，我准备在田中央赏月”。“中秋月安详地转着，祝福的光照临遍地，我也披满一身，虽即背后照出的是孑然的孤影，我仍十二万分感激地受下老天这亘古的美意”。读完这段文字，心中涌起莫名的感动，放下书本，踱到窗边，一样的月华如水，我仰望星空，沉浸在大师的文字带给我的宁静中，感受他独处时的体验与美好，能与自然沟通，便拥有了与万物同在的清明智慧，即使彼时彼境中的人是我，也是断然达不到那个思想高度的。有的人爱在狂欢的人群中辨认自我，而有的人却在宁静的独处中享受人生，大师便是后者，独处是种能力，也只有内心丰盈者才能拥有。

在南台湾的那一片田园中，大师是农人，也是哲学家，他用朴拙可亲的文字，让读者的心灵与自然极为舒适地熨帖在一起。书的封面有吴念真这么一句评论：《田园之秋》所提供的是一个能把欲望降到最低的人的生活境界，常常透过《田园之秋》学习生活态度的改变。精辟，透彻。

夏去、秋来，我当再一次打开陈冠学的《田园之秋》，一篇篇读去，然后，跟随文字再一点点领略生命里的纯净——此生有涯，天地清朗，理当如此吧。

攀比出来的幸福

周末，我收拾完账簿、报表，再习惯性地环顾下办公室，拎包锁门。我约好了梅子在不远处的茶餐厅相聚，久未见，得好好聊聊了。此时，夕阳轻抹天边，草香、花香满径，我一想到刚从公司领取的一大笔奖金，就止不住地乐，那个数字相当于我之前半年的工资啊。

见着梅子，我一副土豪状：随便点，今天我买单。梅子笑说，肯定有喜事，快快说来。

我感慨地对她说，梅子，今天我发钱了，对我而言是个天文数字，而这都得感谢你，感谢你这么多年来对我的帮助。梅子讶异，什么呀！我俩隔行如隔山，哪有什么帮助啊！

我轻呡一口红酒说，你也知道，我俩从小到大，什么都在一个起跑线上，参加工作后，职业类型、家庭状况也差不多，但我总感觉不如你，你到哪儿都有一种气定神闲的气质，遇事不疾不徐，工作上的绩效也比我好，每年同学聚会，你的光环总会让我越发显得灰暗，我狭窄的内心容不下魄力四射的你，我真的好嫉妒你。为了揭秘，我都暗中观察你好久了，甚至，找借口穿过半个小城，登门拜访。

时光倒流，我犹记得踏入梅子家的那种小震撼，同样的三居室里，有一间他们家的专属书房，那高高的半壁书柜顿时让我低到尘埃——我自己的家里，除去两间卧室，第三室设计成一个考究的衣帽间。那天，我心怀敬畏，又夹杂丝丝胆怯地打开书柜后，内心有一种被征服的感觉，里面陈满经典读物，也有当下的畅销书，有人文社科类，也有科普生活类。梅子呵呵笑道：我儿子说，这里是我们一家离世界最近的地方，各取所需吧。难怪，梅子一家人的谈吐、性情直让我刮目相看，我也终于知道了这些年，我与梅子的差别是，我在原地发呆，而梅子一直受书香浸染，徐徐前行，知识不仅打开了梅子的眼界，更滋养了她的心灵，于人，于世，她皆能握手言欢。

当天回来，我征得老公同意，在衣帽间辟出一角，然后买来书桌书柜，将家里凌乱蒙灰的书刊安放进去，儿子见后乐得直拍手：妈妈，我们家也有书香味了。我的内心却酸酸的，人生的路途中，我坚守的东西太少了，从此以后，我要向梅子看齐，为自己充电，也给孩子做个榜样。每晚，我不再无所事事地追着肥皂剧，而是，一桌一灯一苦读的身影。

我曾读过林清玄先生的《生命的化妆》一文——三流的化妆是脸上的化妆，二流的化妆是精神的化妆，一流的化妆是生命的化妆。如果，把读书比作“化妆”，我充其量是从三流向二流行进，但只要有所行动，就是好的开端。我自小也爱读书，但现在拿起书本却没有明确的读书方向，我有意无意地到梅子家小坐，了解她的读书习惯，打探她的读书范围，然后，顺带地借走几本书。在“借”与“还”的过程中，我也从梅子那获得了读书以外的东西，比如做人的胸襟，处事的从容。她说的每句话，处理的每件事我都铭记在心，回来后，再细细地与自己平日的言行举止相较，发现差距与境界真不能同日而语。

知识能改变一个人，最近几年，同事们都说我变了，问变在哪，他们皆笑而不语，但我早已反观过自己，以前的自己有太多的得失心，眼界高远却不踏实做事，现在，知识的浸润，梅子的正能量，让我浮躁的内心有了安放之处，我也有幸自己有颗“攀比”的心,它让我纠结的人生找到了方向。充满活力，积极上进的我获得了同事的尊重，领导的重视，被提拔后，我更是将以前搁置的专业重新温习，既给新人以榜样，又让自己温故而知新，业绩月月上红榜。老公对我打趣道：我也得努力了，要不，迟早有一天你会远到我看不见。

微醺。不胜酒力的我将自己这几年的变化絮絮叨叨地向梅子和盘托出。梅子握着我的手说，难怪这几年的你如此神采飞扬。如果，之前的你，完全是因为攀比我而东施效颦的话，现在的你早已成涅槃的凤凰了，你已拥有了强大的内心，有了自己的方向，而这因攀比而来的幸福，全部缘于知识的力量，一切经历皆修为，我俩为自己的精彩人生共同努力吧！

这个梅子，她的话我就是爱听。

枕边有书忘夜长

备战双“十一”时，吃喝用度收藏了许多，包括书。写下“书”字，我下意识地扭头望望身后的半边书柜，至少有三分之一的书吧，簇新地站在里面与我对望。一直以来，于我而言，读书是一回事，买书又是另一回事，貌似换衣，生活中的必然。

我总形容床头像床的两只耳朵，而靠近我的那只耳朵永远没有机会露出真容——总被一些七七八八的东西覆盖，而书永远在其中。睡前看一会儿书已经是多年的习惯，仿佛洗漱般，成了我的日常程序。

既然是一种习惯，就会让人产生一种依赖感，而这依赖感最突出的感受就是舒服。一整天的红尘纷扰，庸常的小人物常常累到倒，总得要找点什么来释怀，那就挤出点时间做自己喜欢的事吧，对自己也算是一种怜惜了。静夜，俗事已休，此时手中握的一本书仿佛就成了通衢，引领我走向平和、宁静，直至进入踏实的梦乡。年少时，读的书非常杂，凡是纸上的字，都好奇地拿来瞧个究竟，一路跌撞到中年，个中滋味难以言明，越是心浮气躁便越是憧憬另一种境界，“山月本无主，闲人自得之”，如此之“闲”，要有多大的修为啊。

夜读书，基本是随意地读几行，翻几页。兴起时，一夜读一本书也有过。但是完完整整将一本书入眼入心，并且有所思，有所悟时甚少，因有的内容不对胃口，有的主旨领悟不了，更多的时候，还是我的惰性使然，草草翻下便搁置起来，想来便心生愧疚，终是负了那些文字。萝卜白菜各有所爱，读得久了，大致也能明白自己喜好的那一口，我的枕边书不一定是经典著作，也非畅销流行，只要能引领自己的内心便是我的首选。读者与作者实质性的区别是，同样的经历，同样的感悟，读者永远停留在“读”这个环节，而作者能付诸文字，强大别人的心灵。那些神奇的文字从旷古穿越而来，从异邦一路山水迢遥，自打开书，作者与我思想上的交流，对我精神上的涤荡就没有停止过。巧合的是，书柜里至少有一半书出自女性作者，可能她们对这个时代的体察与感悟，作为同是女性的我来说更容易“懂得”吧。甚幸的是，临近的省城里就活跃着一群优秀的女作家，我追着她们的文字，一读就是多年，她们或睿智聪慧，或古怪精灵，她们以细腻的情感，练达的笔触，为我打开一个个独到的视角，将生活底子里的万千气象一一嬉笑怒骂了来，斜卧床头的我，常常沉浸其间，只恨自己肤浅了去。

但凡读书的人仅是喜欢读而读，无甚功利。都知道“腹有诗书气自华”，谁都想提升自己的素养，但又有几人能赢得了时间，通过读书修来潜移默化的积淀？有人认为读书是种雅事，打开书本必须配以仪式感——净手熏香，端坐书桌前，还得有袅袅香茗做伴。但是，读书于我更像是一件寻常事，夜卧床头，闲闲地看，泛泛地读，初入围城时，枕边还经常有菜谱的身影。犹记得，某晚，我捧一本彩印的四时汤谱看得过瘾，家人好奇这一大本的花花绿绿，伸过头来，转身大笑：我道是什么，原来这也是你看的书？我白他一眼：当下的书本就是我的生活老师，信不信厨娘的打造由此开始。

常去买书的那家网站，曾有一个非常有意思的调查，在每本书的下面有个多项选择：最喜欢读书的地方。我发现在一系列的备选答案中，80% 的人都选择“床上”。我会意地笑了，敢情都有此癖好。行文至此，抬眼望见窗外，一树一树的银杏被秋阳照得通体金黄，片片伞状叶子打了蜡般油亮——秋，一日一日往深处去了，冬天已然等候在下一个站口。卧床夜读，最佳不过冬天，身子是暖的，心也被文字慢慢地煨暖。夜，静静的，我的心灵，就是我全部的世界。

第二卷

花语清梦

解红光

第一辑 时光花瓣

故乡的浣衣时光

故乡，并不止于一块特定的土地，而是一种辽阔无比的心情。从少女时离家，到如今的人到中年，真是一步恍若百年。顺着记忆的藤蔓，眼前又重新映出故乡美丽的风景。我是故乡的一颗草籽、一片树叶，无论身在何方，哪怕只有一点的触动，都会泛出盈盈绿意——

故乡，永远是生命里的一簇绿色。

故乡 / 是一种想象 / 我想 / 我的故乡 / 就像我心中的母亲 / 有着 / 永远不变的模样

眺望故乡的方向，时光深处的人和事，在雨打风吹的流年之上，清晰而又朦胧，如花雨一般纷纷飘落。故乡，因为热爱，看山满是翠色，听水总有琴音。那水的华章，实实在在浸润过我的少女时光。

清河一曲抱村流，长夏乡村事事幽。

我的故乡，家家傍河，户户亲水。故乡的早晨是随着炊烟的舞蹈渐渐热闹的，最数热闹的地方，是村庄旁一条宽阔向东的河流，终年缓慢地流淌。春夏之交的清晨，露水湿了青草，堤边花艳如燃，草丛里野鸡扑棱棱地飞奔，周围的绿树整齐地倒映在水里，似在梳妆；淡淡的薄雾轻浮在偌大的河面之上，有鸟低低地掠过，轻盈地鸣唱，啄破一河幽静。河对岸，头戴草帽的垂钓人悠闲地等待着，收获的是一份恬淡。

村姑农妇相邀浣衣去。那时的我，每天清晨早早端着衣物来到河边“占位子”。台阶下光滑的石条稳稳地将身子探在水中，男人们在石条上磨镰刀、砀菜刀，准备时时和生活刀锋相对。经年里，石条早已被削去了棱角，圆润而又谦恭。一根长长的石条可以蹲得下三四个浣衣女，我刚刚找准位置，摆好姿势，准备洗衣，眨眼工夫，翠儿、王婶她们接二连三来了，河边顿时喧闹起来。

故乡的女人们早已摆脱了旧时光里“笑莫露齿，话莫高声”的条条框框的约束，她们高声大嗓地说话，自由自在地嬉戏，个个得了个乐水的智慧，那算得上是“物物而不物于物”，故能拾得其闲吧。连绵的笑韵在清波上散步，踩出一圈圈涟漪。有人说：欲望越小，人生就越幸福。女人们仔细地洗好了衣服——一般是先洗当家男人的衣服，再洗小孩的，最后洗女人自己的——那时，乡村的女人总是把自己放得很低很低，低到尘埃里。洗好的衣物拿棒槌在石条上有节奏地轻轻拍打，棒槌上下翻飞，准确有力，“鼓点”清脆。揉搓、漂洗，娴熟自得，银色的手镯闪光耀眼，长长的辫梢搭进水里，湿漉漉的。衣服不停地在水中翻腾跳跃，用劲抛出去，轻轻拉回来，如此反反复复，博得漪涟荡漾，水花朵朵，击水声和着女人们的谈笑声，简直就是一幅充满诗意的乡村水墨画。

朝阳里，新婚的表嫂，摆动着杨柳腰，右手拎了一篮子的衣物，左手拿着棒槌，腼腆地走来，在众人的嬉笑逗趣声中，羞红着脸，低着头，洗着换下来的床单、被套。彩色锦缎把河水给照亮了，引得白鹅伸颈追啄着被面上大朵的荷花，搅动出一河的缤纷。新媳妇来洗衣次数多了，胆子也渐渐大起来了，敢和逗趣的妯娌姐妹们嬉笑着对骂开来——内容自然少不了“男人”这个永恒的主题。洗好衣物的女人们，也不急着离开，边晾衣服边聊天，悠闲的话题里，咀嚼的是农事之外的事，细数着柴米油盐里熏陶出来的人情世故。将洗净的衣物就势晾晒在河埂边低矮的带刺的灌木上——风是吹不走的，一片一片的，一朵一朵的，晾晒的简直是乡村的清风白云啊。

这边的还在洗衣，那边的大娘从菜园里又挎着一篮子蔬菜过来了，洗菜、淘米，河边忙碌的人络绎不绝。洗洗涮涮中，生活变得有滋有味，濯洗时光里，日子变得优柔绵长，这是我故乡的淡生活——朴素、简单、纯粹。

路，是联结村庄的藤蔓。河埂是条大路，绵延数里，从村庄绕过，伸向稻田的腹地。不时有男人们吆喝着赶牛、扶犁经过，扯着嗓子唱着不着调的歌。乡下人，以日子为经，农事为纬，步步踏在生活的底纹上。

面对岁月，感谢厚土，故乡的一切，盖着青春的邮戳，永远定格在我生命的记忆里。今天，青石之上，是谁揉皱了一河相思？我的故乡，奔腾不息的河水还是那么清澈吗？平平仄仄的捣衣声是否依旧？激起的思乡浪花，惊骇了乡情，瞬间却又抖落在心头。

那缕缕墨香

俗话说：过了腊八就是年。腊月刚进，年味就越来越浓了。早上去菜市，菜市已是人声鼎沸，怎一个“挤”字了得！路边的摊点，年货如山。红红的对联，迎风张扬着喜气，摇曳的灯笼，烘烤出“岁”的温度，晶莹的碎雪，点缀着打年货人的发髻、肩头。人们喜悦的心情，在腊月幸福地外溢——忙，并快乐着。

在富裕的今天，我却总是忘不了儿时腊月的情景，总是想起那些朴素、简单、纯粹的乡村岁月——自然村庄的低吟，广袤大地的律动，淳朴心灵的碰撞，浓浓乡情的流淌……

寒风呼啸的腊月，身为乡村教师的父亲，起早贪黑帮乡邻写春联，有时候十里八村的都慕名而来。要求写春联的人都是夹了一卷红纸来，父亲贴上时间还要自备毛笔墨汁。墨，多数时候是我帮忙研磨的。小时候就觉得墨棒太硬，难磨，黑黢黢的墨棒常常磨到我双手发软，可总也跟不上父亲书写的速度。那一段时间我放弃了所有的游戏。父亲说：“研磨出来的墨有浓度，写出来的字才有厚度，而且色泽也好，等墨干了，字乌亮乌亮的。”墨间生命，纸上分量！家里、空教室里，到处摊晾着写好的对联，地上往往无处下脚，到处散发着墨香。单扇门，双扇门，大门，房门，分门别类，再配上不同长度的横批、侧联，剩余的碎红纸也不浪费，粮囤、猪圈、水缸等，都写上不同的新年愿望，连人家锅灶上也给准备了“上天奏好事，下界保平安”之类的祈福语。有时候也根据他人的喜好，给其堂屋正门门头写上变形组合的“五福”:长寿、富贵、康宁、好德、善终等。

父亲幼年读过私塾，所以他喜欢自己编写对联，先在草稿纸上慢慢揣摩，修改，化用，根据不同的人家写出不同的对子。有时也有不识字的农民将春联拿回家乱贴闹出笑话的，如把“六畜兴旺，招财进宝”贴在卧室的门头上，把“花好月圆，百年好合”之类的新媳妇房门的喜对子贴在猪圈栅栏上等等，因此，新年的乡村又增添了几多笑料。

寒假里，校园很安静，平常的喧闹凝固在腊月的寒冷里。墙角的几株梅花，状如飞雪，立于灰幕之中。有些日子，大如铜钱的雪花，漫天飞舞，半天工夫，房子地上就积了厚厚的半尺。北风捶打着窗户上的塑料薄膜，啪啪作响。父亲一支接一支地抽烟，满屋子的烟雾呛得我眼泪直流。父亲双手冻得发硬时，伸手向煤球炉里暖一暖搓一搓再接着写。正如佛说：欢喜做，甘愿受。父亲派给我的任务是研墨、续茶、伺候火炉。那时候不知道集市上有没有卖春联的，即使有，乡村的人们大概不作兴去集市买。年，说到就到了，到了腊月二十八九，来我家取春联的人不断，感谢的话收获了一箩筐。打远道来的，父亲还留他们在家吃饭，暖一暖手脚再走。

一夜连双岁，五更分二年。除夕一过，大年初一，来我家拜年的村民络绎不绝。有的一家几代人都是父亲的学生，本村的，邻村的，原本冷清的校园顿时热闹起来，我们三口之家也平添了许多意趣。父亲拿出上等的“大重九”,还有“光明”“大前门”香烟招待四邻，我则拿出金贵的盒装油纸饼干款待小伙伴，最后连彩色的饼干盒子都被哄抢了，剩下满堂欢笑。

人如一枚棋子，一生走在自己固定的格子里。父亲在乡村从教几十年,甘守清贫。憨厚和蔼的他,对于乡邻,是有求必应。谁家天灾人祸缺钱，谁家盖房筑墙无米，谁家娶亲嫁女拮据，他常常尽其所能,倾其所有。借出去的钱啊、布票、粮票什么的,在那个贫穷年代的农村多是收不回来的。正如张爱玲所说 :“因为懂得，所以慈悲。”

岁月悠悠。如今，风烛残年的父亲，垂垂老去，早已不能随心随性泼墨挥毫了，但是，关于往事他记忆犹新，提起过去，仍然饶有兴致，而对于当下，他却偶有迷糊不清，混沌颠倒。

又时值腊月，那缕缕墨香，似乎自时空的苍茫中，悠悠飘来，融入我梦中的亲亲乡村。

农民的幸福梦

山南镇小井庄，是中国农村包产到户的发源地，合肥西南的一颗明珠。

山南镇原名张周馆，历史厚重，传奇不断，是一首连绵千年的史诗，众多的传奇故事和改革佳话，点缀了这片神奇的土地。山南镇小井庄，更是山南的脊梁，挑起了改革之乡的独特与无双。

镇南有一座古庙，全名叫浮顶山宝筏寺，旧称“浮顶山大庙”“山南大庙”。相传始建于东周,后经三国魏文帝曹丕重修，至今已两千余年。历史悠久，闻名遐迩，香火不断。特别是清乾隆年间，每逢香会、庙会之际，社会各界人士、善男信女，前来烧香拜佛，更是络绎不绝。此庙在“文革”时遭到毁损，后来经过民间人士的努力，进行了重建。现在的大庙基本恢复了原来的面貌，雕梁画栋，古色古香，佛音绕梁，香客如云。寺内古树参天,祈福的红丝带挂满枝丫,膜拜的香客步步叩首，拾级而上，如逆流而游的鱼。只要心诚，人生的求索就会闪射出不同的精彩，多舛的命运里就会洒满金色的霞光。寺内藏经阁的经卷里，是否折叠着众生的前世今生？山南大庙啊，就像一位长者，纵观天地万象，阅尽人间沧桑。

最具传奇色彩的是，山南镇街道那口古井从未干涸过，光滑的石井栏，被绳索磨出道道深沟，井中的滴水声，如铜铃叮当，清脆悦耳。夏天，阵阵清凉从井底幽幽袭来；冬季，缕缕热气由井口缓缓升腾。观井人的倒影被水滴点破，漾起圈圈涟漪，犹如古井的桩桩传说。“刘伯温凿井镇龙”的故事是那样神奇：有一天，刘伯温观天象，突然发现大潜山的东南方有一股瑞气祥云在空中升腾缭绕，他飞马告诉朱元璋，说自己发现此地有一股帝王之气，有一条龙即将出世，要赶紧派人去把这条龙镇住，否则，这条潜龙一旦诞生，将会威胁新皇的千秋帝业。于是，朱元璋便派高人前去查看，果真如刘伯温所说，龙头在街南的浮顶山大庙，龙尾在街北的白马墩，要想镇住此龙，必须在龙的七寸上凿一口十余丈的深井。于是，这口古井应时而生。如今，古井成为文物，“潜龙”已经腾飞。山南人杰地灵，由此可见一斑。

我们沉醉于传奇的美妙，带着回味走进镇西的小井庄，瞬间觉得像是走进了世外桃源。大建设后的新农村，具有城市的面貌，却不失农庄的特色、田园的风格。宽阔的马路两旁，太阳能路灯犹如夹道欢迎的仪仗队。村中网格状的水泥路四通八达，车位上泊满了各种车辆。家家户户都用上了环保节能的沼气和洁净的自来水。走在小井庄的土地上，时不时会与忙碌的欢快撞个满怀。几个 80 后大学生村干部与我们同行，一路给我们介绍着小井庄的过去和现在。憧憬着小井庄的未来，他们“捧着一颗心来，不带半根草去”，在这片神奇的土地上继续锻造着老一辈改革者之梦——农民的幸福梦！说起小井庄如今的变化他们滔滔不绝，农保、新农合、土地流转、养老体制建设、农民文化娱乐建设，留守老人、留守儿童结对子等等，说得句句在理，干得样样在行，他们把从高等学府学到的科学知识应用到农村实际工作中，可谓学以致用，得心应手。村头的喇叭歌声悠扬，回荡在四野，“用肺腑去触摸你的灵魂……闻着芬芳跋涉着无限远，只为看清你的容颜……”

看到纪念馆中的《万里与农民》铜像，刹那间感觉，那亲密无间的谈话，好像就发生在昨天……纪念馆的老屋，端坐在岁月深处。似曾相识的燕子在草屋檐下翩翩飞舞，不愿离开这个温暖的庭院。所有的疾苦都酿成了甘甜，改革初期多种思想交锋的阵痛已经渐渐消失，老一辈的小井庄人，说起改革，如数家珍，曾经的每一缕炊烟都有不一样的温情，每一块石头都藏有记忆的密码。山南的传说，依旧行在路上，而小井庄的秀色早已贮满我们的心田。农家书屋的灯亮着，留守儿童之家的门敞开着，老年大学的快乐流淌着……腰鼓舞、空心竹、扑克、象棋……翻开随时代更新的新词典，那么多含苞待放的新词，如网购、微信、云计算……令人目不暇接。

村边的荷塘，绿水盈盈，红莲朵朵。在这里，人们进行综合养殖，种植莲藕菱角，放养鱼鳖虾蟹。菱叶，在微风中打开翠翠的裙摆；荷花，在涟漪中掰开嫩嫩的粉红。她们，如绰约的仙子，抛尽欲念，脱尽尘俗。田野上，耕作的机械歌声飞扬，勤劳的小井庄人精神抖擞。鸟雀歌唱，炊烟抒情，原生态的神奇之美，大自然的无私奉献，无不令人崇拜绿色，敬畏自然。土地——人类生存和发展的唯一依靠，农人一生所能做的事，就是俯下身子，亲近土地。这是一片爱的家园，“土能生万物，地可发千祥。”村头的老柳树见证小井庄的落后与兴起、贫穷与富庶，它把根伸到土地的心脏，牢牢立在风口，守望人们的远行与回归。

一位好领导，造福一方百姓。小井庄的崛起，源于 1978 年石破天惊的那一声“春雷”。那一年，山南地区遭受了百年不遇的大旱，庄稼几乎颗粒无收。干裂的土地，那是人们心碎的模样！哪怕是风调雨顺的年份，在那特殊的年代，人们也会无休止地挣扎在痛苦的边缘，饥饿的印章，深深盖在人们的心头。“站在岁月的门槛，回望人民公社时代的那段岁月，赖以生存的土地并不能给人们供以温饱，粮食这一词语压迫着庄稼人，村庄和村庄里的人们无精打采地守候在那里，似乎在期盼着什么……”人们苦闷彷徨，极力寻找着生活的出路，焦渴的眼神似乎在等待一个变化的到来。路在何方？山重水复，荆阻藤拦，小井庄人苦思冥想。

穷则思变，山南区柿树岗乡黄花村的那场会议，犹如一声惊雷，炸响在乡野的上空。敢问路在何方？路就在脚下！小井庄人大无畏的精神让历史回答未来——为了度过荒年，小井庄的人们，在时任山南区委书记汤茂林的率领下，悄悄搞了包产到户，“借少量耕地给农民种保命麦”。百姓摩拳擦掌，“单干”之风吹绿了荒芜的土地，保命的种子撒向贫瘠的田野。

向“大呼隆”宣战，向贫穷宣战，向禁区宣战。新的起点上，人们信心十足，生活的音符在农人心头勃然跳动。幸运的是，此举得到当时的安徽省委书记万里的高度关注和明确支持。区委领导果敢推出的良策，与省委刚刚颁布的“六条”决定不谋而合。不久以后，包产到户更是得到了当时中央负责同志邓小平的充分肯定。从此，这一声惊雷，击碎了旧的生产关系，更新了国人的思维，不仅震撼了江淮大地，更如疾风暴雨般迅速席卷了全国，掀起农村改革的新篇章——农民有饭吃才是硬道理。

有时候，一个好主意，有如撒下一粒树种，生根发芽，就可长成一片森林；一粒火种，熊熊燃烧，就会点亮村庄的黄昏与黑夜，点亮庄稼人期盼的眼睛；一个好决策，犹如一剂良药，可拯救一个村庄，乃至兴旺一个国家。民以食为天，农村改革——包产到户，就是增产增收的一剂良药，道理简单，具体质朴。这一举措，清朗可鉴，铸就丰碑！这一举措，奠定了今天农村的发展。

今天的小井庄，大农业前程似锦。在这里，网络普及，人们足不出户，轻点鼠标，就可“驰骋”全球，销售自己生产加工的绿色无公害农产品，外贸收入年年创出新高。正所谓：美好乡村城市化，网上营销最大化。

今天的小井庄人步伐矫健，生活多彩。晒谷场上，人们把广场舞跳得风生水起，全民运动，健康第一，生活至上。朦胧的月光，舞动着优美的梦幻，旋转的人影，恰似画中流动的彩练。他们，用舞姿勾勒出幸福生活的长卷。美，停留于舞者褪去华光的腰肢间，闪现在孩童稚嫩的眸子里，按下快门的瞬间，留下我们不倦的追寻。灯火、月色、星光，晕染交融，乐声、舞步、人语，温润叠加。偌大的景观湖上，灯火细碎闪烁，像星星布满天穹。栈桥上，人们倚栏谈天说地，放飞心情，远处传来的悠扬歌声，谁家的孩子边走边吟：“春雨惊春清谷天，夏满芒夏暑相连……”

在小井庄“中国农村包产到户纪念馆”里，陈列着湮没在岁月深处的人们曾赖以生存的诸多农具：擂子、笆斗、扎刮、风箱、水车、纺车……它们刻着时代的印迹，睁着蒙尘的双眼，似乎在无声地叹息。它们，是那一段艰难生活的浮雕，是一部立体的历史画册。

特别可贵的是，小井庄人在摆脱了贫困、步入了小康生活后不久，又开始了二次创业。如今的小井庄，各方面都取得了长足的进步，是“改革发祥地、生态农业区、旅游观光点、小康文明村”。小井庄的旅游业也蒸蒸日上，生态旅游、文化旅游、红色旅游……小井庄依偎在四大水库的怀抱中，恬静、秀美而又灵动。我们用心倾听与感受，蓦然淹没在岁月深处的静谧中，淹没在沁入灵魂的温暖中……

小井庄，工业发展突飞猛进，工业辐射农业，农民获得了双重身份，务工又务农，农工两不误。一些学有所成的博士生、留学海归，载誉归来，“常回家看看”，努力为故乡发展出谋划策，为新农村建设添砖加瓦。小井庄“包产到户”的壮举、“敢为天下先”的精神，得到了传承与发扬。

时光清净温暖，天道厚朴有序。今天的小井庄，风在私语，泉在叮咚，鸟在吟唱，广阔田野充满生机；今天的小井庄，碧野连天，荷香四溢，竹韵依依，乡村大地美如画卷。今天的小井庄，是花园式的乡村，新农村的模板，是真正的“改革先行者，发展领头雁”。今天，发展起来的小井庄，似一颗硕大的珍珠，比明月还亮，比诗歌还美，田园拥着高楼，小桥依着流水，乡间小道也好似根根琴弦，日夜弹奏着盛世之曲。我又想起那个关于古井的传说。最是沧桑起风情，那腾飞的“潜龙”，正把那蕴含幸福的甘霖普洒大地，滋润着祖国大地，孕育出美好的社会主义新农村！

历史名村小井庄，全国的示范，安徽的名片，肥西的骄傲！

翻开春的词典

春风，在路上，她奔跑在荒野与麦地之间……

几场细雨过后，大地正在制造头一茬新鲜。

一夜，柳丝把绿意挂在枝头，晨鸟抖动翅膀叽叽喳喳，用婉转的啼鸣把喜讯和快乐传递，幸福源于它们实实在在拥抱了第一缕春风。

朱自清说："'一年之计在于春'，刚起头儿，有的是工夫，有的是希望。"信手翻开春的词典吧，春即一年的第一季：春节、春季、春风、春雨、春色、春晖、春秋……哪个词不是新崭崭？哪个词不吐着诱人的芬芳？蜡梅未谢，桃花已开，春天哔剥发芽，杏花、梨花、桃花，她们拥挤着开放，为的就是秀那一缕春光？那些生生不息的希望，正在茁壮成长。种植一段时光的流年吧，纵然挽不住时光手臂，诉不尽过往沧桑，那也要让春天诗意地栖居，让万物美好地开始，向左，萌发；向右，衍生。

春至冬藏。春光，正一寸一寸漫过迎春花的长发，清瘦瘦的念想逐渐丰满，她们把温柔缠在指尖，把花儿戴在发髻，于是，就有了乡间媒婆般的笑靥。

邻居阿妈打着春饼，还自言自语道："燕子回来了。"睡意尚在的孙儿吃着春卷，抬头寻找燕窝，中国红的门对映亮了双颊。庭院中，妹妹与嫂嫂，边洗衣边拌嘴，生活有滋有味。墙角的小猫，伸着懒腰，打着哈欠，和一只小狗在私语……明媚的春光，幽幽的花香，妹妹的花衣裳……时间的老马摇动着铜铃，驮着春天的花事、农事和喜事，它可能忘了来路，却一定识得了归途。

岁月的春风，在心坎里。妹妹身着时装，晃动着一对大耳环，和挑担卖藕的老伯说笑，挎着妈妈新挖的一篮荠菜向集市走去，听说野菜最近很抢手。街头的早点摊永远准时，升腾的热气扭动腰肢排练着舞蹈，稀饭、豆浆的温度，潮红了食客的脸，卤蛋、油条、灌饼，香味扑鼻，稀里哗啦间，人间的烟火味在延续。卖菜的手推车一溜排摆放。摊位上，翠绿和嫣红比赛谁更诱人，大妈大爷正在摆弄杆秤，公道在手，善良在心。鸡鸭鹅只，是本地散养的，还是大棚喂养的；鱼鳖虾蟹，是野生的，还是人工饲养的，均由价格说事……一扇扇店门次第打开，像交响乐的谱本一一翻开，市井逐渐沸腾起来。早起的大爷在树林里咿咿呀呀吊着嗓子；晨练的大妈们扇子舞呼啦啦舞动着，打开、合龙是那么像模像样……在这很忙的时代，抽出一点儿小时光，为生活增加养分，把日子缀上花边。晨练的他们，像行色匆匆间的忽然驻足，为忙碌岁月捧出茶一样缓慢的清芬。

手机来电丁零零响，妹妹的“业务”如此繁忙，她还时时不忘更新微博，阿妈的春饼，菜园里翠葱，篮子里的荠菜，池塘里的雏鸭，田埂上撒欢的小狗……相册内容相当丰富，拍一张美景，秀一张美照，乐此不疲，直白而简单。在那遥远的城市，恋爱牵牵挂挂，打工的对象正发来信息，细数着春晚抢到的红包。看晚会，全国人民抢红包，头一道新鲜，亿万人议论的中心话题——天上真的掉馅饼！世界在改变，中国梦正在实现。农民进城打工，而城里人却独寻一方，承包土地，种植、养殖……在春天里，人们规划新的蓝图，启动新的计划，开始新的生活。

嘘，别说话。岁月虚掩着门，推门进去吧，不多久，春潮汹涌，天地增色，到处都是花事灿烂的春天。

感恩之旅

人生，是一条无法预知的河流。

萍，本科毕业，90 年代随下海经商的大潮去了南方。她有着姣好的容貌，能说一口流利的英语，开始在民办学校代课，而现在已经是一所公立学校负责人，是学科带头人、三八红旗手，这些光环无一不是她多年来一路披荆斩棘、不断打拼的心血结晶。

离乡多年的她，回乡的心愿似藤萝般牢牢扎根于心灵的沃土，日日向上攀升。

盛夏的蝉声一阵紧似一阵，萍带着简单的行囊踏上了归乡的旅程。多年后的这次相见，感觉她变化最大的是皮肤黝黑黝黑的，大概是南方日照强烈造成的吧。萍顾不上歇一歇，就将这次回来的行程计划说给我们听，她说：“今天要做的事不能等到明天。”时间对萍来说是宝贵的，南方的那所学校有 N 件大事等着她回去决策和处理，她的孩子也面临着找工作的压力……

在时间的扶携下我们学会了感恩。萍的第一站，就是看望她读中专时的老师。手拎礼品站在老师家门口，即将叩响门环时，她激动得双手颤抖，说：“多少次，做梦都想回来看望老师，今天，我不是在做梦吧？”门开了，老师已满头银发，但精神矍铄。看到昔日的学生来访，老人无比高兴，赶紧让座倒水，招呼老伴送上洗净的水果。老师还是那样和蔼,那样目光炯炯。几句交谈后，老师一下子就回忆起萍是他曾经带过的哪届哪班的学生！是啊，光阴似箭，日月如梭，时间可以改变许多，但老师当年满满的爱心之流早已注进学生的心田！师生絮絮地交谈着，说过往，谈现在——有什么比这场景更温馨呢！那些陈年趣事，淡淡地散落在发黄的时光里，盖着青春的邮戳，在萍的记忆里永远地定格。萍记起老师曾经说的话："我们农村的孩子，就像下雨天没带雨伞，你除了奔跑，还能做什么？"是的，品学兼优的萍毕业后在一路奔跑，向着人生的目标奔跑，向着人生的最高境界奔跑。临别前，我为他们师生合影留念，记录下这珍贵的瞬间。萍左挽老师的手臂,右搂师母的亲密样，就像久别离家的女儿，小棉袄般暖心。我们几个陪伴者也被深深感动。

回到故乡，如歌的幸福写在萍的脸上。萍说："走在故乡的土地上，踏实而温暖，真正有了到家的感觉。"一上午，萍看望了好几位恩师，都在依依不舍中道了珍重。中午，在县城同学们的盛情邀请下，萍与大家相聚一堂。说起从前，包厢内不时爆出阵阵欢笑,逝去的美妙时光,简直就是一首怀旧金曲，叫人不胜眷恋。在这世上，大家彼此都是来去匆匆的过客，就让这份真诚珍藏在无染的心间吧。二十五年前的今天，正是他们中专毕业分手的日子，那天，男同学们喝得烂醉，女同学们哭得稀里哗啦。巧合，也是冥冥中的一种注定。席间，萍收到一条短信，是远方的同学发来的，诉说此次不能相见的遗憾，并送上几多祝福的话语。萍很开心，一条祝福的短信，也能让她读出春暖花开，真是细节里处处有春天。

天下没有不散的筵席。萍匆匆吃过了午饭，不顾同学们的挽留，又冒着酷暑，顶着烈日，乘上开往几百里外山区的班车，去一个偏远地区看望扎根在那里教书育人的中专同学，因为她听说这位同学的爱人得了绝症……送去祝福，留下爱心，大别山火红的杜鹃花见证了他们坚贞的友谊，萍的博爱，在大山深处静静流淌，让几近枯萎的希望之花重新绽放。寒冷日子里，希望温暖地度过，人生逆境中，需要他人的帮助。慈善家特里莎说："爱，不是赞助，而是要伸出你的手。"

人生是河，年华似水，凝聚时光，珍藏感动。萍为期一周的感恩之旅，在炎炎烈日下画上了圆满的句号。在我们生命的旅程中，坚守自己的歌唱，或许歌声最美。

初冬晨笛

北风吹响了初冬的长笛，季节披上了岁末的盛装。

晨曦微露，宁静散去。朝霞从天边奔来，路灯的光亮在不经意间渐次隐去。道旁树冠上的几片黄叶顶着薄霜跳舞，夹在树枝中的鸟巢抢眼得很，鸟儿们该是玉颈轻舒，准备梳妆了吧？它们是否也会“画眉千度拭，梳头百遍撩”？常绿树的叶子在季节之手的反复涂抹下似乎苍老了许多，光与影如宣纸上的泼墨画，浓淡分明。苍鹰抖动着血性的翅膀，铺就天空的辽阔，展示出生命的高远。

不远处，低矮的村庄如棋子嵌在山谷间，炊烟缠着绿竹，袅袅地绕上山头，河流伸出手臂，温柔地搂住村庄，少女的捣衣声惊醒了仍在梦中的沉鱼。早起的人们眼中充满着希冀，萌动着劳作的渴望，赶集的牛蹄叩醒睡意蒙眬的城镇，农人始终以勤劳的姿势定格在四季的图画中。初冬的寒冷中凝结了的思绪，被忙碌激活。

热情的生活从梦中走来，生活之手拉开了一天的序幕。天空逐渐瑰丽，城乡的界限早已不再明显，闹闹嚷嚷拥拥挤挤之中，生活气息被最大化，浓郁地散发开来。晨练的人们做着热身，如歌的幸福写在脸上。老人挺直了被岁月压弯的腰，闻着花香，沐浴着冬阳，似乎每一寸肌肤都是暖的。阳光透过窗户，钻进宝宝的棉被里，躲进宝宝的棉鞋里。

朝阳极力舔舐着寒冷，冬日也呈现出蓬勃的生机。我们收获着属于这个季节的感动。或许不要多久，一场美丽的雪就会不邀而至。

生活的节奏紧张而有序，劳动的脚步坚定而有力。辛勤的“黄马甲”们，正追撵着落叶，在他们的眼睛里，街道在变美，文明在长大；脚手架上，像倒挂着的蝙蝠似的民工，用胸膛温暖着高高低低的高楼大厦，他们还是一流的调色师，用汗水饱蘸智慧，把城市装扮得五彩缤纷。宽阔的江面上，悬雾如祥云升腾，笛声随着粼粼波光散去，远航的风帆张开，一直驶进岁月深处……

天地汲存了岁月的缤纷，描绘出季节的五彩。生命，在时间的磨盘中转过春夏秋冬。世事纷繁，生活永恒，阳光快乐地闪动。我在季节的书房里翻阅着初冬的每一天，精心守护着心灵的半亩方塘。从今天起，关心粮食和蔬菜，喂马、劈柴，准备周游世界。

守 望

九月的脚步近了。阳光把大地染成金黄，匍匐在土地上的人们，一弯银镰，将季节收藏。

岁月喝醉了农谚，季节挥洒着芬芳。乡村，谷粒饱满，砸响了秋的琴弦。农人整日忙在地头，他们把执着的向往交给土地，抢收忙种的吆喝声不断在胸口绽放，深邃的目光传递着生命的坚强。蹉跎岁月里，他们把日子捣碎，和一杯酸甜苦辣的老酒，一饮而尽。

大雁的双翅擦亮了故乡的天空，啄木鸟的长喙敲响了粗壮的木弦，秋蝉鸣黄了树叶，蚂蚁贮满了冬粮。大地高唱着收获之歌,新谷堆满了庄稼人的粮仓。高高低低的稻茬细数着丰收，小山似的棉花擦去庄稼人眼里的忧伤，梦与现实的界限已不再那么明晰。坐在季节深处的农人，举手投足的身影，早已镌刻在茫茫的大地上。

风，拍打着汗水湿透的衣襟，晚归的人们，卸担洗尘，溪水托着落叶打着漩，亲吻着咸涩的汗滴、宽大的脚板、带泥的禾锄。远山排成队涌进眼帘，羊群边走边吃，无意领略这美丽的黄昏，牧羊人抽着响鞭，赶着羊群一起向着炊烟的方向缓缓移动。田垄上那深深浅浅、来来回回的脚印，留下了泥土的痕迹、日子的更替和庄稼人的耐力。小憩的人们抬头看天，点燃一支香烟，一缕心情随风飘起：愿望，在深秋里泛绿，回家开启最烈的陈酿，点点滴滴淋漓酣畅；家犬从脚边挤过，带来女主人做好晚饭的消息，窜到田埂的尽头，摇尾等候，准备背一片月光回家。

牛羊反刍着时光，夕阳染红了山川。村庄，以一种固有的姿势，恒久地坐北朝南——石磨仍然压在村子的东方……墙头上的仙人掌花犹如撒上一层金粉，夕阳把小院涂出一抹金色的暖光。石榴，露出整齐的牙齿大胆张望，裂开的心思，想用羞涩来缝补；猪哼牛哞也是村庄动听的歌谣，鸡鸭争食扑翅吟唱……

农家小院里，那祥和的粥香，把生活熬成了美味。炊烟与晚霞携手，诉说着柴米油盐的细碎故事。女人们的围裙里盛满操持，幸福地把日子搂在怀里。那缥缈的烟霞，把一辈辈的娇娘熬成了婆姨。儿郎坐在树丫上，摇头晃脑念着 ABC，脸上挂着一抹纯真的甜蜜。

苍天厚土，生存的家园。季节的轮回里，丰收的喜悦推推搡搡，挤在庄稼人的心坎上。

山捧金，水流银，在这秋的怀抱里，忍不住将故乡一遍遍怀想。故乡，永远不可复制的梦想。生活，将我们调在了不同的轨道，人生的航向不同，号角一样响亮。

沧海桑田，故乡永恒。多少年来，母亲唤归的花手帕，一直在记忆的深处抖动。

温 暖

记忆的长镜头探伸到时间的背后，定格在去年岁末的一个傍晚。

夜幕乍落，路灯向落日借来了火，次第点亮了自己。那橘黄的灯光，投下长长的影子，迷蒙而抽象。霓虹灯涂脂抹粉热闹登场，彩波涌动，竞相闪烁，照得行人像是窑里烧制的陶俑，又像在玩着变脸的绝活。人们缩紧脖子，被急急的人流席卷着，消失在灯火阑珊处。

那天，我从一家商场购物出来，大包小包提溜了好几个。商场门口，几个学生模样的年轻人在临时搭建的“花车”上销售衣物，他们见有人过来了，吆喝更起劲了。呼呼的北风中，他们猫着身子，搓着双手，哈着热气，身子不停地颤抖。寒风乘机捣乱，狠狠地撕扯着他们的临时帐篷，发出啪啪的声响。我走过去，放下包裹，倾尽所有，不挑不拣不还价，随手拿了几套内衣和一摞袜子。通过简短的对话，我得知他们是一群在校大学生，趁寒假打短工挣点生活费。几位年轻人叽叽喳喳说开了：“等了半天了，终于又卖出几件了……”“阿姨，您拿好！阿姨，您慢走……”显然，这笔生意，令他们高兴，也令我欣慰，我佩服这些年轻人。

清冷的月光下，我回家的脚步格外有力，因为，在城市的灯红酒绿中，我看到了一种叫作希望的东西，心头不禁泛起一阵暖意。

回家后,我满心喜悦地翻看这些“宝贝”,家里人却很意外，因为我们暂时不需要这些东西。有人说：善，可以种植，也可以收获。小小的一个善举，可以给自己的生活镶上一道花边，给别人的心头送上一抹温情。在那天寒地冻的晚上，这份温暖或许会长久地留在几个年轻人的心头。

蝴蝶划过一道美丽的弧线，展示飞翔的理念。人生的梦想就是一对隐形的翅膀,勇于展开,就能带着梦飞翔。因为年轻，他们才会有更多的梦，因为有梦，他们才会奋斗不止。拥有梦想,是一种智力,而实现梦想才是一种能力。或许,有了这“第一桶金”,他们会更好地实现自己的人生价值。

今天，我翻晒这些衣物，心情像窗外的阳光一般明媚而温暖。

微　笑

夏日的晴空，瓦蓝瓦蓝。

昨天外出办事，乘坐230路公交车。这条路全程较远，从起点到终点需要一个多小时，每辆车都爆满，拥挤程度可以想象。车行了约一半路程时，一个年轻人准备下车，他抓吊环的手放下的同时，无情地砸在我的头顶上，顿时，我眼冒金星，火气一下子就蹿上来了。就在我狠瞪他的时候，他连声道歉："对不起，阿姨，我……"他站在车门前，始终面带歉疚的微笑，眼睛一直注视着我，没有躲闪，清澈的目光默默凝视着我，似乎要从我的表情里捕捉什么。此刻，我心头的怒火已基本熄灭了，脸上恢复了原来的平静，因为那连声的道歉，因为那双诚恳的眼睛，更因为他那做人的态度……众多带刺的语言纷纷从心头坠落，我已从心底里原谅他了。直到他下车了，他还回过头来歉疚地向我微笑，那微笑在阳光下熠熠生辉，像微风一样从我的心头轻轻掠过。我整个人呈克制后的宁静，那是喧嚣里难求的宁静！没有哪个画家能用妙笔描绘出这样的景象，没有哪个诗人能用诗句表达出这样一个无声的过程。他匆忙中碰撞了我，或许是赶时间回单位？或许家中有急事？或许与友人有约？我猜想着。彼此的心灵没有划痕，这让我高兴。我心安于没有给他带来不良情绪上路。

生活，就是由许多小小的细节积累而来的，像万花筒，转动不同的角度，就折射出不同的景象。微笑复制微笑，在那年轻人下车时，我也报他以微笑，其实原谅很简单，在微笑的催化下，具有一颗善良的心就足够了。微笑，像涟漪，一轮一轮，将不愉快越推越远，散开去了；微笑好比一把折扇，把诚恳与善良，一节一节地铺展和呈现，并带来习习凉风。那微笑，舒展了生命的光泽，那微笑，解读着灵魂的细语。选择理性，就选择了愉快。

天空为谁而蓝？蜂蝶为谁而飞？为你，为我，为他！微笑在春风里绽放，生长在心灵的牧场上，盛开如锦，挥洒芬芳。人们常说：阳光和空气是上帝给人类的无偿赠予，而微笑应是人与人之间无价的馈赠。学会用眼睛说话，说着真，说着诚。

那个午后之旅，我无法忘记，窗户上的风铃叮叮当当，看着杯中升腾的茶叶，一股清香悠悠袭来，此时，那个微笑，又飘在心头。

老物件的光芒（组章）

日历板

老家厅屋的墙上挂着一块日历板，搪瓷材质的，上面是“自己动手，丰衣足食”八个遒劲有力的大字。方方正正的三百六十五天依附在上面，花花绿绿的日子也映照在上面。那些跌跌撞撞的青春岁月，那些时隐时现的儿时梦想，那些日夜轰鸣的时代狂潮啊！挑开时光之帷，时代的烙印深深镌刻在我们这一代人的心头。

日历板上，时间的脉络清晰可见，斑驳的身姿见证了岁月的幽深，留下了日子的吻痕。清晨，阳光在窗外等候，父亲总是信手推开窗户，转身虔诚地在日历板上揭去日历的一页。他似乎要把历史垒成厚重，把悲喜叠成永恒。表情严肃，重复着胸臆间多年不变的独语：“又过去了一天。”对自己说，又好像对我们晚辈说。一个昼夜的结束,同时宣告了新的一天的开始，昨日的不舍，今天的期待，痛苦和快乐同样掷地有声。

东坡曰：无事此静坐，一日是两日，若活七十年，便是百四十。午后的寂静时光，树叶揉碎一片风声，年老的父亲常常对着日历板出神，“自己动手，丰衣足食”，年华很短，岁月很长，日子不咸不淡，生活五味杂陈。父亲一生信奉：黎明即起，洒扫庭除；事事躬亲，任劳任怨。人生的意义，与一粥一饭一衣一帽紧紧相连，息息相关啊。

沧桑变换，斗转星移，唯有“自己动手，丰衣足食”的良言不变，它如一枚指南针，指引我们用勤劳的双手描绘生活，走出贫穷，奔向富裕。

搪瓷脸盆

记忆的春天，花朵不会凋谢。

过去，我家有一个钢板内层、银边镶嵌的搪瓷脸盆，盆底图案精美，形象生动：一位头扎碎花方巾的少数民族姑娘，面若桃花带露、汤圆扑粉，端坐着，脚下放着一个装剪纸工具的柳条小箩筐。她手拿剪刀，在鲜红的纸上剪着“社会主义好”字样，前四个字剪好了，最后的“好”字，剪出了一半。我常和父亲开玩笑说：“这个‘好’字都剪了几十年了。”

那时，父亲白天教书，晚上披星戴月去公社参加义务劳动，修路、拉车、挖渠，父亲曾得到许多奖品，有印字的毛巾、草帽，还有这只最具有时代特色的超重脸盆。“鼓足干劲，力争上游”……回想起那个激进的岁月，那些火红的日子，那些如歌的往事，就像春风迎面吹来，父亲满脸自豪。

年轻时，父亲劳动回家，常用这个脸盆洗脸，一盆清凉洗去一天的辛劳，也洗出一份热爱生活的心情。如今，父亲年事已高，早已改用轻巧的塑料盆了，老人家已经拿不动这个特制的脸盆了。

站柜

奶奶出嫁时，她娘家陪嫁过来“一条龙”嫁妆，听说抬嫁妆的人有几里路长。嫁妆件件都是精品，木质优良，做工精细。大大小小的木器家具上，雕刻了多种图案，各种故事，如《西游记》《打金枝》《水浒传》等等，不同的花纹漆上不同颜色的土漆，人物栩栩如生。听奶奶说，她的嫁妆从她十二岁起就开始打造，到二十二岁出嫁，整整制作了十年。

一个高达两米的大站柜，最具特色，这是一只上下组合的衣柜。柜子的上面两开门，拉手的铜吊环和镶嵌的铜钱碰撞时发出叮叮当当的声音，里面主要存放奶奶的四季衣物，常年有樟树的香味。柜子中部的连接处，花纹十分吻合，让人误以为柜子是一个整体；下面的柜子也是两开门，只是多了两个抽屉，放奶奶的一些饰物。小时候，我们常常磨蹭在柜子边，因为零食多半装在下面的柜子里，大大小小的坛坛罐罐，对于我们具有无穷大的魔力。爷爷告诉我们，站柜上雕刻的图案是《打金枝》中的故事。几岁的我第一次听说唐太宗，也第一次听说升平公主。爷爷毕业于黄埔军校，能讲一口流利的英语，而我们这些后辈却惭愧得很。

人生的春春秋秋，仅仅是那么短暂的一段岁月。然而，转过时间的屏风，仍可以触摸那些不朽的灿烂，呼吸那些神秘的芬芳。爷爷奶奶去世多年，老物件的光芒却一直在我心灵的深处闪亮。

聚散两依依

1985 年夏天，我生病住进了一家大医院。一听说是得了传染病，心灵上的恐惧远远大于身体上的病痛。在医院里，甚至不敢触摸病房里的任何东西，生怕交叉感染。我就像一条误闯城市的小虫，沉默地蜗居在被人遗忘的角落。

同病房的小盛，大我一岁，乐观开朗，整天乐呵呵的，不停地哼着小曲，而我整天除了看书就是瞎想，伤感不时涌来，从心海的堤岸溢出——才踏上工作岗位，就无缘无故地病倒了，像小鸟刚刚试飞，就遇上了大雨，打湿了羽毛，淋湿了心——心情糟透了。她开导我说："你的黄疸指数是几个，而我的是几十，你怕什么？"

小盛以前常在市里打零工，她的男朋友是某中学食堂的师傅，离医院很近，那时他俩每天可见一次面。她的男朋友来看她时总是带来很多好吃的，还帮她洗衣，陪她散步……渐渐地我们也熟悉了，有时三人一起出去走走、聊聊，他们说我是个很有思想、不一般的女孩，和我聊天很开心，其实当时的我还很幼稚。后来的一段时间里，她让她的男朋友送营养餐总是多送一份，说让我也加强营养，我极力推辞，可盛情难却。那时的我，在那里举目无亲，自然格外感动。小盛还乘医务人员不注意，把我带出医院，去附近的商场、公园闲逛，一起感受这城市的繁华，我们的欢乐撒遍所到的每一个角落……那是一个怎样的夏天！连蝉的叫声也是美的，天也总是那么蓝。那些都是我今生不曾也不愿忘却的快乐。她的一言一行，像那温柔的海水，冲刷着我的不安，洗涤着我的心灵。渐渐地，我放下了思想的包袱，恢复得很快。没多久，我康复了，要回家了，小盛特地去商场买了好多营养品送给我，我再三推辞不下。我们互道珍重，依依分别了。

后来我们写信相约去医院复查，结果都非常满意。我送给她一本我自己写的油印的小诗集，上面有“零冰”的“大名”，让她在想起我的时候拿出来看看。那时电话还没有普及，更没有手机。在以后的岁月里，我们常写信联系。1995 年的暑假，我去合肥某校学习，她提前到那儿等我，我们互诉各自的境况，就像久未见面的亲姐妹。一天的时间对于我们来说，太短，太短。此时，她已是一男一女两个孩子的母亲，她给了我几张他们孩子的照片和四口之家的全家福——那真是幸福的一家子！虽然当时他们的日子过得还不是很富裕，但是他们心中有的是爱。

聚散终有时，时光的河流汇入岁月的海洋，友谊也被日子贴上过去的标签，封存在记忆的软盘里。由于我换单位了，更因为疲于生活和工作，许多年过去了，再没能联系她了。每每想起，心总是隐隐作痛。

我觉得，生命中的偶遇、重逢、聚散、离合，似乎都是上苍的安排，或许，这都是人们常说的缘。

蓝花伞

1984 年农历腊月，我们这里下了一场几十年来罕见的大雪，至今令人记忆犹新：雪连续下了一个星期，厚厚地积起来，放眼望去，天和地之间，好像已经没有了空间。政府号召家家扫雪——房顶的积雪已有几尺厚；人人铲雪——交通因为大雪而中断。

铜钱大的雪花好像没有停止的意思。下雪时并不寒冷，我戴着风帽，揣着扑向雪野的冲动，沿着别人铲开的雪道，漫步向前。在那纯白无垠中尽情欣赏美丽的雪景，空气的清冽如同梨花的芬芳，处处呈现出洁白、晶莹、圆润，迷惘和失落被皑皑白雪掩没，心里升起的是明澈宁静。我尽情地在雪地里踩着图案。站在岁月的尾巴上，凝望着广阔的雪域，幻想着谁的巧手能把它裁剪成美丽的衣裳。

这时，似乎是巧遇了华，他是我打临时工的单位的同事。他撑着一把伞，那伞有蓝白相间的小碎花——当时这样的花伞很少见。在白雪的映衬下，那把伞真的很美。他红着脸，跟上我，用颤抖的手举起伞，一边为我挡住飞舞的雪花，一边轻轻地拍打我身上的雪花说："你看你，都快成了雪人了。"我惊恐不已，慌忙躲避，这突如其来的关心令我慌乱失态。我疾步如飞，在那如地道似的雪沟里转圈。鸟绕着树飞舞，大概是我的慌张惊扰了它们吧，滑落的雪团不停地砸在我的身上。树上的冰凌被我碰得"哗哗"作响。华也快步紧跟，絮絮地说着什么，好像是努力地表达着什么。那时我太小，什么都不懂。他一路表白，而我却是一路的沉默，不敢多说一个字。大约记得他说他前天冒雪跑了好远的路，才选到这把伞，特地找机会送给我，我的态度让他感到意外，等等。当然，我不敢接受他的这把蓝花伞。

从那以后，上班时我绕着他走，在单位里我生怕遭遇他的眼神。每次相逢，我们多选择沉默。他为了打破尴尬，常扯着嗓子唱当时流行的《北国之春》《摘石榴》，佯装内心很平静。本来，下班的钟声悠长轻柔，令人放松，但在那些日子里，这钟声让我惊恐、慌张，声声撞击我的神经，我生怕他再向我说些什么。我缺少一颗处变不惊的心，不能给自己的心跳一个缓冲的机会。那一段时间，需要不需要，作为厂里的一名小主管，他总是有意无意地接近我。

后来，我换工作了，过去的一切也随风而去。他的第一次表白，就失落在一个遥远的童话般的雪地里。几年后，听说他去了南方闯荡，因为做得不错，在一家公司做了部门经理。许多年过去了，听他妹妹说，他只要回来就打听我的近况。岁月像一口幽深的井，对他许多年后的牵挂，我无言以对。在这真心问候渐稀的社会里，他对我的牵挂像那枝头的一片绿叶，泛着绿意；又像那天边的一抹云霞，映照在我的心底。

人人都有做梦的权利，人人都有爱的权利。我想，岁月交叠，美好积淀，他心中的那份悠悠远远的感觉，恐怕早已升华，不论何时何地，不需要想起，也不会忘记。那份清纯也像清晨雨后般的心境，更像那场雪的柔美。那场雪盖住了天地间的一切，可盖不住一个人在他人心中的美好。

那把蓝花伞，永远珍藏在我的心底。我真心祝福他。

智慧之灯

每天早晨，路过校园，都有一幕令人感动：学子们怀抱书本，脚步匆匆，川流不息。常见几个小女生细心地擦着“万世师表”陶行知先生的塑像。先生高大洁白的身躯矗立在教学楼天井院的中央，常绿乔木丛中，先生面带微笑，手握书卷，放眼前方，调皮的风，总是掀起他风衣的一角。这尊塑像，使每位崇拜者心生敬意，使校园的每个清晨生动鲜活，使每一天的阳光充满诗意。

学高为师，身正为范。陶行知先生，学生为您擦去灰尘，您为后代拭明心灵！您用热血为教育谱写了不灭的华章，您用思想为后代编织了人生的准绳。您是一缕春风，不露声色，不留痕迹，直抵达人们的心灵；您是一座灯塔，指引人们走出迷茫，走出教育误区，走进文化的春天；您是一架桥梁，连接世纪教育，薪火相传，生生不息。

江河在奔流，教育在改革。先生，您是思想的巨人、教育的先知，把知识和道德冶炼成教育能源，源远流长。学陶、师陶活动中，学校一拨又一拨的师范生成了名师、名家，捧着思想这本厚重的书，在教育的海洋里他们信奉“捧着一颗心来，不带半根草去”的崇高理念，和着“爱满天下”的铿锵誓言，孜孜服务于社会，扎根于农村的基础教育事业，为描绘乡村教育的白云蓝天再添如画风景。

千教万教教人求真，千学万学学做真人。清晨，行知书亭的长椅上，垂柳树下的石凳边，早有学子在精心诵读，他们求知的身影随阳光在移动。黄昏，练声乐、背单词，谈世界、话历史，勤勉进取。学子们课余生活多姿多彩，他们在师范这块沃土上，给生命贮满足够的能量，等待时机，厚积薄发。

大路当从小路来，坦途亦从崎岖始。教学楼庄严耸立，校园里一片宁静，时时让人从世事浮躁中警醒，处处吹来学风严谨的味道。实验室里，学子勇于探索，力争做到得来有据，结论有理。简朴的图书馆，书香弥漫，学子们畅游书海，酣畅淋漓，一卷在手，物我两忘。智慧提纯生命，知识改变命运，他们通过书籍这面镜子，洗涤升格自己的灵魂，通过书籍这扇窗子，探究沐浴科学的祥光。行知文学社里，深夜的灯光与星星辉映，与月亮握手，《行知之旅》校刊，是阅读者的向导，创作者的热土，如一泓泓清泉流过心间，润物无声……这些曼妙的“风景”，都是流动的史诗啊。

生命会老去，而生命之源会永远年轻。行知思想，是教育的不竭之源，是智慧之根，是立国之本。比天更广阔的是人的心灵，比心灵更深邃的是人的思想，而人的全部尊严，就在于人思想的深邃。

如今，云更白，天更蓝，风更清，气更正。我思故我在！陶行知先生，您高举着智慧之灯，一代又一代的师范人，在您的思想指引下，一直走在行知路上。

让师范的学子们，撑一支知识的长篙，向文化更深处漫溯！载一船斑斓的真爱，在人生的航道里放歌！

菊花茶

师母送我两盒野菊花。打开精致的外包装，取出四五朵白中透出微黄的野菊，放进水杯，用开水冲泡。我有点迫不及待，我想一睹这野菊的芳容，一闻她的芳香。

杯中的暖流，伸出手臂轻柔地搂着这些野菊，推来揉去，她们在透明的世界里上下沉浮、旋转、碰撞，像舞池里沉醉的人们。她们的那些纤纤素指，把美一瓣瓣掰开、绽放于我的眼前。梦幻般的舞蹈，像鸟，轻轻振翅；像蝶，翩翩迷人。诗人苏浅说："给菊花一个杯子，就是给她一个闺房。"野菊在热度的包围下，那风干的记忆，封存的思绪，像古老的卷轴展开了，一笺笺清淡的泼墨画，慢慢地、湿漉漉地张开了，被湮没在野菊丛中的那些旧事，也一一闪现了出来。

她们好像回到了从前的山野吧，伙伴们一丛丛、一簇簇，于草木萧瑟间毫无顾忌地开得热烈而蓬勃，像天地间的一枚枚纽扣，扣得天地亲密无间。蝴蝶、蜜蜂各种小昆虫常来亲吻她们。不管怎样，她们都是清一色扬起纯净的笑脸。她们似乎又在聆听谷底山泉的清冽，怀想天空的湛蓝，感受大地的旷远，她们把阳光研磨成一缕缕淡雅的清香，藏掖于玉体。野菊娇小的身影，曾经呼出多少唐风宋雨，又隐藏着多少丹青神韵。这些风干变形的野菊，折叠了无数的秘密：与泥土、与雨露、与日月，与那些原始的呼唤，包括农谚、粮食和蔬菜……

一个生命，就是一个鲜艳的世界；哪种活法，都是一种客观的存在。

品菊花茶，其实是对生命的一种反思。我伸颈小啜，野菊的香味携着人生的况味直浸五脏六腑，于是，晨曦、朝露、乌云、晚霞、月光……和着人生的悲喜一同饮下。浮躁的世态中，饮上一杯菊花茶，令人悠然入静，瞬间，我似乎已一梦千年！生命，生而向死，向死而生。生命的承担无论是重是轻，皆义无反顾。有人说：雪花，不单代表着寒冷，也昭示着春讯。野菊的风干，意味着的，是第二次美到极致的绽放啊。

人生的意义，或许就是落实到一粥一饭一茶里面。午后的菊花茶，丝丝入心，踏实妥帖。我们庸常的生活里，或多或少，就有这几多明明暗暗的芳香。

这些野菊，是我故乡田埂上摇曳的那朵吗？是曾经在我小腿肚上挠痒痒的那朵吗？留守的儿郎们正在采摘吗？新书包、变形金刚、小人书，诸多的需求在等待着兑换。不用说，此时，那些乡情，又抵达我的喉咙……

手捧一杯菊花茶，满屋子的甜香，丝丝缕缕向窗口挤去。窗外，远山托着清凉的蓝天，阳光浅橙的光线漫天撒落；飞鸟打着呼哨，从窗前飞过。午后的菊花茶，一下子就点亮了我的世界。

一切美的东西，都有启智之效。此时杯中盛开的野菊，亲吻着富光杯身的文字："平常心，越万千世界。"

照　相

日月如梭，光阴似箭。

今天打开电脑，看到储存的新老照片，心头如退潮的沙滩，五彩斑斓。这些不同时期、不同人物、不同场景的照片，有的是最近几年新拍的，有的是老照片用数码相机翻拍的，有彩色的，也有黑白的，看得我眼花缭乱。

往事不似烟！看着这些照片，往事像串串紫色的风铃在记忆的原野上摇曳。透过照片，看到了生活厚重而绚丽的底色。

我最早的几张一寸半身黑白照片，是小学五年级的时候，因毕业的需要，特地步行近二十里路，到一个集镇上的照相馆照的。那是六月的一天，天气异常炎热，因为我家住在学校里，十几个同学起了个大早，到我家集合，相约去照相，个个穿戴整齐，我还系上了红领巾。那时，一个镇子，就一家照相馆，我们排队让师傅照相。轮到我了，我对着镜子整了整红领巾，坐到那条磨得发亮的长条板凳上。从没照过相的我，心里像揣了个兔子，怦怦地跳，紧张得脸都红了。还记得照相师傅说：“这小鬼，比化了妆还好看。”照相的师傅有个女儿和我年龄相仿，在旁边帮忙。临走时，照相师傅说，照片要等一个星期后来取。记得当时有好多同学都借了我的红领巾戴着照了相。那次照相，我们每人花了两毛钱。

回来时正值中午，太阳像个大火球，走在路上的我们又渴又饿，到了一个小村庄，向一位坐在门口的驼背老奶奶讨水喝。她老人家透出慈爱的目光说："孩子们，快歇歇，喝点儿水……多喝点儿，看你们热的。"我们轮流用老奶奶的葫芦瓢舀水喝，喝下的是一份清凉，喝下的是一份爱心。我们席地而坐，与老奶奶聊天，得知老奶奶是五保户，孤苦伶仃，又见她家的水缸里剩下的水不多了，就自发地帮老大娘抬了满满一缸水。许多年过去了，来自葫芦瓢里的那份清凉常常翩然而至，丝丝醒脑，老奶奶的柔声软语，还在一寸一寸润绿我的心角。

时光飞逝，让我们看不清的是岁月，抹不去的是从前。

照片是我爸爸后来赶集时去取的，意外的是，我们每人都有一张照片是涂了彩的，我爸爸说，那个照相师傅没有另外收钱。那时的彩照，是黑白照片冲洗出来后，照相师傅用彩色颜料一笔一笔涂抹上去的，全是红红的脸蛋，绿绿的上衣。看，这漫天的彩云，也有我的一抹娇柔。碰巧，后来我到镇上中学读初中，和这位照相师傅的女儿同班，并且，我们很快就成了好朋友。

如今，岁月滑过指间，清泉仍流在心涧。照片，是生活的一根丝线，串起时光，让过往的光阴有了清晰的刻度。而生活的丝线，又织成了人生的经经纬纬。

我的青春我做主

那年，我师范毕业了，怀揣诸多希冀回到生我养我的故乡。在父老乡亲渴盼的眼神中我放弃了到一所中学教授英语的机会，回到我童年的母校，拿起了教鞭。

我是这里唯一的师范毕业生，校长把几种教科书一起放到我的桌子上，我知道肩膀上的分量。

上班第一天，我走进四面透风的教室，迎接我的是五十多双饥渴的眼睛和哗啦啦的掌声。一块木头黑板斑斑驳驳，支棱在教室的前面，一张课桌歪歪斜斜，上面有几个拇指大的粉笔头，这就算是三尺讲台了，黑板的上方八个褪了色的红字倒是显眼：好好学习，天天向上。

由于学校地处偏僻，两百多学生，只配有六位老师，其中多是民办教师。教师严重缺编，我教授过学校开设的所有科目和每个年级。年龄参差不齐的孩子们跟着我识字、读书，唱歌、画画，从没有过的快乐写在他们的脸上，懂事乐观的孩子们给了我初为人师的信心，让我树立了扎根乡村教育的决心。我把拼音、生字制成大大的卡片，拿毛笔把歌词简谱用红黑两色放大誊抄到白纸上进行教学，把准备好的范画悬挂到黑板的中间……下课了常常被孩子们包围住，他们缠着我继续讲那些他们感兴趣的故事，猜谜语也是我们师生课间互动的一部分。休息时我和老师们从远处挑来井水，烧开给孩子们喝，教育他们不喝生水，教给他们一些基本的卫生常识；教唱励志歌曲，鼓舞他们发奋读书，用知识改变命运。星期天，我到很远的集镇上买来篮球等体育器材，带孩子们在打谷场上拼杀，他们一下子就爱上了体育，知道玩耍也有套路。

春天，芳草萋萋，我用每月三十三元的工资积攒而来的钱买来一部“海鸥”黑白相机，带着孩子们去山冈踏青，去附近的水库大坝，在大自然的怀抱中开启他们的智慧之灯，点燃他们求知的星火，为孩子们的心灵打开一扇通往外界的窗口。

夏天，碧荷连连，我带孩子们一边观荷，一边诵诗，画纸上，留下孩子们的童稚，他们像模像样地画那些自然美景，嘎嘎水鸭戏清粼，滟滟水波映霞红……弯弯的乡间小路上，乡亲们锄禾归来，绕道经过，面带喜色。太阳的余晖把万物镀上了一层金色，远处升起了袅袅炊烟，我们师生才尽兴而归。

秋天，收获时节。根据孩子们各自的兴趣爱好、个性特长，我把他们分组，课余时间成立英语小组、奥数小组、音体美小组，耐心辅导，披星戴月。乡里组织考试，孩子们取得了好成绩，又多次被选拔到县里参加各类竞赛，均获得不错的成绩。身患重病的李婷婷，也取得了全县第二名的好成绩。鉴于她家庭情况特殊，我每天坚持背她上下学，冬去春来，崎岖的小路上至今回荡着她银铃般的笑声。

冬天，雪花飞舞，茫茫大地银装素裹。我拿出微薄的工资买来煤球，支撑着孩子们暖暖的一冬。有阳光的日子，墙根下的游戏必不可少，带孩子们跳绳、踢毽子、对对撞，即使徒手也可游戏，“挤油渣”也不错，又叫挤南墙，俗话说：十层棉被窝，不抵南墙暖，码着是一摞快乐，倒下是一堆快乐。带孩子们一道砸来冰块，做“赶羊上墙”的游戏，自编儿歌，自娱自乐。这些充满爱的游戏将我和孩子们紧紧地联系在一起了。别人不解的眼光中，我自费为孩子们买来许多课外读物，犹如籽粒灌浆，让他们自由自在地学习，海阔天空地读书。黄昏来临，孩子们散了，校园内几株梅花，依在墙角，顶雪怒放；无意间，一弯夕月，淡若清梦。灵魂的花朵，在此安静地盛开，不放弃，所以我不孤独。有一种日子，拥有过，才知道其中的意趣。

花一季季地开，孩子们一拨拨长大，现在，他们有的当了行政领导，有的担任公司要职，有的自主创业，还有的海外学成归来……每年的教师节，雪花般的贺卡载着满满的祝福从远方飞来，问候的短消息多得来不及查看，我收获着无言的感动。我给予孩子们一缕春风，孩子们却让我一生收获春天。有一种情感，拥有过，才知道其中的珍贵。

时间的风尘将青春的记忆风干成标本，十几年的乡村执教生涯，是我人生最大的一笔财富。如今，我守望着今天的幸福，仍旧怀念那些乡村执教的日子，怀念那些过往的青葱岁月，怀念那样简单纯粹的生活。

一把雨伞

六月，是个多雨的季节，我的思绪穿越时光的城堡，决然飞往悠远的童年村庄。

那是一个燥热的上午，十三岁的我，奉父母之命，去相距十几里路的集镇买一些生活必需品，最重要的是买一些荤菜回来，因为外婆来了。那时，很少有车子，出行多靠步行。我迎着朝阳，嗅着熟悉的炊烟味道，听着农人犁田的吆喝声，看着农人的鞭子不停地抽打在水牛身上，于是，想象中的痛，又滚落在我的心上；农妇匆忙地给早起犁田的丈夫送早餐的身影，村姑在河边洗衣，时断时续的棒槌声，嘎嘎叫着吃草的鹅群，草垛上拍翅打鸣的公鸡……一切都好像在伴着我。我顺手采了许多带露的野花，装在猪腰形的篮子里，还拽了一把狗尾巴草，边走边摇，手湿湿的，心满满的，脚步轻轻地……

路上，挑担的男子，拎篮的妇女，都被我远远地甩在后面。我风一般很快到了目的地。

我精挑细选，一会儿就买好了东西。准备返程时，头顶的太阳变得惨淡无力了，像久病未愈的样子，恹恹的，闷热潮湿笼罩着大地，天边的黑云，一片一片涌起，眼看就要下雨了。没带雨伞的我，顿时紧张起来，朝四周看看，一个熟人也没有。我拎起篮子，没命地狂奔。这时，刮大风了，好像有一只巨手，要将天空翻过来，空气浑浊不堪。豆大的雨点顺着风斜着落下来，无情地砸在我的身上。一道道闪电，像巨蛇吐着的红色的信子，雷从天边滚来，在头顶炸开。大约跑了一半的路程，雨却越下越大，我慌忙躲到一户农家门前。那家的门虚掩着，大约是听到了门外的声音，一位老大娘拉开门，一把把我拽进家去。她上下打量我一番，说："这么大的雨，这么小的人，一个人出门，怎放心啊？"她连忙找来干毛巾，仔细地帮我擦去脸上、身上的雨水，还端来一杯热开水，让我喝下。老人问清了缘由，责怪我的家人没给我带雨伞。她说："六月的天，孩儿的脸，说变就变，大人怎么这么粗心呢……"她絮絮地说着，爱怜地看着我。旁边的大爷坐在凳子上，搓着麻绳，一言未发，古铜色的脸，好似木雕。我环顾四周，家里没有一件像样的家具，一张土炕床横在堂屋的最里角，几件农具早已落了厚厚的一层灰尘，闲置在墙角。

雨不停地下着，雷电交加，大自然真的发了威，好像得理不饶人，无休无止。

到了晌午时分，我坐立不安，知道家里人一定在焦急地等我回家，好做午饭。大娘好像猜透了我的心事，安慰我说："别着急，等雨小一点儿，给你一把伞，再走。"我又耐下心来等待。这时，我发现大娘家的土墙上，挂了一个镜框，大红色的布扎成的花披在镜框上，已经褪了些颜色，里面奖状上写的是："赠给人民英雄党的好儿女 XXX 同志的亲属……"。大娘见我在昂头仔细地看，她的眼中闪着泪花，断断续续地对我说着关于她儿子的故事。原来她的儿子在对越自卫还击战的一次歼灭战中，不幸牺牲，被追认为一级功臣、革命烈士。我不知道怎么安慰她才好。末了，她哽咽着说："前线总得有人上啊。"颤抖的手不时撩起衣襟擦眼泪。英雄的母亲！我顿时觉得她是个了不起的母亲，虽然我那时不能完全理解，但我永远记住了这个故事，记住了这个伟大的母亲！雨小了，雷声远了，我辞别大娘大爷时，大娘她追到门外，硬是塞给我一把黑色雨伞。我带着感动上路了。

一段时间后，我再次赶集，顺便捎上那把雨伞，准备归还大娘，但等待我的却是那扇木门上的一把铁锁，还有那屋檐下飞来飞去的燕子。一打听才知道，老两口被乡里接到敬老院去了。

那把伞，至今还珍藏在我家的老屋里。

许多年过去了，那把伞，那份感动，至今还在温暖着我，伴我走过人生的风风雨雨。

第二辑　印象人生

冬日里的温暖

冬天不邀而至。冰霜覆裹着大地，朝阳舔舐着寒冷。

一早起来，就接到一个亲戚的电话，他说要去省城办事，路过我这里，让我在家等他。我纳闷好久，猜不透这个不常来的亲戚有什么要紧的事情。

一个多小时后，这个亲戚气喘吁吁地敲开了我家的门。只见他手提了一个尼龙袋，沉甸甸的，咕咚一声放在地上，说："这是你的奶娘让我带给你的。"这个亲戚和我的奶娘家住的较近。我赶紧让座倒茶，亲戚简单说了几句话就匆匆离开了。我打开尼龙袋一看，原来是一只已经晒干的咸鹅和几只咸鸡，硬邦邦的，油亮亮的，咸香扑鼻，一阵久违的那种冬日里特有的岁月包裹着的咸咸香香暖暖的味道，沁人心肺！呵！冬日的咸菜，像火炬，点亮了餐桌，温暖了深冬的每一天。

我纳闷：奶娘怎么知道我们今年没腌制咸菜呢？！中午做饭的时候，接到奶娘的电话："伢啦，咸菜带到了吗？"我赶紧说收到了！瞧我这记性，忘了打电话跟她老人家说一声了。老人家又说："你们今年住在楼上，晒咸菜不灵便，万一那咸菜的油滴下去了就不好了，远亲不如近邻，不能因为这事伤了邻居和睦。我把咸菜腌好晒干带给你们。我们农村哪儿都可以晒，以后你们就别腌咸菜了，只要我还活着。"其实，自从我们搬进楼房，奶娘一次也没来过我家，更不知道我们的邻居是谁，奶娘的心里总是装着他人。奶娘又絮絮地说：“我拣了个最大的咸鹅带给你们，肥才更香啊，还有那几只咸鸡，都是吃稻的土鸡，你们没空买菜时就蒸蒸吃。”电话的那头，奶娘还在关心我的身体。这些实在而又温暖的话语令我顿时无语，眼睛湿润了。

其实，奶娘也老了，老在一大堆零碎的家务之中。儿子儿媳外出打工供孩子们上学，她则像陀螺一样整天转个不停：孙子们的一日三餐、地里的旱粮、不小的菜园子、鸡鸭鹅猪……奶娘的每一天都很长很累。

我好像又看到了奶娘那被劲风翻乱的银发在骄阳下闪光，看到她驼背弓腰在地里挥汗劳作的身影……

货郎岁月

孩子出门旅游，在紫金山景区看到一个专卖拨浪鼓的摊点，架子上面插满了大大小小、五颜六色的拨浪鼓，于是她就挑选一只带回家送给了我。我把它插在笔筒里，天天相见。

这把拨浪鼓是木制的，主体是羊皮双面小鼓。两面分别画上动作夸张的人物、植物图案：一面是六个不同形态的福娃，个个扎着通天羊角辫，神情各不相同；另一面是荷花图案，粉嫩的荷花盛开在碧绿的荷叶中间，旁边还蹲着一只鼓肚子的青蛙，似在吟唱，一只蜻蜓立于花上，栩栩如生。两侧的带子上各缀有一枚黑色弹丸，像女孩儿的小辫垂着。鼓下有柄，转动鼓柄时，弹丸甩动击鼓便发声，声音高低错落，非常悦耳。“嘭嘭、嘭嘭嘭”的声音总是让我忆起那些过往的岁月。

20 世纪 70 年代末，我们家乡有个货郎老刘，在我的印象中，他几十年一直挑着货郎挑走村串户，将针头线脑、糖果玩具送到需要的乡人手中——主要购买对象是妇女、儿童及体衰老人。那时交通不便，为了买生计中必需的小东小西，得跑很远的路，到镇上的供销社或者代销点购买，挣工分的人们时间是耽搁不起的，队长的哨声就是一道道催命符，为了全家的生计，为了年底结算不再透支，得听从命运使唤，大锅饭的哨声一响，人们“嘴衔饭”都得跑，不敢也不甘落后！

货郎老刘，他急人们所急，解百姓之难，隔几天就把大姑娘小媳妇需要的彩色头绳、发卡、头油、梳子、篦子、纽扣等等挑到村口的大槐树下。他麻利地支愣起货郎摊，打开马扎，稳稳坐了下来。高举拨浪鼓，一摇，“货郎来了！”消息风一样散开，瞬间传遍村庄的角角落落，村里老老小小从四面八方陆陆续续聚到大槐树下。隔着玻璃盖的货箱，吸引着众人的目光。大姑娘小媳妇各自挑选着自己的心爱之物，挤得货郎挑东倒西歪。货郎老刘耐心指导人们挑选物品，也有的物品是上次受顾客之托特地捎带的，这次如期拿到物品的人们，欢喜可想而知。老太太们细致到买根针也得挑挑针鼻孔大小……晌午了，货郎老刘就留在村里吃口白饭，谁家喊，他就到谁家吃。那时家家困难，日子举步维艰，就这样，我们村庄的人们就按照惯例轮流“做东”，当然，只是让他不忍饿，暂时填下肚子。

拨浪鼓“嘭嘭、嘭嘭嘭”继续在村子上空回响。最欢迎他的还是我们这些孩子们，像村庄上空的麻雀，一群群呼啦啦飞奔而来，望着诱人的玩具，特别是糖果，垂涎欲滴。玩具有彩色小皮球、塑料小轮船、橡胶小鸭子，特别是小鸭子，用手捏住鸭子屁股，还会嘎嘎发声……因此，孩子们揪住母亲的衣角，揉搓着不肯离开，缠着大人要这要那。这当中，有的孩子的母亲在买了必需品之外，再给自己男人买几根散烟之后，手头剩点儿零钱，终究经不住孩子的软缠硬磨，于是就满足了孩子的小小欲望。喜得了几颗“狗屎糖”的孩子，此时是快乐而又神气的。有的孩子则空手而归，不依不饶地哭闹，穷则生火，最终赢得大人一顿死捶的也甚多。

经久的岁月里，货郎老刘不知道换过多少根扁担，磨破多少双布鞋，换了多少个拨浪鼓！他在扁担的“吱吱呀呀”声中度过了一辈子，拨浪鼓陪伴他一年又一年。货箱也修了又修，补了又补，箱子的边缘都豁了牙，但里面的物品在不停翻新着花样，所以货郎老刘在僻远的乡村一直深受人们的喜爱。隔一段时间，只要没听到拨浪鼓的声音，人们就会翘首以待，盼望着。老刘拨浪鼓的“嘭嘭、嘭嘭嘭”的声音，点燃着那个物资匮乏的年代，让人们艰难的生活里多了一份额外的盼头。

后来，听说在纷纷扬扬下大雪的路上，货郎老刘摔折了腿，半年都没有起床，人们只能在盼望中熬着。货郎老刘最终跛了一条腿。一天，蝉声正紧，我们村庄的上空又响起拨浪鼓的“嘭嘭、嘭嘭嘭”温暖而又熟悉的声音，于是，乡村再次沸腾了……

在富裕的今天，拨浪鼓只是孩子们玩具的一种，下乡收货的生意人早已用充电喇叭代替了拨浪鼓。货郎岁月，几代人的念想，货郎岁月，一个时代生活的标志，已经尘封于时间的琥珀之中。

糖 趣

春节闲暇，读周作人的《卖糖》一文，感慨颇深。作者以对昔日绍兴夜糖的介绍为缘起和主线，对夜糖进行了考证溯源。夜糖的形状、色彩、价格、制作方法与风味，作者于笔墨间作了详细介绍。

绍兴的夜糖，是一种圆形硬糖，类似龙眼，也有尖角的，称粽子糖，共有红黄白三种颜色，每粒价一钱……在当时的绍兴，无疑是一种“儿童的恩物”，这样的夜糖点亮了孩童的快乐生活。卖糖者镗镗的锣声，对于小儿是多么的惊心动魄，“如同货郎之惊闺”。作者把小儿们盼糖的心情及神态、蹒跚跃动的步伐、不自觉流出的口水等描绘得惟妙惟肖、淋漓尽致。多年后，绍兴的夜糖，跟花雕酒、女儿红一样让人记忆犹新，不用说，也让作者难以忘怀。

绍兴历史名人徐文长有诗曰：“托钵求朝饭，敲锣卖夜糖。”那些旧事旧景就像正月里搓出来的汤圆，沾着白扑扑的粉，散发着俗气和吉祥，至今让人欢喜。

马年的春晚有一句经典台词：“时间都去哪儿了？”时间的利齿，是怎样把一个人的那些美好光阴啃噬掉了呢？我们的美好童年又去了哪儿了？孩提时代是多么令人留恋啊！

有人说：每个人的灵魂里都有一个洞穴，藏着无数秘密，特别是童年！

每个孩子都是天使，哪一个人的童年不是与糖果纠缠不清呢？

是的。掀开泛黄的记忆，许多点滴往事依然如早春枝头那抹翠绿，让人惊喜，给人温暖。

最深刻的东西，往往停留在童年时刻。小时候，供销社代销点分布稀少，父母缺油少盐时总是差我去五六里路外的代销点购买，每次到了那个令人眼花缭乱的小店（那时认为商品很多），总是磨磨蹭蹭舍不得离开。买好东西后，剩下的零钱紧紧攥在手里，汗津津的，通常是进行了好一番思想斗争后，才终于狠狠心买下几颗黑黑的硬糖——多是一毛钱九个的那种——算是对自己跑腿辛苦的犒劳。黑里透红的糖果虽然不好看，但不影响享用，剥一粒含在口中，那份甜香瞬间渗透全身，似乎激活了身上的每一个细胞，回家的脚步轻快了许多。这几粒糖果我是不会一个人独吃的，一般都是回家和父母分享了糖果的甜蜜后，还留下几颗给班上要好的同学，共享难得的甜蜜。糖纸当然舍不得丢弃，七彩的油性糖纸，捋平了留着，夹到课本里，有空眯着眼闻一闻，立马神清气爽，那份喜悦瞬间又漫上心头。把糖纸贴在眼睛上，向远处看，这时，窗外一定有一朵微笑的云，正从天边飘过来。一颗糖，一张糖纸，一份友情，一片美好的记忆，就可以描绘成多彩的童年。糖果，缤纷了童年生活；糖果，快乐了少年时光。

多年后的一天，在一个休闲广场，看到一个“糖人老”，他身边围满了家长和孩子。他用煤炉子把糖丝熬到透明状——

据说糖丝的温度要达到一百六十度，这时的糖丝不粘牙才好——然后把熬好的糖丝倒在一个小铁盘子里面，小竹棒平放在玻璃般的糖丝上，“糖人老”几手就画好了理想中的图案，用糖铲子轻轻一铲，一个见风就硬、活脱脱的“糖人”就做好了，逗得孩子们欢呼雀跃。“糖人老”能做出各种形状的“糖人”，包括许多动物，奔腾的马、欲飞的鸟、游泳的鱼等等，要什么做什么，技术娴熟，令围观者深深叹服。孩童们各得喜爱的“糖人”满意而去，我和我的孩子也各抢得了一块“糖人”，因为，我还要给我年迈的老父亲带回一个。

现在，偶尔听见街头巷尾有挑担吆喝卖糖的，熟悉的声音似乎跨过苍茫时空从岁月深处传来，“拷白糖咯！”（拷，方言，敲的意思）所谓的“白糖”，就是将熬好的糖块像大饼一样摊在竹簸里，上面盖了块白粗布。那厚实的糖饼白中透出微黄，上面粘着白糖粒，需要拿锤子敲打着凿成块或者条状，再称秤论斤两。取一块一小口咬下去，芳香四溢，甜腻绵长，糖断丝连，吃多了，会弄得猫胡子一般嘴脸，滑稽得很。这种糖实诚，一小块就足够齁倒人的了。空气中会长久弥漫着糖果的气息，慢慢回味吧，童年舌尖上的幸福眨眼间又复活了，这份不可多得的小确幸又在跳跃。可惜的是，现在本土生产这种“白糖”的手工作坊已经不多了。但愿这种民间的手工制糖技术不会失传，能让孩子们的童年多一份渴盼，让成年者的人生多一丝回味。

糖果，“儿童的恩物”；糖果，人生的恩物！

爱的温度

双休日，姑姑回迁搬新家，我们小辈们前去祝贺。

一进门，姑姑布满皱纹的脸上，幸福的笑容像水波一样一圈圈地漾开。年老的姑姑因为疾病，坐轮椅已经十几年了，虽然她不能顺畅地用语言表达，高兴却写在脸上，姑父说："看，你们姑姑今天欢喜的。"

亲朋好友，欢聚一室，畅所欲言，暖意融融。亲情缩短了距离，岁月丰富了话题。难得的聚会，大家倍感珍惜，感慨万千。午饭订在酒店，我们一致提议带姑姑前去，姑父欣然同意。于是大家忙开了，有的扶姑姑，有的推轮椅，我想起今天外面风大，说要让姑姑多加衣服，我蹲下来，摸摸姑姑的手，手很温热，大家都吃不准该给姑姑添加多少衣服。这时，姑父走过来，只见他弯下腰，将姑姑的双手轻轻拿起，两双骨瘦如柴的手叠加在一起，上下触摸揉搓，再贴在他自己脸上试了又试，又用额头抵住姑姑的额头，这样反复几次，然后确定地说："加一棉一单，加多了，她会烦躁。"接着，姑父又找来一把发亮的木头梳子，小心地梳理着姑姑稀疏的头发，姑姑的脸上泛着满意的涟漪。时间就是一把雕刻刀，将生活的沧桑刻进了二老深深的皱纹里。"最浪漫的事，是和你一起慢慢变老！"现在虽然已是初冬，新家里却好像聚拢了整个春天的温暖！爱的暖意弥漫开来，溢满了新居。晚辈们都被这个不经意的爱之举感动了，我也被这一份温情轻轻覆盖，心骤然一热，眼里满含热泪。爱，沧桑之爱，全由小小的细节累积而来！

一生夫妻，一世情缘！日子一针一线缀成了岁月。无言的爱，筑成姑姑轮椅上的春夏秋冬，又像荒漠甘泉，长年累月默默地浇灌着这块饱经沧桑的生命绿地，使姑姑心头的茫茫沙粒，变成缕缕清泉。姑父曾经是某重点中学的校长、昔日的工作狂，在夕阳的余照里，却将真情演绎得如此细腻、饱满。清晨赏花，午后读报，端水，喂药……一片树叶的轻扬，一个花瓣的绽放，姑父都会给姑姑一点喜悦，一份温情，给生命一份从容，让生命在阳光下如花绽放！在充满爱的人生旅途中，幸福之花，盛开如锦，时间让情感之酒越来越浓，馥郁芬芳。轮椅的转数，衡量的是爱的力度；赤红的夕阳，检测的是爱的浓度；分秒的守望，见证的是爱的长度。

恩爱的温度，尽在细微之中。

生命之线

前不久，父亲哮喘病犯了，在家门口的医院打针吃药总不见好，我正好休假在家，建议父亲去省城大医院诊治。他横竖不同意，其实我猜透他的心思，怕累了我。我虽然是父亲的养女，却是他心中不落的太阳。我祈祷上苍：如果有来世，我们还做如今生的父女。我们就像《搭错车》中的父女一样："没有天，哪有地。没有地，哪有家。没有家，哪有你。没有你，哪有我……"父亲一尘不染的爱，如泉水汩汩，浇灌了我童年的幸福之花，使我的童年灿烂如画，美妙如诗。

拙文《生命的原色》《父爱如酒》《父亲》等等，那都是给了我二次生命的父亲，和我一路走来演绎的亲情故事。许多次，都是父亲怀抱烈焰，点燃我生命的灯盏。是父亲将我放到生命的高架上，让我看到了遥远的未来。可是现在，那双盼我归来的眼睛，早已模糊不清……

记得有一天，在我的坚持下，父亲拗不过我，只好同意去大医院看病。早晨，我扶父亲上车，父亲的身体原本那么硬朗，这时却那么虚弱，腿脚也不利索了，站立不稳，左右摇晃。在医院附近下了车，离医院不足百米的路程，我陪着他走了好久。等到了的时候，他早已气喘吁吁，额头渗出汗珠，半晌都说不出话来。我每到一处，他都努力步步紧跟，生怕走丢了似的，我的心似油煎般卷了起来。1985 年我生病住院，父亲数次来医院看我，那时，他是我的依靠，然而今天，我却成了他的依靠。在这短短的时光里，是谁偷偷地把我们转换了角色？！

几经周折，看完了病，我提着一大包中药，搀扶着父亲走出了医院。我忽然想带父亲在城里转转，因为他已经有很多年没进过城了。但他不答应。在费了一番唇舌之后，他还是听从了我的建议。我们打的来到一家大商场，琳琅满目的商品闪着诱人的光，我边走边介绍，父亲却没什么反应，我很纳闷。上楼时，我小心地扶他上自动扶梯，他战战兢兢，摇摇晃晃，我惊得一身冷汗。等到了楼上，他一下子坐在地上，再也不愿意动了，说："你去转吧，我等你。我反正什么也看不清，还要上那会动弹的楼梯。"我惊呆了，原来我的辛苦解说没回应，是因为父亲的眼睛已看不清任何东西了！他坚持说自动扶梯是动弹的楼梯，不敢走。我听了，非常惶恐：一直认为父亲仅仅是有些耳背，一直认为父亲身体还行，一直想等有机会带父亲出去走走看看，一直……直到今天，我还在做着如此之多的美梦！此时，这些美妙的打算顿时跌落心头，摔成碎片。就像方文山笔下的"梦醒来，谁在窗外，把结局打开"，谁能把生命的结局打开啊？其实我早就有时间、有能力、也有机会带父亲出来走走，可我……此时，风在讥我，云在笑我，多嘴的鸟儿也站在电线杆上嘲弄我吧……我的思维显得那么无力。

难道真的如古人所云"树欲静而风不止，子欲养而亲不待"？我看着父亲佝偻的身躯，昏花的双眼，麻木的表情，心底里的痛渐渐清晰上浮，像空气飘忽在我左右，看不见却真实存在，包裹得我几近窒息。我的泪在眼眶里转圈。

父亲的少年时期是苦难的。由于爷爷在外地做事，作为长子的父亲，只好早早辍学回家，帮奶奶维持一家人的生活，挑起了一家五口人生活的重担。十五岁的他，常常日夜兼程，挑米去百里之外的码头贩卖，赚取少得可怜的差价，补贴家用。奶奶在世时常说，父亲年轻时，不知穿破了多少双草鞋！后来，父亲一边辛苦贩米，一边刻苦自学，终于考上舒城师范学校，毕业后开始了他一生的执教生涯。在那样艰难困苦的日子里，父亲竟能完成学业，真是令我敬佩不已。

眼前父亲的形象变得模糊起来。那个给我讲《小红帽和大灰狼》的父亲呢？那个扛着我健步如飞、来回几十里路去外村看电影的父亲呢？那个雪花飘舞的日子里手把手教我练小楷的父亲呢？那个除夕前为乡邻们无偿写春联，并让我将写好的春联晾在一边的父亲呢？那个烈日下匆匆到医院去看我，给我送日用品的父亲呢？昔日那个健壮的父亲，我终于寻他不得，两种截然不同的情形，狠狠地敲击着我的神经！

我只好匆匆给父亲买了一套保暖内衣（至今他也没舍得穿）、几筒父亲喜欢吃的合肥大麻饼，便带他乘观景电梯下了楼。

善良的父亲，一生都是独自品尝着许多不为人知的苦痛！我合掌当胸，祈求上苍，保佑父亲健康、长寿，因为，父亲的那根生命之线，另一头系着的是我……

静默的母爱

“奶娘”这个词听起来好像很久远了，捡拾有关“奶娘”的内容，从那历史的屏风后，从那社会的变迁中，从那深宫宅院里……而我这平庸的人却拥有了奶娘！母亲生下我不久就撒手归去了，那个经济匮乏的年代没有奶粉，我随时面临饿死，家人为我寻找到一位刚夭折了孩子的妈妈——我的奶娘——一位地地道道的农家妇女。

听父辈们说，那是一个下霜的早晨，奶爸特地起了个大早，挑着一副箩筐，在一个熟人的引见下步行了三十多里路来到我家。箩筐里有奶娘为我准备的花棉被、小棉衣、小棉帽等。话语不多的奶爸一再强调：农村家庭条件差，只是怕委屈了孩子……当时，我家里的人千恩万谢的，因为只有这样才能救我一条小命。该说的都说了，一切准备就绪，在家里人的泪雨中奶爸抱走了我。奶爸还到附近农贸市场里买了一头小猪。就这样，担子的一头是我（因为我太轻，不好挑，走到半路又加了一块农村盖房子砌墙用的土坯），另一头是那只小猪，挑回了家。

长大后我去看望他们，问奶爸当时为什么买头小猪，他说：“小猪吉利，想让你长得壮壮的，我从家里走时就和你奶娘商议好了……”多么简单的愿望啊！我听了热泪盈眶。在奶娘家的几年里，由于我的体质特别差，经常在深夜里莫名其妙地发烧，每次都是奶爸紧张地抱着我，奶娘拎着马蹄灯，高一脚低一脚，翻山越岭，四处求医问药。一次又一次把我从死神手里夺了回来。在奶娘家生活到四岁，和门口的伙伴们混得很熟了，整天在门前高大的皂角树下玩耍——那树上挂满着奶娘对我的串串累累的怜爱。几十年后大树锯倒了，奶爸奶娘还为我留了一块切菜的砧板。小时候，奶娘还用红线在我的脚颈上系了个铜铃铛，我一跑，铃铛就呵唧呵唧地响。奶娘只要听不到响声，就放下手中的活计飞奔出来找我。奶娘视我如同己出。雁去雁归，花开花落，断奶了，我要回去了，奶娘却怎么也舍不得放手，常抱着我哭，害怕那一天提前到来。

我终于要被接走了。那天，奶娘躲在灶门口搂着我哭，泪水湿透了衣襟，生怕我让“人家”抢走，而我也是拽着她死活不走。多待了一天后，我还是被我的家人给生生接走了。我感谢奶娘给了我第二次生命。亲情，就是我们好好活着的理由，成家后，我常带着爱人、孩子，辗转几趟车去看他们，我的孩子最喜欢听奶娘她说我小时候的故事，在奶娘看来，那些都是不老的故事——我永远都是她心中的天使。童年，都以幸福的方式，铺陈在那些旧事的光芒里。

奶爸前几年去世了。一生节俭的他，在一个寒冷的早晨突发脑溢血，倒在自己上山砍来的枯草堆旁，临走时手里还攥着一把山草，他用勤劳的双手握瘦了自己，握瘦了岁月，以庄稼人的姿态守望到最后的生命凋零。

有一次，我抽空去看奶娘，听说我最近身体不大好，她眼里闪着泪花。絮絮地说，都是小时候在她家受了亏苦……还在责怪自己没有照顾好我。其实，我最清楚，那是她老人家表达爱的一种方式。漂泊的苦，思乡的愁，被一通暖心的话语彻底溶化了。有一种爱，或许从奶娘和我相逢之日起就没有停止过。每次分别，奶娘都送得好远，一直默默地注视着，我们的车子动了，她还站在那儿抹眼泪，她把不舍压在那洗得发白的围裙里。

童年的老屋，风雨飘摇中。其实，奶娘也老了，老在一大堆零碎的家务之中，她腰弯背驼，白发苍苍。儿子儿媳和本村其他青壮年劳力一样外出打工，挣孩子们上大学的学费和生活费，村庄在慢慢走远，留下的是一抹夕阳的余晖和惆怅的落寂。奶娘像陀螺一样整天转个不停：地里的旱粮要定时除草、补苗；菜园里菜蔬要栽种、浇灌、打理；鸡鸭鹅猪交叉喂食……奶娘每天从天麻麻亮开始一直忙到星斗满天，她孤独的每一天，都很长很长，很累很累，她常常和牲口唠唠叨叨。

疲倦而静默的母爱，像秋天田野里金黄的稻束，饱满而又谦恭，无私而又伟大。正如我的搜狐博友雁字云心说："生，予你生命；养，予你灵魂……一种缺憾造就成另一种拥有。"

亲情像一根拉不断的线，末端总缠绕在我的指间。生命的路途上，有爱我的奶娘，心里总是盛满她的慈祥、善良、坚韧，暖意时时从心海泛出；有曾经宠我的奶爸，让我残缺的心灵得以弥补，他用粗糙的手掌将生命的温情传递……每次想起，内心柔软得像一片湖，那些庸常的爱，那些世俗的暖，溶在里面，像珍珠、像宝石，闪闪烁烁，熠熠生辉。

一支变三支

20 世纪 70 年代中期，困难像幽灵一样困扰着众多农村家庭。我的表哥的家庭就是其中之一，兄弟众多，父母辛苦挣得的工分只能换取少得可怜的口粮，年年透支，天天忍饿。

到了读书的年龄。一天，表哥见本村同龄的伙伴们背着妈妈缝制的布口袋书包高兴地上学了，他的心不安分起来，整天的捉鱼摸虾没多大意思，摔泥炮、赶蚂蚱也玩腻了，他向父母软缠硬磨也要去学校读书，他的父母商量了几天，终于在哀叹声中答应了他的要求。

上学得准备一下。晚上，表哥母亲在油灯下拆了一件她自己心爱的格子旧布褂，为表哥缝制了一个四方形的书包；第二天表哥父亲赶集卖了家里唯一的母鸡，凑足了学费。剩下几分钱，让表哥去五里路外的供销社代销点买一支铅笔。还够不着柜台的表哥，踮起了光着的双脚，使劲伸长着脖子，挑选了一支五分钱的带橡皮的彩色铅笔。捧着它，表哥如获至宝，激动得满脸通红。

路上，绿色闪亮的铅笔，头戴着红色橡皮小帽，好像在调皮地向他眨眼，第一次，第一次真正拥有了一支属于自己的铅笔！原来只能趴在小学的窗台外看别人用铅笔写字画画，现在有了它，可以画自己想画的画，写自己想写的字，哪怕是扁担长的“1”字！表哥的心里像揣了个兔子，突突地跳，拿铅笔的手是滚烫的，手心里攥出了汗，兴奋的心情，无法形容。回家的路上，一辆汽车鸣着喇叭飞驶而来，由于平时几乎没见过汽车，表哥惊慌失措，向路边跑去，可是不知被什么绊了一下，身体失去了平衡，重重地摔倒在地。他顾不上疼痛，赶快爬起来看自己的铅笔，一看，笔断了，中间的一段还捏在手心，两头的已不知去向，顿时，眼泪哗地流了下来。他马上擦干泪水，睁大眼睛，费了好大的劲，爬在草丛里找了半天，终于找到了和草的颜色差不多的另外两截，但是那漂亮的橡皮小帽，早已不知蹦哪儿去了，和他捉了个大大的迷藏，快到晌午了，还没找到，表哥失望而归。

表哥沮丧地把这个“不幸”的消息告诉了他的父亲，父亲听后爽朗地笑起来，立马找来几小截竹管子，把断了的铅笔小心地削好后安在竹管里，安慰表哥说：“看，一支变三支，多好！”那笑声里多的是包容，是爱，像阳光般明媚，驱散了小小少年心头的阴霾。

人生就是经过，长大和老去只是时间问题。赤脚跑过的那段岁月，依然是那样豪迈。如今，表哥兄弟几个，凭借读书，个个跳出了农门，走出了父辈们日出而作、日落而息的村庄。

读书，改写了表哥他们的人生。

零 食

十六岁那年，我在一家印刷厂当工人，那时候不作兴叫打工，大家称我这样的年轻人叫待业青年。

上班一个月后，我领回十七元工资。我捏着一沓钞票，第一件事就是想到大姨妈家病重的姨父，寻思着该做点儿什么。我攥着辛苦得来的工资，直奔供销社的食品门市部。琳琅满目的食品，我选中了几种袋装零食：芝麻白切、芝麻寸金、空心蜜灌、糖饯炸果，共计花去三块六角钱。

姨妈家子女多，每年一家九口的口粮都成问题，姨父有严重的哮喘病，却还要扛着沉重的犁啊、耖啊、耙啊什么的翻地、播种，一年到头，从不敢停歇。小时候，我常见姨父做完农活回家后，先坐在堂屋的厚墩墩的泥门槛上喘气，等气喘好了，接过孩子们递过来的白开水，一小口一小口地呷着，然后再和我们说话，有时，他一句话都要断断续续地讲几次才能讲完。姨父读过很多书，他只要有空，就给我们讲历史故事，像《水浒传》啊，《三国演义》啊等等。他常常教育我们从小要好好学习，好好做人。姨父家的北墙上贴着他用毛笔书写的一副对联“忠言逆耳利于行，良药苦口利于病”。它经过岁月的打磨，融成泥巴墙一样的黄色，那是经年的颜色，日子浸透的明证。

我顶着寒风，向姨妈家奔去。路上，那些零食的香味钻出透明塑料袋，缠绕着我，包围着我，引诱我的食欲，而我一直抗拒着。到了姨妈家，姨父病得很重，许多天没有起床了，靠着被子半躺在床上，喘着气，几乎不能说话。姨父接过我从几十里路外送来的零食，双手颤抖，双眼模糊。后来，姨妈说，姨父临终的时候还念叨："一生都没吃过那么好吃的东西。"指的就是我送的那几袋零食。姨父，像一只不屈的蜗牛，累死在生命的顶点。隔着岁月的尘烟，许多痛，仍来自心灵深处，亦如岁月的无情，命运的冷酷。

时光如鞭，一晃快三十年了，姨父的儿女们，个个出色，家家幸福。而我每次到超市，总喜欢买那些做工精细的袋装零食。触摸悠悠岁月，感恩活在当下，举手投足之间，满是流年的碎影。

好人一生平安

一

20 世纪 70 年代中期。

在媒人的软缠硬磨下，表姐和大表哥终于同意和一对刘姓兄妹换亲。

表姐她家兄妹多，开支大，年年透支。透支户，年终分得的那点口粮是最少的，也是最孬的，稻子里有许多瘪稻和杂质。正因如此，表姐她拼命干活，想多挣些工分，多得些粮食。长期繁重的劳动练就了表姐吃苦耐劳的性格。那时她在生产队和男人一样占十分工。表姐言语谦和、心灵手巧、贤淑能干，在远近十里八乡是出了名的。为了节省家庭开支，减轻父母负担，她同意换亲，以帮大弟弟早日成个家。

表姐除了干农活，还做得一手好女红，针线活在当地农村也是堪称一绝。农闲时，表姐做一大家人穿的布鞋，还做嫁鞋——那时农村时兴做嫁鞋，出嫁时要给新郎带许多双自己一针一线纳出鞋底做出来的鞋子。寒冬腊月，红薯下窖，冬鸡上孵，大姑娘、小媳妇常常跟我表姐学做那些复杂的活计。她们边做边聊着闺房秘事、弟妹们的趣事，我在旁边半懂不懂地偷听她们的谈话，有时跟着傻傻地笑，有时趴在表姐的背上，舒服得很，有时还捣乱：为了暖暖手脚，我姑妈装了一个“火球”——一种装上草木屑、上面盖上火红的热草木灰用来取暖的粗陶器——我不停地往里面放花生、黄豆什么的，再拿火箸不停拨拉，顿时，挑得火星四溅，烟熏得人眼泪直流。焦煳味、草木灰的烟烘味，加上我吃糊豆的快乐，在屋子里漫开。表姐看我的目光是柔和的，她的女伴们却笑着骂我：你也要学的，就知道贪玩，不学，将来长大了，带什么东西嫁人啊……我知道那些一定不是什么好话，拿着火箸，追打她们，就这样疯疯癫癫地闹着。

我们那里将要出嫁的女孩子，一般要做6—10双嫁鞋，送给未来的丈夫。表姐她纳鞋底的功夫可深了，花样很多，有波浪花纹、菱形花纹，甚至纳出某种花的图案，村里女人们说那叫“放‘白果’”。细密的针脚，伴着抽线的“呼呼”声，飞针走线，如仙女织锦，那可是女孩子们用情思织着自己憧憬的美好未来！纯手工做的鞋子，漂亮、耐穿。表姐她做成的鞋子，好多双串在一起，令村中所有的女人赞不绝口。我对她简直佩服得五体投地。我常美美地钻在人群里仰头呆看，听着她们的啧啧的夸奖声，一瞬间突然有了一种糊里糊涂的“自豪感”——我的表姐那么不简单，我也不会差到哪儿去！

表姐她还会做各种鞋垫子，红色的垫子上绣着各种图案：荷花图、鸳鸯图、金鱼图……“S”形、“Z”形、“M”形……彩线交错，栩栩如生。没读过书的表姐，竟然会在小孩子的肚兜上绣出“人民公社好”“大跃进万岁”或红五星等等，以至于七大姑八大姨都跑来找表姐给她们的孩子做肚兜。

那时我们这里还流行“卷脸”，表姐要出嫁，婶婶或姑姑中的有福之人——有儿有女的女人，就来给表姐“卷脸”，细细的线，在脸上拉来拉去，卷干净脸上的绒毛，变成所谓的光脸。“卷脸”时是很疼的，我想不通：为什么要这样啊？那时我肠子都悔绿了：为什么要投胎女人啊？当时害怕得要命。

一切，恍若昨天。

二

一切，恍如昨天。

我常常痴痴地看着岁月，看着它模模糊糊地飞去。

我的表姐贤淑善良是远近闻名的。为了让她哥哥早日成个家，表姐她答应了刘家的换亲之事，在媒人的一再催促下，婚期定了，正月初办喜事，嫁女儿娶媳妇同一个黄道吉日，亲朋好友纷纷从四面八方赶来。我姑妈一千个不忍，一万个不舍，但又不得不忍痛割爱，准备齐了嫁妆。表姐的嫁妆在当时是风光的，因为表姐辛苦劳作了那么多年，姑妈说什么也要多陪一些，在当时的农村，可以说是应有尽有。吉日当天，表姐踏着鞭炮声，在家人纷飞的泪雨中，一步三回头出嫁了。那时全是步行，送亲的队伍像一条长龙，我人小，就扛最轻的蚊帐，夹在队伍当中。走了不大一会儿，就听见姑妈家鞭炮声再次响起，那是表嫂芬进门了。表姐带着她为夫君做的十来双布鞋进了刘家的大门，做了刘家的长媳。

几年时间，两对年轻人，先结婚后恋爱，都是出入成双。表嫂芬也是居家能手，和表哥感情甚笃，日子过得红红火火，不论赶集、做农活、侍弄菜园子，他们形影不离，恩恩爱爱，平常的日子里，感情在逐步升温。而表姐呢，在婆家那四乡八邻里，能干、贤惠也是人们公认的，口碑特好。表姐白天和男人们一样下地干活、挣工分，晚上，还悄悄地去大队做“红色义工”——义务劳动，趁着月色挑塘泥、挖沟渠、填土筑路，从不叫苦叫累，获得奖励的盖有红色五角星戳子印的草帽一顶又一顶，印有“社会主义好”字样的毛巾，一条又一条。岁月飞逝，汇溪成海，大家一致推选她当大队妇女主任。表姐操劳持家，更是井然有序，与公婆、小姑、妯娌和睦相处，人人夸奖我姑妈教育有方，教育出这么优秀的女儿。

表姐的婆家——刘姓家族，据说是战争时期一个将军的后裔，特殊年代，军队日夜行军，情况危急，迫不得已将孩子留在安徽农村一个刘姓人家，托他们代为抚养。新中国成立后，将军未能及时找回他们当时留下的孩子。许多年过去了，孩子长大,成家立业,扎根农村,据说他就是表姐的公公。还有人说，刘家是某将军的救命恩人，究竟是什么情况，外人不得而知。

到了 70 年代中后期，一天，刘姓人家突然收到了一封信函，要他们全家搬迁去京城。从此，刘姓家族彻底改变命运。这本来是一件天大的喜事，可是事与愿违，刘家阴云笼罩，频起纷争。刘家为了带上自己那个已经嫁人的女儿——我的表嫂芬，谎称子女都未成家，就这样，在没办任何手续的情况下，他们偷偷带上自己的儿子和女儿芬，一家人在一个月黑风高的夜晚，悄悄去了北京——刘家父母亲手拆散了两对夫妻。表姐她强忍屈辱，毅然回到了生她养她、阔别已久的故乡。原本就不善言辞，表姐心中的痛，无人知晓。几年时间，漂亮精明的表姐憔悴了许多，红润的脸上渐渐失去了光泽，皱纹不知不觉爬上了眼角。无常人生！在那个年代，一个农村的弱女子又能怎样呢，不得不独自品尝着这段不幸的婚姻带来的苦酒，独自承受着来自社会方方面面的压力。

多年后，表哥又重新组成了家庭，日子还能过得去。可是不久，平静的生活，又起波浪，原来的那个表嫂芬，在京城结婚又离婚，总是忘不了她的发夫——我的表哥，她背着她家人，不远千里，独自跑到我的表哥家，要与表哥重修旧好。此时的表哥已是两个孩子的父亲，面对妻子、孩子，家庭的责任感，不容表哥多想，而芬呢，她不饶不依，闹个天翻地覆，要表哥和她一道去京城，重筑爱巢。两个女人展开了拉锯式争夺战，表哥家被搅得乌烟瘴气，鸡犬不宁，在纠缠不清中，表哥曾自杀未遂。芬在众人的指责下，自知理亏，又羞又怒，终于带着遗憾，无功而返。据悉，近三十年了，芬至今还是一个人过着孤寂的生活。而她父母原本想再给女儿寻一桩美满的婚姻，让她过上幸福的生活，事实证明，芬并未“过上幸福的生活”！许多事情经常是事与愿违的。芬和我的表哥或许就是鱼水之情，优裕的物质条件并不能涵盖所有，在这桩家长制的婚姻中，受伤的心又何止一颗、两颗？河，就那么潺潺地流淌；花，就那么静静地开放。她们生活的轨迹被改变，婚姻造成了痛苦，表哥表姐他们成了不幸婚姻的牺牲品……

三

海子说："风后面是风，天空上面是天空，道路前面还是道路。"

人生如戏，几人如意？生活，生下来，活下去！有命总得活着，路，还得走下去。表姐在姑妈及众亲友的耐心开导下，逐渐走出失败婚姻的阴影，日出而作，日落而息，用汗水冲淡心中的痛苦和郁闷。国家百废待兴，农村更是面临着众多改革。公社的干部找到了表姐，要她帮忙推广农村医疗改革。表姐她没读过什么书，不过，向弟弟妹妹们学习，也识得几个字，最主要的是她能吃苦耐劳，乐于奉献。几年当中，表姐配合公社派下来的医生，风雨兼程，走乡串户，热情地为广大农村妇女同胞服务。那个年代，在落后的农村，农村妇女的卫生意识几乎为零，尤为突出的是无节制的生育，导致她们的家庭贫困不堪，而且她们的身体状况不容乐观。表姐不计任何报酬，肩挑手提，和医疗队一起，上门为许许多多妇女送去免费的计生药品，做一些简单的手术，教给她们最基本的卫生保健常识，把她们从困惑和无奈中解救出来，让她们更好地从事农业生产，帮助她们脱贫致富。表姐用一颗热情善良的心向穷苦的妇女同胞们播撒着片片阳光。今天看来，她就是真正的阳光使者！

花开花落，燕去燕回。三十多岁的表姐在好心人的介绍下，嫁给了一位军人。军人的前妻因病撒手归去，留下三个嗷嗷待哺的孩子。表姐义不容辞挑起了这个风雨飘摇、濒临破碎的家庭的重担，全方位支持表姐夫工作。这个家庭人口多，孩子小，经济困难，其中的艰辛难以想象。表姐除了照顾好这几个孩子，还偷偷去外面打零工，补贴家用，甚至开荒种菜，几次蹬三轮车去卖自家种的多余的蔬菜，她从无怨言。针对每个孩子的个性特点，表姐制定了不同的培养计划。几个孩子，个性迥异，表姐耐心、细致地照顾着他们，使他们充分感受到母爱，使他们在成长过程中少了许多孤苦和遗憾。

大儿子俊，聪明好学，自尊心强，表姐送他到兴趣班学习画画、奥数。后来，俊以优异的成绩考上了大学，毕业后有了不错的工作。现在他常携妻抱子，从另一个城市回家看望这位改写他人生的妈妈。

二女儿琳从小体弱多病，她得到的关爱比哥哥、妹妹还多。表姐长年累月带琳奔波在家和医院之间，常常伏在病床前整天整夜守候、端水喂汤，她们母女情深，琳一时半刻也离不开她的母亲——虽然在别人看来只是继母。表姐她谱写了一曲又一曲人间难得的真情之歌、大爱之歌。三女儿珍珍乖巧、懂事，常常把好吃的悄悄留下一些，留给在外忙碌的母亲，母亲回家时，小小的珍珍，连忙递上毛巾为她擦汗，搬来板凳让其坐下。后来，珍珍上了大学，发烧多日，表姐得知后，连夜坐火车赶到女儿身边，送她到医院，医生说珍珍得了流行病，可能传染，可表姐寸步不离，守护了几天几夜，直至珍珍痊愈。在医院里，表姐的一言一行，感染着周围所有的人。一位女医生得知实情后说：“这样的继母很难得，得上电视宣传。”表姐却笑着说：“为了孩子，再苦也值得。”一句朴素的话，一颗善良的心！

一分耕耘，一分收获。表姐的孩子们都长大了，他们在母爱的精心哺育下，人人优秀，个个出色，像小鸟一样飞向了外面的世界。不过，每到节假日，他们都不怕路途遥远，带着自己的另一半，飞回来看望将他们抚育成人、教育成才的母亲——我的表姐。

现在，表姐儿孙绕膝，晚年幸福。

牡丹花开

王维赞曰：“竞夸天下无双艳，独立人间第一香。”王国维也说：“阅尽大千春世界，牡丹终古是花王。”

我家曾经有个不小的牡丹园，它的四周是用冬青树围起来的，冬青树常年被我们修剪得非常整齐。这样既可以把孩子们挡在外面，免得他们有意无意弄坏园中的花草，也可任他们指手画脚，对着牡丹叽叽喳喳，评头论足，就像九寨沟的水，美，只能观赏，不得触及。还因为这是校园里的园子，我们称作园中园。

偌大的长方形园子，里面多是牡丹，还有我的生父八小时之外的愉快时光。午饭后，常见烟雾袅绕中的父亲，坐在园子里翻阅《牡丹栽培技术》。

父亲一生信奉：黎明即起，洒扫庭除。他也是这样要求他的子女的。

父亲每天一早起来，就开始进园子，带上他的那些宝贝：铁铲、锄头、剪刀等。每到春天，父亲像种菜一样整理着土垄子，给花根四周培上新的松软的土，捉虫、修剪、施肥（落叶、杂物、草木灰等储在一个废弃的大水缸里，腐烂了很久以后作肥料，父亲说种花要上熟化的肥，必须沤好了才行）、浇水，摘除多余的花苞，每株上只留三两个花骨朵，这样才能确保朵大花艳。

这些，父亲做得一丝不苟。一场雨过后，牡丹花枝又长出一截，一人多高的牡丹，一片郁郁葱葱，株株精神抖擞。

我家的牡丹品种繁多，大多都是父亲自己嫁接培育的。夏天是花开最热闹的时候，大红、紫红的牡丹为园子的主色调，黄的“野黄牡丹”我们叫她“菊牡丹”，白的我们称她“白雪公主”，最珍贵的是绿的，豆绿色的我们常叫它“玉牡丹”；最黑的牡丹是“冠世墨玉”，我们叫她“黑姑娘”，最具特色的是一朵花中两样色，这大概就是书上说的“二乔牡丹”……那真叫万紫千红，无数的蜜蜂嘤嘤嗡嗡，一只只蝴蝶上下翻飞。来我家观赏的客人纷纷称奇，父亲总是在这个时候，脸上才绽放出平时难得见到的笑容。那些盆栽的牡丹，娇小得很，多送了客人。每个傍晚，十四五岁瘦弱的我，都要用我稚嫩的肩膀去校外的池塘里挑水，按时给这些花儿浇水，常常一挑就是十几担。父亲说井水太凉，塘水最好。

秋天到了，是牡丹花嫁接和繁殖的最好时期，父亲也是最忙，还要向左邻右舍传授牡丹栽培技术。冬来了，父亲为花儿做好防寒防冻工作，还把那些干花剪回家，做枕芯，余香缕缕，物尽其用。父亲的一生，花种的好，但遗憾的是，他永远摆不平子女与继母的关系。

人生百年转瞬尽！现在，父亲和母亲是否在天堂那边种着许多的牡丹花？

虽然，人生之路太多坎坷，我还得感谢命运的关怀和恩赐，让我在记忆的影集里拥有了那么多的牡丹花。许多年过去了，这些牡丹花至今还盛开在我心中的高地。

心墙上的牵牛花

我刚来到这个世界不久，母亲就撒手归去，留给我的是今生不可弥补的遗憾。

在继母掌管我命运的那段岁月里，我有幸碰到了一个好邻居，一位徐姓阿姨，她让我感受到了母爱的无私和伟大。

她有三个儿子和一个女儿，家境清贫却很温暖，孩子们在她的呵护下幸福地成长。徐阿姨是个和蔼的小学老师，叔叔也是个严肃的读书人。徐阿姨一有空，她家那张磨得油光发亮的方桌四周就围满了小脑袋，一双双好奇的眼睛忽闪着。读初一的我，也常常在做完继母吩咐的活计后，偷空去听她讲故事，抢着猜谜语，看她家墙上裱糊的报纸，那一块块的文字深深吸引着我,百看不厌。我还特别喜欢看阿姨她买给孩子们的画报，我看了一遍又一遍，爱不释手。一次，徐阿姨见我看画报的神情那么专注，就顺手送了我两本，让我拿回家慢慢看。不料看画报入了迷，继母叫我，我没听到，继母就把我看画报的事夸大，还进行编造，说我偷懒不做家务，又说徐阿姨挑拨离间，于是，生父就结结实实地“收拾”了我一顿。徐阿姨听说后跑来看我，伸出粗糙的手温柔地抚摸着我的头……那只手臂架起的是心桥，是彩虹，莎士比亚曾经说过：“善良的心地，就是黄金。”

从那以后，我去徐阿姨家，由“地上”转为“地下”，继母在家时，我就不去了，有时，听着隔壁徐阿姨家孩子们大声地说笑，我羡慕得直掉眼泪。

不知什么原因，我在家常常犯错。一次刷碗，不小心打破了一只漂亮的蓝花碗，我领到了一天不吃饭的“刑”。到了晚上，徐阿姨知道了，叫她的女儿偷偷送来两个煮熟了的咸鸭蛋，让我充饥。至今我还常常回味那两个咸鸭蛋的美味。还有一次，放学时天降大雨，别的同学纷纷从父母手中接过及时送来的雨伞，充满了幸福感，而我却望雨兴叹，只好下定决心等待。这时，一个熟悉的身影向我走来，我吃惊不已，原来徐阿姨送伞给她的孩子们，还特地绕过来接我，我们像娘俩，一边走一边亲热地说着话。她为我驱散心头的阴霾，和我讨论生活的道理，探讨人生的真谛。有人问起时，徐阿姨就戏说我是她的女儿，当时我甭提有多高兴，母爱的光辉和精致令我泪流满面。徐阿姨的博爱，像那篱笆上攀爬的牵牛花，四季芬芳着我的心墙。

那何止是一把遮雨的伞啊？那是为我撑开的一片爱的绿荫！于是，我的人生的心历上又印下了甜蜜难忘的一页。我常常回想当年的情景，无数次在脑海中幻化、定格、扩展那幅“雨中即景”！幸福，原来是那么简单，那么纯粹！我带着徐阿姨分给的那份爱心，那份感动，一路走来。成长中，我记住了这样一句话：“把你的伤痕变成勋章。”拥有的感觉真好。

母爱，蕴藏着巨大的精神财富，徐阿姨家的孩子们在宽松愉快的环境中成长，个个优秀。现在，她的大儿子更是表现出非凡的能力，担任省城某重点中学的校长，外加许多重要兼职，二儿子也是某小学的校长，三儿子是某工商部门的领导，宝贝女儿也是金融系统的骨干分子。这些在母爱甘露滋润下的硕果，母爱是他们动力的源泉、制胜的要素、成功的秘诀。今天，徐阿姨儿孙绕膝，其乐融融。

阳光打在墙上，感动刻在心里。日子就在深沉静默中流过，但是，许多生命深处的感动之流却日夜奔涌，不曾停息。

蒲公英的孩子们

清明节前夕，我们无约而如期地去给父母扫墓。

车子一路颠簸，蜿蜒的“村村通”在山峦上盘绕。表哥、姐姐、我，在当地亲戚的陪同下，来到了父母长眠的青山丛林。太阳像隔了一层玻璃，似有似无，柔柔地泻下；忧郁的风也不时凑过来，耳语几声；青枝绿叶随时拨拉着我们脆弱的心，那茫茫的绿意，能否填平岁月的皱褶？我们潮湿的眼睛，长时间滋润蓝蓝的天，悠悠的云。又是一年清明到，树木又粗了一轮，树上的鸟窝像一顶顶扔在岁月里的旧毡帽，鸟的音韵仍旧抑扬顿挫，平也好，仄也罢，自然就好。山似乎更翠了，山脚下的溪水更清了，母亲的碑文也更浅更淡了，而我们的怀念却与日俱增。清明，像根线，将记忆的碎片小心缝合。

表哥和当地的亲戚们一筐又一筐地给父母的坟冢培填新土，也把我们无尽的怀念和敬仰一道洒进一抔抔的黄土之中。母亲去世的时间与我年龄相同，而表哥和我同龄，与我的母亲未曾谋面。今天，他来给姑姑扫墓祭奠，我们十分感动。血浓于水的亲情之线，将他的孝心牵引。坟地旁的野花默默绽放，一瓣瓣，暗吐馨香，撑开了我们几近封闭的心。我们向母亲诉说着心事：烦恼、痛苦、悲伤、怀念，包括生命中的几许感动。夕阳下，我们叩首膜拜，用肢体作印章，雕刻着缕缕心迹，几多忧伤，几多虔诚。坟地旁的刺藤扯挂着我们的衣衫，推推搡搡，缠缠绕绕。

母亲，您就像一株蒲公英，不知道命运之风将您的孩子带向何方。母亲，我们虽然平庸，像小草一样卑微，但不落的梦想也常常叩响沉睡的心灵荒漠，踏着幽幽岁月，去寻找生命深处的绿洲，在别人不在意的角落里，不乏绿意盈盈。母亲，表哥是会计师，为人之道，处世之理，他算得清清楚楚，明明白白，工作做得一丝不苟；姐姐是医师，刚刚退休，脱去穿了大半生的白大褂，收获了一身轻松；我是教师，常常坐在阳光下，让思想穿过季节的长廊，怀想孩子们的一些陈年趣事，倾听校园里的悠扬钟声。

今天，我将我的思想挖掘出来，重新排版。平平仄仄的生活之韵，和着零零碎碎的日子之味，构成了我的年年岁岁。母亲，我们无法选择出身，但我们有权与命运抗争，我们像那蒲公英的种子,跟随勤劳的知更鸟,去同春天约会,想与幸福牵手。

山下的油菜花，金黄一片，纷纷举起甜蜜的杯盏，将农人的喜悦，一畦畦铺开……

母亲，有一种声音在拔节，那就是希望之声，我们希望在未来的日子里，有更多的生活感悟能带给您，与您细语，邀您分享。

一支粉笔写春秋

夜，很静，秋虫呢喃。任思绪飞越时空，让记忆之河静静地流淌。慢慢梳理着逝去的时光，一点点，一滴滴，一串串。

前天清早回了一趟老家，看望年迈的父母。在拥挤的中巴车上我想象着父母会在阳光明媚的初秋里做些什么：翻晒被褥？拣择豆角？……伴着风尘，带着渴盼，我到家了。然而，一到家门口，见大门虚掩着，听到屋内传来痛苦的呻吟声，这熟悉的声音刺疼了我的神经——原来父母双双病倒了！作为独生女儿的我，瞬间觉得这一切太突然，有点措手不及！我立即马不停蹄地为二老求医问药，尽子女应尽的责任。

现在，父亲那双盼我归来的眼睛，早已模糊不清，走路时摇摇晃晃的模样，总是闪现在我的心头，把我的心震得生疼，常常在某个瞬间，我似乎听到了自己心碎的声音。“树欲静而风不止，子欲养而亲不待”。我看着父亲佝偻的身躯，昏花的双眼，麻木的表情，心底里的痛渐渐清晰上浮，像空气飘忽在我左右，看不见却真实存在，包裹得我几近窒息。眼前父亲的形象变得模糊起来。那个给我讲《小红帽和大灰狼》的父亲呢？那个扛着我健步如飞、来回几十里路去外村看电影的父亲呢？那个雪花飘舞的日子里手把手教我练小楷的父亲呢？那个除夕前为乡邻们无偿写春联，并让我将写好的春联晾在一边的父亲呢？

中师毕业的父亲，在偏僻的乡村当了一辈子小学老师。许多年过去了，尘封多年的记忆被自己小心唤醒，脑海里浮起这片片美丽的花瓣。小时候，我天天跟着父亲转，他上课，我就在走廊里玩耍；他改作业，我就围在他身边乱写乱画。我的小学就是跟着父亲读的，他不放弃一个学生，哪怕是智力有问题的孩子。记得有个叫乒乒的孩子，父母都是残疾人，乒乒的智商也低于同龄人,家庭非常困难。父亲便经常把乒乒带到家里，手把手一笔一画教他写字，一遍又一遍教他读汉语拼音，帮助他完成各种作业，还常常留他在家吃饭，给他洗澡，有时还拿我的花衣服给他穿，感动得乒乒的父母逢人就说这样的事。乒乒在我父亲的帮助下顺利读完了小学，升上了初中。

小翠是我的小学同学,更是我儿时的玩伴。小翠姊妹三个，她在家是老大，农忙季节，八九岁的她已经是家里的好帮手，砍柴、做饭、割猪草，样样做得有板有眼。常因做家务、带弟妹，不能到校上课。父亲就在放学后抽空去她家，给她补课，耐心讲解当天所教的内容，临走时还把当天的语文、算术作业画下记号，让小翠单独练习。有几次，小翠的妈妈不让小翠上学，要其辍学，在家带弟妹、帮忙干农活，我爸爸不知多少次上门家访,做小翠父母的思想工作。这样一直到了小学五年级，小翠的成绩在班上都是名列前茅。现在在外地工作的小翠，常常打电话问候我的父母。父亲几乎教授小学的所有课程，洁白的粉笔在他的手里变化无穷，黑板上花样般交替出现：一会是生字、拼音；一会是算术公式；一会又是一幅图画……每年暑假，父亲总是买来黑色油漆，在斑驳的木头黑板上一层又一层刷漆。他还在校园里用土坯砌了一个乒乓球台，从百里之外的县城挑来稀罕的水泥，做了台面，买来乒乓球拍和乒乓球，有空就教孩子们打球，丰富他们的课余生活。

有一次刮起风暴，校园里的几间茅草屋有被狂风掀走屋顶的危险。父亲借来梯子爬上屋顶，用自己的身子紧紧压住风口方向的屋檐，抵御狂风的撕扯！电闪雷鸣中，我们为父亲捏着一把汗。风停了，雨住了，房顶保住了，父亲却因淋雨发烧了好几天。这些教室，都是父亲和同事们起早贪黑用勤劳的双手和泥、打泥坯、上山拉山草，一间一间盖起来的，还步行上百里从县城挑回了门和窗。那时候，哪里需要新建学校，上级主管部门一纸调令就将父亲派遣过去，让他带着一班老师，从零开始，建设学校。现在简直难以想象，物质匮乏的那个年代，建校、创业是何等的艰难！当然，每一次，父亲都会不辱使命。

父亲一生清平，多次搬家随身携带的只有一只木头箱子。那是一只装满“宝贝”的箱子。退休后的父亲每年夏天都要翻晒那些“宝贝”，这时候的他常常自言自语，乐此不疲。木头箱子里装满了他终生执教获得的各种荣誉证书，这些发黄的证书如翩飞的蝴蝶，美丽地栖息在父亲的心头。遗憾的是，他最近似乎什么都不记得了……

一支粉笔写春秋！父亲的执教故事，如同芬芳的老酒，经过岁月的封藏，越发馨香浓郁，陈年的香味弥漫我的心房。话语不多的父亲，心存一份温情，用博大的爱雕刻一段又一段教书育人的时光，编织一个又一个令人难以忘却的故事。这一切，在今天还时时温暖着我，鼓励着我，给我前行的力量。

感谢父亲，让我学会吃五谷杂粮，懂馈赠感恩，铭记一生香醇；感谢父亲，教我学会写横平竖直，走人间正道，收获美好人生。

生命的原色

我总是怀着一颗感恩的心，细细地咀嚼生活中的喜与忧，苦与乐。

童年岁月是我一生中最难忘的。人生许多美好的东西，都会随四季的河流漂走，远逝，不复返了！童年的我无忧无虑，无拘无束，天真烂漫，自由欢乐，这一切，来自我的父亲——我的叔父和养父的馈赠，是他老人家馈赠予我如山的父爱，在我童年的画卷上调上斑斓的色彩，画出人生中最曼妙的风景，使我的童年充盈、快乐！

小时候，我家一直单独住在乡村的小学校园里，在那种纯自然的环境下，过着世外桃源般的生活。早晨，初升的朝阳轻轻拂过树冠，温柔地舔干露珠，摇醒自然界的万物。我和父亲整装待发——父亲常常带我去风景怡人的水塘边垂钓，我也总是不甘心落后，扛起父亲为我特制的虾网——长长的竹竿顶端装一个三角形的纱网——喜悦流淌全身，疯疯癫癫地“进军”在乡间小路上。碧绿的秧田一望无际，阳光洒下跳跃的光斑，风儿印下闪烁的吻痕，田园丝锦向我们绵绵展开，那些都是生命最初的本色！大地似在快乐地吟唱丰收的歌谣。

季节书写着诗意。我印象最深的，是塘埂上的野月季花，白的，粉的……一簇一簇，挤在一起，好不热闹。那些娇小的花瓣一尘不染，淡淡的清香沁人心脾，日月的光华和大地的深沉造就出它们那独具魅力的气质，像轻歌曼舞的江南美人，轻盈飘逸，神韵如兰，耐人寻味；野月季的茎，去了皮，还是绝好的零食。我们的到来惊动了蛰伏在花丛里的群蝶，四起翩飞；蜜蜂总是彰显自己，嗡嗡闹闹，成群结队，阵势宏大；树干上那行动迟缓的天牛，被我逮住时，摇动着触角，吱吱地叫，似在求饶；燕子成双成对，像战斗机一样时而腾空，时而俯冲，洁白的胸衣在我眼前忽闪，疾飞鸣叫，自由不羁。水，幽蓝幽蓝，在阳光下波光潋滟；风，温润清香，吹得人心思飞扬；云，倩影倒映，扮美天上人间。

到了目的地，爷俩各自忙开。父亲找准垂钓的位置——多选树荫边、水草茂盛的地方，撒饵、穿蚓、放钩，父亲熟练操作着，一切就绪，便坐在马扎上眯着眼、抽着烟，耐心等待那愿者上钩的鱼。我则卷起裤管，赤着脚，下到池塘旁边的“浪田”里，在田中间的水沟里下网捞虾，拖着虾网来回跑着，搅得水田浊浪滔滔，惊得鹭鸶展翅，鱼跃蛙跳，田间的野鸡四散奔逃。四周回荡的是我放肆的歌声，竹篓里装不下的是我快乐的心情，草帽下掩不住的是我银铃般的笑声。几个回合，虾啊，泥鳅啊，小鱼啊，青蛙啊，黄鳝啊，还有水里的各种小虫子，都逃不掉，尽收虾篓。不过我可不喜欢那像蛇一样的东西——黄鳝。不用说，不到一个时辰，我就变成了一个小泥猴。

父亲钓到了大鱼，总是喊我去帮忙，这是我最高兴的时刻。一道银光闪过，一条几斤重的草鱼，啪的一声跃出水面，又在瞬间跌入水里，渔竿已弯成了 C 型。父亲手里的渔竿随着鱼游动，这时父亲一点儿也不急躁，等鱼挣扎累了，才小心地把它拖上岸，然后我们一起动手，把鱼装进鱼篓里。

爷俩满载着丰收的喜悦，凯旋！

小人书的芳香

童年的点点滴滴，落花一样轻浮在时光的水流之上。记忆中那些闪光的小宝贝，常常在不经意的时候打动心灵。

我上小学的时候，放学了，老师留的家庭作业少，三下两下写完了，长长的时光无事打发，就同小伙伴一起溜到不远处的新华书店。书店里一老一少两位营业员，年纪大的阿姨是本地人，年轻的知青大姐来自水乡三河，她们态度温和，始终面带微笑，微笑给书店里的一切镀上一层美丽温柔的光泽。我们在冰凉的玻璃柜台边上来回磨蹭，压扁了鼻子贴着玻璃看那些可望而不可即的小人书。小人书封面上的人物就深深吸引着我们了，由于识字不多，我们努力辨认着小人书封面的名字，揣测书中的内容，有时大家还自以为是地争执着。《红日》《艳阳天》《铁道游击队》《映山红》《铁人王进喜》《高玉宝》……一抹夕阳斜斜地挂在街口，新华书店沐在晚霞的微温中，收藏一屋暖色，更迷人了。

后来，由于继母调到新华书店隔壁的日杂门市部上班，我要天天给她送饭，这样，渐渐地，我便和书店的阿姨、大姐熟悉了，确切地说是她们和我熟悉了。星期天，我便来泡书店，时间久了，阿姨、大姐让我从只能容一人进出的通道进到柜台里面看书，手捧那些新崭崭的心仪已久的小人书，特别亲切，倍感温暖。我坐在地上小心地翻，仔细地读，爱不释手。长方形的黑白小人书，像一扇扇可以推拉的门，我在故事里穿梭、徜徉，每一个页面上方都是图画，下面是两三行叙述文字，所占地方小，没有多余的废话，句句经典。渐渐地，故事中人物的爱和恨，我能梳理得清清楚楚。至今，那些人物和故事我还记忆犹新。

那时，我看小人书，一般不看首页的故事梗概，看了，会削弱我阅读全书的兴趣。有书读，真是一件幸福的事。

转过日子的屏风，触摸那不朽的灿烂，小人书的芳香一直伴随着我，至今，我仍然喜欢配有文字的图画。那些小人书，像北极星一样，永远挂在我心灵的高空，熠熠生辉。

童年的游戏

午睡正香，不知被什么声音吵醒。我起身寻找：婆娑的树影下，一群孩子正在游戏。他们抓住假期的快乐时光，玩得正欢，个个小脸通红。我清清瘦瘦的怀想也渐渐丰满。瞬间，思想深处的复活，比地上的青草还鲜明。

思绪像搁浅的船，又感觉到潮水的推动，渐渐驶向时光深处，驶向难忘的童年。

有个心理学家曾经说过，没有游戏的童年是人生成长的一大缺憾。

我童年的校园犹如一幅褪了色的挂图，永远悬挂在我心灵的一角：爬山虎在墙头布满一张张精密的网，丝丝络络，河流一样的藤蔓，那是时光游走的痕迹；燕子的叫声还在屋檐下回旋；铜钟庄严地悬挂在廊柱之间；还有水泥乒乓球台，白天是厮杀的战场，晚上是纳凉的好去处，纯银锤制的半月挂在冷蓝冷蓝的夜空，在萤火虫们的推搡中，在父亲的芭蕉扇下，我常常在球台上进入梦乡。

我童年的玩伴女孩子居多。放学后的校园空旷安静，几个要好的同伴便磨蹭在校园不肯回家，与我游戏。父亲常催促我说：“让她们回家，她们要回家放鹅、放牛的……”不是我强留她们，是游戏的魔力吸引了她们。我们两两对面，席地而坐，用冬青树枝做了许多小棒棒，上面拿小刀刻上粗细不等的道道，表示百千万，那是我们的约定俗成。一把小棒一下子撒开，一根一根地挑拣，看谁抽取得巧妙。手是不能碰动小棒的，谁动了小棒，谁就被罚停止游戏，让对手接着玩，最后点数小棒的道道，算出总分，分出胜负。沐浴在冬青树的清香中游戏，心情自然不同，树上的鸟也来助阵，吟唱不止。时候不早了，我们拍拍裤子上的灰尘，揣着游戏带来的快乐和满足各自融入无边的夕阳中。

校园由几个小院子组成。宽阔的后院像个迷宫，里面的树，茂盛得很。晚上，黑魆魆的，各种虫子唱歌，拉锯般钻心的响，还伴有猫的嘶叫声，像小孩子哭，瘆人得很，至今想起来仍觉得毛骨悚然。还有一条白天是我们游戏宝地的环水沟，我们称之为小河，夜间常听到鱼啪啪扫尾击水的声音。我们从校门口的加工厂拖来橡胶软管，用嘴吸着河水，浇灌菜畦。那时，我们不知道什么叫虹吸现象，只知道玩得很有趣。我们兜里揣着石头子儿，三五一组，随时坐在树荫下抓石子比赛，七个石子始终留一个在手，或一把抓，或一个个点抓，总之谁的石子掉在地上了，谁就让对手继续玩。我们比着高低胜负，将快乐进行到底。地上的灰尘被我们揩得很干净，地面磨得溜光溜光的。树丫上荡着二郎腿的伙伴不时加油叫好。高大的土堆，是我们的滑滑梯，噌噌噌攀爬，呼啦啦下来，裤子也磨得千疮百孔。童年的乐趣充斥着整个园子，欢声笑语回荡在园子的每个角落。

还有常常盛开在心头的毽子花，一人或多人表演，上下翻飞的鸡毛毽子，多是用铜钱自己缝成，当然大衣的纽扣也行。

那时，大衣是不多见的，更难寻到大纽扣了。毽子的踢法颇多：右脚单踢、左右对踢、侧身打跳、头顶膝拱、海底捞月、里盘外拐……眼随毽动，同伴记数，姿态优雅，动感十足。

童年的回忆又随秋千荡来。荡秋千是多人游戏，男孩子是允许参加的。双手抓牢拴在大槐树上的麻绳吊索（拴绳子多得大人帮助），双脚踩稳踏板，坐上较宽的板架，一人推搡，沿着半径，划着弧线，高高飞去低低荡来，身轻如燕，以数数轮流游戏。有诗云：黄蜂频扑秋千索，有当时，纤手香凝。当然，我们小孩子是不会涂香抹脂的，大概是快乐吸引了黄蜂、蝴蝶它们吧。

扒开越堆越厚的阳光，我在找寻我丢失的童年。快乐的游戏如同花边一样装饰着童年，幸福的童年又慰藉着如梦的人生。

享受童年的快乐，感恩岁月的垂青。用热爱的针脚，把生活密密缝补。有人说：人，离开故土，脚下的根就会疼痛。珍藏童年的游戏，收获童年的乐趣，我们，把根留住。

钟声悠扬

天边吐出一缕清亮亮的晨曦，校园里早操的音乐响起，划破我悠悠远远的梦网，勾起我深深浅浅的回忆。

小时候，我家住在一所小学附近，每天早早吃了早饭，父亲就扛着我大步去他教书的学校。每天都是父亲去得最早，他要为学校敲钟，其他老师多是民办教师，家里都种了田，他们要做一早上的农活后才到学校上课。学校里最吸引我的，就是用粗粗的铁丝高高吊在走廊横梁上的那口大钟，铜铸的，据说是曹丕重修的皇城寺的寺钟，后来寺庙毁了，就剩下了那口钟。它像倒垂的喇叭花，常与钟锤相吻的地方，呈一道明晃晃的箍，椭圆形的钟锤像花蕊，一根细麻绳牵着钟锤，轻舞飞扬，撞一次，响一下，钟声深沉悠扬，这时，陆陆续续到校的农家孩子们就开始了长长的早读时光。远山托着蓝天，钟声和着书声，在围墙边的杏林里缠绕回旋，一天的校园生活就这样开始了。那时，不懂事的我总是缠着父亲，要敲一敲那神秘诱人的钟，每次都遭到拒绝，父亲说："钟，不是随便敲的，它是上课下课的信号，再说，敲钟是有规矩的，上课的钟声可敲得急一些，当当当连续数下，下课的钟声可敲得缓一些，一下一下地，声音得有点儿距离。"敲钟原来还有这么多讲究啊。父亲一生守护校园，沐浴钟声，欢喜地度过了自己平凡的教书生涯。

后来，我在离家很远的地方读中学。有一次我们学校放了几天假，我回到了父亲所在的那所小学。回去那天，天气炎热，蝉声一声比一声热烈。突然，我意外地听到一阵刺耳的声音，原来学校里安装了电铃。电铃响起时，没有节奏，不让人喘息，响得突然，响得急躁，响得吓人，上课下课一种调子。父亲说："现在高级了，不用看手表敲钟了，都是预先设置好的，更准了。"可我感觉怪怪的，我再也找不到我喜欢的那悠远深沉的钟声了。从此，那铜钟发出的乐音，只留在我心之一角，回响在岁月深处。

许多年来，我仍然不能忘怀那温暖的钟声。有多少人的梦想，在这样的钟声里拔节——他们，在这美妙的钟声的伴奏中，纷纷跳出了农门，做了城市的主人。那钟声，是最原始的呼唤，一次次从我发黄的书卷里飞出，一回回激荡在我的心海。

故园情深深

“土能生万物，地可发千祥”。自古以来，人类的生存和发展离不开土地。高山固然令人仰望,丘陵和平原也一样不朽。

我的家乡地处丘陵地带，岗头随处可见，那些大大小小的岗头，与村庄牵手，跟田野毗邻，比村庄高，离田园近。岗头，搂着池塘，携着路桥，见证村庄的繁荣与衰落，守望人们的远行与回归。

有的岗头绿树成荫，有的岗头光秃秃一片。

有树的岗头是鸟儿的天堂。鸟儿是乡村忠实的卫士，它们从早上到晚上，叽叽喳喳，吵吵闹闹，生活之声迂回在岗头上空。几只羊，拴在榆树上，边叫边啃着青草。白天，孩子们常在树林里来回穿梭，寻找枝头率先成熟的果子，身手敏捷，猴子似的爬上树干，顺手一摘，在衣服上一蹭，就解了馋虫。吃饱了果子的孩子们坐在树荫下抓石子比赛，同伴间比着高低胜负，将快乐进行到底，树丫上荡着二郎腿的小伙伴不时加油叫好。拴在老树上的秋千，荡来几个身轻如燕的女孩，荡索沿着半径，划着弧线，高高飞去低低荡来。男孩子推波助澜，更加卖力地加油叫好。能为别人喝彩，是一件多么美好的事。有诗云：“黄蜂频扑秋千索，有当时，纤手香凝。”当然，小孩子是不会涂香抹脂的，大概是快乐吸引了黄蜂、蝴蝶它们吧。

当夜黑漫上来，星星、萤火虫闪烁，加上村庄里偶尔的犬吠，林子里不时有猫头鹰的叫声从深处传出，那些贪玩的孩子们断不敢靠近树林的。

光秃秃的岗头，如弥勒佛一般，袒露着胸口，没有隐私可言，这里是牲口的乐园，鸡鸭鹅兔乱飞乱扑。主妇们裹着满身的烟火味，围裙尚未解去，便端着饭碗，夹着木棍，跟着撒野的猪一路追来，她们边吃饭边放猪，有一搭没一搭聊着家长里短。农家饲养的土猪，吃饱了没事干，拱拱黄土，咬咬树根，就地打打滚，倒是逍遥自在。

这些光秃秃的岗头也是孩子们的乐园。高大的土坡，是孩子们的滑滑梯，噌噌噌爬上去，呼啦啦滑下来，裤子也磨得千疮百孔，傍晚，指不定哪家的孩子又要挨妈妈的骂了。先人们的坟茔，也被孩子们滑得溜光溜光的，疯累了的孩子们多选择坐在坟头休息。童年的乐趣充斥着整个村庄，欢声笑语不时回荡在四野上空。

《易经》曰："坤厚载物。"地道的农民离不开土地，土地是庄稼人生活的唯一依靠和保障，他们在田野上劳动求食，和土地结下不解的情结。丰收或减产，直接牵动着他们的神经，牵绊着他们的喜怒哀乐。距离村庄较远的岗头——避免了牲口的糟蹋，在初夏时节、大雨过后，被勤劳的庄稼人插下山芋藤蔓，经过了阳光雨露的眷顾，绿色的叶子密密盖住地垄，紫色的藤子下面垂挂着许多山芋蛋蛋。等天气凉了，仲秋月圆了，地垄上撑开了一道道裂缝，那就说明地垄里的山芋蛋蛋成熟了。倘若扒开松软的泥土，抱一个粉嫩嫩的山芋蛋蛋，一溜烟跑到河里洗干净了，嘎嘣咬上一口，那个才叫脆呢！幸福真是唾手可得！秋风一挥手，田野里稻谷成熟了，真是落地成金。各种旱粮都在岗头上成熟、饱满，远处的黄，近处的彩，共同孕育了一年的丰收。棉花白了，豆荚笑了，花生饱了……岗头，长庄稼也长荒草，这些作物，从不挑剔，种到哪里，就在哪里旺盛，即使忍渴受饿，也照样灌浆，一样饱满，用成熟证明秋实，拿丰收回报耕者。那些杂草，从不抱怨，长在哪里，就在哪里葱茏，即使刀砍火烧，也生生不息，照样乐观，用繁茂回报春风，以笑脸迎接风雨。

一个人总走在路上，出发和回家已不重要，只需灵魂留在故园，故园的人和事，如点点珍珠串成的手链，我不断地抚摸着岁月的沧桑，重温着那故园的温馨与情义。

近年来，故乡的许多大大小小的岗头，已被改造成了“平原”，推土机日夜轰鸣，尘土飞扬，揭去了植被，裸露出黄红色的“肌肉”。我多想问：故乡，你会疼吗？田间地头没有了界限，弯弯曲曲的田埂小路难以寻觅，故乡的模样悄悄地改变，人们的生活也在渐渐城市化。岗头的特色渐渐失去，土地的性质已经流转，旁边的厂房如雨后春笋，新农村建设正如火如荼。

故园在改变。那些嚼草反刍的牛，那泛着汗水之光的犁，那岗头，那坟茔，那石磙，那炊烟，那月光，那犬吠，那农谚，那习俗……记忆中的故乡渐行渐远，岗头的影像越发模糊，但记忆深处的幸福或疼痛越发清晰。最不能改变的，是我对故乡长长久久的热爱，是我的灵魂对故乡萦萦绕绕的依恋。

岗头，我生命中不可删除的底片！故园，寸土寸金的感情！

盛夏果蔬香

早上去菜市，不经意间，发现西瓜的旺季到了。夏，真的来了。我忆起了儿时的那些盛夏，盛夏时的那些果蔬。

小时候夏天一到，假期随之而来。家里面就我一个孩子，长长的暑假陪着父母守护着偌大的校园，实在是孤寂无聊。加上父母中途要去参加暑期培训班学习，于是，我便有了充足的理由带上换洗衣服去姨妈家度假。

姨妈家真是热闹啊，兄弟姐妹七个，都热烈地欢迎我的到来。

姨妈家的院子里果香醉人。数不清的狗头梨压弯了树枝，梨树下的木头支架摇摇摆摆，咿咿呀呀。黄澄澄的枣子挂在树叶间向我眨眼，真诱人啊。青柿子舞动着小拳头，风一吹，树上的叶子哗啦啦地响。夏季的桃树已经披上盛装，叶子密不透风。我向桃树瞥了一眼，想找寻那些粉红的桃子，像孙悟空蹲在蟠桃园树上咬一口扔一个的那种。姨妈说："你来迟啦，桃子已经喂了他们的肚子啦。"表兄弟姐妹们在一旁羞羞地笑了。院墙旁的葡萄架上挂满了没有成熟的碧绿的葡萄，一串串，一堆堆，让人偷偷地直咽口水，手掌大的叶子频频地向我招手。墙角丝瓜的藤蔓爬满了墙头，将墙头上的几株仙人掌包裹得喘不过气来，纤细的玉指随风牢牢抓住了屋子的檐口，黄色的小花为草屋缀上花边，青青的丝瓜条荡在空中……

表兄弟们找来长竹竿，伸进树叶中一阵搅动，鸡蛋大的大木枣冰雹似的纷纷落下。我们笑着，躲着，抢着。梨子，像小狗头又像小葫芦，表哥用草帽接，姨妈拿围裙兜。梨皮上有均匀的小斑点，汁水饱满，味道酸甜，解馋得很。没熟透的葡萄，那才叫酸呢！咬一口，酸得人差点儿蹦起来。但隔壁的表婶似乎特别喜欢这些不能吃的青葡萄，她老是红着脸来要，我们不解，但姨妈每次都会满足她的要求。

做午饭了，姨妈吩咐表姐妹们去菜园里弄点儿蔬菜，她们便挎上竹篮背着竹筐去了，我也欣喜地与她们一同前往。

菜园子离家较远，是一块向阳的小土坡。老远就能看见那些南瓜秧子在风中狂妄地张牙舞爪，举着黄色喇叭状的小花肆意伸展，差不多铺满了整个菜园子。我们小心地翻动南瓜叶，只见一个个大南瓜像熟睡的婴儿，躺在地上。有磨盘状的，有枕头状的，有葫芦状的，我们拣黄红色瓜皮的摘，拿筐子抬。表姐摘了一篮子辣椒，青的红的混在一起，鲜艳得很。还有葫芦，淡绿色肚皮微微泛白，一个个毛茸茸的。还没长好的小葫芦真是秀气，就像《葫芦娃》里的那种。表姐说："吃不了的嫩葫芦切了片晒成葫芦干留着冬天下雪没蔬菜的时候吃。不能吃的老葫芦一分为二锯开做瓢舀水，放到水缸里不会沉底；还可以用来做葫芦仓，就是把老葫芦开个小口，掏出里面的籽，风干了，就能贮藏东西，比如菜种子什么的。许多葫芦仓挂在屋檐下，风一吹，乒乒乓乓地响，那才有趣呢！"神奇！小小的葫芦除了能吃，在农家竟然还有这么多有趣的功用！园子里生长最旺盛的还有豇豆，我们摘了满满一篮子。表姐说回家腌制成咸菜，过冬时节拿出来吃，下饭得很。茄子是农家饭桌上少不了的，但我一伸手就被刺着了：柄上的刺密密匝匝的。白茄子又肥又大，肥嘟嘟地嫩得可爱，紫茄子长长瘦瘦，闪亮亮的外衣很是好看。黄瓜一条条顶着花倒挂在架子上，整齐得很；花皮的菜瓜，一身青草保护色，需仔细寻找方可采摘到。菜园子里最耀眼的是那些一人多高随风摇曳的向日葵，葵花盘子在这时节里已经饱满，金黄色的花边嵌在盘子周围，下面有偌大的对叶相衬，像守望菜园子的士兵。对面还有玉米，一株株舞动着又长又宽嫦娥广袖般的叶子，玉米棒胡须飘飘……时候不早了，我们抬的抬，扛的扛，挎的挎，到水塘边洗净了这些蔬菜，常常有一群鹅嘎嘎游来，争食我们手下的弃物。

回家后姨妈下厨三下两下就烧熟了它们。随着风箱的节奏，屋顶的炊烟渐抽渐瘦，一会儿就满室生香。我们拿着碗筷争先恐后，厨房里一度发生拥堵。土窑烧制的窑碗、黄盆里盛着香喷喷的玉米棒、青椒炒鹅蛋、油炸青椒瘪子、又甜又细腻的南瓜泥、油焖茄子、蒜泥凉拌黄瓜片、红椒丝炒葫芦丝，还有下饭的小菜：酱菜瓜条、酱刀豆……

由于孩子多，满满一桌子的饭菜，一会儿就被风卷残云般地扫荡一空。午饭后，姐妹们把洗净的黄瓜、菜瓜用木桶盛着放到天然冰箱——自家的深井里，冰一下再扯上来吃，脆生生凉丝丝的，防暑降温。

在大包干刚刚开始的年岁里，姨父早逝，家里又人口众多，全靠姨妈起早贪黑、披星戴月辛劳种得的那些果蔬滋养着表兄弟表姐妹们。姨妈勤俭持家的美德也在我们家的晚辈中得到了发扬。

现在生活富裕了，一年四季在超市里都能买得到洗净的、用保鲜膜包裹的各种蔬果。然而，我却在这样的好光景里时常怀念起姨妈家菜地里那些新鲜的果蔬，那些美味，那些逝去不复返的日子。

又是拾秋时节到

“麻屋子，红帐子，里面睡个白胖子。”童年时的谜语儿歌又回响在耳边。

今天，亲戚送来新起的花生，潮湿的泥巴紧紧裹着这些“麻屋子”，黄亮亮的是成熟了的，还有许多“嫩妞儿”，雪白的，一捏，射了一脸的汁水。我感叹花生起早了，正长呢。亲戚说：“赶早吃个新鲜。”孩子很高兴，洗净了它们，煮熟。满屋子的香气！我们深深地呼吸，嗅着久违了的清新的泥土气息。我们边吃边聊，亲戚告诉我们：“今年旱粮收成好，水稻长势也不错，庄稼比较好做，又不要农业税了，我们种地还能得到政府补贴，再累都有劲头。孩子们读书也免学费了，‘村村通’班车进村了，出行更方便了。新农村建设，我们已经住上楼房了，和城里人一样用自来水和太阳能，还有卫生间……”亲戚絮絮地说着，我突然想起什么，问：“那遗漏在地里的花生、山芋，还会有人去拾吗？”亲戚笑了：“又不是不够吃,哪还有人去捡那些东西？”

小时候，每到秋天，我便经常拎着竹篮，带上铁铲子，去生产队社员们起花生的地里，在他们的身后，用铁铲子细细翻动那些已经翻过的泥土，捡拾起他们劳作时遗留在土壤里的花生。我做得一丝不苟。翻过的泥土像麦面般细腻，我时而抓一把扬在空中，快乐写在脸上。我匍匐在黄土地里，慢慢向前蠕动，像虔诚的藏民匍匐在朝圣的路上。睡在土里的“麻屋子”们纷纷被我请到竹篮里。盛夏时节，生长旺盛的花生秧上挂满着繁星似的“小橘灯”，这些灯盏，在人们不经意间一头扎进黑黑的土壤，继续燃烧，终于结出这么多金色的果实。

山芋，是最好捡拾的，山芋垄子本来就被大人们用木犁犁开过了。我扒开干粉状的泥土，串串紫红的山芋一览无余。渴了，饿了，拿个山芋，在衣服上蹭蹭，既解渴又充饥，而且满口生香。累了，我就躺在地里晒太阳，眯眼看彩云。云，胡乱穿衣，一会儿白，一会儿花，不分性别；云，有时似乎纹丝不动，有时又被风催赶着在空中疾驰，好像要去赴一场盛宴。躺够了，我又去和同伴们疯跑。逮蜻蜓、抓蝴蝶、捉知了，我样样在行。我的灵魂于是就在这片土地里疯长。正是这些乐趣，蛊惑我成年后时常对童年生活产生无限的怀想。

在农村，在那个短粮的时代，这些山芋，作为储粮，收进地窖里，或者晒成山芋干，于是，剩下的日子里，山芋馥郁的甜香便在灶房间久久飘荡，至今甜在心口。

傍晚，天上五彩交叠，鸟儿们正在谢幕。炊烟袅袅地舞在低矮的茅屋之上。牛儿低头踩着碎步，羊群边走边谈……瞬间，月挂柴扉，大地变得格外广袤、寂静。我吃力地挎着一篮子的喜悦，出现在父亲守望的那个路口。父亲伸手接过这篮沉甸甸的欢喜，说：“累坏了。”我拎着铲子，跟着父亲一路小跑，生怕落在黄昏深处。

拾秋，对粮食的一种敬畏，对土地的一种感恩。

童年的一切，早已装入生命的行囊。我无论走到哪里，拾秋情怀依旧，对土地热爱依旧。

啃 秋

民国时期出版的《首都志》记载："立秋前一日，食西瓜，谓之啃秋。" 啃秋，有迎接秋天到来之意。

立秋前去婆婆的养老院，看到一群老人坐在走廊上专心啃着玉米棒，这也算是啃秋的一道风景吧。他们年老体衰，眼槽空瘪，动作却很幼稚，对手中的食物在意得很，对来访者不太关心，自顾自小心啃着玉米，生怕手中的玉米棒子掉了一个玉米粒。老人和小孩有着许多相通的地方，吃食物容易滴漏，拿东西容易滑落，连走路也是一步三晃，近似醉态，摇摇晃晃的日子藏着生命的哲学命题——关于人生，关于岁月，关于生命的轮回。

几场细雨，带来了秋。

秋来了，人们高兴了，有秋可啃，心情大好。我的乡亲们啃秋豪放得很，大口啃西瓜、啃玉米棒子、啃狗头梨子、啃青里泛黄的柿子……他们啃出丰收，啃出喜悦，啃出酸甜苦辣。他们聚在地头的瓜棚里，集在村边的树荫下，三五成群，席地而坐，抱着红瓤西瓜啃，抱着绿瓤香瓜啃，抱着一个红山芋啃，抱着一节白生生的莲藕啃，抱着阿嫂留的菜瓜种瓜啃……边啃边说着乡野趣事，家长里短，想怎么夸大就怎么夸大，没有人去考证，没有人去较真，都是听了便是听了，说了便是说了，大家一笑而过。其实,乡村是个真正的自由的开放的生活天堂,所以便有了蒲松龄的《聊斋志异》,历史便多了许多乡间野史。

城里人的啃秋氛围随着秋的到来更浓郁了,随处都有“秋”可啃,小吃摊亮黄的玉米棒四处飘香,软软的,糯糯的,扯住了儿童的脚步,收获了他们的美瞳;不知道从哪飘来的勾人馋虫的烤山芋的甜香,牵绊住行人的脚步,让人们四处张望。一担担湿漉漉的熟花生,出现在步行街的十字路口,捧一捧起来,闻一闻,泥土味的清香直入心扉,乡情,瞬间俘虏了人们的情感,令人陶醉其中。路边的野菊,在天地开合之间,迷离着眼神,馥郁的芬芳,携着秋味,不久便舞蹈于水杯,跃上大雅之堂的茶几、案头,将舞蹈精髓演绎到底,将美丽绽放到极致……菊花茶,满含秋的味道,在不同的季节,不同的场合,都可以华丽登场了。

感恩岁月,珍惜时光,啃秋吧!把生活的味道咀嚼透,把丰收的喜悦分享开,把心灵的粮仓贮藏满。

思念短笺（组章）

巧合，还是宿命

马年来临的大年三十。远在江苏的姨老表，近在本县的舅老表，在没有相约的情况下，年三十的上午一起来到父母的老家，和我们一起吃年饭。父亲，您坐上席，我坐下席，晚辈们夹什么您吃什么，默不作声。是巧合，还是宿命？他们来陪您过最后一个除夕？当时我们挺意外，但还是很高兴，晚辈们远道来陪您度除夕，原来不曾有过！因此，除夕的晚上，我写了一首小诗《老小孩》。

树叶黄了

2014 年的树叶，青了又黄了，落了满地。我捡了一片又一片。我想问天：半年是多久？于我，是昨天；于您，又是隔世、隔空的久远。半年了，父亲，您没有离开，您一直在我的生活里，在我的梦里，无时无刻，日日夜夜，一切都是如此的真切。我不能接受您的离去，所以，我到现在都不能提及您，和亲友，和同事。您的眼镜盒、手表（手表是您的孙女拿一个崭新的怀表放您那，跟您换的），我带回家了。眼镜盒，用胶带缠了又缠；眼镜，坏了一只脚，您用喝牛奶的吸管套着，吸管的一头弯弯，正好合在眼镜的脚上，您的孙女含泪夸您聪明，生活中金点子多。这些，您都不知道。您的一套羽绒棉衣，我留下了，我要将您的温暖留住，留住丝丝缕缕，长久地焐在我的心头。

父亲，时光无情啊！大雁南飞了，您曾经教我数雁儿，我们俩仰头看天的情景好像就发生在昨天。降温了，您又会叮嘱我，怎样御寒，虽然我常常嫌烦。父亲，我知道您不会再看到我的铅字文章了，但，不论什么时候，只要有我关于铅字的报刊，我第一时间想到了您——我的启蒙老师。您常背着我去学校上学——怕晨露打湿我的布鞋，好像也就是昨天的事情。小时候，我以为泪水是甜的，因为一声哭，就唤来了您的双臂；现在才懂得，泪水是世上最苦的东西，而且永远掏不干。

夜露重了

父亲，夜露重了，秋收季节到了。昨天一朋友邀请我去乡下挖山芋，我没有同行，因为我又想起了很多小时候的事情。我小时候最喜欢挖山芋，掼花生。父亲您一生教书，我家田不做，地不耕，所以当时觉得山芋、花生是稀罕之物。我在生产队社员们翻起过的地里，捡拾遗漏的山芋、花生，我们那里称掼山芋、掼花生。傍晚时分，我挎了满满一篮子山芋或花生，踩着夕阳走在回家的路上，您总是迎在道口，接过我重重的篮子，拉着我的手，我们一路小跑着回家，我们把黄昏丢在身后。

于是，我的喜悦洒满一路。我捯回来的花生，您把它们晒干以后，夜晚的时候炒熟了，放竹筛子里凉着，分给生产队里“看场地”的人们。我睁着睡眼，依然看到他们剥花生的喜悦挂在脸上。那时候，我不能理解，为什么把我的劳动成果无偿分给别人？您总是说：“他们吃不饱肚子，长夜难熬啊。”您的善良跟随了您一生。

父亲，我们家一穷二白，人家不信，常有人问：你父母一辈子都拿工资,不留一份可观的家业给你？我报之一笑。父亲，只有我知道，您一生的财富去了哪里！您一辈子都在偏远农村教书，微薄的薪水除了糊口，还要对当地农民家庭救急救穷，这些我已经是司空见惯了，谁家婚丧嫁娶，谁家天灾人祸，即使别人不张口，您也会主动帮衬的。还有，您一生资助过多少孩子上了大学，您可能自己都不记得了……而您今生留给我的最大财富是：勤劳、善良、本真。

我常常拷问自己：为什么你们在我身边住了一年不到，决意要回到老家？有人说：对待老人最大的孝义就是尊重他们自己的选择。所以我在泪眼中送你们回到老家居住，但怎么也没有想到，一去就从此没有再回到我身边！2013 年，我们尽全部财力，在县城的中心为你们买了一套不大的居所（共 18 层，而我们独独选择了 1 楼）——准备年底一切就绪就接你们到我身边生活，好好地照顾你们直到终老。为什么生活会开如此之大的玩笑？让我的愿望一切成空，留下的遗憾将会折磨我直至终老！我日思暮想，难求其解。真是“树欲静而风不止，子欲孝而亲不待”啊！

落雪了

天气预报说要下雪，我害怕。这么冷的天，父亲，您在哪里？您会冷吗？平时，您最怕冷，冬天一到，您就用草堆似的棉衣包裹着骨瘦如柴的身体，蜷缩着，半天不说一句话。冬天还未到，您外孙女就给您准备了五颜六色的暖手宝，各种形状的，把您当成老小孩。您戴着外孙女小时候的毛线帽子，揣着暖手宝，返老还童。今天看着照片上的您，我一次次泪流满面，又一次次忍俊不禁。老年的您不再像从前了。曾经的岁月里，雪下得越大，您的毛笔字越遒劲，因为春节将近，乡邻会纷至沓来，请您——当地的教书先生，泼墨挥毫，您累并乐意。

雪夜如昼，今夜，丝丝缕缕的思念，缠绕再缠绕。

清明到了

人生一世，草木一秋。时间过得真快啊，一转眼，清明节到了。父亲，您在“那边”人生地疏，好生委屈吧？在这洋洋洒洒的雨丝里，不能展开的是我们深深的愁容，我们祭奠您的脚步沉重如灌了铅，我感叹陵园里鸟儿的坚强，站在松柏的枝头一直为您义务吟唱。我们潮湿的心，不能飞扬，思想的细白嫩芽，无须动手去碰；我们俯首久叩，思念很深。您的善良，就是一枚勋章，是留给我们无穷的宝藏！时光啊，真是不可理喻，和时光一样流逝的东西，是您的生活，是您和我们曾经一起的生活。今天，您在墓里面，我们在外面。时日交叠，您的墓碑就是我们的反光镜，映出了我们年轻不在，需要彼此珍惜。希望未来的日子里，我们拥抱温暖的阳光，沐浴拂面的清风，能够从容地生活。

悲伤，永远删除不掉

父亲，您一生教书育人，和文字打了一辈子交道，而到了晚年，眼睛看不见了，耳朵听不见了，背负着常人无法想象的苦痛。准备看个什么书报，先摸索着找到眼镜，再找到放大镜，还要迎着亮光。耳朵背了，背了也好，省得听到更多的骂声怨语。您一生没有自己的孩子，也没少受闲气，夫妻不睦，磕绊到老，“老了也要分开过”的心愿，因为虚荣心作怪，我没能让您如愿。一生忠厚的老父亲啊，到哪里都觉得矮人半截，甚至连侄孙的新床也不能坐一坐，别人笑您“无后”，还没坐下就被生生拉起，尽管已经坐了满满的一床人！我常想，您如果能等到您外孙女的婚礼，他们的婚床您尽管坐，坐遍三方，要坐多久就坐多久！可惜，您老没能等得到！回想桩桩件件，如刀，刀刀刻在您女儿的心上。您要知道，我的心中，悲伤，永远删除不掉。

心歌唱给春天（组章）

你若安好，便是晴天

春风里，我们带着孩子们，去看望几位老人。他们均八旬以上，风烛残年。养母、婆母、姨妈、奶娘，还有一位残疾的堂叔。岁月，让他们独居清冷的一隅；拐杖，为他们撑起艰难的生活。

问候，激动，泪花闪烁。经年里，我收集了太多的泪光。温暖的手叠在一起。我或许真是他们的小棉袄——虽然老旧。终年的焦虑，刻出了我的皱纹。有人说：你干脆开个养老院吧。这样的玩笑，就像一根针，不时刺疼我。

人生的河流，不会停顿，不可回头，只是不停地奔流。若干年后，我将如他们中的一员。老人们说："你也太操心了，看，都有好多白头发了……都是我们给你累的。"我说："有你们在，我还不敢老去。"

岁月的秋无情，人生的冬可怕！既然晚风扶不起花瓣，就让生命随春风返青吧！"你若安好，便是晴天。"

春在吟唱

星夜散步，偶听见噼啪一声脆响，似枯枝折断，又似坚果炸壳，抬头找寻，无果。响声不断。在风声里细听，终于寻到声音的来源，原来是挂了整整两个季节的紫藤种子发出的！哦，春风的纤指正在掰着它们！

紫藤种子，整个秋季和冬季，它们都一直挂在藤蔓上，任凭风吹雨打，任由雪压霜冻，即便被风摇得晕头转向，也决不跳下一个！就那样整齐地垂着，像玉龙雪山脚下的许愿廊上挂的许愿牌，密密匝匝。

今夜，我看不清紫藤的表情，我想：她一定是幸福的，因为春来了。这些种子开始炸裂、剥落，这些声音，是种子产前的呻吟，更是春的吟唱。种子和外壳同时玩“蹦极”，外壳都扭成了“麻花”，可见“产前”的痛苦与挣扎、生命的顽强与神奇。“麻花”们落地后随风翻了几个跟头，这种落地的姿势真是调皮可爱。围棋棋子一般的种子，就像在捉迷藏，草丛里、砖缝里，泥土里，都是它们的藏身之处。它们似婴儿呱呱坠地，又如小动物相互嬉戏。

今夜，我与春天击掌。欢呼生命，歌唱春天。

童年的春天

燕子的鸣啾贴着云层，它们就要抵达家园。梅花依旧在笑，春不来，我怎敢老去？桃花来了，开了一树一树，装扮了季节，愉悦了心情。绚烂的花海，芳香浸透我的衣衫。夏的繁华，已在心灵深处奔跑。回首又见童年的春天就在不远处。昨天围拢火炉的乡亲，脱掉了棉袄，扛着春天一路小跑。

童年的春天里，我歪歪斜斜的脚步，就印在山冈上，河滩边，麦地旁。到处去捡拾春天，跑着，捡着，就像变形金刚，我似乎一下子就长大了。

童年的春天里，和养父去钓鱼。小河抱住村庄的腰，潺潺流淌，“桃花流水鳜鱼肥”啊！一根钓竿、一方马扎，一个鱼篓，几朵烟圈，是父女全部的乐趣。昨夜梦见父亲在修剪树枝，花瓣纷纷落下。叫他，总是不理我，看来，手提鱼篓、泥猴般的我，又惹他生气了吧？

童年的春天里，和养父采野菜。清代李渔曾说：“饮食之道，细切肉类不及禽鸟之野味，野味又不及佳蔬。”佳蔬，堪称我们的“野味”。荠菜、薇菜、小蒜，哪样不是筷头上的那份爱？常常都是从大碗移到小盏。童年，犹如色彩疏淡的油画，虽有几丝凄凉，却满含博爱与温暖。

童年的春天啊，魂牵梦绕。那明眸、小辫、童稚，早已不在，像我风干的幸福与苦难；这太阳、月亮、星辰，依然闪耀，如我久远的感恩和遗憾。

一场中式婚礼

春风拂面。我应邀参加一场中式婚礼。

相隔三十余年，旧地重游。当我抵达时，怎么也找不到当初村庄的一点痕迹，那条小河呢？河边的那片菜地呢？还有那方水塘、塘边的水跳呢？一切似在梦中，那低矮而熟悉的小村庄，完全湮灭在岁月的长河里了。

现在，家家楼房庭院，小汽车点缀着门庭，现代生活气息覆盖了整个新村，只有周边一方一方的田地才证实这里至今还是农村。

鞭炮声将似在梦中的我惊醒。新娘的“轿子”——盘着鲜花的奥迪车到了，一条红地毯穿过门楼，一直延伸到车门下。新娘一身唐装，在众人的喝彩声中，由“福气满满”的长辈挽着，缓缓地进了婆家的门。

“道好”的段子一个接一个，每个人都有机会秀一把，说一段押韵的“道好”诗，我惊叹于乡村竟然出这么多“草根诗人”！真是不可小觑啊！道喜主家“红红门对贴门上，（好）贴在龙头凤尾上，（好）贴在龙头生贵子，（好）贴在凤尾出娘娘，（好）开门开门快开门，（好）红包拿来大家抢（好）……”道喜新娘“细眉大眼嘴上翘，（好）身材苗条小蛮腰，（好）新娘仙女下凡来，（好）早生贵子要不要？（好）”“好”声潮水一般把新娘拥进了堂屋——当然，主家的、新娘的红包都会悉数掏出！

喜堂早已摆好，新人面对“中堂”站立，十指相扣，在“知客”——一般是亲友中较有威望的成年男子——的吆喝声中，行结婚大典。大典内容十来条，逐一写在红纸上，贴在堂屋正墙右侧。新人拜天地，拜父母，夫妻对拜……最后是送入洞房。一时间又是一阵哄闹，房门差点被挤破了。肥西民俗称“结婚三天无大小”，意思是任何人都可以去新房闹一闹，出出主意刁难一下新郎和新娘。有的表兄弟甚至会趁机偷捏新娘子一下，这时，新娘子是不能翻脸的。“啃苹果”“猜唇印”“找红鞋”……屋内笑声阵阵，枝头喜鹊喳喳。

在这添人进口、花香酒醇的日子里，筵席早已摆开，等待大家举杯共饮。十几桌饭菜同时登场，每桌都有几个热腾腾的“咕嘟炉”，客人们未喝先醉了！猜拳、行令、喝酒，高潮一轮又一轮。民间舞狮子的，跑旱船的，玩龙灯的，闻讯纷至沓来祝贺，主家用喜烟、喜糖、喜糕招待，外加红包打发。乡村，一家办喜事，全村不烧锅，男女老少，乐此不疲，一直将热闹进行到深夜。

没有月亮的晚上

一个温暖我们多年的故事。

同事芳芳常常念叨着她少女时代的一件事。那是1983年初秋的一个下午，芳芳独自一人背着两个大包袱，怀揣着一张“淮南幼儿师范学校录取通知书”，带着激动和新奇，伴着忐忑和不安，从合肥乘火车到淮南去上学。下了火车，天色已经完全暗下来了，车站内几盏稀落的路灯吐着昏黄的光，睁着瞌睡般的眼。拥挤的旅客，个个行色匆匆，如流水般慢慢消失在茫茫的夜色中。十六岁的芳芳，第一次出远门，此时她心跳加快，心乱如麻。车站里的工作人员告诉芳芳：“白天学校方面安排专人来接，现在接待的那些人已经走了。”出了火车站，芳芳一会就找不着北了，分不清方向的她张望、徘徊，背上的包袱也越来越重了。芳芳边走边问，终于打听到，淮南幼师在郊区的山脚下，路途很远。那时候交通不便，连一辆人力三轮车都找不到，天一黑，路上的行人也逐渐稀少，此时，又累又怕的芳芳心中充满焦虑和恐惧。

芳芳焦急的表情被一位身材高大、带着鸭嘴舌帽子的工人模样的大叔注意到了，芳芳看不清他的表情，只见他穿着油腻腻的工作服，脚穿一双黄球鞋。大叔主动询问孤身的芳芳，听说芳芳是要去淮南幼师，他抬头看看天，望向远方，略微沉思了一下，决定抄小路送芳芳去学校。他对芳芳说："走，我送你去。"大叔宽大的手掌利索地接过芳芳肩上的包袱，大步流星地向前迈去。那晚，只有风的絮语，没有月的影子。弯弯的乡村小路似乎绵绵没有尽头，芳芳一路小跑跟上，生怕落在黑暗深处。初秋的晚风凉飕飕的，但芳芳紧张得手心里全是汗。夜幕笼罩下，大叔的香烟头的光亮一闪一闪，明明灭灭，不明小动物从脚边的草丛里"嗖嗖"地蹿过，夜鸟的哀鸣不时划过头顶……大叔边走边大声和芳芳说着话：说他家在市里，刚下班就碰到了芳芳，担心一个小姑娘家的，走晚路会遇上坏人，于是决定送她……大叔洪亮的声音，随着晚风消逝在旷野，却至今回荡在芳芳的心头，飘向了永恒……

一老一少，高一脚低一脚，坑坑洼洼的路大约走了一个多小时，终于到了淮南幼师的大门口。大叔把芳芳交给了学校值勤的老师，又叮嘱了那位老师几句。朝芳芳笑了笑，挥挥手，这位不知姓名的大叔便风一般消失在苍茫的夜色中。

剥开岁月的茧，细细地回视，里面珍藏着多少感人的瞬间，多少激动人心的故事！多少年来，这个故事，深深地感染着我们办公室里的同事们，老工人的形象早已经牢牢地植入我们的脑海里。老工人身上散发出的人性的光芒，像北斗星一样，高高闪耀在我们心灵的天空。

点亮梦想的灯盏

表弟在合肥做瓦工，弟媳玲玲随他进了城。不久，玲玲在劳务市场找到了一份新房保洁的活计。

一天，我到一个小区找玲玲有事，我抬头看到她正像壁虎似的，紧贴着窗户在擦着玻璃。这可是十一楼啊！这座住宅大楼尚未启用，电梯未开，中途停歇几次，我终于气喘吁吁地爬上了十一楼。几块抹布在弟媳手上快速翻飞，几桶清水放在地上，多种洁具横七竖八，装午饭的保温桶放在墙角。她仔细地擦着玻璃上的每一块污渍。室内的玻璃比较好擦，窗户外面的则要探出半个身子伸手去够着擦。早春的日子，她的汗水却湿透了衣服，全身湿漉漉的，汗珠在黑红黑红的脸颊上随阳光闪耀。看见我来了，她大声地和我说着话，手却不舍得停下来。玲玲告诉我，擦室外的玻璃一个平方米是一元五角，一天下来要擦好几十个平方米，室内的则便宜得多，有的同伴只擦室内的，而她愿意擦室外的。我说："你这样太辛苦了，又危险。"玲玲说："表姐，行的，我有一双手，我们庄稼人什么苦都能吃，只要细心点就行了。"是的，一双手，足以点亮梦想的灯盏。高空作业，我还是担忧她的安全，她笑着说："没事，习惯了。"她那双皲裂的手，冻疮刚刚结疤，又长期浸泡在水里，手皮已经大块脱落，她说："合肥的大街小巷我熟悉得很，做过很多家了。”她说：“我最喜欢做新房保洁，虽然我们没有楼房住，看别人将要住进属于自己的新房，我一样很高兴。”这时我想起几米的漫画故事《露露的功课》中的露露，她俩是多么的相像！露露说：“天天到池塘看别人怎么游泳，怎么飞，日子一样很快乐。”

自己不曾拥有，就快乐地欣赏别人的拥有。

生活让我们始终有理由保持内心的坚守，亦如梦想。

玲玲停了停，还说：“以后，我要靠这双手挣钱送孩子上大学，我还要靠这双手挣钱住进属于自己的楼房。”说话间，眼中满是希冀，满是对美好生活的渴望。不论怎样，拥有健康的心态，都显得尤为重要。这时，玲玲口袋里的手机响了，简单的几句通话，下一家保洁活计已经预约好了。看着这部再熟悉不过的手机，在她手里继续发挥着余热，我一时语塞。红色的手机外壳，漆面已经斑斑驳驳，当时我送她这部半新的手机，是想让她和表弟常联系联系，叮嘱他在高空做活时要注意安全。

表弟一家和众多的打工者一样，希望在城市这片水泥森林的夹缝里生根、生长、生活。希望合肥这个偌大的容器，能盛得下他们的生活。

我默默地祈祷，祝愿他们早点梦想成真。

脚手架上的爱情

阳光爬上窗台，慢慢移动。光亮从我的身上滑过，留下丝丝暖意。一杯新沏的绿茶，热气袅袅升腾。住在顶楼的我充分感受到了阳光的热情。蔚蓝的天空高远平和。眼前那熟悉的一切又映入我的眼帘，最近却多了些特别嘈杂的声音——对面的高楼平地而起了。众多的建筑工人像空中飞人，熟练地做着各自的活计。他们高谈阔论，毫无顾忌。虽然与我并不相干，但我仍在想象着他们的生活，想他们的富与贫、苦与乐。

因为临近冬至，天气异常寒冷。我向窗户玻璃上哈气，用手画着“人”字，无意间看到对面的脚手架上有一对青年男女，他们戴着橘红色的安全帽，女孩子那束起的长发随风飘动。她手脚麻利地拧着铁丝，像在固定着什么。渐渐地我发现他们是一对情侣。别人干了一段时间的活都下去休息了，他们俩却肩并肩地坐在脚手架上，拥靠在一起，男孩子的手焐着女孩子的手，说着悄悄话。映着冬日的柔晖，那女孩显得格外娇艳。能和心爱的人一起打工，有了爱情的滋润，辛苦又算得了什么呢！爱在汗水的折射下变成了斑斓的彩虹。这时，我想牵回我的思绪，可怎么也不能。不要多久，她的安全帽就会换上红盖头了吧。他们像鸟儿交颈取暖一样，多么温暖，多么感人！脚手架上流淌着他们的爱情。爱，不需要那么多语言。

工友们打趣地说笑着，他们忙碌的身影又穿梭在脚手架上，动作优美，干练利索。他们的形象在我的心中逐渐高大。

劳动创造了一切。

我的故乡我的根

同事小张常年居住在城市，对城市的喧嚣忍耐已久。每到周末，想回老家住两天的念头就会瞬间滋生，想着就觉得温暖，于是小小幸福感沐浴全身。偷着乐的小张工作热情更高了，这小小幸福感一点不亚于双十一、双十二网购带来的快乐。

这个周末又到了。周六一大早，小张把车擦得铮亮，兴奋地按了两声喇叭。从国道到省道再到村村通水泥路，一家人顺风顺水抵达老家——磨墩水库边一个美丽的小村庄。电话里，老父亲说，门上挂着铁疙瘩，他们都在屋后的晒场上。小张正在上小学的儿子一下车，高兴得像出笼的鸟儿，直奔爷爷奶奶的晒场。

晒场在村庄的背后，卫士般的草垛一个一个，忙碌的人们在草垛间闪现，男女老少各忙各的活。小张的父亲在晒豆子，豆秸遍地，孩子一把抱住爷爷的大腿，问，“爷爷，晒豆子吗？没有看见豆子啊？”爷爷逗趣地说：“豆子在捉迷藏，躲起来了……”爷爷挑开秸秆，豆秸下金黄一片。孩子把鞋子甩了，赤脚在上面奔跑，打滚。老母亲在摘花生，小山似的花生秧，清香扑鼻，黄绿相间，绿色的叶子下缀满了金黄的果实，一挂挂，一串串。小张一家三口帮着摘花生。新起的花生，湿湿的，麻麻的外壳还半裹着泥巴，孩子念起童谣：“麻屋子，红帐子，里面睡个白胖子。”父亲说：“你们先回家，锅里还温着山芋粥呢，我们知道你们肯定还没吃早饭呢。”有一锅山芋粥喝，那是何等的幸福啊！想象着伸颈喝粥的场面，小张的心头暖流暗涌。

午后，阳光正好。村庄依山傍水，小张找出多年前用过的钓鱼竿，挖些蚯蚓，到村旁的水库边钓鱼。原来的水库已经注入新的元素——被改建成一方游湖，大别山余脉蜿蜒，天空高远，水鸟疾飞，微浪阵阵涌来，空气湿润清新，游船点点，乡曲声声。垂钓，慢生活的一种，周末完全自由的时光里，小张收获了很多。

生活不需要过多的奢华，简单或丰富，都与美好息息相关。晚上，一家人围在一起，小张和父亲小酌，将月光、欢笑、风声伴着美酒，一同饮下。大家开心地说笑，剥着烀花生，品着母亲做的水煮鱼，听着父亲和邻居有一搭无一搭地说着农事，以及本村人在外打工的种种故事，不知不觉间，孩子在祖母的怀中进入了梦乡——温情乡村，把根留住！

躺在床上，听着妻子均匀的鼾声，小张想到宋代罗大经的《山静日长》：“山静似太古，日长如小年。余花犹可醉，好鸟不妨眠。”墙角的一堆山芋散发出泥土的芳香。窗外树影摇曳，竹林沙沙，秋虫轻吟，狗吠阵阵。这狗叫，是迎接夜归的醉汉，还是警惕过路的行人？哦，这样的村庄还剩多少？这样的村庄还能坚守多久……小张渐渐入梦：堂兄来了，邀他下塘洗澡；表弟来了，喊他去后岗头掏鸟蛋；东头的小兰来了，等他一道上学，还塞给他一把甜枣……

早上，一阵阵鸡鸣，一声声鸟啼。太阳探进房间，小张睡到自然醒。几周来，他多年的失眠症彻底痊愈。原来，有许多病症，不需要医治，只需要一方心灵的净土。

赛林格用幽默的笔调守望着美好的童年，阎连科用平实的语言记录了苦难的童年，小张自问：我拿什么装走我的故乡——我曾经的根？

第三辑　锦绣河山

湖中日月长

正赶上春季禁捕期，巢湖显得格外安静。朝阳下，湖面波光粼粼，银光晃动。略带水腥的微风吹过脸颊，像婴儿的手柔软无比。

生活在巢湖边的渔民们，也因为休湖而显得相对清闲，结网、修船，整理渔具。看见我们到来，他们热情地上前和我们聊天，谈他们的生活，谈巢湖的“前世今生”。木兰村大片的麦子、油菜都快要成熟了，用力地昂着头，饱满而又谦恭。我们跟庄稼合影，与季节相逢，我们轻松而喜悦。

离岸不远处，有一叶无人扁舟，船桨随意斜在两边，像小姑娘的麻花辫子；深褐色的船体，透出经年的水浸颜色，给浩渺单调的水面添加了点缀。它在天光云影中随波浪摇晃，或许还未从梦中醒来，或许是要随风自驾游四方？天穹之下，阔水之上，小舟有如一枚逗号，把湖中日月划分开来。几只水鸟围着它起舞，俯冲或拉起，动作幅度很大，样子像是在寻找可心的早餐。芦苇，枯丛中抽出新绿，新茎如美人玉指，一蓬蓬，一簇簇，娇嫩欲滴，像是与石头在私语……此刻，一切景象都是如此亲切，让人眷恋，本来浮躁的心，便悠然宁静，如冬天森林里的溪流，不再奔突喧腾。

既是远望，又是探求，既是寻觅，更是牵挂。友人托熟人找来船工，告诉他，我们一行有想上岛的意愿。指指远处朦胧的孤山岛，船工说：还没开发。我们解释说没有别的意思，只是想上岛转一圈，不会留下任何污染。他犹豫了一会，答应了我们的“非分”请求。

兴奋，期待，准备。巢湖大堤，坡度较陡，石级很高，后悔来时穿了高跟鞋，侧着身子一步步小心地挨到水边。船工找来的那只汽油艇，纯白的船体，像海鸥，又像海豚。远处湖中心的孤山岛，像一只卧在水面上的庞大乌龟，吸引着我们的目光。待船工稳住了小艇，我们鱼贯上船，小船吃水很深，颠簸摇晃，我们的心都缩紧了。跟湖水零距离亲密接触，瞬间对她起了敬畏之心。破浪前进吧，新奇战胜了恐惧，友好的水花溅了我们一身。本无路的湖水，也能开辟出一条好看的水路，真是美丽而又神奇。在一望无际的水面上，速度创造了风。友人的裙裾飞扬，丝巾舞动，长发不再伏肩。看周边的景色又大不相同，堤岸像是一条深色的围巾，缠在巢湖的颈项；青绿如染的树和草，向后起伏游动而去，瞬间有了野性的美。头顶的蓝天白云大片地倒映在水里，晃动着，像杨丽萍的绸带在水中狂舞，又像印象派画家的佳作在水中铺展。水鸟绕着我们头顶飞翔，打量我们这些不速之客，它们时而在前带路，时而盘旋断后，时而又忽左忽右相伴。

离孤山岛近了，看到了大片的绿植，粗壮的老树，巨大的山石，漾动的芦苇。终于靠岸了！由于孤山岛没有开发，没有码头停靠，没有石级垫脚，下脚须得十分小心。船工跳到深水里使劲拽住船舷，我们才费劲寻得石块着陆。巢湖，有着公主般的情怀，用柔柔的浪涛爱抚着自己的王子孤山岛。孤山岛绿植茂盛，或许是公主用密密情丝为他织成的青青草毯，披在他身上抵御风吹雨打，霜冻雪压。这些植物参差不齐，随心随性，正在角逐春天。野花与绿枝纠缠不清，色彩斑斓，是小家碧玉情怀，温情缕缕，美到不忍插足。我们仔细研究这些植物的名称，和孩提时代的记忆一一对号，说着过往的趣事。岛上古树参天，百鸟鸣唱，天籁之声，萦绕耳边。成群的鸟儿在小岛上空翻飞，头顶蓝天，面朝碧水，食虫食鱼，自己做主。在这个自由的天堂里生活，不被打扰，它们是“一加一”的幸福啊。石块随意打坐，大小自由散落，与深山的石头有着本质的不同。这里的石是圆润的，没有棱棱角角，没有狰狞的面相，摸上去只剩温润与厚重。最令人惊奇的，是一只盆口大的老龟，不知什么时候选择到一块石头上四平八稳地终老，像是在下蛋，又像是在晒背，这般“圆寂”，令人感动又感叹。童心大发的我们，还捡了许多花纹不同的贝壳，被波浪冲上岸的青螺，这些空壳没有了分量，但至少可以装帧我们那些童年的梦。石缝中有鞭炮的红纸屑，我们很好奇，船工不确定地说，可能是寒食节时乡人祭祖，也可能是人家敬山神水神放的鞭炮吧，终究不得而知。

我们不敢大声说话，生怕惊了岛上的静谧。藤蔓牵牵绊绊，匍匐着，谦恭地守护着每一寸土地，不知名的红果像宝石般透亮，又好似南国的相思豆，满缀在藤蔓中间。面朝湖面，背依小岛，踱步或者行走，闭口或者自语，收获的是一种宁静，一种精神上的彻底放松。风把碎浪温柔地送上小岛，碎浪涌起又缓慢地退回，这时轻柔的哗哗声不断。芦苇丛中的浅水处，一阵阵的大鱼鼓着肚子，像怀胎十月的孕妇，游到碎石间产卵，就在我们眼前，就在我们脚下，似乎伸手可捉。它们转身拍打出一路的漩涡，在这些漩涡下面，好像有一口口小锅达到了沸点。“孕妇们”驮着我们追寻的目光，又迅速返回深水里，其速度，其灵敏，令我们目瞪口呆。我们绕岛一周，听鸟鸣，闻花香，捡贝壳，看鱼群，议传说，用镜头收藏精彩，将心中注满喜悦，大家好像要把孤山岛的枝枝簇簇悉数揽进怀中。

打小就听老人说“陷巢州,涨庐州”！明末清初画家石涛，他在《巢湖图》上题有“波中遥望凤崔嵬，凤阁琳琅台壮哉。楼在半空云在野，橹声如过鹤声来。巢湖地陷赤乌事，四邑水满至今灾。几日东风泊沙渚，途穷对客强徘徊”的诗句。有了历史的意境，峰峦也就有了高度；有了传说的铺垫，湖水也就融入了灵性。

原野紫云

今天闲静。透过岁月的幕帘，越过开花的土地，在古人平静的诗词里，淡淡地阅读紫云英。紫云英又名翘摇，俗称红花草、籽草，是豆科黄芪属越年生草本植物。在我的家乡，家家户户种植紫云英，紫云英常作为绿肥与蜜源植物大面积栽培，即使在溪边、沟头、湿地，紫云英也随处可见。

家乡人一般在秋季晚稻田中套种紫云英。经过盐水选种、浸种、拌肥等工序的处理，再把紫云英作为来年早稻的基肥播种，是稻田里最主要的绿肥作物。乡村的土地，透出一种母性的美，即将收割的稻田，饱满而又喜悦，安静而又泰然。这时，紫云英的种子从父辈粗糙温暖的手心跳到成熟的稻田里，像躲猫猫似的不见踪影了。过不了多久，收割后的田野，像空巢母亲，孩子们长大了要远行，母亲收获轻松的同时，虚空瞬间伴随着到来，母亲忧郁，母亲惶恐。秋风吹过，雁阵飞过，紫云英种子默默地迎接寒冷的冬天到来。风，呼呼地刮着，大地一派肃静，这时，紫云英想给大地母亲一个惊喜，像调皮的孩子从迷宫里探出头来，于是，田野上就长出星星点点的白白的嫩芽。不多天，慢慢长出双叶生的叶片，开始了她一生的蓬勃的生命之旅。娇嫩的叶儿与肃杀的寒风搏斗，以柔克刚，渐渐地赢得了坚韧的生命力，身子骨慢慢舒张开来。寒风的笛子，一夜吹老了山川田野，雪花飞来当作被，紫云英茵茵如婴儿般浅笑，与纷纷扬扬的白雪一起，手舞足蹈。在百草枯萎、万籁俱寂时，她却能肆意生长，没遮没拦，舒展一冬的妩媚。

待到厚厚的雪被融化时，绿毯已经铺满田间地垄。紫云英自己承受寒冷，用柔情召唤着春天，给家乡的冬天提前带来春的消息，我的家乡也因此早早感受融融春意。根叔磕巴着旱烟锅，溜达在紫云英的田埂，耳旁风送来寂寂长音；卷毛狗上前撒欢，在茂盛的绿毯上翻着跟头，做着游戏。听，布谷声声，催人耕耘，紫云英伸出了卷曲的嫩须，爬出长长的翠蔓，缠缠绕绕，牵牵绊绊。天气转暖，紫云英呼啦啦一下子长高一节，碧绿一片，纤尘不染。

三月，用手轻轻一捻，很薄，刚孵出的阳光在掌心开放，柔柔地照着。紫云英花瓣初绽，点点新红，如大戏中美人的眉心，与溪头的荠菜花相媲美，和路边的野豌豆花争春风。几天工夫，一眼望不到边的紫云英蓬勃盛开了，成为乡村一片独特的风景。玫红色的花，似无数小小的蝴蝶，一簇簇，一片片，层层叠叠，拥挤成海洋。哪家勤快的主妇，掐下紫云英嫩嫩的茎，回家做汤、凉拌，成为舌尖上的美味，餐桌上的风景。

紫云英花期较长，一月有余的日子里，你如果走上田埂，犹如走在画里，又如跌进梦中。人闲闲地走，云慢慢地飘。紫云英，像块块红云，映亮了新媳妇回娘家的路；如片片彩霞，打扮着割猪草归来的小妹；似粼粼锦缎，乐坏了下学放纸鸢的孩童。想起小时候的我，曾被恶狗追咬，从丈余高的田坎倒栽葱下去，是那厚厚软软的紫云英锦被，救了我一命。

生长旺盛的紫云英，一直铺向远方，与天相连，与云相拥。她的馨香，引来无数蜂蝶，嘤嘤嗡嗡，追逐着花朵，亲昵地相吻。盛开的紫云英也招徕了寻花问粉的养蜂人。四海为家的养蜂人，追赶春的足音，头顶面罩，臂戴护袖，个个皮肤黝黑，长年累月地奔走在乡村四野。坡岗是家，榛丛是家，哪里有花哪里为家，他们常把家搭在田间地头，古铜色的脸上写着辛劳，窄窄的田埂上处处刻下他们生活的印迹。养蜂人把上百箱蜜蜂放飞出来，瞬间遮住了大块的阳光，黑压压一片。它们这些大自然中的精灵，懂得生活之道，各自奋飞寻找蜜源，纷纷奔赴采蜜战场。凯旋的蜜蜂们，爪子沾满花粉，粉嘟嘟的一团，它们在蜂房上舞蹈，在蜂王前邀赏，于是，喜悦爬上养蜂人的脸庞。他们采撷七彩的日月精华，酿造着不变的期盼，他们用稠稠的春色调着生活的五味杂陈，他们把香甜的蜜意传到万户千家。夜晚，旷野之上，厚重的夜色中，养蜂人浓浓的乡音拌上浑浊的老酒，想家的时候，对着月亮哭，对着月亮笑，对着月亮醉，对着月亮舞……

春回大地，万物生长。春播前夕，紫云英还在粲然开放，但是闪光的铁犁将田野重新布局，农人一边吆喝，一边使劲地扶犁，身子像塘埂上扭曲的老柳，牛儿狠命地驮，犁开了荒春，犁进了崭新的季节。犁沟翻起的土浪，似褐色的土龙，将成片的紫云英埋进土壤，让它腐而为肥，给新一年的农作物提供丰富的养分。过不了多久,紫云英新的生命之花便会在其他农作物上绽放光彩。

这片土地，历经岁月的漂洗，仍然展示着生活的本色。原野上的紫云英，永远是一道永不褪色的风景。

乡村七月

七月，蝉鸣叫，蛙合唱，植物疯长，鲜花盛开，我的乡村，美丽如画。茫茫四野，竹林青青，碧荷连天……

绿意

咫尺是梦境，回眸亦家园，千千梦美，化而为真。

七月，大地敞开胸膛，贪婪地汲取着太阳的恩泽。风，一路小跑，和光阴追逐，它鼓动着四野，四野碧浪翻滚。我的灵魂猛长在家乡的一亩三分地里，满眼塞满了绿。这里的绿，千姿百态，这里的绿，势不可挡。绿，是乡村的本色，绿，是乡村的图腾。乡村，河水是绿色的，鸟鸣是绿色的，云朵也是绿色的。在这里，绿，被目光翻阅；绿，在心中沉淀；绿，被寄予希望。

茫茫大地，膏腴锦绣，我的灵魂追赶不上乡村前进的步伐，我只能静静地欣赏着，珍惜这美好季节里的一次相遇。村庄的蝉唱一曲一曲的，它们唱甜了果实，唱饱了谷穗。唯一令人遗憾的是，那石碾、碌碡，老井台、旧鸡窝，渐渐没了生气，一种过去生活的痕迹，在慢慢磨灭。

劳动者的灵魂是干净的，农人对着四野放歌，声声回荡，锄禾间倾诉着苦乐年华，歌声里起落着生活的欢乐和忧愁，如同大地甩出的音符，山水因此有了圣哲的灵光。时断时续的歌声里，梦想即将瓜熟蒂落。藤蔓，缠缠绕绕；豆角，芊芊挂挂；玉米，饱含清露；菜蔬，披头散发……禾苗肆意疯长，谷穗正在灌浆。农人半个身子都掩在葱绿里，拔草、施肥、除虫，倾尽心力，像在绿洲里摇橹，摇响了歌谣，摇动了记忆，摇开了梦想，一日一日等待着丰收的“娇娘”来到船上。传统与现代一样重要，汗水和果实同样闪亮，乡村，是雌雄同体，温柔与强悍同在，细腻与粗犷相容。我们默默地祈祷，祈祷土地、祈祷丰收——丰收至高无上。

旷野广袤，岁月无边，尊重劳动，敬畏自然，原生态的神奇，大自然的无偿，令人折服。温热的目光，替我说出爱的理由，那些风月旧事，如河滩圆溜溜的卵石，也变得十分可爱了。那些家长里短，像夜空亮闪闪的星子，最具有戏剧成分了。每一条田埂，是一圈圈真实的年轮；每一方池塘，是一户户粮仓的源泉；每一个季节，是一辈辈守望的刻度。“牛笛慢吹烟雨里，稻苗平入水云间。”这里，一片云，一棵树，一朵花，绝不雷同。每一条小溪，每一声鸟鸣，每一缕炊烟，不可复制。乡村人，用无言传递着葱茏和生命，用勤劳书写着本真与自我。七月，大地换装，天空换装。七月的乡村，美丽如画。

竹影

时光清澈如水。在岁月的穿梭中，后山大片的竹林依旧，喧闹的鸟儿依旧，众鸟的歌唱淹没了雄鸡的鸣叫、牛羊的呼唤。和风而舞的竹子，沙沙私语，泄露出我们曾经的青春、爱情、纯洁的过往、妙不可言的青涩初恋。时光若能倒流，那些爱情，那些故事，那些幻想，该会怎样的重新排列？妹妹的小曲儿从竹林飞出，软缎一般，落进哪家阿哥的心田？姐姐的目光越过竹林，惊动了雁阵一行又一行。

望不透莽莽无边的竹，看不透一年四季的绿。竹林，是蓬勃、坚韧、挺拔的代名词，曾经是年轻人谈情说爱的好去处，让爱情在绿意里呈现幸福的样子。竹林，竹笋般的孩童正在拔节，在此孜孜阅读。生命滋生了欲望，因为畅想勃发了生机，情暖处为家，情深处为宅，竹林，它成全了爱情，也成就了梦想。夕阳下，炊烟绕过林梢，妈妈的唤归声珠玉般散落在竹林——我曾经捉迷藏的乐园，我的城堡、我的宝藏，统统都留在那儿了。夜晚，月光的面纱罩在竹林，竹影婆娑、明明灭灭，在幽深的夜晚把尘世擦亮。鸟儿入梦，虫儿弹琴，蝙蝠舞蹈，夜猫守更，家犬低吠……奶奶坐在门口，就着月光剥着豆角。母亲因为生活的磨砺，岁月的花瓣已被冲淡了娇艳。父亲坐在月光下，熟练地编织各种竹器，洗米的竹篮、挑泥的竹筐……篾刀在手中飞舞，生活在篾片间游走。

竹简的历史，竹纸的文明，竹材的构建，众多的竹文化，历历在目。花开花落，日月穿梭，时代即将在这里转弯，家乡的竹林将一点点沉寂在岁月深处。不久，她可能存于月光里，游移在诗意间，她还可能常驻我的磁盘里、相机里、心灵里，但愿她不会变成一个叹词。一股温情的暖流从心头涌起，转而又有了一点淡淡的忧伤……

荷韵

大建设后的新农村，具有城市的面貌，却不失农庄的特色、田园的风格。近年开挖拓宽的荷塘，水面浩荡，人们进行综合养殖，种植莲藕，放养鱼虾。荷叶，在微风中打开翠翠的裙摆；荷花，在涟漪中掰开嫩嫩的粉红。她们，朵朵流芳，如绰约的仙子，抛尽欲念，脱尽世俗。七月里，荷叶叠加，依着亲亲碧水，小心托举着荷苞，让她们婷婷袅袅，立于水波之上，孕育美丽梦想……嫣红和碧绿将邂逅的情爱演绎，魅力与厚重把拥有的默契挥洒。荷香旋在风里，人心醉在花里。没有了棱角的小石桥，显得圆润，使几口荷塘温柔牵手，一样的水养着百媚的荷！一阵风起，大片的荷，霍霍拽动。这些天赐的礼物啊，让我们分享惊奇，令我们充满喜悦。

一阵温柔的太阳雨。透过亮晶晶的雨丝，芽苞已在萌发，骨朵正在绽放。薄雾升腾，鹭鸶踱步，彩蝶振翅，如梦如幻。风吹过，又一阵花语，无论颦笑，还是回首，唯有玉洁冰清，妩媚满眼。这美景，让我们回到了童年，在那阳光下，暴雨中，我们荷叶当伞，赤脚奔跑，在妈妈的笑骂声中捡拾着快乐。这美景，让我们忘掉了年龄，在这晴空下，荷塘边，我们童心大发，不能自已，在同伴的打趣声中收获着喜悦。无数明晃晃的小水滴，折射着阳光，每个角度都晃得刺眼，让你无处躲闪。一只红蜻蜓，纤细的腰身似从古画里款款飞出，瞬间点过一枝清纯；一个倒影晃动，漾起几缕情思。青蛙蹲在荷叶上，鼓着肚子，瞪着眼睛，表情严肃，警惕地审视着我们这些不速之客，静静地守望这天地共融的圣洁殿堂。一条彩虹，斜挂在荷塘上空，慷慨地把七彩投放。于是，荷塘里呈现五彩缤纷的镜像，美如仙境。“此心安处是吾乡”？这夏天的荷塘哦，晨昏与朝暮，阳光和雨露，我怎样才能把你点点收藏？高举的粉盏，撩人的秀色，那一杯杯的生机和玄妙，我怎样才能把你慢慢欣赏？忍不住怀想：圣地，在哪里？时空的苍茫中有个声音在回荡：圣地，就是这广袤的农乡！

七月，大地飞歌，风在私语，泉在叮咚，我的乡村，充满生机。七月，碧野连天，竹韵依旧，荷香四溢，我的乡村，美如画卷。

画卷·乡村

家乡的“村村通”

一个周日，我们和弟弟一家驱车来到久别的故乡——肥西山南。

连接省道的“村村通”水泥路，蜿蜒着伸向大地的腹部。路两边高大的白杨，卫士般守望着家园。远处整齐的徽派建筑，是新建的新农村村庄，如块块白玉，又似张张木刻镶嵌在碧野。平整后的良田，棋格一般，方方正正。旷野上，阳光透过晨雾，浮起一抹抹紫烟，升腾，飘散。

驾车的弟弟有意减慢车速，让我们尽情饱览乡间秀色，孩子们都忙着拍照。一片片田园风光，犹如一帧帧画卷徐徐展开。玉带般的“村村通”水泥路上，三三两两的赶集人，背包的，挎篮的，谈笑着从“村村通”班车上下来，融进了附近的村庄。远处，勤劳的庄稼人早已匍匐在田间地头，仔细劳作。铁牛“突突”地唱着歌，一群群白鹅扑翅奔向原野……

我想起不久前三叔在电话里说：“现在有了‘村村通’水泥路，又有了‘村村通’班车，一车到门口，不要走泥路，你们回来方便得很啦……”还有那“村村通”网络，“村村通”

动植物医院，“村村通”饮用水工程……“村村通”，让现在和未来在此牵手，城市和乡村在此融合，产业化农业在此腾飞。

三叔早已在门口迎接。“绿树村边合”，不知名的鸟儿在树头上盘旋，几只喜鹊在太阳能热水器上叽叽喳喳地闹腾。垂垂柳荫处，三叔家的二层楼房宽敞明亮，清爽干净的庭院里，桌凳早已摆开，“开轩面场圃，把酒话桑麻”美景重现。“儿童相见不相识，笑问客从何处来。”几个跳橡皮筋的孩子，羞羞地嬉笑着。几声洪亮的鸡鸣，更增添了乡村的烟火味。宽阔的走廊尽头，几件农具倚在墙角，锈住了许多虫声、雨声、风声，实行机械化耕种，闲置了它们。

时光的美，在于它必然的流逝。农家的日子比麦粒还稠，乡村的岁月比粮仓更深。

家乡的小学

稍作休息，堂哥陪我们去附近新建的小学看看。教学楼高大雄伟，操场宽广平坦，标准规范，体育设施应有尽有，弯弯的跑道像是一个圆润完美的句号，醒目地标在故乡的土地上。时值双休日，校园静悄悄的，花坛里繁花似锦，一排排杉树直指蓝天，广玉兰的甜香弥漫在空气里，洁白肥大的花瓣随风微微颤动。护校的值班老师告诉我们：“县政府划拨专门款项，让我们学校配套建了微机室、图书室、幼儿园和食堂，还设有心理疏导室、留守儿童活动中心。孩子们免费读书，门岗处还配有保安，确保孩子们人身安全。校园内还安装了磁卡电话，留守孩子可和远方打工的父母通电话，解除了外出务工父母的后顾之忧。远道的孩子，我们还有校车专门接送上下学。”值班老师的一席话，让我们心头涌起阵阵暖流，留守儿童——生命茁壮的嫩绿，在平安校园里追随阳光，沐浴雨露，快乐成长，将来回报社会的天恩地德。

校园，是孩子们健康成长的一方净土，是孩子们幼小心灵的一泓清泉。校园，无声的图腾，播种与收获构建了社会的和谐，社会的和谐促进了社会的稳步发展。

此时，天空中开满了花朵，我的眼中全是蜜糖。

家乡的养老院

伴着华城寺（始建于曹魏前期的一座寺庙）飘来的钟声，我们又去了养老院，随行的堂哥介绍说：“住在这里的老人们，有专人料理他们的生活起居，卫生所就在附近，问医拿药方便得很，医务人员常常服务到老人身边，镇政府每年都组织老人们体检。”养老院青砖碧瓦，茂林修竹，蜂蝶翩跹，小鸟唧啾，月季正红，真可谓“流连戏蝶时时舞，自在娇莺恰恰啼”。如歌的幸福写在脸上，老人们在这里静坐闲话，下棋打牌，看报读书，安享天年。

回来的路上，堂哥说：“我们现在种地，不但不要上缴，国家还给补贴。还给我们农村的一女户和双女户买了养老保险；到了六十岁时，每人每个月都能领到国家发放的基本生活费；八十岁时，国家另外增加高龄生活补贴。”然后他又补充

道 :“有了低保，医保——大病统筹，就是‘新农合’，养老保，我们老百姓还有什么可担忧的呢？”堂哥这话，像对我们说，又好像自言自语。总之，“家珍”无数，不胜枚举。

解决三农问题，一件件、一桩桩的民心温暖工程，带给百姓的是实实在在的利，是真真切切的益。我知道，惠民政策的暖风阵阵吹拂，百姓才会享受诸多改革开放的硕果，我的乡村才会谱写出如此精彩的华章。天道勤酬，日月全新，我们的新农村，鸟健康地飞，水洁净地流，百姓的日子更加美好。

家乡的荷塘

万物生长，参差有序，远的近的，浓的淡的，在这个季节，分明得很。

房前屋后，近年来增添了几口水塘，挖掘机挖出的池塘，又深又大，塘埂绿竹茂盛。荷塘即鱼塘，种莲藕，养鲢鱼，一塘多赢。“鱼衔花影去，风送竹响来”该是怎样的妙境啊！艳阳普照，满塘的浅绿、起伏的蛙声已被季节收藏，生命力旺盛的那些荷叶经过风雨洗礼、阳光抚慰变成了墨绿，部分褐色的叶儿重新拼接成另类立体图案，与岸上的老柳一起随风舞蹈；高，有高的虔诚；低，有低的热爱。还有那些断荷，谦恭地低着头，俯下身来，放低目光，多像母亲弯曲的脊梁，注视着自己脚下的根，直至朽落而变成来年的护花之泥。被采的莲蓬，剩下光秃秃的托儿，留下一汪咸涩的心思。这些池塘的精灵各自用自己的方式诠释着生命的意义。水本无忧，因风起皱，如美人秋波偶现，漾动着人的心潮，于是，我的目光搁浅在那里。几只白鹅浮在水中，偶尔自由穿梭，惹得秋荷连连扭动腰肢。堂哥把手机往地下一放，套上水衣，利索下塘。那长长的节节白藕，稍作清洗，如玉娃般被抱了上来。存在，就是力量，来年，水下沉默的泥巴，将造就另一场繁华，把叶儿花儿重新高高擎起，“白莲本是仙家物，仙女带入凡尘来”啊。

这时，三叔的孙子飞奔而来，招呼开饭事宜，嚷道：“鱼都煮好了。”舌尖上的升华——纯粹的绿色食品已经端上了餐桌，等待我们去享受沸腾的人间亲情。

星点的黄菊缀于篱间，渐弱的蝉唱绕在瓦檐，换装的树，离枝的叶，日月嬗递，人生五味……

以云作谱，自由歌唱。我的乡村，美丽如画。

喜　雨

好雨知时节，当春乃发生。

一冬的干旱，人们心中积聚了几多焦躁。这几天绵绵的细雨，洗刷得天地人一片精神。

春雨，是春的主题，她把众多的生命高高托起，从无到有，从小到大，从软弱到强盛，从沉静到沸腾，直到满眼苍碧，乃至满目辉煌。

风吹杨柳万木苏，青龙抬头雨水至。冻松的泥土细腻无骨，喝下了蜜汁，散发出丝丝缕缕的潮香，人踩上去的瞬间就如跌进梦中。草根扭动着身子骨，打着饱嗝，田埂上干枯的藤蔓被雨水洗得沉甸甸的。冬麦苗返青了，叶子齐刷刷的，像小姑娘的发路。油菜绿汪汪的，微泛银白的叶子，脉络清晰，叶上的水珠正在积蓄力量向泥土深处滚去，等待着滋润另一片繁华……

嘘，别说话，梅花瓣小心捧着的水珠，亮晃晃的，怕被风摔碎，正滚来滚去，寻找安身之处。迎春花戴着黄灿灿的发夹，像没来得及换下睡衣的少女，举着春天在岁末书写的情书，一头扑进春郎的怀抱，笑靥如花，枝枝丫丫间闪耀着激动的泪花。柳枝柔得丝丝如发，“风儿一吹，甩进池塘，洗洗干净，多么漂亮”，借助风仙之手缓缓搅动着春天，在暴芽上跳舞的水珠，顿时又被弹出好远。桃花不甘落后，粉嫩的笑脸眨着媚眼，不时撒下花雨朵朵，点缀游人发髻，偶尔又随风入水，逗得鱼儿纷纷噘嘴献吻。

莺儿抖动双翅，感谢春雨的无偿淋浴，平平仄仄唱着情歌，震得花枝乱颤，羞得白云躲藏。瞧，远处的黑色精灵——燕子，从雨丝中衔来了春的温度。

炊烟弯弯，春意融融，远山渐近，云层渐薄。村落和栅栏洗净了尘埃，棱角分明，正对着积水的镜子梳着春妆，新崭崭的，像要走亲戚的孩子，周身流淌着喜悦。那条曲曲折折的林中小径上，春牛浅浅的足迹里，盛满了牛铃的叮当。春雨注入小溪，小溪是胀满奶水的少妇，丰盈得很，一路欢歌，找个出口，溢满田畦。祖母家门口的石凳穿上一层薄薄的青衣，也有了一颗潮湿的心，它贮满了我童年的故事。农家大院里，男人宽大的手掌，温热了久置的犁梢，小狗的尾巴卷成一朵花，左右磨蹭。邻家小妹从后山回来，跺着鞋上的泥巴，采回了一篮初恋。

万物，在春雨中无拘无束地生长着。

俗话说：春雨不误路！查看农事的人们早已扛着铁锹，转悠在田间地头，弹着手上的烟灰，不时还隔着田地高声大嗓地说话，感叹着这场及时雨，议论着一年的好兆头，预估着午季的收成。

我要借一把镰刀，我要提前收割，收割这春雨带来的感动。

三月，大地飞花

三月的风，如化开的奶油；三月的柳，柔得拂不动轻烟。三月，大地飞花。

三十岗，与董铺水库相邻，和滁河干渠相依，蓝天碧水，春风抚琴，千林比绿，百花争艳。一眼望不到边的万亩生态湿地，被誉为“地球之肾”，桃树林，垂柳林，红枫林，香樟林……名副其实的“城市新肺”“天然氧吧”！在董铺水库这面巨大宝镜的照耀下，犹如天宫仙境，王母娘娘的瑶池恐怕也比不及了！

桃花一绽春意浓。三月，春和景明，三十岗，一片桃花的世界。大片大片的“红云”，好似仙女织成的锦缎飘落在人间。前几天的两场春雨，洗得桃枝格外柔软，暖阳一照，微风一舔，桃花胀鼓鼓的花蕾含羞开放，馨香四溢，蜜蜂嘤嘤嗡嗡，游人接踵而至。此景恰如王维的“桃红复含宿雨，柳绿更带春烟。”玫红的，粉红的，深深浅浅，一朵朵一簇簇，娇艳欲滴，花事烂漫，秀在新叶初发的枝头，美在春意盎然的林间。倘若不小心碰上树干，花雨纷纷，一边亲昵地吻你，一边演绎着聚散离合。那些稀有的桃树品种，有来自美国的“加州旱甜桃”、日本的“夏之梦”等，漂洋过海，远嫁我乡——大家闺秀，小家碧玉，各呈风流。上百个桃树品种，在不久的将来，将会奉上不同风味的蜜桃，让人们大饱口福，享受上苍的恩赐。

有人说：世界可以从一个窗口涌现。这样的窗口，无疑是美的。美，是邂逅所得，美，是亲近所得。这里将一切摊开，没有一丝羞涩，这些绝美的嫣然，足以让我们流连忘返。

生态园中，十米不同天。透明的植物温棚，连接成彩色海洋。这里，温度适宜，植物繁盛，赤橙黄绿，绚烂无比。多种花卉，竞相媲美，纷纷以春天的名誉舞蹈，激情燃烧。三十岗，享有“瓜果之乡”的美誉，是省城重要的蔬菜瓜果供应基地——老百姓的菜园子。今天，我们就像应了王母之邀，到天庭来参加蟠桃盛宴！大棚里的架子上，黄瓜顶着花向你扬起笑脸；辣椒串串，红绿相间，像美人的纤纤玉指……

中午时分，农家乐的土菜佳肴，香味弥漫。店家热情相邀，地道的合肥方言，透着本土气息。农家大铁锅的锅巴——你可以随兴往灶里添把柴草的——浇上土老鸡、红烧肉啊那些原汁原味的汤汁，令人垂涎欲滴！

垂钓中心，令人惬意十足，生活的烦恼压力，在此完全释放。晚上，拎上亲手钓来的鲜鱼儿，红烧或熬汤，配上采摘来的时令瓜果，烹一顿绿色美食，对月畅饮，这样的生活哪有遗憾？选择美，享受美，人生才会真美！

朋友，撑一支休闲的长篙吧，朝心海更深处漫溯！载一船春日的乐趣吧，在岁月唯美时放歌！击一段零散的文字吧，往记忆最里层收藏！

我的乡村视野（组章）

秋荷

仲秋时日，云天自由地舒卷着。雁阵重新编排，轻装启程，追赶着遥远，把温馨的叮嘱丢在旷野，让孩童去捡拾。老家屋后的荷塘，被时间剥蚀得身心沧桑。“小荷才露尖尖角，早有蜻蜓立上头”？花瓣初绽时，那些点点新红呢？“十分荷叶五分花”？青蛙跃入水中央，扑通一声响的美景呢？

万物生长，参差不齐，这个季节，分明得很，远就是远，淡就是淡。艳阳普照，满塘的浅绿已被季节收藏，生命力旺盛的那些荷叶经过风雨洗礼、阳光抚慰变成了墨绿；部分褐色的叶儿如伞状被枯秆努力擎着，与岸上的老柳一起随风舞蹈；高，有高的虔诚；低，有低的热爱。还有那些断荷，谦恭地低着头，俯下身来，放低目光，多像母亲弯曲的脊梁，注视着自己脚下的根，直至朽落而变成护花之泥；几片残叶，风的杰作，重新撕裂拼接成另类立体图案；被采的莲蓬，剩下光秃秃的托儿，留下一汪咸涩的心思。这些池塘的精灵各自用自己的方式诠释着生命的意义。水本无忧，因风起皱，如美人秋波偶现，漾动着心潮，于是，我的目光搁浅在那里。几只白鹅浮在水中，偶尔自由穿梭，惹得秋荷连连扭动腰肢。

洞穿荷塘，又是一年。我的乡村，这里将有更多的“秘而不宣”行将解密……星点的黄菊缀于篱间，渐弱的蝉唱绕在瓦檐，换装的树，离枝的叶，日月嬗递，人生五味……邻家大哥把手机向我一扔，套上水衣，利索下塘，长长的节节白藕，玉娃般被抱了上来。存在，就是力量，信不？来年，水下沉默的泥巴，造就另一场繁华，会把叶儿花儿重新高高举起。“白莲本是仙家物，仙女带入凡尘来”，于是，我的乡村，美丽如画。

柿子

当微风吹近又吹远，日子告诉我们，一切都在改变。家园是精神深处一道永不褪色的风景，我在故乡和他乡之间，来来回回，细数着落叶，“天高云淡，望断南飞雁”！

秋天的旷野，红黄相争，缤纷无限，像产后的母亲，慵倦而安详。霜之始凝，果之方馨。秋天的树，用各自的果实说话。老家房前屋后的柿子树，经秋风一吹，柿子由青到黄，由黄到红，像山花，一下子就烂漫开来。红红的柿子，拥抱着秋天心跳的缓急；柿子树，剩下几片稀疏的叶子，脱下了华丽的外衣，裸露着臂膀，提溜着赤裸裸的果实。这些红灯笼，像跳跃着的火焰，照着我们乡村的雀儿们，乌鸦和麻雀学着涅槃的凤凰，纷纷跳进火焰中，是在乞求重生？这时一阵幸福的战栗自心底涌起，瞬间便漫过周身——这些红灯笼，无时不在指点我回家的路！小小的她们最后一个告别秋天，直到秋霜改变了容颜。

倘若你路过，雀儿们会叽叽喳喳邀你分享，分享秋的喜悦。随手捏几个软软的红红的尝尝吧，冰冰凉的蜜汁瞬间化在口中醉在心头！晚上，枕边的甜香还会在梦里次第开放。

给予和获得其实是同一个词，一朵花的重量，其实是一颗心的重量，她只献给秋天的果。西风果熟一村香！秋色漫流，秋收撑空，自然赐予的华美，无与伦比。

听说要以开发的名义，开发我童年的欢乐场——我的柿子树，我的荷塘……不要，不能掐断我的怀想……

秋，一半在阳光下，一半在月色中。我与一朵云挽手，漫步在田埂上，商讨着我的柿子树，我的荷塘，还有我的村庄的去向……

对自然多一份尊重，对和平多一份珍惜，人在尘世，心会在仙界。

豆荚

踏在故乡的土地上，心是踏实的温暖的。于是，我的喜悦，是一座粮仓。

天地是表盘，日月是指针，午后的暖阳透过稀疏的枝丫照在金黄的落叶上，草垛成了乡村的插图，麻雀上下翻飞，与土地不离不弃，与田野缠缠绵绵，秋天熟透的气息在无孔不入地渗透。

“嘭嘭、嘭嘭”的连枷声吸引了我的脚步，晒谷场上连枷飞舞，豆荚的孩子们挣脱母亲的束缚，哗啦啦跳了出来，个个金黄饱满，散发着改写未来的能量。连枷声声，回荡在四野，飘落在心头。打谷场是个五彩的大花毯，不同种类的豆子分块镶嵌在上面，孩子们拿木板当车，在豆场上来回滚滑，在铿锵的连枷声中张扬着快乐，追赶着属于乡村孩子特有的乐趣。秋风起了，杂粮登场，黄豆、红豆、黑豆、麻豆……循规蹈矩的乡村，恪守古训，用五谷杂粮，温润着漫漫时光。杂粮的魅力，永恒，五彩的豆子，我乡村的滋味，日子的调味品，有了它们，日子变得绵长，岁月镶上花边！

傍晚，红云轻移，村庄腹部的炊烟渐抽渐细，杂粮的魅力，温馨、永恒，豆粥的甜香从村东一直飘到村西。天气渐凉，咸货蒸豆子，那又是舌尖上的升华。

枯黄的狗尾巴草蔓延的方向，小路指向童年的老屋。岁月深处的豆香煨熟我的童年，养活我们的记忆，烫手的灰烬里有着孩童与糊豆间无尽的快乐。

雁阵一咏三叹，撒下花瓣般的鸣叫。晒谷场是秋天的大餐桌，巨大、丰盛，托起了季节的重量。我的乡村，乡土的温馨和芳香，源远流长。

三河，心灵的家园

“为什么我的眼里常含泪水？因为我对这片土地爱得深沉！”

三河，因丰乐河、杭埠河、小南河三水贯穿而得名。三河，又因古老、秀丽、繁华而闻名。河流环绕的三河，历史悠久，文化灿烂，物华天宝，人杰地灵。三河历史上，英才辈出，留下大量名胜古迹。三河，享有“安徽的周庄”之美誉，可与江苏的周庄相媲美，敢与浙江的乌镇争高下。三河，是肥西大地上的一颗璀璨明珠，是安徽对外开放的重要窗口。今天的三河，游客蜂拥，商贾云集，成为世人瞩目的一块瑰宝，享有“装不完的三河”“皖中商品走廊”等美誉。

史诗般美丽的三河，绵绵的历史画卷展示着历史名镇的魅力。三河，得水泽之风流，承华夏之文明，千年水乡，古韵悠悠。三河的水，秀出的是三河的美。登上望月阁，可总览“八古”奇景。荡起双龙舟，可饱享“三水”秀色。彩虹卧波，石桥倒映。湛蓝的天空中那丝丝白云，是少女的头巾，映入水中，被浣洗得更加洁白。河面上那灿烂的阳光，犹如碎银万点，碧荷弄姿，红莲高挑，群鸥戏水，鱼跃船头，云帆一色。两岸柳绿枝俏，幽篁成林。佛光塔影，紫气升腾，天、水、人合一，融为一幅美妙的水墨画。游人飘飘欲仙，陶醉于这亘古的恬淡中。掬一捧清流，甜在口中，醉上心头。古镇三河——水上漂浮的梦幻宫殿，心灵栖息的美丽家园！

回首历史风云，多少沧桑故事流传至今。三河，自古以来为兵家必争之地，三河大捷，脍炙人口，英王雄风，浩气长存。古万年台，仙乐飘飘，笙歌阵阵；清幽的一人巷，延续着绵长的往事，张望那悠悠的时光；杨振宁故居，杨柳依依，那是游子的守望；青青的石板路上，太平天国群王的足音似乎仍在回响……

时光荏苒，岁月如流，上苍垂爱，世间太平。老城呈尽繁华，新区犹如春笋。今天的三河，小桥流水，曲径回廊，青砖灰瓦，檐牙高啄，雕梁画栋，典雅别致，一派徽风皖韵。圩堤纵横，车水马龙，水道交错，舟船如梭。巢湖米酒，封缸陈酿，百里飘香；富光口杯，安徽名牌，远销海外；酥香的米饺，百吃不厌，回味无穷；散养的麻鸭，肉肥环保，供不应求；摇着那精美的鹅毛扇，简直是公瑾再世，儒雅风流。听，那小倒戏、黄梅歌，极具地方特色；还有那佛堂的经音，似有若无，丝丝缕缕，飘至心底。

天高任鸟飞，海阔任鱼跃。今天的三河，风含情，水含笑，她是安徽招商引资、纳贤聚能、筑巢引凤的示范基地，是旅游休闲的人间天堂，是餐饮美食的绝佳去处。三河儿女，正同唱一首和谐发展、与时俱进的歌！三河儿女，正以宏大气魄，谱写时代腾飞的崭新华章！

流动的春色

最后一场春雪融化了,丰满了池塘和河流,滋润了大地与万物。

“碧玉妆成一树高，万条垂下绿丝绦！”上学的儿郎边走边吟诵老师新教的诗句。柳枝吐出的嫩芽,仿佛就在一夜之间。前几日的春雨，淅淅沥沥，洗涤得枝条柔软无骨，一支支细细的柳条，借春风的手不经意从脸上拂过，清凉凉的爽伴着鸟儿脆生生的鸣，瞬间滴落在心头。春，一点点、一瓣瓣、一枝枝呈现在我们眼前。我们曾经相约的春天就这样重逢了，在似有似无的绿意里，在柳树柔软的身姿中，在如梦如幻的诗意里。

揽一缕清风，掬一捧春水，听一阕鸟鸣，在这早春季节任思绪飞扬，用希冀的眼神期待着满园春色。

冬，终于疲惫不堪了，收回了誓言，带着北风的拐杖节节退出了季节轮回的圈子。堂檐上第一窝雏鸟，叽叽喳喳，好奇的眼睛填满了春色，它们跃跃欲试的振翅憨态可掬。布谷鸟的歌声把季节拉长了。后窗的竹林，吱吱作响，就像竹子拔节的声音。迎春花娇小玲珑，有着美好的命运，金黄的朵儿袖珍可人，墨绿的藤蔓匍匐着身姿，紧贴大地，感恩着阳光雨露的恩赐,心也干净,脸也灿烂。极目远眺四野,绿色渐渐染翠了山川，小树、枯草，接着是大树，高山，一切都在沐浴着碧色，新绿和枯黄在此做着最后的交接。

惊蛰了，沃土悄然苏醒过来，大地开口说话了，到处弥漫着农历新春散发的味道。听，偶有春雷低鸣，应和着春天的脚步声；看，飞鸟、昆虫开始活跃，小动物们倾巢出动，不惜余力，搬运春色，它们期待着遭遇爱情，憧憬着幸福婚姻。迎面走来的学子，脚步稳健，追赶着春光，编织着梦想，身后的大书包充满魔幻，解开懒散，铆足劲头，“不用扬鞭自奋蹄”，穿过生命的绿地，去寻找属于自己的阳光雨露，或许下一个花期里他们即将改写人生。

最喜人的是这蜿蜒的河埂，柳树的阵容也随弯就势，率先披绿，一排排身形柔美，千姿百态，纤纤临水，如美人对镜梳妆，“柳树姑娘，辫子长长，风儿一吹，甩进池塘……”柳枝在纯净的空中舞蹈，有如水上蹦迪，逗得碧水嬉笑，频生出许多酒窝。那些枯老的褐色柳条在春风妙手的剪裁下无声无息地滑落，我小心拾起这些长短不一的枝条，它们看似枯萎，但也不失柔软，蘸饱了春雨，可能也准备随时在春天里挥毫吧？它们如久开的花朵绽放过美丽，又恰似时间的弧线不经意划过属于它们的时空，将安于本命，与草籽结伴，同梨花共眠，零距离触摸春的心跳。

河边石级上的青苔，布满大小不一的履印，前几日，是浣衣女的温婉，撑开了一帘雨幕么？淙淙水声，串起绵绵心语，男人三杯两盏的淡酒，就能在她们心中激起幸福的涟漪，把生活的烦与重逐渐融化了。她们喜滋滋地种植爱情，乐陶陶地洗涮日子，心底储藏着醉人的妩媚，经年收获着快乐和满足。一支支流行的曲调，飘落在涟漪之上，于是，春韵又在水上行走。河那边的田垄上，走来掐野菜的少女，那婀娜的身段，摇落一地晨光，挎来一篮春色。我们的乡村，慢慢地成了城里人的风景。

渐行渐远的老牛，翻开了春的乐章，深犁过的闲地冒出泥土潮湿的气息，直钻鼻翼。越冬的麦子那么葱茏，把春色浓缩，一浪赶着一浪，那壮阔的波澜，带着丰收的希望、生命的鲜活，幸福地俯首努力，慢慢等待着生命旺季的到来。生活不可以掺假，扬花、抽穗、灌浆，穿透岁月，穿透宿命，热切地期待着一朝分娩，迸发出生命耀眼的光芒。朝阳下，油菜正在着色，绘制着季节的版块。叔父手搭额头，他孜孜欣赏着阵阵麦浪，那布满沟壑的双手，手上岁月堆砌的老茧，明示着生活的跌宕起伏，慈祥的眸子里，盛下了庄稼人所有的幸福与悲苦。瞬间，我读懂了农人心中的那份期盼与渴望。在这初春的暖阳里，我复述着母亲曾经教给我的诸多农谚，生怕一朝丢失，再也捡不回来。怀想那升腾的炊烟，那过往的一缕青烟也是如此的美妙，鸡鸣、牛哞，草垛、房舍，无一能够忘怀。希望乡村固有的东西不只是留在记忆里，就让古老的农耕文明保留一些守望的视野吧，给漂泊的灵魂留个栖息之所吧。

还没来得及长出叶子的树，花骨朵却迫不及待地缀满枝头，桃花雨，杏花风，已经迎面扑来。盼春久了，心生激动！春，从柳枝上滴下来，从油菜花蕊里散出来，从冬梅香盏里飘下来，从孩童天真的眼眸里映出来……

人生处处有惊喜，一转身，又一幅妙景天成。春，正在这里打扮，随时准备华丽出场。

不久，浩浩荡荡的绿潮，一定会渲亮春天郁郁葱葱的主题。春天里，我们撇开疲惫和困顿，带着梦想和希望——出发！

五彩三岗

阳春三月，我们搭乘春天的班车，开启崭新的心情，前往我国中部最大的苗木花卉之乡——肥西三岗。

春天的三岗，春风抚琴，碧水含羞，鹤鸣莺唱，彩蝶翩跹，千林比绿，百花争艳。

三岗，新农村建设的一面旗帜，新安徽崛起的一个缩影，新奥运旅游的一道风景。

特色肥西，魅力无限！肥西，正全省创一流，全国争百强。在县委县政府的正确引领下，三岗人乘着“大发展、大建设、大环境”的春风，凝心聚力，勇敢拼搏，已把三岗打造成了“农家乐示范基地”“中国中部花木城”“生态花都”，荣获“美德在农家”“江淮休闲胜地”“安徽农村典范”“生态示范园”等美誉。三岗的鲜花已经装扮北京奥运场馆，今年三岗将开启奥运旅游专线。三岗人冲锋在前，全县人民擂鼓助威，全市人民摇旗呐喊！

经过数年的建设，三岗的水泥大道平整宽阔，绿化带干净整齐，矮灌木交叉种植，许多花圃镶嵌其中。这里，四季景色，各呈千秋，山川灵秀，土地肥沃，数万亩生态林，碧野无边，气势磅礴。来到三岗，你会感受菁菁原野的纯净，叹服茫茫自然的神奇，敬佩三岗人民的创造力。“天然氧吧”“城市森林”“地球之肾”，名不虚传！三岗人民借区位、产业、生态、文化四大优势，筑巢引凤，纳贤聚能，捧金掬银，用自己勤劳的双手改天换地。

三岗的民居，或依山，半隐于青林之间；或傍水，倒映于清流之上。家家绿成荫，户户花绕门。房屋四周绿荫掩映，鲜花环绕，“袅袅临窗竹，蔼蔼垂门桐”！游人们徜徉于莽莽的林海中，流连在巨大的花木温房里，泛舟于宽阔的湖面上，体验新农家独具特色的生活，品尝着“肥西老母鸡”“槐花蒸鸡蛋”“农家粉蒸肉”“绿洲小炒”“梅菜扣肉”等特色小吃，欣赏着原汁原味的小倒戏、黄梅戏等极具地方特色的戏曲表演……以放松心情，修身养性。选择美，享受美，人生真美。零距离亲近自然，神游八极，令人心垢顿沉，物我两忘。

“东有浙江萧山，西有四川温江，中有安徽三岗”，三岗花木市场迅速崛起，已与萧山、温江形成三分天下苗木花卉市场之势。

三岗的天，云蒸霞蔚，朗朗清清；三岗的人，长幼谐安，万家无隙。三岗大地，正迸发出无尽的活力，引领中国中部苗木花卉产业质的飞跃。

荷叶冲

山南镇荷叶冲，处于大潜山的南麓、江淮分水岭南部，地势北高南低，属丘陵地形，山清水秀，自然天成。荷叶冲村，则更是岗冲分明，水塘星布。

新中国成立前夕，荷叶冲一个叫店门口（现在称唐家庄）的自然村庄出了个英雄董成荣。从此，荷叶冲网上有名，许多人牢牢记住了荷叶冲这个地方。现在，在《肥西县地图》上，还能够找到这个叫“荷叶冲”的标注点。

在今年初夏的一次活动中，我们走进大潜山旁的姑姑山，试图寻觅荷叶冲董成荣烈士的踪迹，这片曾经被烈士鲜血染红的土地上，已是芳草萋萋，百花齐放，百鸟争鸣。远处的大潜山，放眼望去，左一撇，有一撇，蜿蜒的山峰抒写着顶天立地的“人”字。时代变迁，在烈士的沉睡中，家乡早已改天换地。

探寻无果,我们又来到一个叫荷叶冲的村子——英烈出生地。

荷叶冲里部分水域种了荷花。行走间，只见荷盏高举，荷香四溢，粉色的，白色的朵儿摇曳在墨绿的荷裙上，婀娜多姿。蜻蜓盘飞于上，青蛙鸣奏乐曲，白鹅嬉戏其中，孩子们伸棍够着莲蓬。岸上，牧童吹着柳笛，背着偌大的草帽，倒骑在水牛背上，悠闲自得。水边几个洗衣的妇女，戏谑的笑语在荷塘里荡漾起碎银子般的光辉，看到我们一行前来询问，一惊一乍呼唤田里劳作的男人，疑是让他们给我们带路。

故事就在这静谧的时空里翻转流传。岁月去了，却无法抹去烈士亲人们刻骨铭心的记忆，烈士的亲人接受了采访，让我们了解到烈士短暂的一生。岁月拧成了绳子，往事如结。一个结，就是一声雷鸣；一个结，就是一道闪电；一个结，就是一个故事。董成荣烈士，在战争中壮烈牺牲，在和平里被人铭记，荷叶冲，沃土生长不平凡的故事，乡村辈出不平凡的人物。

荷叶冲以董姓、唐姓居多，人们世代以农耕为主。这里降水丰富，冬冷夏热，庄稼一般都是一年三熟。冲里，水田以种水稻为主，有早籼稻，中籼稻，晚粳稻，偶种糯稻，因为糯米是年关时做年糕、炸米泡（糯米用爆米花机高温炸开）的必用之物。春节前，家家户户作兴打年糕，大年初一还盛行喝米泡糖茶（米泡 + 红糖 + 开水冲制），意在新的一年里甜甜蜜蜜。岗上，油菜、棉花、蚕桑也广为种植，小麦、大麦、玉米、花生、山芋、黄豆、芝麻、绿豆、豌豆等，样样不缺，于是又有了农家啃秋的说法。特别是大豆种得多，春节前磨豆腐、做千张，家家必备；冬闲时，黄豆蒸咸鸭咸鹅咸肉，又是舌尖上的道道美味。

近年来，国家颁布土地扭转政策，山冈又新栽了很多果树、风景树；被人承包的土地，还种植了大面积的南瓜、玉米等，进行规划种植，集中种植。乡村的水果主要有桃子、杏子、梨子、柿子，还有少数葡萄、李子等，栽种这些果树大多都是为了解决孩子们肚子里的馋虫，很少对外出售。蔬菜品种更是繁多，家家的菜园里黄瓜、南瓜、冬瓜、萝卜、茄子、辣椒、葱、蒜、韭等等，应有尽有，这些都是检验农家妇女勤劳与否的标准。这些蔬菜的种子多是自己家头年留下的，所以农家种植的蔬菜吃起来感觉比杂交的作物要香醇一些。过年了，捕年鱼也是乡村上演的必要节目，意在年年有余。荷叶冲随处可见猪、狗、鸡、鸭、鹅等，实行散养，让它们自由觅食。

来这里做客，女主人一般不用出远门，就能做出一桌丰盛的纯土菜大餐给你解馋。在草堆旁捉只鸡，从池塘里网条鱼，下水田里扒根藕，再在房前屋后的菜园里摘点时令蔬菜……看，个把小时光景，热气腾腾的厨房里马上香味四溢，一定会让你食欲大开，开怀饱餐一顿，这就叫一方水土养一方人啊！

人生有太多的大起大落。这些年来，荷叶冲和千千万万村庄一样，青壮年劳力外出打工，他们如蒲公英种子般，一代代从这里飞出去，让老人和孩子留守。村头的老井，叹息留不住子孙；石碌碡上，已经刻下小村庄金色的年轮。老柳树的荫凉下，孩童的游戏正在翻新。留守吧，有了几户人家的留守，日子还在继续，岁月不会荒芜，荷叶冲自古至今发生的故事就不会失传。

行程结束时，听到喜讯：山南镇兴办了好几个新型工业园，荷叶冲的许多外出打工的人员已经接到消息，他们将会络绎不绝回到故乡，在家门口从事着自己喜爱的工作，安逸地生活。我相信，未来的荷叶冲，传奇一定会继续，荷叶冲的人一定会创造出更加美好的生活。